LOS EFECTOS SECUNDARIOS DE LA MAGIA Y UN CORAZÓN ROTO

LOS EFECTOS SECUNDARIOS DE LA MAGIA Y UN CORAZÓN ROTO

BREANNE RANDALL

Traducción de
Pilar López Riquelme

MOLINO

Papel certificado por el Forest Stewardship Council®

Penguin
Random House
Grupo Editorial

Título original: *The Unfortunate Side Effects of Heartbreak and Magic*

Primera edición: mayo de 2024

Publicado por acuerdo con Baror International, Inc., Armonk, Nueva York, Estados Unidos

© 2023, Breanne Randall
© 2024, Penguin Random House Grupo Editorial, S. A. U.
Travessera de Gràcia, 47-49. 08021 Barcelona
© 2024 , Pilar López Riquelme, por la traducción

Printed in Spain – Impreso en España

ISBN: 978-84-272-4082-7
Depósito legal: B-5.975-2024

Compuesto en La Nueva Edimac, S. L.
Impreso en Rodesa
Villatuerta (Navarra)

MO 40827

Para GG, que siempre creyó en mí.
Para mamá, que todavía lo hace.
Y para Evelyn, mi pequeña soñadora

I

El sol no calentaba, la tetera se negaba a hervir y el olor miserable a recuerdos del pasado ardía en los troncos mientras Sadie Revelare encendía el fuego. Incluso el reloj de pie, que nunca jamás prestaba atención al tiempo, gorjeó diez tristes notas de urraca.

«Una señal que no debo pasar por alto», se dijo.

Lanzó una mirada fulminante al viejo y tedioso reloj y le dio una patada en la base. El péndulo dorado se agitó como si moviera un dedo en señal de advertencia. Irritada, pero reacia a contravenir la señal, se santiguó con una ramita de canela y luego la aplastó con el tacón de la bota en el porche delantero.

Ya dentro de nuevo, en la casa resonaba su silencio como un suave reproche. Gigi ya se había ido y pasaría el día fuera. Seth se había marchado hacía casi un año. No es que estuviera contando los días. No le daría a su hermano esa satisfacción. Miró el portacepillos de dientes mientras se lavaba la cara. Solo había uno.

Tiempo atrás, se permitía soñar con su propia casa, un par de cepillos de dientes, incluso tal vez salpicaduras de agua en el espejo porque un niño se los había lavado demasiado cerca.

Pero su maldición lo hacía imposible y había renunciado al amor hacía demasiado tiempo como para que ahora cambiara la situación. Algunas personas necesitaban flores y palabras bonitas. Sadie necesitaba la verdad y promesas cumplidas. Acabó de arreglarse y, al salir por la puerta con el café en la mano, el reloj volvió a sonar.

—¡Ya lo he hecho! —gritó en respuesta.

Durante el breve trayecto hasta el trabajo tuvo que desviarse dos veces: la primera para evitar una serpiente en el camino y la segunda para esquivar un cuervo que casi se estrella contra el parabrisas. Se estremeció. Presagios de cambio y muerte, respectivamente. Otra vez. No les hizo caso. El negocio no iba a parar por unos malos augurios. En realidad, mejoraba gracias a ellos.

El sinuoso camino del cañón mostraba toda su fuerza otoñal. Sadie bajó la ventanilla y el aire frío le besó la cara. Inhaló el olor de las hojas y de las rocas cubiertas de musgo y el anuncio de un viento fuerte de mediodía. Pero había algo más. Lodo.

—No, no, no.

Pisó con fuerza el acelerador mientras tomaba la última curva cerrada más rápido de lo que debería y el puente de Two Hands apareció ante sus ojos.

A pesar de la escasa lluvia, se había inundado. Solo un poco. Pero suficiente. Firme como las margaritas al sol, era el tercer mal augurio de la mañana. Ya no había forma de ignorarlo.

Incluso los habitantes del pueblo que no creían en la magia sabían lo que significaba una inundación: alguien estaba a punto de regresar.

Redujo la velocidad. Los neumáticos chapotearon en el agua fangosa y los nudillos se le pusieron blancos contra el volante.

Cindy McGillicuddy, una vecina de su misma calle, aminoró la marcha mientras se acercaba con su camioneta cuatro por cuatro, con la parte trasera cargada de unos cuantos fardos de heno para sus caballos. Bajó la ventanilla y luego señaló el puente.

—El río se ha desbordado —dijo sagazmente.

Era una mujer sensata, de metro ochenta y dos y una envergadura reforzada con músculos endurecidos por el trabajo de campo. Hasta ella estaba preocupada por las inundaciones.

—Lo sé —suspiró Sadie.

—Tal vez tu hermano esté de vuelta, ¿eh? —dijo Cindy con esperanza—. ¿No sería maravilloso?

Sadie se obligó a sonreír, aunque sintió la sonrisa apretada contra los dientes.

«Claro. Maravilloso».

10

—Tal vez. Bueno, en cualquier caso, estoy segura de que todo irá bien.

Se alejó con la certeza de que Cindy difundiría la noticia a los cuatro vientos. Se tomaba muy en serio su papel de metomentodo oficial del pueblo. No había asunto que se le escapara; en caso de necesitar ayuda o información, ella siempre era el punto de partida. Era una entrometida, pero a la manera de un hada buena que deja comida a escondidas para las familias sin recursos o lleva leña a los ancianos que ya no tienen fuerza para cortarla.

«Todo está bien. Todo va a ir bien», se dijo de nuevo.

Odiaba esa palabra, «bien». Era una tirita, una píldora recubierta de azúcar para enmascarar la amargura que contenía. «Bien» era lo que se decía cuando algo no iba bien. Pero bien era como tenía que ir, porque, de no ser así, todo se desmoronaría. Sadie a menudo trataba de mantener el equilibrio entre lo que la gente esperaba de ella y cómo era en realidad, pero a veces ese equilibrio se tambaleaba y olvidaba quién quería ser de verdad. Además, la gente tenía expectativas y a ella le gustaba superarlas en la medida de lo posible.

Aun así, los dedos le temblaban de miedo.

«Alguien está de vuelta».

«¿Quién, quién, quién?».

La pregunta todavía le resonaba en la cabeza cuando llegó a Melocotón al Tomillo, la cafetería que regentaba con su abuela. El día acababa de empezar y su mente ya estaba en bucle. Aquella palabra siguió cayendo como una gota de tortura mientras preparaba la mezcla para tres tandas de galletas de pastel de zanahoria con glaseado de queso crema. El jengibre le baja los humos al comensal y las zanahorias lo llevan de vuelta a sus raíces.

Quizá tenía a su hermano en mente; o quizá no. En cualquier caso, había cronometrado todo a la perfección, como siempre. La cocina era cálida y reconfortante como un abrazo. El olor del horno calentándose le recordaba que todo estaba bien. Se sentía cómoda con el ruido. El golpeteo de las varillas contra el recipiente de metal, el deslizado de la bandeja para hornear sobre la encimera, el latigazo del paño de cocina cuando se lo colocaba sobre el hombro. La repetición y el ritual calmaban el flujo constante de pensamientos persistentes, las preocupaciones no deseadas y molestas que solo desaparecían cuando se perdía en el ritmo de los movimientos y las medidas.

Pero la primera tanda de galletas le salió tan picante que tuvo que escupir el bocado en el fregadero. Un hormigueo le entró por los dedos de los pies y se extendió por todo el cuerpo. Intentó aliviarlo echándose una pizca de jengibre sobre el hombro y aplicándose aceite de lavanda detrás de las orejas, pero se le había incrustado. Los rituales no estaban funcionando. Las imágenes seguían apareciendo. El río desbordado. La serpiente y el cuervo en el camino.

—Regla número seis —se lamentó Sadie.

Una de las más fatídicas que su abuela le había repetido desde la infancia. Siete malos augurios seguidos significaban que había una pesadilla aguardando a la vuelta de la esquina. Y acababa de llegar el número cuatro.

Ella había aprendido las reglas de la magia Revelare de niña, a los pies de su abuela. Mientras ella buscaba lombrices con sus manitas sucias, Gigi le explicaba que las semillas de mostaza ayudaban a la gente a hablar sobre sus sentimientos y que el anís estrellado podía unir a dos personas. El sabor dulce de las cáscaras de mandarina perfumaba el aire y tenía sus uñas diminutas permanentemente teñidas de naranja.

Gigi siempre le advertía que sus elaboraciones les hablaban. Si uno estaba enamorado, los platos tendían a resultar demasiado dulces. Si la cena salía insípida, era falta de aventura. Y si el postre se quemaba, bueno, eso significaba que: «Algo malo viene a estos lares».

Sadie escuchaba esas lecciones entre colinabos amargos y guisantes trepadores absorbiendo cada palabra y dejando que echaran raíces en su corazón. No le molestaba saber que era rara y creció tejiendo magia a su alrededor como las cintas de un mayo.

Ahora se ganaba la vida vendiendo esa rareza. Una pizca de sueños en la mezcla y una gotita de esperanza en la masa. La magia le corría por las venas desde hacía tanto tiempo que a veces olvidaba quién era sin ella. Como las capas de pasta filo, era imposible separarlas.

Gigi había llegado antes que ella y ya estaba en marcha, «trasteando», como solía decir. Sadie prestaba atención al crujido del plástico al desenvolver las jarras. Al tintineo de los tarros chocando entre sí. Los pequeños ruidos comunes que convertían la cafetería en una sinfonía. Las galletas, esta vez condimentadas en su punto y recién salidas del horno, atraían con su dulce aroma a los clientes como un recuerdo de la infancia. Tarros de vidrio llenos de lavanda fresca y ranúnculos silvestres salpicaban las mesas y la olla de jengibre confitado en azúcar hervía al lado del cazo de leche infusionada con avellanas.

La vitrina estaba llena de cruasanes con esencia de naranja espolvoreados con ralladura escarchada cuya tarjeta rezaba: «Para causar entusiasmo, vigorosidad y éxito». Al lado, las tartaletas de frutas y albahaca brillaban como un sueño olvidado y decían: «Para buenos deseos, amor e intenciones serias». Y el pastel de canela y *streusel*, que algunos lugareños juraban que les mejoraba el día, tenía un cartel que simplemente decía: «Estabilidad». Generaciones atrás, la gente del pueblo habría reprendido o rechazado demostraciones de magia tan descaradas. Ahora, aunque no creyeran en ella, la aceptaban con deleite y tripas rugientes. Era parte de una rutina que se había entretejido con el ADN del día a día de Sadie. Y estaba a punto de empezar de nuevo.

Era la mejor cuando se trataba de seguir una rutina. La pequeña ciudad de Poppy Meadows, al igual que ella misma, funcionaba como un reloj. Todas las luces de Main Street empezaban a encenderse, se hacía el recuento de las cajas registradoras y los carteles de cerrado traqueteaban contra el cristal ansiando darse la vuelta. Sadie se adaptó al ritmo y relajó los hombros mientras observaba la pasarela de madera que conectaba la mezcolanza de edificios con fachadas de ladrillo. Dirigió la mirada hacia el final de la calle, donde se alzaba una iglesia blanca con un campanario del siglo XIX. Sus vidrieras, que según la leyenda local cazaban las plegarias lanzadas al viento, proyectaban joyas de luz sobre la acera. Entonces una silueta le llamó la atención. No. No podía ser.

—¡Cariño! —gritó Gigi con su vozarrón.

—¡Voy! —respondió Sadie rápidamente, con el estómago revuelto, mientras se sacudía el pasado y atravesaba las puertas dobles hacia la cocina. Por supuesto que no. Era imposible. Y, como hacía con casi todo lo demás en su vida, cerró la puerta a esa idea. La posibilidad de quién podía ser. Se había entrenado para retener esos pensamientos y empujarlos hacia la oscuridad, para mantenerse a salvo. De lo contrario, se descontrolarían y la llevarían a un estado de ansiedad total. No siempre funcionaba. Incluso ahora la tensión volvía a oprimirle el pecho.

—Cariño, si no quitas de en medio este saco de harina rebelde, una de nosotras se va a tropezar y va a romperse el cuello.

Cuando estaba Gigi, alguien siempre corría el riesgo de partirse algo, sufrir un «tirón» o «estropearse sus hermosas manos».

—Tal vez haya cuellos que merezcan romperse, Gigi —respondió Sadie con dulzura mientras levantaba el saco de harina de doce kilos y se lo apoyaba en la cadera.

—Calla ya o te meto un capón. Sé cuándo estás hablando de Seth. Tienes ese brillo malvado en los ojos.

Antes de responder, Sadie tropezó con la alfombra que cubría el suelo y observó, a cámara lenta, cómo la harina caía en cascada contra el suelo y se inflaba formando una nube blanca.

Un estropicio en la cocina era el mal augurio número cinco.

—¡Menuda sabandija! —Su abuela se rio con su gruñido ronco de fumadora.

Gigi (su apodo hacía que la susodicha pareciera mucho más francesa y mucho menos luchadora de lo que en verdad era) negó con la cabeza. Su pelo corto era una bola de algodón de azúcar, siempre perfectamente rizado y de un tono peculiar entre óxido y cobre.

—Ya lo sé, ya lo sé. «El desastre me persigue como la estupidez a un borracho» —citó Sadie apretando los dientes mientras cerraba la parte superior del saco de harina.

—¿Esa frase de quién es? —preguntó Gigi, volviéndose hacia ella con una mano en la cadera y una mirada que auguraba problemas.

La aludida se encogió de hombros.

—A ese hermano tuyo aún se le puede lavar la boca con jabón —dijo la mujer con un suspiro.

—Para eso tendría que estar aquí. —Su voz se volvió plana como un pastel de avena mientras se alisaba distraídamente el delantal.

—No vayas por ahí, cariño —respondió Gigi al ver que sus ojos se evadían hacia el pasado—. El que cava un hoyo caerá en él. No es culpa tuya.

—Estoy segura de que él diría lo contrario —replicó Sadie con los labios fruncidos.

—Ese chico tiene que luchar contra sus propios demonios —dijo Gigi—. Y lo hará. Ahora, voy a limpiar este desastre antes de abrir mientras tú vas a asearte.

Esta se enjuagó la boca en el lavabo y se sacudió la harina de la melena caoba con los dedos. Confiaba en que hubiera quedado limpia, ya que se negaba a mirarse en el espejo, algo que solo debía hacerse al amanecer, al mediodía o al anochecer, por miedo a que en el reflejo apareciera algo más. Una de las muchas rarezas de la familia Revelare que eran tan ciertas como que el sol sale por el este, como enterrar a medianoche en el jardín las monedas de centavo que se encontraban, llevar siempre encima algo verde y nunca silbar en interiores. Eran costumbres que Gigi le había enseñado desde la cuna.

La campana tintineó alegremente cuando Sadie abrió la puerta principal y se quedó allí quieta un instante, dejando que el último frío de la mañana le aclarara la mente. Inhaló el aroma de los conos de gofre de la heladería que había unas cuantas tiendas más abajo a la derecha y el olor del tocino flotando desde el restaurante de la calle de enfrente. Las caléndulas del medio barril de la acera se balanceaban y ofrecían su somnoliento saludo matutino. Las farolas se apagaron; una en particular parpadeó un par de veces, como si le hablara en código morse. Los hombros se le relajaron. Incluso sin magia, este siempre sería el lugar más perfecto del mundo para ella.

En cuanto puso el letrero en abierto, Bill Johnson apareció en el umbral, con su rostro afable, arrugado y desgastado y una sonrisa que encajaba como si estuviera destinada a estar allí. Era un poco más joven que Gigi y ocupaba un lugar especial en el corazón de Sadie por el simple hecho de que estaba enamorado en secreto de su abuela. Su camisa de franela, fresca y limpia como siempre, quedaba holgada en su desgarbada figura. Su pelo gris y desgreñado brillaba levemente con la luz de la mañana, pero no lograba ocultar las orejas enormes que sobresalían como las asas de un cántaro.

—Buenos días, Sadie —dijo, agachando la cabeza.

—Buenos días, Bill. ¿Qué va a ser esta mañana? —preguntó ella con calidez, caminando hasta colocarse detrás del mostrador mientras se aseguraba de que su delantal estuviera bien atado y en su sitio.

—¿Qué me recomienda Gigi Marie? —preguntó, mirando detrás de ella, como si pudiera perforar la pared de la cocina con los ojos.

—Te recomienda encarecidamente que cuides tus papilas gustativas, grandullón —contestó la susodicha desde atrás.

—Entonces, sorpréndeme —dijo con una sonrisa indulgente.

Sadie, con la espalda erguida y los hombros alineados, le sirvió el café: negro con dos azucarillos; esa parte del pedido nunca cambiaba. Luego cortó una ración de tarta de melocotón y mascarpone y la puso en un recipiente para llevar.

—¿Y esto qué hace?

—Si tienes algún dolor o malestar, hará que hoy te sientas como nuevo —respondió ella sonriendo—. Y, además, podría darte un poco de energía extra.

—Me vendría bien. —Bill levantó los ojos al cielo.

—¿La antigua Old Bailer? —supuso Sadie y él asintió. La restauración del monumento local había sufrido algunos reveses inesperados.

—Esa hectárea de terreno tienen tantísimos problemas como metros —dijo justo antes de girar los ojos hacia Gigi como un imán.

Su abuela había salido de la cocina secándose las manos con el delantal. Él se aclaró la garganta y deseó buenos días a ambas antes de irse, aunque a Sadie le dio tiempo a percatarse del rubor que acababa de colorearle las mejillas.

—No puedes evitarlo, ¿eh? —observó ella con una sonrisa—. El pobre Bill ha sido agradable contigo durante años. ¿Por qué no puedes ser más amable con él?

—¡Chitón! —ladró Gigi con una risa áspera—. Nadie va detrás de una vieja tonta como yo. Y no finjas que la mitad de los jóvenes de esta ciudad no están suspirando por ti, con el apellido Revelare o sin él. ¿Por qué crees que aquel chico te propuso matrimonio?

En ese momento, la nuca se les calentó y ambas se estremecieron. Levantaron la mirada y vieron a Ryan Wharton pasar. Cuando este vio a Sadie, le dedicó una sonrisa triste y saludó desganado con la mano antes de continuar caminando. Él fue la tentación a la que casi había cedido. No por amor ni nada similar. Solo buscaba consuelo. Compañía. Alguien que la tomara de la mano o escuchara el relato de su día. Sin embargo, no era justo para él. Ryan merecía algo más que un afecto tibio, sobre todo porque estaba enamorado de ella desde que iban a la escuela primaria. Y la necesidad de Sadie de cumplir con su deber era mayor que su deseo de mantener la relación. Había anhelado, en más de una ocasión, ser capaz de hacer algo para sí misma sin importar las consecuencias de la injusticia. Pero la culpa siempre la corroía antes de seguir adelante.

—Hablando del rey de Roma… —Gigi se rio con indulgencia—. Ninguno de los muchachos de por aquí es lo suficientemente bueno para ti. Porque eso es lo que son: muchachos.

—Entonces me alegro de no estar en el mercado —dijo Sadie con tono seco mientras se servía otra taza de café. Añadió una mezcla de canela y cacao alemán endulzado y se quedó ensimismada mientras le daba vueltas con la cuchara.

—Te lo he dicho cientos de veces. El amor es más importante que la magia, cariño. —Y Gigi, que no era propensa a dar muestras físicas de afecto, le acarició brevemente la mejilla.

—Para ti es fácil decirlo. No tienes una maldición que acabará quitándote la tuya —alegó Sadie, pasando un brazo alrededor de su abuela.

—Cariño, me salen las maldiciones por las orejas.

—¿De verdad? —preguntó ella, sorprendida.

—No te preocupes. —Gigi la abrazó y le dio unas palmaditas en la cintura—. Ahora ve y termina esas galletas antes de que las eche a perder por exceso de azúcar.

Sadie se apresuró a retomar el amasado y a comprobar el temporizador. Se preguntó de qué tipo de maldiciones hablaba su abuela y qué había motivado la demostración física de afecto. Faltaban ocho minutos, durante los que estuvo removiendo pensativamente el glaseado.

Un corazón roto para ella no era una locura pasajera de la que pudiera recuperarse con tiempo, chocolate y lágrimas. Debido a su maldición, un desengaño podría arrebatárselo todo, lo que hacía que enamorarse fuera un riesgo que no valía la pena correr.

Un presentimiento la llevó a acercarse al horno a pesar de que quedaban seis minutos, según el temporizador. Al asomarse al cristal, el pánico la abrasó como una guindilla cuando vio que las galletas empezaban a quemarse por los bordes. El mensaje era frío como el hielo: «Algo malo viene a estos lares».

—¡No, no, no! —murmuró, agarrando arrebatadamente el paño de cocina más cercano, pero el calor atravesó la tela y se quemó la mano con la bandeja.

Gritó y la dejó caer sobre la encimera con un sonido metálico reverberante. Alguien, o algo, había puesto el horno a doscientos sesenta grados. Agitó el paño de cocina con frenesí, tratando de dispersar el olor a quemado, porque, si Gigi detectaba el más mínimo hedor, desterraría a Sadie de la cocina durante el resto del día.

Acto seguido, tiró las galletas quemadas al fregadero y activó el triturador de basura. Un calor que le resultaba familiar le ardía por las venas. Dio un golpe con el puño. El sexto mal augurio. La bolsita de lavanda y trébol de agua que guardaba en el bolsillo del delantal no la estaba ayudando a mantener la calma, como se suponía que debía hacer.

Se quedó mirando los tarros de cristal, esparcidos sobre la encimera y los largos estantes de la pared. Cada uno tenía una etiqueta escrita con la letra de Gigi, pero no indicaba si el contenido era canela, albahaca, clavo o mejorana. En cambio, se leía «Juventud», que iba al lado de «Amistad», mientras que «Amor», «Bondad» y «Olvido» tenían su propia sección. «Estabilidad», «Salud» y «Fertilidad» hacían compañía a «Buenos deseos», mientras que «Desgracia» estaba al fondo, como un secreto oscuro.

Sadie alcanzó los tarros con las etiquetas «Tradiciones» y «Protección» e inhaló el aroma a canela recién molida antes de espolvorear un poco en la masa.

«Tradiciones… ¿Funcionará?».

Con mucho cuidado, cogió una pizca de sal y rezó una breve oración antes de echarla al recipiente con la esperanza de mantener a raya lo que fuera que se avecinaba.

Sadie removió los ingredientes con una cuchara hecha a mano con madera del roble blanco del bosque que había detrás del patio trasero de

Gigi. A su abuelo le encantaba tallar madera en su tiempo libre. Falleció cuando ella y su hermano gemelo tenían seis años y no recordaba mucho de él más allá de sus famosos sándwiches de pastrami y las figuritas que esculpía para ella. Viajaba mucho por su trabajo como técnico y siempre le llevaba a su mujer una cucharita de cada estado que visitaba. A Sadie le encantaba esa colección y disfrutaba trazando con el dedo la intrincada filigrana o analizando el diseño de la resina. Hacía años que no pensaba en esas cucharas.

—Querida amada. —Una voz aguda y musical irrumpió en su santuario justo cuando deslizaba la bandeja en el horno—. ¿Ha pasado un tornado por aquí?

Sadie se volvió y arrugó el entrecejo ante la mujer de cabello negro. Raquel, su mejor amiga desde la infancia, recorrió la habitación con los ojos muy abiertos y expresivos. Incluso cuando estaba quieta, en cierto modo, parecía estar en movimiento, cambiando las manos o los pies de posición todo el rato. Y su mirada era tan reflexiva que prácticamente se oían sus pensamientos aunque no los expresara en voz alta.

—Creo que te prohibí venir por aquí si no eras capaz de decir nada agradable —replicó Sadie, sujetando la cuchara de madera como si fuera una espada.

—No me preocupa hasta que te veo fuego en los ojos. —Raquel se rio—. Ahí es cuando sé que tenemos un problema de verdad.

Ella abrazó a su mejor amiga y luego le pellizcó el brazo.

—¡Ay! —se quejó aquella, con el ceño fruncido.

—Pellizcar es mi lenguaje del amor.

Sadie se encogió de hombros y comprobó el temporizador.

—¿Qué ocurre? —preguntó Raquel, apoyándose en la encimera y mirando a su mejor amiga, en espera de respuesta.

Ella apretó los labios. Nunca podía ocultarle nada y le resultaba bastante incómodo que las buenas amigas vieran tu interior incluso cuando tú misma te negabas a hacerlo.

—¡Hola! —Raquel chasqueó los dedos—. ¿Estás ahí?

—Estoy pensando.

—Siempre estás pensando. A veces es más sano decir lo que tienes en mente y ya está, pequeña obsesa del control.

Sadie se rio.

—Solo estoy…, ya sabes, simplemente regodeándome en la auto-compasión. Un poco asustada por estar sola el resto de mi vida. Esta mañana he tenido un miniataque de pánico por los cepillos de dientes. Así que, pues eso, lo de siempre.

—¿Han ardido los cepillos de dientes? ¿Te han insultado?

—Más bien ha sido el hecho de que solo hubiera uno.

—¿Y cuántos cepillos de dientes necesitas exactamente? —preguntó Raquel, arqueando una ceja delineada a la perfección.

—Solo uno. Ya sabes, porque siempre me cepillaré los dientes sola. —Sadie arrastró un dedo por la encimera, intentando sin éxito detener el dolor que le florecía en el pecho.

—¿Quieres que me lave los dientes contigo? Solo tienes que pedír-melo, ¿sabes?

—Cállate. —Volvió a reír—. Es solo la maldición…

—La maldición, la maldición —repitió Raquel—. ¿Cuándo vas a olvidarte de eso? Escucha, no estás sola. Nadie te está abandonando. Tu hermano va a volver. Gigi no se va a ir a ninguna parte. Y yo tampoco. El negocio funciona. Todo el mundo te quiere. Estamos todos aquí para apoyarte.

Las palabras salieron a la carrera, como si las hubiera ensayado. Sadie supuso que tal vez era así. Se preguntó en qué momento se había convertido en esa amiga a la que había que convencer con tanta frecuencia como para que Raquel tuviera un discurso preparado.

Respiró hondo y dejó que las palabras la invadieran. Que la tranquilizaran. Pero, por alguna razón, no lograron atravesar del todo la armadura. Porque la verdad era que Seth no había vuelto, y, si lo hiciera, tampoco había garantía de que no desapareciera de nuevo. Gigi no iba a vivir para siempre. Ambos se irían. Igual que su madre. Y que Jake.

—Y ahora que te he dorado la píldora… —empezó Raquel.

—¡Oh, no! —Sadie gimió, doblando otra vez los pensamientos por la mitad y guardándolos—. ¿En qué me vas a enredar esta vez?

—Permíteme comenzar con las buenas noticias. —Su amiga estaba prácticamente radiante—. ¡Me han dicho que sí!

—¿Le has propuesto matrimonio a alguien que debería conocer?

—Muy graciosa. Pues no. Para mí tú eres la única. ¡Pero la junta escolar ha dicho que sí a *Carrie*! —chilló—. He tenido que firmar un acuerdo jurando que limpiaría yo misma la sangre del escenario, pero vale la pena.

Sadie se rio. Raquel era la profesora de música del instituto local y siempre dirigía los musicales. Ella se había visto acorralada en una considerable cantidad de horas de largas audiciones y crisis adolescentes detrás del escenario.

—¿Para qué me necesitas? —preguntó con resignación.

—Eres un ángel, ¿lo sabías? Me preguntaba si tú y Gigi podríais ayudar con los trajes de la escena del gimnasio. Esos que parecen togas.

—¡Tus padres son los dueños de la única tienda de disfraces de la ciudad! ¿No tienen nada?

—Eeeh, perdona, bonita. El Sombrerero Loco es una tienda de alquiler de disfraces y esmóquines. También hacemos vestidos de fiesta. Y no, no tienen lo que necesito. También estaba pensando en que tal vez te gustaría organizar una venta de pasteles o algo así para recaudar fondos. —Raquel sonrió de forma sugerente.

—Vale, vale —dijo Sadie, riéndose—. Hecho.

—Ahora solo necesito ayuda con la iluminación. Requiere un diseño sólido. ¿Conoces a alguien que pueda echar una mano?

Antes de que pudiera responder, el aire de la cocina de repente rebosó una energía parecida a la de las interminables noches de verano donde todo es posible o la de la primera helada de la mañana de Navidad. Era una premonición clara y cristalina.

Sadie, nerviosa, volvió a secarse las manos en el delantal y se le hizo un nudo en el estómago. «Tradiciones» y «Protección» aún no habían tenido tiempo de hacer efecto.

—¡No, no, no! —gimió con una mano sobre la boca. El mundanal ruido se redujo a un zumbido. Le vibraba en el pecho como un recuerdo doloroso. La cocina quedó en un silencio inquietante. Incluso los chasquidos y crujidos del horno caliente se callaron.

Algo la atrajo desde más allá de las puertas de vaivén. Era cálido y olía a melocotones dulces de verano.

Empujó una de las hojas para abrirla un poco y miró por el escaparate. El zumbido se convirtió en un rugido y las orejas le ardieron al verlo.

Los presagios. El río desbordado. Una voz en su cabeza se reía y susurraba.

Jacob McNealy.

Allí estaba, de pie, en la acera, como un sueño hecho realidad. Se le secó la boca y tuvo la sensación de que llevaba años sedienta sin haberse percatado hasta ese mismo instante. Mirar a Jacob era como desperezarse después de una larga siesta.

Su primer desengaño. Su primer corazón roto. El culpable de que su maldición despertara.

Revivir aquel dolor antes de mediodía fue el séptimo mal augurio. Una pesadilla estaba de camino.

Galletas de pastel de zanahoria con glaseado de queso crema

Estas galletas le bajan los humos al comensal y lo llevan de vuelta a sus raíces, a sus orígenes. Las zanahorias te ayudan a entender que para alcanzar la plenitud debes buscar las respuestas en tu pasado, por muy difícil que sea. La sal y la canela preservan las tradiciones y los recuerdos. Concéntrate en la positividad mientras las horneas o se volverán amargas. Adapté esta receta de mi tío Sun, que trajo una bolsa de semillas de zanahoria blanca lunar de su viaje por Vietnam.

Ingredientes

Para las galletas
1 taza de harina para todo uso
1 cucharadita de bicarbonato de sodio
½ cucharadita de sal
1½ cucharadita de canela en polvo
⅛ cucharadita de nuez moscada en polvo
½ cucharadita de jengibre
¼ taza de aceite de coco derretido y enfriado a temperatura ambiente
½ taza de azúcar moreno
¼ taza de azúcar blanco
1 huevo grande
¼ taza de puré de melocotón (puedes usar papilla de melocotón o hacer puré de melocotones en lata)

2 cucharaditas de extracto de vainilla
1 taza de zanahoria rallada
1 taza de avena clásica
½ taza de copos de coco endulzados
½ taza de pasas

Para el glaseado

28 g de queso crema a temperatura ambiente
1 taza de azúcar glas
1 cucharada de leche
¼ cucharadita de extracto puro de almendra o de vainilla

Elaboración

1. Precalienta el horno a 180 °C. Forra una bandeja con papel de horno o un tapete de silicona apto para hornear y reserva.
2. En un bol mediano, mezcla la harina, el bicarbonato, la sal, la canela, el jengibre y la nuez moscada. Reserva.
3. En el bol de una batidora mezcladora, incorpora el aceite de coco y los azúcares y mezcla hasta que quede homogéneo. Agrega el huevo y el extracto de vainilla y bate hasta que se integren. Luego añade la zanahoria rallada y el puré de melocotón. Mezcla hasta que se integren.
4. Agrega despacio la mezcla de la harina hasta que se integre. Añade la avena, el coco y las pasas.
5. Coloca cucharadas colmadas de masa dejando 5 centímetros de separación en la bandeja preparada. Hornea de 10 a 12 minutos o hasta que las galletas estén firmes y ligeramente doradas por los bordes. Retíralas de la bandeja. Déjalas enfriar del todo sobre una rejilla.
6. Mientras tanto, prepara el glaseado. Mezcla el queso crema, el azúcar, la leche y el extracto puro en un bol mediano. Con una cuchara, vierte el glaseado sobre las galletas frías. Deja reposar hasta que se endurezca. ¡Listas para servir!

2

—¡¿Qué demonios?! —gritó Raquel cuando sonó la alarma de humo.

Tras un momento de puro pánico, Sadie agarró un paño de cocina y saltó sobre una silla para abanicar la repentina humareda. El olor acre hizo que a ambas les lloraran los ojos. Aquella cogió otro trapo y agitó los brazos, haciendo honor a la fuerza de la naturaleza que era. Un segundo después, Gigi entró por la puerta corriendo justo cuando el pitido estridente cesó y las dejó en un silencio reverberante.

—¿Quieres que a los clientes les dé un ataque al corazón? —exclamó la mujer, pero se detuvo en seco cuando vio la expresión de horror en el rostro de Sadie—. Bueno, pequeña sabandija. Has acabado por hoy.

—¡Madre mía! Yo la he visto meter esas galletas —dijo Raquel, haciendo la señal de la cruz—. ¿Cómo han podido quemarse tan rápido?

—Voy a llamar a Gail para que te sustituya —dijo Gigi, cuya voz se volvió suave mientras daba unas palmaditas a Sadie en el brazo.

Gail, amiga de toda la vida de su abuela y empleada a tiempo parcial en la cafetería, estaría allí en menos de diez minutos lista para trabajar y con la sonrisa puesta.

—Tienes que salir de aquí antes de que destroces el local —añadió—. ¿Cuál es la regla número veintiuno?

—«No interfieras en la magia Revelare» —recitó Sadie.

El corazón le latía rápido como a un colibrí. Ni siquiera era mediodía y su mundo estaba patas arriba. Sentía el pecho tenso y las lumbares agarrotadas. La cocina, que hacía un momento era asfixiante, ahora estaba misteriosamente fría. Era toda humo, helor y silencio, como si hubiera quedado cubierta de nieve.

—Así es. Algunas cosas se pueden cambiar, pero las que no es mejor dejarlas como están. Llévate esto —añadió y le puso en la mano un frasco pequeño de sal y angélica antes de echarla de la cocina.

Sadie se lavó las manos y volvió a ponerse los anillos como un soldado colocándose la armadura. Luego siguió en silencio a Raquel hasta la puerta de la cocina tras asegurarse de que Jake no estaba a la vista. Varios clientes la saludaron atentamente al pasar y la felicitaron por los cruasanes con esencia de naranja. Ella sonreía distraída mientras un calor abrasador le subía con inclemencia por el cuello.

El aire era tan vigorizante como las galletas de jengibre mientras el sol terminaba su trayectoria ascendente diaria; aun así, Sadie tenía la piel cada vez más sudada. Aunque era temprano, observó que el Cutsie, en la calle de enfrente, estaba lleno de gente desayunando. Desde la acera, allí plantada, se quedó mirando la escena como si estuviera contemplando un sueño inalcanzable.

—Pues todo ha ido bien —dijo Raquel, irrumpiendo en sus pensamientos. Su piel morena parecía brillar con la luz del amanecer. Enlazó el brazo de Sadie con el suyo y la empujó hacia el otro lado de la calle. Cuando su amiga se hacía cargo de algo, realmente no había nada que hacer, así que se dejó llevar. Para alguien que siempre tenía el control era un sentimiento extraño.

—Diez años —fue lo único que dijo Sadie.

—Lo sé. —Raquel suspiró.

—Él fue mi primer corazón roto. Él despertó mi maldición —dijo ella con tanta fuerza que se sonrojó por el calor del recuerdo.

—Eres muy dramática —suspiró la amiga con los labios fruncidos—. Te lo dije, las maldiciones solo son reales si crees en ellas.

—¡Eso es lo que tú te crees! ¿Recuerdas lo que le pasó a mi… a mi… ya sabes qué… —susurró, examinando la acera con los ojos— cuando él se marchó?

—Miedo me da lo que vas a decir. —Raquel arqueó las cejas.

—¡A mi magia! —siseó Sadie.

—Ah, sí. Siempre se quemaba algo de repente cada vez que entrabas en la cocina. Eso sí que era raro —dijo aquella, pensativa.

—Y las plantas del jardín se morían. Y la electricidad en casa se cortaba. Era un desastre. Y pasó lo mismo cuando se fue Seth. Mi magia está empezando a estabilizarse ahora. En ambas ocasiones tardó casi un año en volver a la normalidad.

—Tu definición de normalidad tal vez habría que pulirla un poquito. —Raquel se rio. Su cabello azabache, más recto que un palo, ondeaba con la brisa de principios de otoño, que traía consigo aroma a fresas y esperanza.

Sadie escaneó con nerviosismo la calle y la acera. Pero no lo veía por ninguna parte. Mientras esperaban en el paso de peatones, se estremeció. No había ninguna señal de stop, solo un semáforo intermitente más adelante en la intersección de cuatro vías que llevaba a la calle siguiente o indicaba el desvío hacia vecindarios más pequeños y angulosos o hacia enormes praderas con graneros aún más enormes. Allí solo había un cartel amistoso, con el poste envuelto en una alegre hiedra trepadora, que advertía: «¡Mira en ambos sentidos!».

—Si fuera una bruja de verdad, ya te habría hechizado —soltó Sadie, pero no lo decía de corazón.

—¿Bruja de verdad? —Raquel puso los ojos en blanco—. ¡Por favor! ¿Preparaste o no un té en el instituto para que Annabelle Bennett le dijera a todo el mundo que se metía relleno en el sujetador?

—¡Era una abusona! Se lo merecía por burlarse de todas nosotras por no «florecer tan temprano» como ella.

—¡Ajá! Por eso todavía te odia. ¿Y preparaste o no una quiche que ayudó al pobre Phillip Lee, con su cara granuda, a superar sus miedos e invitar a esa misma Annabelle al baile de invierno del instituto? —preguntó mientras aguantaba abierta la puerta del restaurante.

—¿Cómo no iba a ayudarlo? Estaba obligada a cumplir con mi deber. —Sadie se rio y empezó a recuperar la sensibilidad en los dedos. El olor a café y a patatas fritas hizo que le rugiera el estómago, aunque lo tenía demasiado revuelto para comer.

—Por eso tus clientes siempre vuelven. No es solo por la comida. Es por la magia. Por las esperanzas, las promesas, el amor y todo eso. ¿Eso no es brujería?

—Me acojo a la quinta enmienda.

—Lo que significa que tengo razón. —Raquel sonrió mientras entraban al restaurante.

Ambas se reían mientras se dirigían a su mesa favorita, en la esquina junto a los ventanales que daban a la calle. El cuero agrietado se hundió con un crujido cuando se sentaron. Poco después, Janie se acercó sigilosamente. Era solo unos años mayor que Sadie y Raquel; llevaba trabajando allí desde que ellas estaban en el instituto y parecía una presencia casi tan perpetua como el propio local.

—¿Cómo están mis dos clientas favoritas? —preguntó con una sonrisa y sacando su bloc de notas.

—Apuesto a que le dices eso mismo a todos los que cruzan esas puertas —dijo Raquel, sonriendo también.

—Solo a los que dejan propinas tan buenas como vosotras. —Janie le guiñó un ojo—. ¿Qué puedo ofrecerles, señoritas?

Ella se fijó en su forma de sostener el bolígrafo sobre la libreta y tomó nota mental de traerle un ungüento de uña de gato para la artritis.

—Revuelto Gold Rush con claras de huevo, por favor —dijo Raquel sin mirar la carta.

—Solo café, gracias —dijo Sadie.

—Ella también tomará el revuelto Gold Rush. Pero con un panecillo en lugar de tostadas.

—¿Ah, sí?

—Estoy casi segura de que ya llevas cuatro tazas de café y dos de té sin nada de comida, así que sí, te lo vas a tomar.

Janie se rio y anotó el pedido, flexionando los dedos mientras deslizaba el bolígrafo en el bolsillo del delantal.

—Eres una mandona —dijo Sadie mientras cerraba los ojos y oía el ruido ambiental del restaurante, el agua vertida en los vasos y el tintineo de los cubiertos contra los platos.

—Es parte de mi encanto. —Raquel sonrió—. Además, me dijiste que te recordara que no bebieras tanta cafeína.

—¡Pero eso fue antes de que descubriera que «el que no debe ser nombrado» estaba en la ciudad! —replicó Sadie.

—¿Quién? ¿Lord Voldemort? —preguntó la otra con una ceja arqueada.

—Muy divertido. Me parto de la risa —dijo ella inexpresiva con una mirada malvada y los labios fruncidos.

—¿Sabes qué? Eso es en realidad lo que venía a decirte. Pero tu estúpido sexto sentido se me ha adelantado. Al parecer, ahora es bombero. Me pregunto cómo le quedará el uniforme… Espero que haya engordado un poco.

Sadie sabía que Raquel estaba intentando sacarle una reacción y esa fue exactamente la razón por la que se quedó callada. Tenía que conservar el último vestigio de control antes de perderlo por completo. El corazón no había dejado de latirle de forma irregular desde que había visto a Jake plantado en la acera y no podía dejar que se notara o su mejor amiga se le echaría encima como un león hambriento. Pero Raquel ya tenía los ojos pegados a su rostro, buscando alguna muestra de emoción.

—Deja de mirarme así. —Sadie le lanzó una mirada asesina.

—No me digas lo que tengo que hacer con mis ojos. —La voz de su amiga era igual de imperiosa que su expresión mordaz—. De todos modos, creo que estaba en un parque de bomberos muy grande al sur de California, pero quería algo un poco más relajado, así que decidió volver aquí.

—¿Cómo sabes todo eso? —La curiosidad se apoderó de Sadie.

—Me encontré con Nancy en la gasolinera esta mañana, que se había enterado por Katie Sutherland.

—Genial —gimió ella.

Si Cindy McGillicuddy era la metementodo del pueblo, Katie Sutherland era la cotilla oficial. Su mantra era: «Si es verdad, no es un cotilleo».

No tenía en cuenta a quién dañaba por el camino. Una vez sorprendió a Sadie besando a un chico de un grupo de estudiantes de secundaria detrás de la casa parroquial y le dijo a todo el mundo que estaba haciendo uso de sus «habilidades diabólicas» para inducir a muchachos inocentes a pecar. Entonces Gigi apareció en su puerta con un bizcocho borracho empapado con desgracia y le dijo que, si seguía difundiendo rumores de mal gusto, volvería con una escopeta.

—Al parecer está en proceso de contratación en el parque de bomberos de Poppy Meadows —continuó Raquel.

—Por entonces estaba deseando largarse de aquí echando leches. A ver, que yo lo sabía. Tenía muy claro que nunca quiso quedarse. Y de todos modos caí.

—Siempre has sido una masoquista.

—No lo sé. Supongo que simplemente pensé que nosotros… Bueno, da igual. Fui una tonta. Una ingenua.

—No. Tu problema, cariño, es que es casi imposible que alguien entre en ese corazón tuyo. Y, cuando lo hace, lo amas para siempre. Da igual lo que pase o que te traten como una mierda.

—Raquel, en serio, como no te calles voy a apuñalarte con la pajita del café.

—La verdad duele. —Se encogió de hombros, arrastrando un dedo por la mesa y mirando de forma inocente al vacío—. En serio, ¿no estás cansada de vivir tu vida dominada por todas tus rutinas y listas? ¿No querrías renunciar a un poquito —pronunció la palabra con voz aguda mientras juntaba el pulgar y el índice hasta que casi tocarse— de control y, ya sabes, divertirte un poco? Deja de obsesionarte con el regreso de Jake, que sé perfectamente que lo tienes metido en la cabeza, y hagamos una noche de chicas. Vino. Comida basura. Películas malas.

—En primer lugar, mi vida no gira en torno a Jacob McNealy —siseó Sadie mientras en el estómago se le formaba un caos de nervios tras decir su nombre en voz alta—. Ni siquiera estoy pensando en él.

En ese momento, entró una ráfaga de aire frío en el restaurante cuando se abrió la puerta y ella, que estaba de espaldas a la entrada, giró la cabeza tan rápido que le crujió el cuello. Dejó escapar un suspiro tembloroso cuando vio que solo era el alcalde Elias.

—Ahora mismo me acabas de convencer —dijo Raquel con expresión impasible—. Mira lo convencida que estoy.

—Hace diez años que no lo veo. Ni siquiera debería importarme que haya vuelto a la ciudad —dijo Sadie, masajeándose el cuello mientras se le fruncían las comisuras de la boca. Sabía muy bien que ese «no debería» significaba más bien poco cuando se trataba de Jake—. De verdad que no me importa, ni siquiera si…

—El alcalde viene hacia nosotras —siseó su amiga, cortando sus mentiras.

Ella se enderezó enseguida. La otra alisó la servilleta que tenía en el regazo y se pasó una mano por el pelo.

—Sadie, Raquel —dijo, acercándose.

—Alcalde Elias.

—¿Cómo están mis electoras esta hermosa mañana? —preguntó, alisándose la corbata antes de meter los pulgares por los tirantes. Impecablemente vestido, como siempre, Elias tenía una figura sorprendente, con su piel oscura y su cabello más oscuro aún.

Ambas respondieron con balbuceos, siempre volviendo a su versión adolescente bajo la mirada de Elias, que se había vuelto severa. Tenía la habilidad única de hacerte sentir como si hubieras hecho algo malo aunque no fuera así, porque sabía que, en algún momento, tendría razón. El alcalde levantó una mano.

—Me gusta, me gusta. Ahora, en cuanto a los escaparates de otoño… —comenzó a decir justo cuando su marido, James, lo llamó por su nombre desde el reservado de la esquina—. Bueno, supongo que hablaremos de eso más adelante. El desayuno me llama. —Se dio unas palmaditas en el estómago y las dejó.

—Salvadas por la campana —susurró Raquel—. Ahora, volvamos a Jake. —Sadie gimió—. Quiero decir, no es como si él te hubiera «dejado». —Puso comillas con los dedos alrededor de la última palabra—. Puedes seguir con tu vida después de una década, ¿sabes?

—Yo… Nosotros… Era complicado.

—¿Ah, sí? —preguntó Raquel con un tono lleno de escepticismo.

—La crecida del río, siete malos augurios seguidos… Obviamente, él es la pesadilla.

—Al menos por fin estamos de acuerdo en eso. Es un imbécil. Siempre lo ha sido.

—Solo lo dices porque me rompió el corazón.

—¡Eh! Eres mi mejor amiga. Tú también odiarías a cualquier idiota que me rompiera el corazón.

En ese momento, Janie fue a dejarles sus revueltos Gold Rush y el café de Sadie. Esta inhaló el vapor que salía del plato caliente y miró hambrienta la salchicha de arce. Le sonaron las tripas y Raquel le dedicó una mirada de «Te lo dije». Ella la ignoró, cogió una loncha de beicon y la mojó en el café antes de llevarse el trozo entero a la boca. Comer por estrés en su máxima expresión.

—Eso es una guarrería —dijo la otra a la vez que apuntaba con su tenedor el café de Sadie—. Acabas de contaminar tu bebida con carne de cerdo.

—Todo va a parar al mismo sitio, bicho raro. —Puso los ojos en blanco.

—Vas a estar bien y lo sabes —dijo Raquel con un tono despreocupado que no era del todo convincente—. Sé que es una faena, pero… —Se encogió de hombros.

Sadie cogió su taza y sintió el calor en la mano, pero, cuando se la llevó a los labios, su magia caprichosa enfrió la loza y el sabor amargo del café helado se chocó con la lengua. Se le erizó la nuca, contrajo los hombros e hizo un esfuerzo por no darse la vuelta esta vez. Sintió la necesidad imperiosa de echarse una pizca de sal por encima del hombro o al menos de apretar la piedra de sal que llevaba en el bolsillo. Se le puso la piel de gallina. «Algo malo viene a estos lares». Intentó esconder aquel pensamiento y enviarlo a la oscuridad, como siempre hacía, pero había cosas que se negaban a estar ocultas.

—Camilla está intentando convencer a mis padres para que le dejen hacerse un tatuaje —dijo Raquel de repente, cambiando de tema e interrumpiendo sus pensamientos.

—¿Qué? —Sadie se rio—. ¿En esta vida?

Los padres de su amiga eran exageradamente estrictos. Una vez la castigaron por ponerse un aro falso en la nariz el Día de los Inocentes para gastar una broma. Cuando ella llegó a casa con esa misma broma, Gigi le dijo que le quedaba muy bien.

—¡Eso mismo pienso yo! «¿Qué ejemplo crees que le estás dando a Sofía? —dijo imitando la voz y el acento de su madre—. Y te recuerdo que Camilla tiene diecinueve años y Sofía dieciséis, pero Dios no permitirá que desobedezcan a mamá y papá Rodriguez». He pasado por ello. No fue bien. ¿Recuerdas cuando intenté saltarme la sesión de psicoterapia cuando estábamos en el instituto? A papá por poco le da un aneurisma. —Raquel se rio—. Desde entonces siempre se quedaba sentado en la sala de espera. Creo que todavía hoy me esperaría si lo dejara.

—Solo porque eres su princesa —dijo Sadie con una sonrisa—. ¿Cómo vas con la medicación, por cierto? —Normalmente le preguntaba cada pocos meses, pero su amiga llevaba una temporada tan estable que se le había olvidado y se sintió un poco culpable.

—El doctor Attenburg me aumentó la dosis hace unos meses y voy… —Se encogió de hombros—. Voy bien. A veces me atonta demasiado, pero es mejor que la alternativa.

Sadie sabía que la alternativa podía ser una calamidad. Estuvo con Raquel cuando empezó a dar vueltas en espiral en estado catatónico, y cuando sus trastornos maniáticos la ponían en peligro, y cuando lloraba, Sadie con ella, mientras suplicaba que no la dejaran tocar fondo. Su trastorno bipolar era una montaña rusa, pero convertía a su mejor amiga en la persona más fuerte y valiente que conocía, aunque ella misma era incapaz de verlo.

—¿Y cómo te va el yoga?

—Estoy practicando la postura de los ocho ángulos. Es un espectáculo digno de contemplar —dijo Raquel—. Pero, cuanto más cuido mi cuerpo, mejor me siento.

En ese momento, Annabelle Bennett pasó y les lanzó una sonrisa condescendiente. Nunca había perdonado a Sadie por haber divulgado el asunto del relleno de sujetador y su misión en la vida era hacer que se sintiera lo más pequeña posible. Aun así, ella le devolvió la sonrisa y la saludó con la mano mientras Raquel fruncía el ceño.

—Nunca tengo claro si debería intentar ser más amable, como tú, o si convertirte en una perra fría, como yo —dijo la susodicha mientras Annabelle tomaba asiento a una mesa en la otra esquina del restaurante.

—Yo no soy amable —respondió Sadie.

—Literalmente, dejarías que alguien te cagara en la puerta y luego te disculparías por no limpiarla lo más rápido posible.

—Eso… eso es repugnante, en primer lugar. Y, en segundo, puede parecer que soy amable, pero en realidad es un trasfondo sarcástico y mordaz. Es el arte sutil de insultar de tal forma que la persona no sepa si estás bromeando o no. Quiero decir, Annabelle lo intenta, la pobre, pero muestra demasiado odio en la mirada, ¿sabes?

—Lo que tú digas, cariño. Pero todo el mundo sabe que eres una blanda.

Sadie removió pensativamente su café y abrió la boca, pero no se le ocurrió nada que decir que pareciera cierto y la cerró de nuevo.

—Deja de editar lo que estés pensando decir y escúpelo sin más.

—Vale —resopló ella—, aunque era una pregunta retórica, porque eres mi mejor amiga y es obvio que sabes cómo me siento. Se me hace un nudo en el estómago al pensar que él está en la misma ciudad, por no hablar de cruzármelo. Y ahora sé lo que querían decir todos esos malos augurios. Pero una pesadilla conocida es mejor que una por conocer, porque ya sabes cómo manejarla. Y, sea lo que sea lo que Jake esté haciendo en la ciudad, no quiero tener nada que ver.

Y eso, en lo que a Sadie concernía, era todo.

Después de comer, Raquel no la dejó volver a casa y la obligó a pasear del brazo con ella por Main Street.

—Enfréntate a tus miedos —dijo—. Solo un paseo corto y luego vuelves a casa y entierras las manos en la tierra, como sé que vas a hacer.

—Lo que voy a hacer es enterrar tu cabeza en la tierra —dijo Sadie, con los ojos vagando por todas partes, escaneando rostros, esperando y temiendo ver uno en particular.

Meera Shaan las saludó mientras barría la entrada del salón de belleza Shaan. Los hilos dorados de su sari color melocotón parpadeaban a la luz del sol como pequeñas promesas. Esa señora le había cortado y arreglado el pelo a Gigi desde que abrieron la peluquería hace varios años, tras mudarse desde Aurelia.

—Dile a tu abuelita que el té que me dio para Akshay lo ha ayudado a dormir mucho mejor —dijo con una sonrisa agradecida. Sadie sabía que su hijo de diez años padecía un grave trastorno obsesivo-compulsivo y la ansiedad no lo dejaba dormir por las noches.

—Se lo diré —prometió.

Pasaron por la puerta de Velas y Regalos Delvaux. El rótulo exterior se mecía ligeramente con el viento y, con la inclinación de cabeza correcta, parecía que las tres velas fundidas pintadas en la madera envejecida parpadeaban como si acabaran de encenderse.

Y entonces Sadie sintió la atracción cuando se acercaban a la librería Poppy Meadows. Oyó páginas revoloteando, llamándola. Era un canto de sirena y le costaba resistirse. El letrero del escaparate tenía pintado un libro abierto de cuyas páginas brotaban amapolas de California de color naranja brillante. El logo siempre le había hecho soñar con caer en un libro igual que Alicia cayó por la madriguera del conejo. Tras el cristal, había libros encerrados en jaulas de pájaro esmaltadas en blanco que colgaban del techo mediante cuerdas invisibles.

—¡De ninguna manera! —dijo Raquel, arrastrándola del brazo mientras Sadie desaceleraba los pies—. El tiempo deja de existir para ti en las librerías y no pienso quedarme sentada tres horas mientras tú te entusiasmas con libros que no tienes intención de comprar.

—¡Pero me necesitan! —argumentó ella con una mano en la puerta, sin ser consciente de haber extendido el brazo—. Aunque no los compre, necesitan saber que los aman. Que alguien quiera mirarlos. Que acaricien sus delicadas páginas.

—Eres muy rara —dijo Raquel, suspirando y siguiéndola adentro. —Sadie inhaló—. Tu antropomorfismo no conoce límites —añadió mientras ella señalaba los libros.

—¡Sssh! Los vas a ofender.

—Hola, señoras —dijo el señor Abassi desde detrás del mostrador. Sadie había crecido con su voz profunda dándole la bienvenida a la tienda; el brillo de su sencillo pagri blanco quedaba atenuado por su sonrisa, aún más brillante.

—Me alegra que hayas venido —dijo con su ligero acento—. Tu abuela no aceptó el pago por el ungüento para la artritis que me dio, así que te he reservado esto.

Sacó un libro de debajo del mostrador y Sadie jadeó al leer la portada: *Guía ilustrada de floriografía rara y sus usos*. La semana pasada había estado babeando por los intrincados diseños para acuarela, pero no podía justificar otra adición a su colección en constante crecimiento.

—Señor Abassi, de verdad, no es necesario —dijo, pero sus manos ansiosas ya estaban cogiendo el libro.

—Por favor —respondió—, es lo mínimo que puedo hacer. No sé qué haría Poppy Meadows sin Gigi Revelare.

Les dijo adiós con la mano cuando salieron de la tienda y se despidió de ellas con su habitual «Khuda hafiz».

—No ha estado tan mal, ¿verdad? —preguntó Sadie, repasando con los dedos el relieve de las flores de la portada.

—Esta vez no.

—¿Puedo volver a casa ya?

—¿Te encuentras mejor?

—Un poco —admitió, besando a su mejor amiga en la mejilla.

De camino a casa, finalmente soltó un largo suspiro que le pareció haber estado conteniendo desde el gorjeo del reloj de pie aquella misma mañana. Se detuvo en el camino de entrada y apagó el motor. El silencio la envolvió.

La casa de los Revelare estaba más alejada de la calle que las demás del vecindario. Era casi anterior a la guerra. Tenía tres dormitorios, un amplio porche delantero con pilares blancos y un limonero con las ramas tan anchas que parecía más propio de una llanura africana que de California. Y no importaba lo calurosos que fueran los días de verano: su sombra te refrescaba hasta casi dejarte tiritando. Se rumoreaba que chupar el zumo de un limón del árbol Revelare te mostraba lo que más deseabas en el mundo.

Sadie lo había probado docenas de veces cuando era niña y las mejillas se le arrugaban ante el sabor agridulce, pero lo único que veía era la casa de enfrente.

En una esquina del patio había un arce rojo alto y soberbio. Cuando Seth y ella eran más pequeños, grabaron minuciosamente su nombre en el tronco con un cuchillo robado de la cocina. Las marcas estuvieron derramando savia durante semanas. Cada vez que los gemelos lo visitaban, Sadie lloraba por el dolor del árbol y por lo que le habían hecho, mientras que Seth se limitaba a pasar los dedos por la sustancia dulce y pegajosa y la lamía. Siempre era así. Cuando él intentaba provocar incendios con una lupa, ella los apagaba. Cuando él se olvidaba de tirar la basura, ella lo hacía por él para que no tuviera problemas con Gigi. Mirando atrás, pensó que tal vez le habría venido bien alguna que otra reprimenda. Tal vez el trato que le dio fue permisivo. O tal vez era más fácil ayudar a los demás que a sí misma. Cualquiera que fuera el motivo, cada vez que veía a alguien que necesitaba ayuda, intervenía.

Pero ese patio no solo le traía recuerdos de Seth. También de los pícnics de verano, cuando el tío Brian los visitaba y asaba uno de sus cerdos recién sacrificados. La tía Anne y el tío Steven instalaban la red de bádminton. Todos los primos jugaban juntos interminablemente al escondite, se contaban secretos y se mojaban con los aspersores. Con los dedos pegajosos de sandía y de tiza. Con el paso de los años, los recuerdos perduraron, pero las reuniones no. A veces extrañaba tanto a sus tíos y tías que sentía como si a algunas partes de ella les faltaran pedacitos de ellos.

Dejando atrás el pasado, cerró de golpe la puerta de su viejo y destartalado Subaru y, lo primero es lo primero, se desató las botas y se las quitó de un puntapié. Se le escapó un suspiro cuando el calor del pavimento se le extendió por sus pies. Inhaló el olor a cemento cálido y húmedo por el agua del aspersor que bordeaba el camino de entrada. Por una vez, el viento había amainado y todo estaba en silencio. Oyó la cháchara de un par de ardillas en lo alto de un árbol y el relincho de un caballo en la finca de Cindy, enfrente. Algo dentro de Sadie también se calmó. Poppy Meadows no era una ciudad muy bulliciosa, pero, al estar en su pequeña parcela, lejos del ruido y las tareas de la cafetería, la opresión en el pecho comenzó a aliviarse.

Recorrió con los dedos las hortensias azul cielo que rodeaban la casa y el tacto de sus delicados pétalos la llenó de coraje. Finalmente, se sentó en el suelo del jardín, debajo de su jazmín solano favorito, y hundió los dedos de los pies en el camino de guijarros y los de las manos en la tierra, como para recargarse. Por lo general, el jardín le aportaba paz, pero, cuando miró a su alrededor, lo sintió diferente. Las guirnaldas de luces se mecían y las tomateras crujían, pero algo no encajaba. Y fue entonces cuando un movimiento en el límite del bosque le llamó la atención. Fue mínimo; luego desapareció detrás de un árbol. Una fina película blanquecina que podría haber sido un animal, un fantasma o un intruso.

Un momento después, un sonido de uñas afiladas sobre los adoquines la sobresaltó. Abby, la Manchester terrier miniatura de Gigi, pechugona, jadeante y demasiado gorda para su tamaño, se acercó tambaleándose emocionada hacia Sadie. Y, cuando volvió a mirar hacia el bosque, la figura ya no estaba. No le dio importancia. Ese terreno atesoraba todo tipo de secretos y ninguno la había molestado todavía. Mientras tanto, Abby, al darse cuenta de que no era Gigi, resolló con desdén, se marchó de vuelta a la casa y entró directamente por la puerta de perritos.

El patio trasero era pequeño, pero cada centímetro estaba cubierto de plantas, frutas y verduras. Arbustos de dedalera y lavanda se alineaban en el perímetro para mantener alejados a los ciervos. El olor a tomates verdes, tierra y pino se mezclaba en un recuerdo agradable. Sadie podía nombrar todos los géneros y especies de aquel jardín antes de que la mayoría de los niños supieran deletrear su propio nombre. Con trece años, era capaz de rastrear sus orígenes y recitar su simbolismo y de contar la historia de cada planta y sus fines medicinales o mágicos. A veces se preguntaba si su propia sangre estaría mezclada con el néctar de aquellas flores. El camino desde el porche trasero hasta el jardín estaba bordeado de farolillos que colgaban de postes retorcidos de hierro forjado. En el jardín mismo había luces solares que emitían un brillo cálido y etéreo y los troncos de los melocotoneros y los ciruelos estaban envueltos en guirnaldas de lucecitas blancas y tenues que brillaban como estrellas. Por la noche, Sadie sentía que aquel espacio la llamaba y ella salía a hurtadillas y bailaba entre los guisantes de olor y las acelgas mientras las plantas se balanceaban y le daban una secreta bienvenida.

En cambio, las propias plantas habían prohibido a Seth la entrada al jardín Revelare. Cada vez que intentaba espiar o entrar sigilosamente, una enredadera errante se le enroscaba alrededor del tobillo y lo hacía tropezar.

—Solo las mujeres Revelare tienen este tipo de magia —le decía Gigi, amable pero severa, con su voz grave de fumadora—. Los hombres de la familia tienen un tipo de magia diferente.

—De todos modos, no quiero tu estúpida magia —gritaba antes de irse dando pisotones.

—¿Qué tipo de magia tienen los hombres Revelare? —preguntó Sadie.

—Él lo descubrirá cuando llegue el momento, no te preocupes —le contestó Gigi en un tono que decía: «Caso cerrado».

—¿Qué pasa con la maldición? —insistía ella, que nunca sabía cuándo dejarlo estar. La maldición era la parte más misteriosa de su legado. Todos los Revelare tenían magia, pero también la maldición que la acompañaba. Porque la naturaleza exigía equilibrio y esa era su forma de tener las cosas bajo control.

—Se supone que no debías saber nada de la maldición hasta hoy, cariño. Pero sospecho que tu tía Tava te ha estado cuchicheando al oído. —Gigi suspiró, de rodillas sobre el barro y el peso sobre los talones—. Supongo que será mejor que hablemos del tema. Cada maldición es diferente. Algunas no surten efecto hasta que casi las has olvidado. Tal vez pensabas que saldrías impune o que la hallarías adormecida y efímera como la flor de una noche —dijo—. Tú y tu hermano descubriréis vuestra magia. Pero tu maldición…, bueno, ella te encontrará a ti. Pero, por ahora, no hagas tuyos problemas ajenos a menos que tengas hombros para soportarlos.

La promesa de la magia parecía valer el coste de una maldición. Y, la primera vez que hizo florecer el jazmín nocturno durante el calor sofocante de un día de junio con una sola palabra, supo que su magia estaba en la tierra, igual que la de su abuela. Estaba tan arraigada en ella que nunca podrían separarse. La única verdad a la que siempre se aferró fue que la familia era más importante que su magia. Porque, si perdía eso, no era nada. Un barco a la deriva, una cometa sin cuerda. Y ahora mismo, sin Seth, solo tenía a Gigi. Su abuela era el ancla que la mantenía firme y el hilo que la dejaba volar.

El límite de la propiedad detrás de su parcela lindaba con el del bosque, donde enormes pinos y ponderosas tenían dulces sueños. La luz que se filtraba a través de ellos hacía que aquella zona pareciera el propio jardín secreto de Sadie.

Excepto que ahora era como si una presencia insidiosa se hubiera infiltrado en su espacio privado. Porque entre los árboles, a menos de un kilómetro y medio y atravesando un camino de tierra para venados, se alzaba una casa. La casa. Hacía años que no pensaba en ella. Era grande, de dos plantas; parecía salida de un cuento, pintada en azul huevo de petirrojo con adornos en blanco. Ubicada frente a una colina, Rock Creek atravesaba una parcela de dos mil ochocientas hectáreas y el agua del arroyo burbujeante era un canto de sirena para los animales del bosque. El ático, con su buhardilla, había sido transformado en un rincón de lectura.

Sadie lo sabía porque ella y Jake se colaron en la casa unos diez años atrás, cuando pusieron la propiedad a la venta. Se sentaron en el sofá de cuero descolorido a la luz del ocaso. Las paredes crujían con el viento cargado de invierno. Comieron muffins de melocotón bañados en ron con cobertura de *streusel* para incitar a la euforia y preservar solo los recuerdos felices. El aire era frío, quebradizo y dulce y hablaron de todo lo que harían para reformar la casa.

—Construiría un tobogán desde el techo hasta el arroyo —dijo Jake.

—Eso suena a amenaza en firme —protestó Sadie, riendo.

—Y una tirolina desde aquí hasta la casa de tu abuela —añadió, trazándole las líneas de la palma de la mano.

—Gigi te mataría si lo hicieras —respondió ella, deseando que su estúpido corazón se acostumbrara a la forma en que él la tocaba, aunque ese órgano nunca escuchaba. Inhaló el olor a humedad y a antigüedad de la casa y oyó el crujido de las vigas, anhelando que el momento durara para siempre, con el calor del verano envolviéndolos cual secreto.

—Y este sofá —dijo en voz baja— tendría que desaparecer. Definitivamente, pondría una cama aquí. Mira —señaló el tragaluz—. Perfecto para observar las estrellas.

Se reclinó y arrastró a Sadie con él hasta que estuvieron como dos sardinas en lata, apretados uno contra el otro en el pequeño sofá. Su cuerpo contra el de ella, encendiendo un calor en su interior que no tenía nada que ver con la calidez del aire. Odiaba que no se se acercara lo suficiente. Quería hundirse en él hasta no saber dónde empezaba uno y acababa el otro. Los ojos de Sadie se encontraron con los de Jake cuando los dirigía a sus labios. Una década después aún no había olvidado el hambre que vio en ellos. Aquellos ojos la hicieron vibrar, el aire se llenó de electricidad estática a su alrededor, hasta que él apartó la mirada.

—Efectivamente, esto es demasiado pequeño. Solo hay espacio para uno —dijo riéndose justo antes de empujarla.

Ella aterrizó con un ruido sordo en el suelo y dejó escapar un grito ahogado de rabia feliz. Se abalanzó como un gato y al aterrizar sobre él le golpeó el hombro. Él se rio y le agarró las manos con un apretón suave pero firme.

—Ya sabes cómo termina esto siempre. Tú pierdes. Ríndete antes de que te hagas daño —le advirtió.

Sadie luchó con todas sus fuerzas, pero él se mantuvo inflexible. Se la acercó aún más y dejó los brazos inmovilizados detrás de la espalda de ella y se quedaron pecho contra pecho, respirando con dificultad.

Sentada en su jardín con los ojos cerrados, todavía aspiraba el olor a limpio y a humo de hoguera que se le había adherido a la piel. Y, al igual que el humo de leña, su esencia seguía adherida a ella mucho después de que se hubiera apagado el fuego.

Se había negado a pensar en esa casa durante diez años. Había algo en esa promesa que era mucho más doloroso de recordar incluso que la noche en que se besaron por primera vez. El deseo que la tenía jadeando por recuperar el aliento. Por pensar con claridad. Por pensar en otra cosa que no fuera lo mucho que deseaba que le raspara cada centímetro del cuerpo con sus manos ásperas. Finalmente había encontrado algo por lo que quería perder el control.

Sadie inhaló. El olor de Jake era tan intenso que, al recordarlo, casi sintió la suavidad de su piel.

Y entonces alguien se aclaró la garganta.

Abrió los ojos de golpe.

Y allí estaba él. Aquel recuerdo delicioso había cobrado vida.

El estómago se le encogió y volvió de golpe a la realidad.

El agradable sonido de un cuchillo afilado cortando una sandía madura. Espirales de citronela verde quemándose y protector solar saliendo a chorros del tubo. Tortitas de plátano a demanda y el olor a lodo pegado a la piel bronceada. Era verano. Libertad. Juventud. Y un corazón roto tan en llamas que lo cauterizó todo.

—¿Cuánto tiempo llevas ahí de pie? —preguntó, con el corazón acelerado.

—El suficiente para saber que no has cambiado —dijo sombríamente.

Tenía tristeza en los ojos. Un atisbo de dolor escondido detrás de las arrugas cuando sonreía. Ella se había propuesto hacerlo feliz. Y lo consiguió. Le gustaba ser ella quien lo hacía reírse a carcajadas. Era liberador. Le hizo darse cuenta de quién quería ser: la que hiciera sonreír a sus ojos. Pero en realidad nunca había averiguado por qué se sentía triste.

Su voz era un recuerdo, un canto de sirena al pasado, y vaya si quería volver atrás y quedarse allí a vivir. Antes de que supiera lo que hacían sus piernas, ya la estaban llevando hasta la puerta.

Él extendió los brazos y ella dudó. «Es solo un abrazo. Un abrazo amistoso», se dijo. Y a continuación echó a correr hacia él.

Él la rodeó y la apretó y, por primera vez en diez años, Sadie volvió a sentirse pequeña. Contra su pecho amplio. Sus hombros fuertes. La memoria muscular de su cuerpo la impulsó a acercarse y a acurrucar la cabeza en la curva de su cuello. Por eso nunca habría podido conformarse con Ryan. Nada era comparable al tambor de acero que encerraban sus costillas, donde los latidos de su corazón redoblaban el eco de esperanzas veraniegas abandonadas mucho tiempo atrás.

«Casa, casa, casa». El ritmo reverberaba en su pecho.

Pero cuando se reclinó, todavía entre sus brazos, y advirtió las pequeñas arrugas debajo de los ojos, recordó los años que se habían sucedido hasta convertirse en una década desde la última vez que se vieron y el eco se detuvo en seco. Sadie salió del abrazo con las mejillas más sonrosadas de lo permitido.

—Antes de que empieces a gritar, te he traído algo. Déjame dártelo primero y luego podrás atacar. —Se sacó una pequeña caja azul del bolsillo trasero y se la entregó mientras ella entrecerraba los ojos. Tenía una abertura transparente en la parte superior y dentro, entre satén blanco, había…

—¿Me has traído una cucharita? —preguntó, vacilando entre la confusión y la incredulidad.

—Recuerdo que dijiste que te encantaba cuando tu abuelo le traía una a Gigi. Dijiste que, aunque nunca has querido irte de Poppy Meadows, te gustaba la idea de tener pequeñas muestras del mundo. Y hace unos años fui a una conferencia en Texas y la vi y... Mira, sé que llego como diez años tarde —dijo—. Estoy seguro de que me odias. Yo también me odiaría. Fui un idiota. Pero era joven. Y estúpido. Y no sabía lo que quería. No es que eso sea una excusa. Te he pedido disculpas mentalmente veinte veces en los últimos diez años, pero fui demasiado cobarde para hacerlo en la vida real.

Cuanto más hablaba, el brillo inicial se iba convirtiendo en cenizas. Sadie lo odió por habérselo recordado. Porque eso ahora la ablandaba, cuando lo único que quería sentir era ira.

—Confiaba en ti —dijo en voz baja—. Y me dejaste destrozada.

—Llevaba diez años queriendo decir esas palabras. Y, ahora que las había dicho, no se sintió tan bien como esperaba—. ¿Tienes idea de lo mucho que me cuesta confiar en la gente? ¿De cuánto daño me hiciste? —replicó. Pero, en cuanto terminó de hablar, sintió vergüenza. Él no era el único culpable. Ella había aguantado demasiado. Y, como siempre, se había entregado demasiado también. Había revelado demasiado. Él había sido la única persona en la que se había permitido confiar. Le había contado su verdad. Se había abierto a él. Y entonces se marchó. Había sacrificado su autocontrol por él y, tras su partida, juró que nadie volvería a ejercer ese poder sobre su persona.

—Lo sé. —Se pasó una mano por el pelo. Su rostro era un reflejo de la angustia que ella sentía a diario—. Creí que tal vez podría intentar ganarme tu perdón. Eras mi mejor amiga, Sadie. Y no debí... No debería haberme ido así.

. Cien pensamientos luchaban en su cabeza. Su parte oscura anhelaba arremeter y castigarlo. Su lado racional decía que podían ser amigos y dejarlo estar. Y su lado emocional, el que se esforzaba por mantener oculto, le susurraba que era imposible. Control. Tenía que luchar por no perder el control. Su vida se organizaba en filas y columnas perfectamente ordenadas. No había sorpresas, solo expectativas dominadas. Y allí estaba él, desbaratándolas.

Lo que de verdad quería hacer era gritarle. Para desatar la naturaleza salvaje que solía canalizar hacia la tierra o la masa. Pero abandonó la idea. No había necesitado a nadie en diez años. No estaba dispuesta a empezar de nuevo.

—¿Qué quieres, Jake? No puedo dejarte entrar en mi vida otra vez —dijo por fin, odiándose por el punto de fragilidad que se le había colado sin permiso.

—No te estoy pidiendo que lo hagas. Yo solo... necesitaba disculparme.

El suelo se calentó y el calor le subió por las piernas hasta envolverle el pecho y estrujarle el corazón. Era otoño. El aire debería ser fresco. Sin embargo, la calma a la que había llegado hacía un momento se había vuelto aún más cálida y juraría que olía a madreselva. Como si su jardín intentara hacerle recordar el verano en el que se enamoró de él. Como si su cerebro necesitara el estímulo. La mano de Jake apoyada en la valla, con los dedos curvados en la parte superior. Parecía que formaba parte de ella. Como si hubiera estado deambulando entre la niebla y finalmente hubiera encontrado la luz del faro.

La idea de verlo todos los días durante la siguiente década le hervía la sangre. El suelo echaba humo y se elevaba en zarcillos alrededor de sus piernas. Miró hacia abajo y dio un paso atrás.

—Deberías irte —le dijo, orgullosa de sí misma por sonar firme a pesar de que le temblaban las manos a los lados—. Necesito tiempo para pensar.

—Lo entiendo —repuso en voz baja, mirándola con tristeza a los ojos.

Sadie recordaba cada mota de color ámbar escondida en los de él, pero se obligó a ignorarlas.

—Quiero que seamos amigos —continuó Jake, aunque su voz sonó dolorida—. ¿Crees que con el tiempo será posible?

—No lo sé —susurró ella, negándose a mirarlo—. Espero que sí. Tal vez.

Se dio la vuelta antes de hacer algo de lo que pudiera arrepentirse, como perdonarlo en el acto, o gritarle, o ceder a los recuerdos o a la añoranza de su corazón. Durante el primer año después de su marcha, Sadie no se permitió pensar en un reencuentro. Era un dogma Revelare que soñar despierto con los deseos de tu corazón te aseguraba que no se hicieran realidad. El segundo año fue más duro. Se imaginó las barbaridades que le gritaría. El tercer año soñó con distintas formas de venganza si regresaba pidiendo perdón. De rodillas. Había representado la escena en su cabeza tantas veces y de tantas formas que parecía la reposición de una telenovela.

La mayoría de las veces se imaginaba gritándole hasta quedarse ronca. Otras tantas pensaba en negarse siquiera a reconocerlo. Pero sus escenas favoritas, en las que rara vez se permitía pensar, porque la compasión era su kriptonita, eran aquellas en las que él aparecía sin previo aviso mientras ella estaba trabajando en el jardín, con un ramo de flores en las manos y una disculpa en los labios. Y sí, era una cuchara en lugar de flores, pero parecía que sus ensoñaciones tenían algo de poder después de todo. Solo que en su cabeza estos encuentros imaginarios terminaban con mucha menos ropa de por medio.

Un momento después, oyó el crujido de la grava mientras Jake se alejaba. Cuando volvió a girarse, él estaba en la acera. Y, cuando desapareció de su vista, ella recuperó la sensibilidad en las piernas. Sadie exhaló un suspiro inestable. Puede que Raquel tuviera razón y fuera una masoquista. Pero sintió el peso de la pequeña caja azul en la mano cuando levantó la tapa y las yemas de los dedos se le calentaron al rozar el frío metal. El mango, de unos siete centímetros de largo, tenía el fondo en blancos, rojos y azules, con el contorno de Texas dibujado y un toro con cuernos encima. Le encantó. No quería guardarla. Gigi siempre le había dejado usar las cucharas de su abuelo para remover pociones falsas y dar de comer a sus muñecas porque decía que las cosas especiales debían usarse y disfrutarse y no solamente mirarlas. Quería usar esta cuchara para echarse azúcar en el café y reflexionar sobre el hecho de que Jake había pensado en ella durante su ausencia. Devolvió el utensilio con cuidado a su caja y se la guardó en el bolsillo trasero como un talismán.

Miró en dirección a Rock Creek solo una vez más antes de recomponerse. Los recuerdos no la llevarían a ninguna parte. Tenía trabajo que hacer.

Hundió las rodillas en la tierra para arrancar las malas hierbas y la tierra se le incrustó bajo las uñas porque no quiso usar guantes. Arrancó un tallo de encaje de la reina Ana y se estremeció al recordar la sensación de los brazos de Jake alrededor de ella después de tanto tiempo.

«Mierda, mierda, mierda».

Sabía que estaba jodida.

Dejó el escardado cuando llegó a la brazada de gladiolos color pastel que se alzaban como bombones apilados espolvoreados con azúcar. Remembranza.

Los tallos se balanceaban hacia ella en una danza tentadora. Dejó a un lado las tijeras de podar, arrancó una flor con forma de campana, exprimió una gota de jugo de los pétalos y saboreó su dulzor con la lengua.

Tenía que recordar. El dolor. No podía olvidar; había mucho en riesgo. Él quería que fueran amigos y esa era exactamente la trampa en la que ella misma había caído con anterioridad.

Pero, mientras la niebla se levantaba ante su vista, no fue a Jake a quien vio, sino una serie de símbolos oscuros en el fondo de una taza de té tibia con dibujos azules.

Cuando cerró los ojos, un aleteo blanco apareció de nuevo en el bosque.

Muffins de melocotón bañados en ron con cobertura de *streusel*

Cuidado. Incitan a la euforia y almacenan solo los recuerdos felices. Los melocotones son un símbolo de juventud e inmortalidad. Las nueces representan la acumulación de energía, especialmente al iniciar nuevos proyectos. Utiliza esta receta con moderación o sacará lo peor de ti. Advertida quedas. Quien desoye la sabiduría de un viejo es un necio y necio es el orgulloso que no medita que fue lodo y será polvo.

Ingredientes

Para los muffins

¼ taza de harina para todo uso

1½ cucharadita de polvo para hornear

½ cucharadita de sal

⅔ taza de azúcar blanco

¼ taza de azúcar moreno

1 taza de melocotones en almíbar enlatados finamente picados (divide en ¾ y ¼)

½ taza de leche

1 huevo

¼ taza de aceite vegetal

1 cucharadita de extracto de vainilla

2 cucharadas de ron oscuro

Para la cobertura de *streusel*

¼ taza de harina para todo uso
3 cucharadas de azúcar blanco
½ cucharadita de polvo para hornear
½ cucharadita de canela
3 cucharadas de mantequilla fría sin sal

Elaboración

De los muffins

1. Precalienta el horno a 180 °C y prepara un molde grande para 12 unidades.
2. Vierte los melocotones en una cacerola y agrega el azúcar moreno y el ron. Deja hervir. Baja a fuego lento hasta que se reduzca todo el líquido. Deja enfriar.
3. Vierte la harina, la levadura, la sal y el azúcar en un bol grande y mezcla hasta que quede todo incorporado.
4. Agrega ¾ de melocotones y remueve bien hasta cubrir.
5. Agrega la leche, el huevo, el aceite y el extracto de vainilla y remueve con una espátula de goma hasta que se integre por completo la harina.
6. Distribuye la masa en los moldes de manera uniforme (rellénalos aproximadamente ¾).

De la cobertura

1. Incorpora la harina, el azúcar, la canela y la levadura en un bol pequeño y mezcla.
2. Agrega la mantequilla fría en trozos y desmenuza con los dedos la mezcla de harina hasta que parezcan migajas gruesas.
3. Cubre los muffins con ¼ de melocotones y con una cucharada de cobertura de *streusel*.
4. Hornea a 180 °C durante unos 20 minutos, hasta que estén dorados, y comprueba si al insertar un palillo en uno de los muffins sale limpio.

3

Sadie tenía trece años. Se limpió las palmas de las manos llenas de tierra en los vaqueros manchados. Tenía que hacer algo para mantener la mente ocupada mientras Seth estaba dentro con Gigi. No tenía ni idea de lo que se avecinaba, solo sabía que era importante. Una especie de ceremonia: el día en que conocería su maldición Revelare. Su hermano, que había nacido cuatro minutos antes (algo que él se encargaba de recordarle constantemente), había entrado primero. Sadie se enderezó y miró hacia la puerta trasera tantas veces que se sintió como una marmota asomando la cabeza desde la tierra. Seth se lo contaría en cuanto saliera. Sabía que lo haría. Se secó el sudor de la frente con el antebrazo, y eso que había nubes de lluvia primaverales cerniéndose sobre la pequeña ciudad.

Justo cuando se hincó de nuevo, con las rodillas cubiertas de barro, la puerta mosquitera se abrió de golpe.

—Te toca —avisó, bajando las escaleras de un salto. Ella le escudriñó el rostro, buscando alguna pista.

—¿Qué era? ¿Qué ha pasado? ¿Cuál es tu maldición?

—Lo he jurado por el limonero. —Se encogió de hombros, pero había tensión en el gesto.

—¿Que has hecho qué? —exigió—. ¿Por qué? —Intentó ocultar el dolor en la voz, pero fracasó.

—Gigi me ha obligado. Venga, te está esperando.

—Eres lo peor —escupió ella, empujándolo y subiendo las escaleras. Antes de abrir la puerta mosquitera, cerró los ojos con fuerza. Seth nunca le había ocultado nada. Pero no dejaría que eso empañara ese día. Lo había estado esperando desde el momento en que la tía Tava se lo contó en voz baja mientras le pintaba las uñas con destellos rosados cuando tenía siete años.

Aunque tuviera el estómago hecho un mar embravecido de luciérnagas rabiosas, se aseguró de mostrar un rostro sereno. Era el momento que tanto había esperado. Parecía calmada, tranquila y sosegada, aunque por dentro no lo estaba. Era un arte que dominaba desde muy temprana edad. Demasiado temprana. Si hubiera aprendido a ignorar los rumores, los cuchicheos y a pasar de los niños que la insultaban llamándola «bruja» y «bicho raro», tal vez entonces no le dolería tanto. «Dobla las preocupaciones por la mitad y guárdalas».

La casa estaba inusualmente cálida. La mesa de la cocina, cubierta con la mejor vajilla y mantelería de Gigi, hizo que el corazón se le estremeciera. La tetera contenía racimos de arándanos de cerámica tan alegres y rebosantes que parecían reales. Había una neblina suave y fragante en el aire que olía a amaro y a incienso y añadía un aire de magia y misterio a toda la ceremonia. Sadie sabía que ambos aromas invitaban a la claridad y a la concentración.

—Seth no puede ocultármelo —dijo ella tras repasar los detalles de la escena ante sus ojos.

—Puede y lo hará. Ahora te toca a ti, cariño. Siéntate y come. —Le acercó un plato y una taza vacíos y le tendió una fuente de pasteles de té de granada.

—¿Para qué necesito ser valiente? —preguntó Sadie, entrecerrando los ojos y mirando fijamente la fruta que salpicaba los dulces por doquier.

—El futuro siempre requiere valentía, tesoro. Come.

Las semillas le estallaron en la boca, el sabor dulce y mantecoso le cubrió la lengua. Gigi le sirvió un té de vainilla y jazmín con un toque de pimienta negra y canela.

—Está caliente —advirtió.

Ella sopló al contenido de la taza y observó las pequeñas ondas mientras inhalaba el dulce calor de la vainilla.

—Y bien, ¿qué quieres para tu futuro? —preguntó su abuela en tono conversacional.

—Hacer magia. Cultivar cosas. Ayudar a la gente —respondió Sadie sin pensar.

—¿Y qué significa la magia para ti? —preguntó Gigi y ella pensó que había un atisbo de tristeza en su voz.

—Todo. O casi todo. Lo mismo que Seth.

—Lo sé. Bebe —ordenó.

Sintió que la bravura de la granada la invadía. Dejó que la claridad y la concentración del incienso la impregnaran. Su maldición no sería tan mala. Fuera lo que fuera, valdría la pena siempre y cuando conservara su magia.

Apuró hasta la última gota, dejó la taza de té sobre la mesa, la hizo girar y la empujó hacia Gigi.

—Conoces el legado. Cada Revelare tiene su magia, pero también una maldición. Te dije que llegaría tu momento y aquí está, cariño. Tu alternativa, que la hay, es olvidarte de la maldición a cambio de renunciar a tu magia.

—¿Qué dijo Seth cuando se lo planteaste? —se atrevió a preguntar Sadie.

—Tu hermano y yo tuvimos una conversación y una ceremonia completamente diferentes de las que no debes saber nada. Concéntrate en tu propio futuro —le dijo Gigi con voz severa.

—Cualquiera que sea su futuro, el mío es el mismo. Somos gemelos. Así tiene que ser. Y lo conozco: nunca renunciaría a nada hasta entenderlo del todo, y no es el caso. Así que yo tampoco. ¡Y, además, tampoco renunciaría aunque él lo hiciera! —dijo ella.

—Eso lo cambia todo —advirtió la mujer.

Sadie no respondió, pero asintió una vez y observó a Gigi finalmente mirar su taza. La giró a un lado y luego al otro. Removió los posos de té restantes, con los labios apretados y finos como el papel.

—Hay un corazón roto en cuatro pedazos y una cadena. Veo un trébol, pero está tan al fondo que es posible que la suerte no llegue antes de que seas anciana. Y una serpiente. Malos augurios, siempre.

—¿Que significa todo eso? —preguntó Sadie, con el corazón latiendo enérgicamente.

—Es una maldición de cuatro desamores, cariño. —Gigi hizo un gesto de disgusto con la cabeza—. Cada uno será peor que el anterior. Serán tan profundos que te partirán el alma. Y, si no llevas cuidado, cuando los cuatro desengaños se hayan cumplido, la maldición se consumará y tu magia se desvanecerá y dejará a su paso un caos amargo como el cardo mariano. La maldición te seguirá como las nubes de tormenta, doblegándote como el trigo ante el viento. Ama solo cuando estés dispuesta a perderla.

Desde ese día, la magia le envolvió el corazón y construyó un muro de enredaderas tan grueso que ni el más mínimo zarcillo de esperanza podría atravesarlo.

Aunque pensaba en su maldición a diario, no había rememorado la ceremonia de la lectura del té durante años. «Regla número siete —dijo Sadie suspirando—: Si está hecho, no se puede deshacer». Había olvidado la respuesta de su abuela sobre lo que había ocurrido con Seth y se preguntó, por primera vez en tres lunas de sangre, cuál era la magia de su hermano.

Solían ser inseparables. Cumplían con los tópicos más habituales, desde terminar las frases entre ellos hasta sentir el dolor del otro. Pero él no se conformaba; siempre estaba investigando y haciendo preguntas sobre la magia y sus padres, lo cual era un misterio espeso como la miel de trébol fría. Y la respuesta de Gigi siempre era que su padre nunca había estado presente y que su madre no estaba. No que estuviera muerta ni que se hubiera ido; simplemente, no estaba. Como una nube de polvo en una brisa de verano.

Sadie nunca entendió la necesidad de respuestas de su hermano ni la facilidad con la que se sonrojaba de la vergüenza cuando los niños del vecindario se burlaban de ellos diciéndoles que eran nietos de la loca de Marie Revelare. Seth intentó esconderse de la extrañeza, huir de ella, negarla, hasta que un día dejó de hacer preguntas. A diferencia de la magia de ella, que se reflejaba de manera externa cuando cuidaba el jardín, en la comida que preparaba o cuando removía con el dedo agua fría de una olla y la hacía hervir segundos después, la magia de Seth era interna. Era algo oculto que nunca utilizaba, que Sadie supiera. Y daba igual cuántas veces preguntara, exigiera, suplicara e hiciera pucheros para saber qué era; él solo respondía con silencio, agarres de cuello o miradas crueles. Pero de niños, en las noches de luna llena, mientras las nubes compartían confidencias en el cielo y las campanas de la iglesia repicaban a lo lejos, Seth entraba sigilosamente en la habitación de Sadie con galletas de chocolate y una jarra de leche, colocaban una manta sobre el suelo de madera y, con las rodillas huesudas encogidas y la luz de la luna iluminándoles el rostro como una bendición, por fin hablaba. Hacía preguntas sobre la magia de ella, sobre el futuro de ambos y, ante todo, sobre su madre. ¿Cómo se imaginaba Sadie que era? ¿Por qué se fue? ¿Dónde estaba?

Ella pensaba que, si la susodicha había querido irse, pues adiós, muy buenas. La magia era lo más verdadero que conocía y se le daba bien. Y, si se esforzaba por convertirse en la mejor, entonces no necesitaba pensar en qué había llevado a Seth a abandonarla exactamente del mismo modo en que lo había hecho su madre. La deserción de su hermano había sido su corazón roto número dos. Había pasado el año anterior intentando encontrar una cajita donde guardar el dolor. Algo que pudiera etiquetar y envolver con un lazo. Pero el desamor era un sentimiento desagradable y desafiaba los sentidos. Odiaba no tener respuestas. No tener el control. Y ni siquiera el recuerdo de aquellas noches secretas la ayudó nunca averiguar en qué consistía la magia de su hermano.

—No soy como tú. No creo que lo que tengo, que lo que puedo hacer, sea bueno —confesó él una noche. Entonces eran mayores; tenían trece años y, en lugar de galletas y leche, Seth trajo el jerez para cocinar de Gigi.

A Sadie le latió el corazón con fuerza al preguntarse si finalmente ese sería el momento.

—No puedo decírtelo porque no lo sé —le soltó—. Y, por favor, deja ya de calentarme la cabeza con tus pensamientos. —Un momento después se suavizó ante la mirada herida en los ojos de ella—. Algún día, ¿vale? Te lo prometo.

—¿Lo juras por el limonero?

—Lo juro por el limonero.

Pero aun así se fue.

«Todo Revelare se va en algún momento», le dijo Gigi con una tristeza luminosa y distante.

Los dedos con que había estado revisando delicadamente los calabacines ahora los tenía cerrados en sendos puños. Se obligó a abrir las manos y recogió con cuidado docenas de calabazas y calabacines, que separó en bultos evitando sus hojas espinosas e intentando no mirar hacia Rock Creek ni pensar en Jake, pero fracasó con estrépito en ambos propósitos.

Apartó un pequeño montón de calabacines para la cena del domingo y otro más grande para la iglesia. La gente siempre llevaba sus excedentes de frutas y verduras para quien las quisiera. A última hora se le ocurrió apartar otra tanda para Bill. Haría pan de calabacín y semillas de cilantro para él y su equipo, que estaban trabajando en la restauración de Old Bailer.

Mientras se inclinaba para arrancar una mala hierba que se le había escapado, se le erizó el vello de la nuca y un escalofrío le recorrió los hombros. Un momento después, oyó un sonido de forcejeo detrás de la lavanda.

—¡Ey! —gritó, cogiendo un calabacín y preparándose para lanzarlo a cualquier criatura que pretendiera comerse su jardín. Pero entonces, enfocando los ojos a través de la maleza, vio un cachorro de labrador de color chocolate que la miraba fijamente.

—¡Ay, un cachorrito! —exclamó, derritiéndose al instante—. ¿Qué estás haciendo? Ven aquí, pequeño.

Extendió una mano y el perro dio un salto sobre la tupida lavanda y aterrizó sobre esta moviendo sus patitas en todas direcciones.

—Hola, pequeño Bambi —dijo, rascándole las aterciopeladas orejas mientras el animal saltaba a sus brazos—. ¿Quién es tu dueño? —preguntó, palpándole le cuello en busca de una placa—. ¿Te llamas Jefe? —preguntó tras leer el grabado.

El perro arqueó las orejas y la miró con unos ojos que a Sadie se le antojaron tristes.

—Estoy de acuerdo. Es un nombre tonto para un cachorro. Creo que te llamaré Bambi. —Al darle la vuelta a la placa, no vio ningún número. ¿Por qué alguien le pondría un collar sin número? El pecho se le llenó de indignación—. No te preocupes. Yo cuidaré de ti, chiquitín.

Llamaría a la protectora más tarde; después de todo, tenía collar. Pero en su interior sintió que Bambi estaba destinado a ser suyo. Un perro era leal. Se podía entrenar con golosinas, sobras de comida y atención. Tal vez, si lo retenía, él no la dejaría.

Recogió las cestas de verduras y, sonriendo, llamó al cachorro. Por fin hoy algo salía bien.

Bambi yacía en el porche trasero de la cocina mientras Sadie preparaba tres hogazas grandes de pan de calabacín. Nada salía tan mal si uno estaba concentrado plenamente en su tarea. Seth solía decirle que siempre se esforzaba mucho por agradar a todos. Ella le contestaba sin más que le gustaba hacer cosas buenas por la gente.

—No existe ningún acto desinteresado de verdad —le decía.

—No tiene por qué ser así. Si a mí también me hace sentir bien, ¿qué tiene de malo?

—A la gente le deberías gustar por ti misma, no por lo que haces por ella. Siempre tienes miedo de que se vayan, así que haces todo lo posible para que se queden.

Odiaba la facilidad con la que Seth la calaba. Verdades al descubierto que no quería escuchar. Quería decirle que no era así, pero la mentira se negaba a salir de su boca.

—No se puede reducir a la gente a blanco o negro —respondía ella—. Estamos hechos de demasiados recuerdos y prejuicios.

—Cuando dejes de tener tanto miedo a estar sola, te darás cuenta de lo mucho que vales y dejarás de permitir que te pisen.

Sacudiéndose el eco de las palabras de Seth, llenó el coche con cajas de miel con infusión de lavanda para el mercadillo de Wharton, bolsitas de tréboles de agua de la buena suerte atadas con un cordel, un carillón de bienvenida plateado para la floristería y tienda de regalos Poppy Meadows y helados surtidos para Lavender y Lace. El carillón sonaría cuando entraran los clientes, como señal de bienvenida y agradecimiento por la amistad. Sadie lo había sumergido en agua con infusión de violetas bajo la luna llena para garantizar la paz durante la visita.

Con todo cargado, partió hacia la heladería Lavender y Lace, siempre la primera en la ruta. Las bolsas de congelación aguantaban poco tiempo.

—Déjame ayudarte con eso —medio gritó Lavender desde el mostrador cuando la vio entrar. Su cabellera negra, larga y brillante ondeaba como una bandera al viento mientras corría hacia ella.

—¡No, que voy a ayudarte yo! —gritó Lace aún más fuerte, apresurándose por quitarle antes la bolsa del hombro a Sadie—. ¿Qué tenemos esta semana?

—Vainilla con miel y tofe y también stracciatella de calabaza —les dijo, mirando el local inmaculado. La heladería estaba decorada exactamente como las de antaño, con su mostrador largo, taburetes de vinilo y kilómetros de acero cromado, pero, en lugar de un tablero de damas en negro o rojo, todo era de tonos suavísimos de lavanda y crema. Si sacabas la lengua, el aire tenía un sabor dulce, perfumado por los conos de gofre caseros que preparaban cada día.

—Tus sabores son siempre los primeros en desaparecer —dijo Lavender con dulzura.

—Deja de darle bombo, tonta. Sabe que los suyos son siempre los primeros en agotarse. —Lace miró a su hermana con los ojos en blanco. Mientras que el cabello de la susodicha casi le llegaba a la cintura, ella llevaba una melena corta angulosa y afilada que le enmarcaba el rostro con una intensidad aterradora.

—Solo intentaba ser amable —dijo Lavender con los labios fruncidos.

—Como sabes hacer muy bien —se burló Lace.

—¿Te has enterado ya de la noticia, por cierto? —preguntaron las mellizas al mismo tiempo, volviéndose para mirar a Sadie.

—¿Qué queréis decir? —preguntó ella con cautela.

—Tienes los ojos brillantes —dijo Lavender con sonrisa soñadora.

—Y el aura nublada —añadió Lace en su tono serio habitual.

—Jake McBombón Meponemogollón, por supuesto —explicó la primera al ver que las miraba sin comprender.

Sadie dejó escapar un gemido cuando las dos comenzaron a discutir sobre qué sería de su vida amorosa.

—Yo es que… me tengo que ir. —Señaló la puerta con los pulgares y empezó a darse la vuelta, pero Lace la detuvo poniéndole una mano sobre el hombro.

—¿Has visto algo últimamente?

Sadie frunció los labios y trató de ignorar la aprensión que se le estaba acumulando en el estómago. Conociéndola y por la forma en que lo preguntaba, le vino de inmediato el recuerdo del destello blanco en el límite del bosque.

—¿Por qué?

—Hay algo dando vueltas. No tengo claro qué es todavía, pero... ¿quieres que te lea las cartas? —Lace señaló la parte trasera de la tienda, donde una cortina de terciopelo color lavanda ocultaba una pequeña habitación que Sadie sabía que era todo lo contrario al ambiente de una cafetería típica. La última vez que estuvo allí fue justo después de que Seth se marchara, cuando buscaba respuestas de cualquier fuente disponible. La salita estaba a oscuras y en la pared colgaban tapices de cuentas junto a carteles de quiromancia. Había una mesilla de madera con encaje negro y velas blancas. Era donde las hermanas leían las cartas y las bolas de cristal, además de auras, manos y fortunas. Magia distinta a la de Sadie, pero igualmente poderosa. En especial cuando quienes la practicaban no eran charlatanes.

«No es un arte preciso —le advirtieron en aquella ocasión en que llamó a su puerta—. No siempre podemos identificar lo que vemos».

Y, de hecho, cuando intentaron ver a Seth, lo único que supieron decirle fue que no quería que lo encontraran.

—Hoy no, gracias —le dijo a Lace—. No creo que las cartas tengan nada bueno que mostrar y, además, ya sabes lo que dicen sobre las cartas malas del tarot.

—No. —Lavender negó con la cabeza; pareció interesada.

—Sí, ya sabes, que no deberías leerlas porque eso solo las anima a seguir diciéndole cosas malas a la gente —inventó Sadie a lo bruto.

—¿Estás diciendo que necesitan que alguien les dé una lección? —preguntó Lace con un brillo perverso en los ojos—. ¿Son como niños?

—Más bien como hombres. De todos modos, gracias, pero no, gracias. Debo seguir con las entregas. —Asintió mientras miraba hacia su coche aparcado fuera—. Y, sea lo que sea, estoy segura de que todo irá bien.

Esa palabra otra vez. Deseó poder borrarla de su vocabulario.

Miró enfrente, hacia su cafetería, anhelando encerrarse en el santuario que era su cocina limpia y aislarse del mundo para olvidarse de sus problemas amasando una mezcla sencilla.

«Todo va bien —se recordó a sí misma—. Es un día normal. Simplemente haz lo mismo que siempre».

Sadie reprimió la creciente ansiedad y el pecho se le endureció a pesar de la oquedad de aquellas palabras.

Apartó los ojos de la cafetería y llevó la siguiente caja al mercadillo de Wharton. La vieja puerta azul chirrió y sonó un timbre. Olió el salami del mostrador de delicatessen de la derecha y el jazmín de una vela del de la izquierda. La tienda siempre le había recordado una sopa que Gigi preparaba en invierno y que ella llamaba «Todo menos el fregadero de la cocina». Estaba hecha de las sobras más extrañas imaginables y por imaginar. Había ropa de bebé y animales de peluche junto con esculturas de arte en metal y aceite de motor, lámparas con pantallas pintadas a mano y encendedores con plantas de marihuana grabadas.

—¡Estoy aquí atrás, Sadie! —gritó una voz profunda desde el otro lado del pequeño mostrador. Jimmy Wharton, el bajo de la ciudad en el coro de la iglesia y solista de *Christmas Shoes* todos los inviernos, era animoso como la sidra de manzana, a menos que tuviera una de sus borracheras. Estaba concentrado en ordenar las barras de salami—. El dinero está aquí en el mostrador. ¿Y puedes hacer más vino de moras? La última vez se agotó enseguida.

—Dame un par de semanas y te traeré otra caja —le dijo, guardándose el dinero.

—¿Cómo va tu abuela?

—Peleona, como siempre —dijo Sadie con una sonrisa.

Él se aclaró la garganta y a ella se le cayó el alma a los pies.

—Espero que no rompas ningún corazón esta semana, ¿eh? —Le dedicó una sonrisa barbuda, pero había un atisbo de aspereza en los ojos. Nunca había superado que rechazara a su hijo, Ryan.

—Aún no lo tengo en mente, pero supongo que todavía es pronto —bromeó con una sonrisa tensa. Ella cogió el dinero y se fue antes de que él la viera poner los ojos en blanco. Otra intromisión. Siempre entrometiéndose, su pueblo. Jake llevaba en la ciudad menos de doce horas y ya estaba causando estragos.

Unos kilómetros más allá de Main Street, siguió la indicación hacia la histórica Old Bailer y entró en el aparcamiento recién asfaltado. La mansión de ladrillo de tres pisos se encontraba cerca de la autopista de dos carriles, pero estaba protegida por imponentes abedules plateados plantados codo con codo. Las ventanas estaban tapiadas con tablas y el murete de piedra de la entrada se estaba desmoronando tristemente, aunque eso no atenuaba la grandeza de una época pasada. Cada vez que pasaba por la puerta, Sadie juraría que oía el parloteo sutil de las damas con faldas acampanadas y un vals lejano e inquietante.

T. J. Bailer, un empresario rico de fuera de la ciudad, fue quien encargó la construcción de Old Bailer. Se había enamorado de Evanora Revelare, miembro de una de las siete familias fundadoras de Poppy Meadows y de quien se rumoreaba que era una bruja.

La leyenda, según los lugareños, contaba que, con sus encantos, la susodicha había hechizado a T. J. para que construyera la casa en unas tierras sagradas pertenecientes a la familia Revelare. Y que, una vez que el trabajo estuvo casi terminado, ella lo echó y lo maldijo. En represalia, él le prendió fuego y la gran escalera acabó reducida a cenizas y el hedor a desgracia se extendió durante las siguientes décadas. Y así se quedó, sin terminar a lo largo de casi doscientos años, hasta que se convirtió en un monumento histórico y se programó su remodelación.

Sadie llevó a Bill el pan de calabacín con semillas de cilantro, que le ayudaría a ver el valor oculto de las cosas, y tarros de mantequilla con miel y de mermelada de moras. Juraría que Old Bailer le había susurrado mientras se alejaba conduciendo, pero no alcanzó a entender las palabras.

Y luego, como si su día no hubiera sido lo suficientemente extraño, casi le dio un ataque al corazón cuando llegó a su casa menos de veinte minutos después. Allí, en equilibrio sobre el último peldaño de una escalera de tres metros y medio, estaba Gigi.

Sadie pisó el acelerador con fuerza y entró derrapando por el camino de acceso. Cuando oyó que la puerta de su nieta se cerraba de golpe, la abuela miró hacia abajo y se tambaleó, con las manos enguantadas llenas de hojas y basura de las canaletas.

—¡Gigi! —medio gritó ella, con el corazón acelerado y el calor subiéndole por el cuello—. Bájate de ahí. ¡Puedo contratar a alguien para que haga eso!

—¡Bobadas! —fue todo lo que dijo la señora—. Casi he terminado.

Sadie, con el corazón ahora afianzado en la garganta, se quedó sujetando la escalera durante los siguientes diez minutos, con la certeza de que era inútil convencerla de que estuviera quieta. Había montones de recortes y hojas esparcidas por el patio. Gigi estaba obsesionada con el mantenimiento del césped de la misma manera en que Sadie lo estaba con su jardín.

Cuando su abuela volvió a estar en tierra firme, la abrazó con fuerza.

—¿Podrías, por favor, no volver a hacer eso nunca más?

—No hay necesidad de hacer que mi problema sea de otra persona —dijo Gigi en un tono profesional—. Y la respuesta es no. Recuerdo que una vez tu abuelo llegó a casa después de que yo hubiera pasado horas trabajando en el jardín. Utilicé incluso las tijeras de cocina para cortar el césped en algunas zonas. Él echó un vistazo y sugirió que aún quedaban partes por repasar, así que cogí un bidón de gasolina, la eché sobre la hierba y le prendí fuego. Nunca volvió a decir una palabra más sobre el jardín.

Sadie hizo un pequeño ruido al imaginar a su abuela prendiendo fuego al terreno. Y tanto que lo haría.

—Entremos. Tengo pollo para Abby.

Comida casera para perros, otra de las especialidades de Gigi. Dios no quisiera que su Abby se alimentara de algo tan vulgar como comida comprada en una tienda.

—Vale, pero deja esos montones. Los meteré luego en bolsas. ¿Qué es esto? —añadió cuando vio una lata de pintura y una lona en la entrada.

—Voy a retocar los zócalos. No están decentes. —Al ver la mirada de Sadie, agregó—: El día que sea una inútil preferiré estar muerta.

—¿Esperamos compañía? —preguntó ella. Parecía como si su abuela se estuviera preparando para algo.

—He dejado que esta casa se deteriore —dijo Gigi y vertió agua hirviendo sobre café instantáneo mientras apagaba el fuego del pollo.

Sadie miró alrededor de la cocina inmaculada y los suelos impecables, pero no discutió.

—Ahora, sal y fúmate un cigarrillo conmigo —dijo la señora.

—Ah, bueno, me olvidé de contártelo —empezó a decir Sadie, pero ya era demasiado tarde. Gigi había abierto la puerta mosquitera y Bambi empezó a gruñir.

—¿Y esto qué puñetas significa y cuándo leches pensabas contármelo? —preguntó su abuela, mirando al perro y luego a ella.

—¡Tú siempre has aceptado animales de la calle! —replicó Sadie mientras abría la puerta y Bambi salió de un brinco y se pegó a ella entusiasmado.

Gigi se rio, se encendió uno de sus Virginia Slims 120 y se dejó caer nuevamente en la mecedora. Abby clavó las uñas en el suelo y saltó sobre su regazo tratando de alejarse de Bambi.

—Bueno, pequeña sabandija —dijo y su risa estrepitosa suavizó las palabras—, ¿te he contado alguna vez lo del pollito que adopté cuando era niña?

Sadie negó con la cabeza a pesar de que había oído la historia una docena de veces. Mentiría siempre si eso significaba escuchar sus anécdotas contadas con aquella voz grave de rana toro que tenía. Se quedó absorta mientras le hablaba del pollito que la esperaba todos los días al salir de la escuela y de que su padre la amenazaba con matarlo para la cena. Gigi, por su parte, amenazó con cocinarlo a él para la cena.

—¿La cafetería ha sobrevivido? —preguntó Sadie ensimismada tras el silencio que siguió.

—Gail lo tiene todo bajo control. Menos mal que te has ido. Ahora, ¿te importaría decirme qué ha pasado, por el amor de Dios?

—«Siete malos augurios seguidos».

—Vaya, joder. La regla número seis.

—Lo sé.

—¿La pesadilla?

—Si tuviera que adivinar, diría Jake McNealy.

—Ese pequeño cenutrio… —Gigi hizo un gesto negativo con la cabeza, aunque en su boca se dibujó una pequeña sonrisa—. ¿Qué está haciendo en la ciudad?

—No tengo intención de saberlo.

—Nunca pudiste alejarte de ese chico. —La risa profunda de Gigi hizo que el día fuera mucho más brillante—. Ni tú ni tu madre. ¿Sabes que ella era una persona ligera? Ligera de ropa, ligera de cascos… Cedía ante todo y ante todos.

Sadie se quedó quieta. Su abuela rara vez, o más bien nunca, hablaba de su madre. Y no le gustaba la insinuación de que se parecían en algo, por pequeño que fuera. Su madre se había ido. Ella nunca lo haría.

—En una ocasión tenía la sospecha de que alguien estaba robando carne del congelador del garaje —continuó Gigi—. Estuve comprobándolo a diario durante una semana y, en efecto, las existencias iban disminuyendo. Así que finalmente me quedé despierta una noche con una escopeta para atrapar a quienquiera que fuera. Y era tu madre. Resulta que había un barco de guerra atracado en alguna ciudad cerca de aquí y ella les llevaba carne como pago por un pasaje. —Gigi negó con la cabeza.

—¿Qué debo hacer? —preguntó Sadie, pensando en los cientos de veces que le había hecho la misma pregunta durante sus charlas en el porche trasero.

—Una cosa que tu corazón nunca ha sido es voluble —dijo su abuela con una mirada mordaz, que era lo más cercano a una advertencia que estaba dispuesta a dar—. Regla número doce.

—«Las maldiciones son para siempre, así que asegúrate de que valen la pena» —citó Sadie—. Y así es. Vale la pena, quiero decir. —Pensó en los años que había pasado tratando de encontrar una escapatoria a su maldición—. Pero a veces desearía… Bueno, supongo que da igual. Me quedan dos corazones rotos y no pienso desperdiciar otro con Jacob McNealy.

—¡Eso habrá que verlo! —La risa estruendosa de Gigi terminó en tos—. Tu problema es que intentas mantener a todo el mundo a distancia. Te asusta contar con los demás porque eso significa que hay confianza. Y, si confías, duele más cuando se van.

—Seth solía decir que soy amable porque quiero agradar a la gente —argumentó.

—Hay una diferencia entre necesitar y querer. Usas tu lengua afilada como escudo y tus manos prodigiosas para calmar las heridas.

Sadie se reclinó contra la barandilla del porche y estiró las piernas. Sentarse ahí con Gigi siempre era su parte favorita del día, pero no le gustaban las palabras incisivas que se le hundían en la piel. Las sentía como un espejo en el que no quería mirarse.

—De todos modos, no necesito a nadie —respondió—. Os tengo a ti y a Raquel.

—Y a tu hermano.

—¿De verdad? —preguntó ella, mirando a su alrededor con fingida seriedad—. Pues yo no veo al muy imbécil por aquí.

—El hecho de que no esté aquí no significa que se haya ido —respondió Gigi.

—Se ha ido y se acabó —dijo Sadie en voz baja. Quería estar enfadada con él hasta el punto de que no le importara que se hubiera ido. Quería deshacerse de cualquier atisbo de esperanza. Porque justo eso era lo que más dolía.

—Escucha, cariño —dijo la mujer aclarándose la garganta—. Hay algo de lo que quiero hablar contigo.

Sadie abrió los ojos de golpe y se inclinó hacia delante, sin gustarle el tono de voz de su abuela.

—Quiero empezar diciendo que he necesitado un tiempo para aceptar esto y sé que tú también lo acabarás haciendo —comenzó; ella se quedó paralizada y sintió una presión en los oídos que lo enmudeció todo a su alrededor.

—Está en fase cuatro —continuó Gigi y a Sadie se le contrajo el corazón—. Soy mayor, he vivido mucho. No podría pedir más. —Su tono era innegable como la lluvia de verano y el mundo de la nieta empezó a desmoronarse.

No se movió. No podía. La odiosa palabra con «C».

Cáncer.

Miró a Gigi mientras el fuego le ardía en las venas.

—Magia —soltó.

—Cariño, la magia no puede curar el cáncer. Si pudiera, yo sería una santa y ambas sabemos que estoy corrompida hasta la médula.

—No lo estás —dijo Sadie, negando enérgicamente con la cabeza como un botón de oro a merced de un vendaval. Los ojos le ardían por el deseo de llorar. Pero, si empezaba, quizá no pararía. Y se negaba a derrumbarse delante de Gigi—. Bueno —dijo, respirando hondo por la nariz—, todo va a salir bien. Vamos a superar esto. Todo irá bien.

—No, querida, no irá bien. Al menos no por un tiempo. Y hay cosas que necesito decirte. Tradiciones que tendrás que asumir. Legados que debes conocer. Tú y tu hermano... —empezó.

—No. —Sadie volvió a negar con la cabeza frenéticamente—. No, no pienso escucharte. ¿Cómo puedes estar tan tranquila? ¿Por qué te has rendido ya? —Su voz sonaba desesperada. Eso no podía ser real. No dejaría que fuera así. Intentó doblar los pensamientos por la mitad, pero no obedecían. Estaban atrapados en hormigón. Gigi era su mundo. Y este se estaba haciendo añicos.

—Cariño —dijo la mujer, tendiéndole la mano a su nieta—. Sé que esto es difícil. Que está poniendo tu mundo patas arriba. Estoy tranquila porque hacía tiempo que esperaba algo así. Hasta me sorprende que no haya llegado antes.

Sadie miró fijamente la mano de Gigi sobre la suya, las manchas de la edad y las arrugas en marcado contraste con su propia piel suave, y se puso de pie de un salto.

—Acepté esta maldición por mi magia. Lo mínimo que puede hacer es ser útil para solucionar este problema. Encontraré una manera. Lo haré —dijo ella, con los puños cerrados a ambos lados.

Y antes de que Gigi dijera algo más, Sadie se alejó y el agujero del estómago se le hizo más grande con cada paso.

Atravesó el jardín y se adentró en el bosque.

Su abuela no podía morir. Ella no lo permitiría. Seth ya se había ido. Y si Gigi..., pero no, eso no pasaría.

Aun así, un pensamiento seguía resonando en su cabeza: «Un día me quedaré total y absolutamente sola».

Nunca antes había odiado tanto su maldición.

Se secó las lágrimas traidoras y endureció el corazón contra el dolor. No podía pensar en ese momento. No podía arriesgarse a otro corazón roto ahora que necesitaba su magia más que nunca.

Té de vainilla y jazmín con pimienta negra y canela

Si no te van las especias, esta receta no te gustará. Es un té floral picante que te aportará claridad para ver qué falta en tu vida y te ayudará a atraerlo a través de la buena suerte. Pero, recuerda, la buena suerte solo te llevará hasta cierto punto; por lo demás, tendrás que confiar en tu propio ingenio y sabiduría.

Ingredientes

té de jazmín
1 vaina de vainilla
1-2 gotas de aceite esencial de corteza de canela
1-2 gotas de aceite esencial de pimienta negra

Elaboración

1. Ralla la vaina de vainilla y ponla en una olla con agua hirviendo. Cuela el contenido y utilízalo para preparar el té.
2. Agrega el aceite esencial de corteza de canela y el de pimienta negra. Disfruta.

(Para aumentar la claridad y la concentración, difunde 4 gotas de salvia y 4 de incienso mientras te tomas el té).

4

Sadie durmió a ratos esa noche. Se despertó con dolor en el cuello y sabor amargo en la boca y consiguió salir de la cama al amanecer con el fantasmal olor a ceniza persiguiéndola como una mala decisión.

En la pequeña y soñolienta cocina, puso a hervir la tetera y miró pensativa su desordenada colección de botes de hojalata llenos de diversas mezclas de tés y hierbas. En una bolsa de malla, mezcló una cucharadita de té negro de mango para concentrarse y tener energía, una pizca de lavanda seca para mantener la calma y unos cuantos brotes de clavo para mejorar la autoestima y la capacidad de resistir los problemas. Ató la bolsa con una cuerda y la dejó caer en una taza de agua que estaba exactamente a 100 °C. Mientras se remojaba, añadió una pizca de canela para la estabilidad y un chorrito de miel para la dulcedumbre.

Oyó el golpeteo de unas patas acercándose y el crujido del viejo suelo de madera. Bambi, meneando la cola, se sentó a sus pies.

—Hoy será mejor —le dijo, rascándole detrás de las orejas—. Hoy será un buen día. Tenemos trabajo que hacer. Vigilaré que no le pase nada a Gigi.

Tomó un sorbo de té y notó el sabor floral y terroso bailando en la lengua. Trató de no pensar en Seth ni desear que estuviera allí.

Su última discusión fue brutal.

—Utilizas a la gente —le dijo, furioso—. Tienes tanto miedo de tu maldición que te dejas querer hasta que te acercas demasiado y luego la alejas. Por tu magia. Eres una manipuladora. Usas a las personas a tu conveniencia.

—Nunca te he tratado así —argumentó ella.

—¡Nunca has tenido que hacerlo! Por Dios, Sadie. No podrías no quererme. ¡Soy tu gemelo! Y sé quién podrías ser si no tuvieras tanto miedo de vivir sin tu magia. Llegará un momento en que la gente se dará cuenta de cómo eres en realidad y se cansará de tu manera de recibir más y más sin dar amor a cambio.

—¡No solo recibo! ¡Doy! Por eso mi magia es tan importante; ayudo a la gente —insistió.

—Ayudar no es lo mismo que querer, Sadie.

Se sacudió el recuerdo mientras bebía el resto de su té frío y comenzó a hacer una lista de hierbas curativas. Amaba a Gigi. Y la magia la salvaría. Eso, en lo que a ella concernía, era todo.

Repasó las posibilidades. Lengua de víbora y amaranto, por supuesto, sin olvidar la ruda de cabra y el heliotropo. Empezaría con algo pequeño. Podría intentar recuperar una planta muerta. O, si pudiera encontrar un animal herido en el bosque, aún mejor. Funcionaría. Tenía que funcionar.

Cerró su cuaderno y, con determinación en cada paso, se preparó para la tarea más importante de su vida.

Llegó a la cafetería mucho antes de lo necesario para escoger las hierbas más raras que guardaba en la cocina. Al volver del trabajo, recogería el resto de las hierbas de su jardín y las prepararía para el hechizo.

Se preparó algo de beber y disfrutó del silencio y del confort de su local. El largo mostrador, hecho de madera reciclada, estaba impecable. Regó las plantas y las hierbas de las macetas de barro que reposaban sobre estantes de madera fresados a mano. Junto a ellos, en la pared había fotografías antiguas enmarcadas en blanco y negro de Poppy Meadows en la década de 1940. En todo el espacio, las bombillas Edison colgaban del techo a diferentes alturas. Cristales ensartados a mano llovían de ramas de manzanita suspendidas horizontalmente y reflejaban un arcoíris de luz matutina en todas las superficies. Olía a navidades por el limpiador casero que ella misma mezclaba. Clavo, limón y cítricos con un toque de eucalipto. Era como entrar en un recuerdo de la mañana de Navidad. Y todo estaba en silencio. El tipo de tranquilidad pacífica que se mezclaba con la esperanza y la expectativa.

Las enormes vitrinas se llenaban con las propuestas del día, con sus tarjetas escritas a mano colocadas y ordenadas al lado de cada plato. Había tartas de mantequilla de albaricoque y albahaca para la protección y galletas crujientes de tomillo y melocotón para sentirse bien con uno mismo dispuestas en bolsitas individuales. También había bizcocho de limón y lavanda horneado en moldes individuales Bundt que ayudaba a dormir mejor. Sadie se sirvió uno y se preparó un té descafeinado *duchess grey* con extra de leche y una generosa cucharada de miel de trébol. Se sentó ante el mostrador alto que ocupaba la pared del fondo, donde cada taburete era distinto, pero todos combinaban a la perfección.

Respiró hondo. Todo estaba listo. Todo estaba bien.

—Hoy va a ser un buen día —dijo en voz alta en el alegre silencio de la tienda.

El optimismo de Sadie duró exactamente hasta las 10.02 de la mañana.

Había intentado que Gigi regresara a casa. Que se relajara. Que guardara energía. Pero su abuela se había reído sin pudor antes de obligarla a hacer un voto de silencio sobre su cáncer. Hizo su juramento por el limonero y no podía romperlo sin graves consecuencias. Ver a su abuela moverse por la cafetería hacía difícil creer la noticia que le había comunicado la noche anterior. Y eso, a la vez, hacía que fuera más fácil creer que podría encontrar una cura mientras ambas seguían con su día a día como si la rutina de Sadie, su corazón y sus pensamientos no se estuvieran desmoronando.

Era sábado, el día de más trabajo, y Gail y Gigi atendían a los clientes en la barra mientras ella cocinaba media docena de pasteles fríos de crema de limón y lavanda.

Tres eran para la tienda y otros tres para llevar a la iglesia al día siguiente. Había guardado un cuenco de mantequilla derretida en el estante más alto para que no se volcara, pero, cuando extendió la mano para alcanzarlo, se le resbaló y la mantequilla se derramó.

El estropicio escurridizo le cubría el lado derecho del cabello, la cara y el hombro como una lluvia grasienta. Cerró el ojo con fuerza para evitar que le entrara la mantequilla y palpó a ciegas en busca de un paño de cocina. Maldijo y, con las manos vacías, atravesó la puerta de golpe para coger servilletas del mostrador y vio con su ojo bueno a un grupo de hombres que entraban.

No, no, no, esto no estaba pasando. Tres eran bomberos que Sadie conocía. Y el cuarto…

No pudo moverse. Parecía que la mantequilla se le había filtrado en el cerebro y se lo había revuelto.

Miró hacia la cocina y, cuando volvió a mirar al frente, se encontró de pleno con los ojos sorprendentemente oscuros de nada menos que Jake McNealy.

Allí estaba ella, haciendo guiños como un pirata untado de mantequilla, y allí estaba él, la pesadilla de su existencia, intentando aguantarse la risa sin conseguirlo.

Maravilloso. Fue un momento maravilloso.

—Sadie hace los mejores postres de la ciudad —dijo uno de los hombres, dándole una palmada en el hombro a Jake.

Antes de ayer, ella jamás, ni en un millón de años, lo habría imaginado entrando a su local. Y verlo allí, con una sonrisa que le ocupaba la mitad del rostro…, bueno, no estaba segura de si quería reír o llorar.

La noche anterior había pensado que sería fácil sacárselo de la mente. Olvidarlo una vez más. Y ahora el universo se burlaba de ella entregándoselo en bandeja de plata mientras se ahogaba en mantequilla.

—Sadie —dijo a modo de saludo, tratando de reprimir la risa—, eh…, bueno, tienes algo… —Se señaló en su propio rostro donde tenía ella la mantequilla.

—Eh… Es que… no podía… Quiero decir, la mantequilla —tartamudeó.

—Ah. —Aunque lo intentó, Jake volvió a fallar en contener la risa—. Ya veo que no has cambiado. Tu elocuencia sigue igual de asombrosa.

Sadie dejó escapar un gemido ahogado, puso los ojos en blanco, cogió un puñado de servilletas y empezó a secarse.

—¿Qué estás haciendo aquí? —preguntó—. Creí haberte dicho que necesitaba tiempo.

—Eh, no he venido por ti. Soy un poco goloso y Vinny me dijo que no sabría lo que era vivir hasta que probara las tartas de manzana y canela de aquí.

—Así es. Así se lo dije. Le comenté que conocía el sitio. Lo siento, Sadie... Realmente no pensé...

—Sí, vale. Eh…, esperad solo un segundo. Vuelvo enseguida. —Regresó corriendo a la cocina y se agarró a la encimera para estabilizarse.

—¡Gigi Marie! —Sadie oyó el potente grito de él—. ¿Cómo es posible que parezcas cada vez más joven?

Ella se asomó por la rendija de las puertas batientes y vio a su abuela abrazando a Jake y dándole palmaditas en el costado. La mujer apenas le llegaba al ombligo.

—¡Pequeño tragaldabas! —Se rio—. No puedo creer que tengas la poca vergüenza de dejarte ver por aquí —bromeó.

A Gigi le gustaba fingir que le guardaba rencor a Jake por haberse ido de la ciudad hacía tantos años, lo cual probablemente era cierto. Y, además, resultaba que también era susceptible a sus encantos cada vez que él decidía desplegarlos.

Sadie acabó de limpiarse la mantequilla mientras su corazón intentaba bailar un vals a tres tiempos fuera del pecho.

«Eres una adulta de veintiocho años, maldita sea. Tranquilízate», se reprendió en silencio.

Se dispuso a recogerse el pelo en una cola de caballo, pero la goma se rompió y se le escapó un gemido de frustración. Su cabello, normalmente ondulado, se había enroscado formando rizos gruesos y en espiral. Las fresas que había dejado cocinándose a fuego lento de repente burbujearon y llenaron el aire de una dulzura espesa e intensa. Cuando intentó apagar el fogón, la electricidad estática le produjo una descarga en los dedos.

Gigi cruzó la puerta y observó el desaguisado en el hornillo, en el cabello de Sadie y en su pecho agitado.

—Estoy bien. Estoy recuperando la cordura —le aseguró ella.

—Regla número nueve, cariño.

—«Emociones intensas equivalen a magia impredecible» —recitó la nieta—. Lo sé.

—¿Recuerdas lo que pasó cuando ese chico se fue?

Sadie asintió. Estuvo a punto de quemar la cocina de Gigi.

—«Sobre toda cosa guardada, guarda tu corazón, porque de él mana la vida» —citó—. Pero no lo guardes tanto con el fin de nunca salir herida. Porque, si no puedes sufrir, entonces no puedes amar, y si pensabas vivir así no te habría leído los malditos posos de té. Ahora, muévete —ordenó, empujándola a través de la puerta doble.

Sadie quiso decir algo sobre la maldición, sobre por qué se negaba a amar, sobre lo absurdo que era ese consejo cuando solo había visto a Jake menos de cinco minutos en dos días. Pero Gigi tenía mano de hierro cuando se lo proponía, así que se fue arrastrando los pies con temor.

—Vinny tenía razón —dijo Jake con la boca llena de tarta—. Esto es lo mejor que he comido en mi vida.

—Solo pretendes volver a estar en mi lado bueno.

Clavó los ojos en los de ella.

—Claro que quiero. ¿Y tú? ¿Alguna vez has estado en tu lado malo? Ese sitio es un infierno.

—A lo mejor no deberías haber venido aquí hoy —dijo sin querer. Los ojos de Vinny iban y venían entre ellos como si estuviera siguiendo un partido de tenis de mesa.

—Me lo merezco —coincidió él mientras tragaba saliva—. ¿Sabes qué? Cuando me fui, apenas estabas empezando a cocinar. Y ahora mírate. Dueña de tu propia cafetería.

—Copropietaria —corrigió—. Gigi es realmente el cerebro del negocio.

—Sssh —la reprendió la susodicha—. Sadie es la que hace los milagros. Todo empezó con los melocotones, ¿recuerdas, tesoro?

—¿De verdad? —preguntó Jake y buscó los ojos de Sadie.

—Eso, bueno…, sí, eso fue lo que inició mi obsesión por la repostería. Empecé con el tradicional pastel de melocotón. Seguí con la tarta de melocotón al tomillo y luego con los pastelitos de melocotón con reducción de bourbon y arándanos —divagó, sin mirar a Jake a los ojos.

—¡Sadie hace el mejor pastel de melocotón del condado! —Gail habló desde la caja registradora, con la barbilla levantada y una sonrisa orgullosa adornándole el rostro—. Ha ganado el concurso de pasteles de la feria del condado cinco años seguidos.

Aquella mujer, una fiera menuda de casi cincuenta años, era capaz de sacar los colores al conejito de Duracell. Se puso a contar a todos y sin descanso los logros de Sadie como si fuera su propia hija. Tenía el cabello negro y corto veteado de gris y se lo peinaba en un estilo afro que parecía estar continuamente en movimiento.

—¿Con qué postre ganaste este año? —preguntó—. ¡Ah, ya me acuerdo! —Chasqueó los dedos—. Empanadas de melocotón con un chorrito de crema de limón dulce y helado de julepe de menta. ¡Mmm! Todavía lo saboreo. Divino.

—Sin embargo, la receta del helado de julepe de menta es de Gigi —dijo Sadie.

—Lo hacía para ti y para ese hermano tuyo en las noches calurosas de verano cuando no podíais dormir, pequeños mequetrefes. Pero a ti te salía mejor que a mí. Y quedó perfecto con los melocotones.

—Siempre he tenido debilidad por el pastel de melocotón —dijo Jake, volviendo a mirar a Sadie.

—Hum… —entonó ella—. No recuerdo eso. —Mentira.

Se fijó en el letrero de madera que colgaba en el pasillo de la entrada: «Melocotón al Tomillo». Sonaba bastante inofensivo cuando se le ocurrió. «Melocotón por Jake. Tomillo por el coraje. Dejo una cosa y me embarco en la otra». Pasó horas dibujando a mano el logo: un melocotón entero y maduro al fondo y otro al frente cortado por la mitad para que se viera el hueso. «Melocotón al Tomillo» iba curvado sobre los melocotones mientras que «Café y repostería» iba curvado debajo. Y a cada lado había ramitas de tomillo que eran tan realistas que casi se olía su fragancia. Ahora ese logo era un faro que lo había traído de vuelta a su vida.

—Bueno, por suerte para ti, cielo, Sadie siempre tiene algún invento con melocotón preparado —le dijo Gail a Jake—. Da igual lo que esté haciendo, porque siempre hace lo que le da la gana, pero puedes apostar la camisa a que es verdad. No sé cómo consigue que produzcan durante todo el año, pero todos sabemos que el jardín de Gigi Marie Revelare tiene algún tipo de magia.

—No lo había oído nunca —respondió Jake, apartando ahora la mirada de Sadie y sonriendo a Gail.

—Toda la ciudad sabe eso, hombre —intervino Vinny—. Ese lugar es legendario.

—De todos modos, tendrás que hacer cola si quieres cortejar a nuestra Sadie por sus dulces de melocotón —dijo Gail, dirigiendo a Jake una mirada penetrante.

—No hace falta —dijo la susodicha rápidamente al verlo a él hacer una mueca de dolor. Claro que, bueno, no estaría mal que se sintiera un poco incómodo.

—Basta ya, bromistas supersticiosos —dijo Gigi con los labios fruncidos y un brusco movimiento de cabeza—. Jake, la cena familiar es mañana por la noche y quiero que vengas. No me pongas excusas. Estate allí a las seis.

—¿Qué? —Sadie farfulló—. Gigi, estoy segura de que ya tiene planes. O…

—La verdad es que no —respondió él sonriendo—, pero gracias por intentar deshacerte de mí, Sade.

Ella hizo otra mueca al oír el apodo. Solo había dos personas que la llamaban así. Y ambas le habían roto el corazón.

—De hecho, puedo acercarme dando un paseo. Esta tarde voy a ver Rock Creek —añadió con una sonrisa irónica.

Sadie se quedó helada, con los ojos fijos en él. ¿Estaba haciendo esto a propósito? Se devanó el cerebro buscando algo inteligente y distendido que decir, pero sus pensamientos estaban concentrados en un pequeño sofá en una buhardilla antigua donde Jake le trazaba las líneas de la palma de la mano.

—¿Por qué? —consiguió preguntar finalmente.

—Solo busco un sitio tranquilo y apacible —dijo, sin mirarla a los ojos—. Te lo contaré todo mañana en la iglesia —continuó—. Ahora tengo que ir a la estación para terminar algunos trámites, así que me llevo los postres de melocotón que tengas a mano.

—Invita la casa —dijo Gigi, que ya había empezado a preparar varias cajas para llevar con un poco de todo.

Mientras observaba la escena, ella no pudo evitar sentirse un poco traicionada.

—Sabes cómo conquistar a un hombre, Gigi Marie —declaró Jake—.

Encantado de verte, Sadie. —Le guiñó un ojo antes de finalmente, por fin, dirigirse hacia la puerta.

—¡Quiere comprar Rock Creek! —siseó al teléfono—. ¡Estaría a menos de un kilómetro de mí! ¿A qué está jugando?

Estaba de pie, en el pequeño patio trasero detrás de la cafetería, donde solía escaparse en sus descansos para tener un poco de paz y tranquilidad. Ahora no tenía nada de eso. Pero el extractor que expulsaba el aire caliente de la cocina y el olor dulce del pan jalá con canela la conectaron de nuevo a la tierra y respiró hondo.

Raquel exhaló una retahíla de palabras en español. Y Sadie, que apenas conocía el idioma, logró captar «idiota» e «imbécil» y no pudo estar más de acuerdo.

—Tal vez simplemente es que le gusta la casa —acabó diciendo su amiga, aunque sonó como una pregunta—. Escucha, voy a ver qué puedo sacarle a Gina. Creo que fue ella quien la puso a la venta. Y tú, pues, ya sabes, relájate. Tómate un descanso. Y no quemes nada.

—Si lo ignoro, estoy siendo infantil. Pero, si dejo que se acerque demasiado, estoy jodida. Y necesito mi magia ahora más que nunca.

—¿Por qué? —preguntó Raquel con recelo.

—Porque las vacaciones están a la vuelta de la esquina —inventó Sadie sin pensar— y necesito estar al cien por cien si quiero ganar suficiente para volver a techar la casa.

—Sueñas a lo grande —dijo su amiga y ella prácticamente la oyó poner los ojos en blanco—. Escucha, Jake McNealy siempre ha estado en tu vida, incluso cuando no estaba. Así que no tengas miedo, ¿de acuerdo?

—Vale. Voy a hacer nudos de ajo e hinojo —añadió Sadie como si la otra supiera de qué le hablaba.

—¿Porque Jake se ha convertido en vampiro? —preguntó Raquel confundida.

—El ajo protege de lo malo, lo negativo, y el hinojo da fuerza. Estaré bien. Todo irá bien. Si va a volver a la ciudad, entonces voy a demostrarle lo bien que me van las cosas.

—Lo que tú digas, cariño —dijo Raquel, suspirando.

—¿Cómo va *Carrie*?

—Convencí a Jenny para que me echara una mano con las audiciones, así que estás liberada de ese deber. Como profesora de inglés, la decencia humana mínima la obliga a ayudar. Me preguntó si podía traer vodka en el termo, ya que técnicamente no era horario escolar.

—¡No me lo puedo creer! —Sadie se rio, agradecida por la distracción. Había visto a Jenny varias veces. Era una antisistema que se mudó a la ciudad hacía solo unos años y despreciaba sin parar las costumbres rurales, cosa que divertía a Raquel.

—Pues créetelo. Le dije que «ojos que no ven...». Escucha, ¿quieres que nos veamos en Milestone cuando salgas del trabajo? Tal vez puedas ayudarme a resolver el tema de la iluminación.

—Eh..., no puedo. —Ansiaba contarle la verdad sobre Gigi, pero Sadie nunca rompía sus promesas—. Me toca jardinería —se excusó.

Pasó las siguientes horas preparando los nudos de ajo e hinojo y luego cubriendo diminutos capullos de lavanda secos con chocolate blanco para evadirse con la repetición y la rutina. Con la mente ocupada en tareas menores, no tenía que pensar en nada ni en nadie.

Sacó las tartas frías de limón y lavanda del frigorífico y esparció los capullitos de lavanda con chocolate blanco por encima hasta parecer una capa fina de nieve dulce. Cuando terminó, todavía no estaba preparada para dejar a su cerebro pensar. Y así, con manos expertas, sacó los ingredientes para hacer cruasanes.

Durante diez minutos amasó con vigor hasta que la mezcla quedó suave y elástica. Después de darle forma de bola, la puso en una bolsa de fermentación. El proceso para los cruasanes era largo, desde machacar la mantequilla fría e integrarla con cuidado en la masa hasta darle una vuelta cada hora durante las siguientes tres antes de dejarla reposar en el frigorífico toda la noche. Era justo el tipo de trabajo que necesitaba para mantener las manos ocupadas. Cuando Gigi entró en la cocina, Sadie abrió la boca para hablar, pero su abuela la interrumpió.

—No, señora —dijo en un tono que no admitía discusión—. No vamos a hablar de eso aquí. Y cualquier plan descabellado que tengas en la cabeza deberías olvidarlo.

—Si dices que no vamos a hablar de eso, entonces no puedes decirme lo que tengo que hacer —respondió Sadie.

—Puñetas —murmuró la señora.

El resto del día transcurrió sin incidentes y, cuando terminó su jornada laboral, el cuaderno que llevaba en el bolsillo estaba repleto de ideas para curarla. Algunas eran «mierda pinchada en un palo», como diría Gigi, pero otras, pensaba ella, eran prometedoras.

Había tardado tres veranos en perfeccionar su receta de tarta de moras y albahaca. Decenas de intentos en los que siempre algo salía mal. Y no se rindió hasta que tuvo la certeza de que ganaría el concurso de postres de los tres condados. Tenía que conseguirlo. «Abandonar» no estaba en su vocabulario. Y este remedio en particular, fuera como fuera, le salvaría la vida a Gigi. Cuando esta pende de un hilo, te focalizas en lo importante, estableces prioridades y las pones de relieve, con esos bordes puntiagudos que te dejan mella en el corazón. El mundo de Sadie se estaba reduciendo al trozo de papel que guardaba en el bolsillo.

Cuando la hija de Gail, Ayana, vino a relevarla de su turno, ella siguió a Gigi a casa con su viejo Subaru, que chirriaba intentando seguir el ritmo del Chrysler PT Cruiser de su abuela. La mujer conducía como alma que lleva el diablo.

Sadie se puso unos pantalones holgados de lino y un suéter suave color crema y se recogió el pelo en un moño desordenado. Los bucles por fin se habían aflojado hasta convertirse en suaves ondas. Cuando bajó, Gigi ya estaba viendo la televisión, con Bambi a sus pies y Abby en el regazo. Ella se sirvió una copa de vino de grosellas rojas y salió al patio. Le dio un sorbo y saboreó el simbolismo de un nuevo comienzo mientras escuchaba el parloteo de la televisión mezclándose con el canto de los pájaros. Soplaba brisa del oeste y Sadie la siguió con la vista hasta la línea de árboles, en dirección al bosque y a Rock Creek.

Se quitó los zapatos con un suspiro, hundió los dedos de los pies en la gravilla, como hacía todas las noches, y cerró los ojos. El naranjo enano estaba empezando a florecer y su dulce aroma cítrico recordaba más al verano que al clima frío que se avecinaba. El jardín susurraba con fuerza a pesar de la suavidad de la brisa, como si la llamara.

—¡Sssh! —siseó y las plantas se calmaron.

Repasó el día en su cabeza y disminuyó la velocidad cuando llegó a la parte donde Jake entraba a la cafetería. Desenvolvió el recuerdo poco a poco, saboreándolo como si fuera una gota de limón.

Se le encogió el estómago de placer mientras rememoraba cada detalle que con tanto esfuerzo había intentado olvidar. Su cabello, todavía del mismo rubio veraniego entre miel y trigueño, aún sin canas. Las finas arrugas alrededor de los ojos de sonreír contaban historias de su risa fácil. Y los hombros… Era obvio que no había abandonado el gimnasio, cosa que tenía sentido, ya que por fin estaba viviendo su sueño de ser bombero. Prácticamente sentía la suavidad de su abdomen mientras lo acariciaba.

Pero eso eran recuerdos. Se aseguraría de que siguiera siendo así.

La vida con Jake era un baile. En torno al deseo y la tradición. La maldición la hizo temer, pero al final el amor desterró el miedo y supo, sin lugar a dudas, que sacrificaría su magia por él llegado el momento.

Eso fue lo que más la asustó.

Una noche nublada de verano, cuando tenía dieciocho años, Sadie hizo galletas de crisantemo y las untó con miel de flores silvestres. Conforme él comía, la venda de los ojos fue cayendo y la verdad quedó revelada. Con el corazón al descubierto, le dijo que la amaba y con dedos pegajosos y voz de honestidad pura le prometió junto al limonero que estarían juntos para siempre y que nunca la dejaría.

Pero por la mañana, cuando el efecto de la magia se había esfumado, Jake se fue. Rompió cada promesa a su paso.

Durante años, Sadie se sintió culpable por haberlo engañado para que dijera la verdad. Pero, a pesar de la culpa, su ira crecía como la hierba gallinera. Era un cobarde. Por saber la verdad y no aceptarla. Por negarla y autoengañarse y, lo que era peor, por negarle el amor por el que ella estaba dispuesta a sacrificar su magia. Sadie se aferró al pasado como un borracho a su botella de whisky. Los vicios como ese eran un consuelo cuando a uno le asustaba el porvenir. Si se aferraba a las amarguras del pasado, protegería su corazón para el futuro. Al menos eso era lo que se decía a sí misma.

El jardín empezó a crujir de nuevo, balanceándose inquieto, intentando llamar su atención.

—Ya voy, ya voy —murmuró; se terminó el vino y agarró las tijeras de podar. Pero, cuando pasó junto a los guisantes de olor y vio la parcela destinada a las hierbas aromáticas, se le revolvió el estómago.

—No —susurró. Le temblaron los dedos, se le obstruyó la garganta y cayó de rodillas. Se había quemado más de la mitad. Podía revivir las plantas, pero el miedo de no saber quién lo había hecho ni, lo más importante, el motivo la hizo temblar.

¿De verdad alguien odiaba tanto a los Revelare como para arriesgarse a allanar su propiedad y destrozar algo tan hermoso? Le dolió el pecho al ver tanta destrucción. El corazón desgarrado ante la belleza malograda.

Se dio la vuelta para ir a contárselo a Gigi, pero se detuvo. No podía preocupar a su abuela con eso. Tendría que resolverlo ella sola.

Con un nudo en la garganta, pasó el rastrillo de forma mecánica sobre la zona quemada mientras se calmaba. Pero cada vez le costaba más respirar. Y tragar era más difícil porque las ganas de llorar la superaban.

Lanzó la herramienta a un lado y se dispuso a cortar las hierbas curativas que se habían salvado de la quema. Hojas de laurel e hinojo. Incluso desenterró un bulbo de ajo y recogió algunas espinas de mora del arbusto que bordeaba la zona y que siempre amenazaba con apoderarse de todo el jardín.

Aplastó estas últimas con una piedra de ámbar y luego las colocó, junto con una barra de selenita y las hierbas, en un recipiente de cobre que llenó de agua. Tenían que cargarse bajo la luna durante seis noches antes de poder usarlas.

El jardín empezó a susurrar de nuevo, balanceándose intranquilo, intentando llamar su atención.

—¿Qué? —preguntó, cogiendo un guijarro y arrojándolo hacia las tomateras. Los frutos temblaron con violencia, pero se detuvieron en seco cuando se oyó la voz de un hombre gritando a lo lejos. Sadie se quedó quieta, aguzó el oído y se inclinó hacia delante para tratar de entender lo que decía.

—¡Jefe! —gritaba el hombre—. ¡Ven aquí, chico! ¡Vuelve a casa!

Sadie oyó el suave gemido de Bambi como respuesta a través de la puerta mosquitera.

Ella conocía aquella voz. Maldita sea. ¡Claro! Bambi era el perro de Jake.

Un movimiento cerca de la línea de árboles le llamó la atención.

No se veía nada, pero la sensación de que había algo, una presencia, la inquietaba. El aire pareció ondularse y el olor a hierbas quemadas se volvió tan picante que le lloraron los ojos. Las tomateras temblaron de nuevo a su lado.

Un hormigueo en la nuca.

Ese lento escalofrío que le recorrió la espalda y que le hizo pensar en unas patas de araña acercándosele poco a poco al hombro y en la sombra erosionada de algún rostro que siempre temía ver en la esquina del espejo.

Y entonces lo oyó.

Un sonido bajo e inquietante que le penetró la piel y le caló los huesos. No habló. Solo un gruñido espeluznante y siniestro. Sin palabras. Pero Sadie sabía reconocer una amenaza.

Quería entrar corriendo a la casa y esparcir sal detrás de ella.

En cambio, se obligó a caminar a un ritmo pausado, aunque el corazón no dejaba de latirle asustado.

Helado de julepe de menta

Utilízalo para borrar el pasado y empezar de nuevo coloreando los recuerdos dolorosos con tonos más alegres. No comas demasiado o también te olvidarás de otras cosas y te convertirás en una vieja tonta como yo, que no recuerda qué día de la semana es. De verdad, hacerse viejo es una puñeta.

Ingredientes

1 taza de azúcar
½ taza de agua
½ taza de bourbon
1 cucharadita de vainilla
2 tazas de leche
2 tazas de nata espesa
6 yemas de huevos grandes
8-10 ramitas grandes de menta fresca (y algunas más para decorar)

Elaboración

1. Machaca las hojas de menta para liberar aceites y sabores. Combina el azúcar, el agua y las ramitas de menta en una cacerola pequeña a fuego medio y deja hervir mientras remueves para disolver el azúcar.

Cocina durante 2 minutos. Retira del fuego y deja enfriar por completo. Cuela con un colador de malla fina y luego agrega el bourbon y la vainilla.

2. Combina la leche y la nata en una cacerola grande no reactiva y deja hervir a fuego lento. Bate las yemas de huevo en un bol pequeño. Bate 1 taza de la mezcla de nata caliente con el huevo batido. Con un chorro lento y constante, agrega la mezcla de huevo a la mezcla de nata caliente. Deja cocinar durante 4 minutos, removiendo ocasionalmente, hasta que el contenido de la cacerola espese lo suficiente como para cubrir el dorso de una cuchara. Retira del fuego y deja enfriar por completo.

3. Bate la mezcla de bourbon con la mezcla de nata. Cubre con plástico y presiona la superficie de la mezcla para evitar que se forme una costra. Enfría en el frigorífico como mínimo 2 horas.

4. Retira del frigorífico y vierte la mezcla en una heladera. Bate según las instrucciones del fabricante. Para darle un toque extra, agrega una cucharada de bourbon sobre el helado antes de servir.

5

—Cálmate. —Gigi arrugó la frente mientras le daba palmaditas a Sadie en el coche rumbo a la iglesia. Siempre se ponía de mal humor camino del templo porque, en sus propias palabras, «si vas a arrastrar mi trasero a la casa de Dios, más vale que Él sepa que no acudo voluntariamente.

Las raíces bautistas de su abuela no le permitían pasar mucho tiempo sin acudir a la iglesia a pesar de sus sentimientos al respecto. Y, además, hoy Sadie necesitaba refuerzos. Todo se iba al carajo, como solía decir la señora. El jardín quemado. El sonido del bosque. Gigi. Bambi, el perro de Jake. Había demasiados pensamientos que doblar por la mitad. Necesitaría un máster en origami para poner orden en su cerebro.

En cuanto entró en el aparcamiento de la iglesia comunitaria de Poppy Meadows, al final de Main Street, media hora antes de la misa, dejó escapar un suspiro tembloroso. El templo no era lujoso, pero guardaba buenos recuerdos de los campamentos cristianos y de las comidas compartidas, los eventos para recaudar fondos y los espectáculos de talentos. El edificio principal era más grande de lo normal para ser una iglesia construida en el siglo XIX y además se había ampliado con un grupo de edificios apartados de la calle y conectados por maravillosas pasarelas adornadas con alegres flores. Había una cocina grande, aulas de escuela dominical y salas de reuniones y una franja de césped cuidado a conciencia en el centro. Las mesas de bar de hierro forjado y las buganvillas colgantes le daban aspecto más de *bed and breakfast* europeo que de lugar de culto. Pero tal vez la belleza fuera el tipo de veneración que se profesaba allí.

Apenas había abierto la puerta de su coche cuando vio a la señorita Janet acercándose con premura. Su vestido floral se le ceñía al pecho y se mecía como si bailara mientras ella resoplaba antes de detenerse.

—Sadie Revelare, ¿tienes los pasteles? —La señorita Janet estaba a cargo de la cocina, lo que significaba que se encargaba de la lista de quién traía el tentempié para el puesto de café.

—Justo aquí —respondió ella, metiendo la mano en el asiento trasero y agarrando las tres cajas.

—Vale, vale. Ven conmigo —exigió Janet y comenzó a andar a paso firme—. Ahora, corta esos pasteles y colócalos en platos individuales. No queremos que la gente los destroce ni que lo manchen todo con los dedos. Y no hagas los trozos demasiado grandes, eso sí —dijo, moviendo la boca más rápido que una lancha motora—. ¿Y has pensado en tu estand para el festival de otoño? Sabes que necesito los formularios para el final de la semana. Ah, y este es Jake; te ayudará en la cocina hoy —finalizó la señorita Janet cuando entraron a la larga cocina—. Me voy a instalar las cafeteras dispensadoras. Sé rápida en tu trabajo, niña; no tenemos mucho tiempo.

Sadie palideció al ver al susodicho de pie en la cocina con un delantal atado a la cintura. Sus pantalones vaqueros oscuros eran diez veces más bonitos que cualquier otra prenda de las que solía llevar y la camisa recién planchada tenía el tono de azul perfecto para realzarle los ojos. El ajuste entallado de la indumentaria le hizo imaginarse cosas en las que estaba bastante segura de que no se debía pensar en la iglesia.

Maldita sea. ¿Cómo se las apañaba para estar en todas partes?

Sadie buscó algo que descargar. Cualquier cosa menos mirar las manos de Jake sobre el mostrador. Esas que una vez le recorrieron la parte interna del muslo, con sus callos arañándole su piel suave. Esos dedos que... «No. Concéntrate en otra cosa, so cochina», se regañó a sí misma al sentir el calor que le fluía por las mejillas. Recorrió con la mirada la cocina, algo anticuada pero reluciente; olía fuerte a desinfectante. Cuando la puerta se cerró, bloqueó el sonido de la guitarra acústica del pastor. El único ruido era el zumbido del antiguo frigorífico gigante.

—Esa mujer debería considerar pararse a respirar de vez en cuando. ¿Sabes que me ha inspeccionado a fondo las manos después de lavármelas? —dijo Jake con fingida incredulidad.

—¿Qué estás haciendo aquí? —preguntó Sadie, lamentando lo estúpidas que sonaron las palabras en cuanto le salieron de los labios. Parecía ser lo único que se le ocurría últimamente.

—¿Quieres decir en sentido metafórico?

—Quiero decir en sentido de «¿qué estás haciendo aquí en esta cocina, colaborando con la iglesia, mosca cojonera?».

—¡Cuidado, malhablada! Dios podría castigarte.

—Si alguien va a castigar soy yo —murmuró Sadie. Para evitar la mirada de Jake, se dispuso a abrir corriendo las cajas y a sacar los pasteles.

—Me ofrecí como voluntario —respondió él mientras colocaba platos de papel—. Vine la semana pasada y hablé con el pastor Jay. Fue agradable. Pasamos una hora poniéndonos al día. Le conté que mi madre compró una casa de veraneo en Florida y lo que estaba haciendo Jessie. Es gratificante volver a estar en una ciudad pequeña donde la gente se preocupa.

—¿Cómo está Jessie? —preguntó Sadie, esta vez en su tono cálido habitual. Era igual de fogosa que su hermano y probablemente incluso más imprudente; siempre la hacía reír.

—Es agente inmobiliaria en Nueva York —dijo él con orgullo.

—Maldita sea —suspiró ella—. ¿Nueva York? No puedo ni imaginarlo. Ni siquiera he salido de Poppy Meadows.

—Espera, ¿en serio? —preguntó Jake con el ceño fruncido—. ¿Nunca? —Se quedó inmóvil, con sus manos enormes apoyadas sobre el mostrador de metal y mirando fijamente a Sadie. Ella tragó con dificultad.

—Quiero decir, he estado en un par de condados. —Se encogió de hombros, intentando que pareciera ocasional—. Pero me encanta estar aquí. Nunca he sentido la necesidad de irme. —Le dirigió una mirada penetrante.

—Poppy Meadows es genial, pero hay todo un mundo ahí fuera, Sade —dijo, sacudiendo la cabeza.

—Sí, sabía que dirías eso —resopló.

—No todos somos como la gran Sadie Revelare. Algunos tenemos que descubrir lo que queremos —dijo.

Pensó en decirle que saber lo que uno quiere ya es una especie de maldición, porque ¿en qué otro momento eres consciente de que nunca lo conseguirás? No saberlo implicaba posibilidades, sueños y esperanzas. En cambio, apartó la mirada de aquellos ojos incisivos.

—Emplata —ordenó ella, deslizando el pastel cortado hacia él—. Y no lo rompas o me veré obligada a hacerte daño.

—Se dice en la ciudad que tu comida tiene magia. ¿Cuál es el secreto? ¿Drogas?

—Es un superpoder. Te lo diría, pero viene de dentro y deriva de una gran sabiduría y madurez. Obviamente, tú aún no has llegado a ese punto.

—Obviamente. Me falta un poco de pulido. Debe de ser por eso que nos llevamos tan bien —dijo, apoyándose en el mostrador y mirándola con unos ojos que contenían una invitación, un desafío. Siempre había un combate verbal con él.

Sadie olió la embriagadora mezcla de crema de afeitar y colonia y se debatió entre salir corriendo de la cocina o acercarse lo más posible a ese aroma. Era amaderado y dulce y…

Tal vez podría ceder. Solo una vez. No más. Y así podría volver a odiarlo. No por amor, sino para satisfacer necesidades. Eso no entrañaría peligro.

Sin pensarlo, dio un paso hacia él, como si no soportara no hacerlo. El espacio a su alrededor se redujo, presionando por todos lados. La respiración de Jake se volvió agitada y, cuando ella lo miró a la cara, los ojos se le habían oscurecido hasta convertirse en un mar tormentoso.

Se quedó totalmente quieto.

El calor se le extendió a Sadie desde las mejillas hasta el cuello y se sorprendió acercándose aún más sin querer; de repente todos los quemadores de la cocina, detrás de ellos, se encendieron al mismo tiempo.

Jake saltó y gritó de sorpresa.

—¡Qué diablos! —exclamó y empujó a Sadie por inercia detrás de él para protegerla con los brazos extendidos—. Seguro que este lugar no cumple con las medidas de seguridad. ¡Aquí hay peligro de incendio!

Ella se rio, estremecida, y lo rodeó para acercarse a la cocina. Le temblaron las manos al girar los mandos para apagar las llamas.

—Empezaré a eliminarlos —dijo, con el ceño fruncido y mirando en todas direcciones con rapidez como si fuera a iniciarse otro incendio en cualquier momento. Sadie siempre había pensado que Jake tal vez se hacía una idea de sus habilidades, pero o no las había visto suficiente tiempo en acción o tal vez ella le atribuía más conocimiento del que merecía.

Respiró hondo para tranquilizarse cuando él se fue. La memoria de su cuerpo quería acercarse a él mucho más que ella misma. Sus labios querían recorrer la línea de su mandíbula con besos prolongados, como cuando era adolescente. Pero Jake rompió sus promesas como si fueran ramas de canela. Se dio cuenta de que tal vez era una apuesta demasiado peligrosa. Incluso aunque su maldición no estuviera en juego ni Gigi estuviera enferma. Sería demasiado arriesgado.

Caminó directa hasta Raquel, que estaba hablando con Alice Grossman, una anciana que fingía ser prácticamente sorda, pero que en realidad tenía oído de murciélago.

—Tienes que sentarte conmigo —siseó Sadie, agarrándola del brazo.

—Disculpe, señora Grossman —dijo Raquel a un volumen ensordecedor y luego la alejó—, esta amiga tan grosera necesita ayuda.

—Dios las bendiga —gritó la señora Grossman, asintiendo como un muñeco cabezón en un camino lleno de baches.

—Siéntate conmigo —dijo Sadie de nuevo mientras exploraba el santuario con la mirada.

—Hoy estoy en la guardería —dijo Raquel, frunciendo el ceño—. ¿Qué problema tienes? ¿Por qué estás tan rara? —En ese momento, dirigió la vista a la entrada del vestíbulo, por donde venía Jake—. Uf, por ahí viene el problema. Tuyo, no mío —dijo en tono de burla mirando en dirección a él.

—¡Necesito un mediador! —siseó Sadie cuando el susodicho se acercó.

—Jake —saludó su amiga, asintiendo con una sonrisa de labios apretados.

—Me alegro de verte también, Raquel —dijo él en un tono que significaba que se había esperado cada ápice de esa frialdad—. ¿Cómo te va? ¿A qué te dedicas?

—Pues, bueno, a enseñar música en el instituto, a cuidar de mi gato, a intentar averiguar qué tipo de sangre es más fácil de quitar del suelo de un escenario y a vivir lo mejor que puedo.

—Siempre salen mejor los productos con base de agua —dijo Jake tan tranquilo.

—No sé si quiero que me digas por qué sabes eso… —Raquel entrecerró los ojos.

—De hacer inocentadas. —Se encogió de hombros—. ¿Qué hay de ti y Seth? ¿Al final estáis juntos?

—¿Qué? —saltó Sadie en tono brusco.

—Por cierto, ¿dónde está? —le preguntó a esta—. No lo he visto por aquí todavía. Vosotros dos solíais ser inseparables.

—No está aquí —respondió Raquel por ella—. Y, a todo esto, ¿por qué se supone que has vuelto? —preguntó con una mirada de advertencia hacia Sadie.

—Parece ser la pregunta de moda en la ciudad últimamente. La verdad es que echaba de menos la cocina de Gigi Marie.

—No está aquí ahora. No tienes que hacerle la pelota cuando ni siquiera te oye —dijo Sadie, poniendo los ojos en blanco.

—Entonces tal vez sea porque extrañaba tus encantadores ojos en blanco y tu lengua afilada —dijo y fijó la mirada en ella mientras arqueaba las cejas, desafiándola a contradecirlo.

—Si la echabas de menos, a lo mejor no deberías haberte ido. Ahora, si me disculpáis, tengo que ir a la guardería.

—¿Dónde nos sentamos, Sade? —preguntó Jake, tomándose con calma el desaire de Raquel.

—Por aquí. —Los hombros se le hundieron en señal de derrota mientras lo guiaba hasta su fila de asientos.

Sus hombros chocaban constantemente mientras estaban de pie para la misa. Intentó ignorar el timbre bajo de su voz impregnándola como miel de lavanda.

Cuando el pastor Jay llamó a la congregación para el saludo, Jake mantuvo una mano en el hombro de Sadie mientras ella, de mala gana, lo presentaba a las familias de alrededor. Con disimulo, intentó quitársela de encima.

—Lo siento —susurró él, dejando caer el brazo a un lado—. Es extraño ser el chico nuevo en el lugar donde me he criado. Eres mi mediadora.

Mediadora. Exactamente lo que ella había dicho que necesitaba para enfrentarse a él. Las ascuas del estómago que llevaban el nombre de Jake empezaron a calentarse. Cuando ella lo miró, él la estaba mirando. El calor se convirtió en llama. Arrojó tierra enseguida para sofocarla.

Cuando se sentaron para escuchar el sermón, Sadie sintió la calidez del muslo ajeno en toda su longitud junto al suyo.

«¿Por qué estas malditas sillas no son más grandes?».

Intentó escuchar el sermón sobre el significado de las siete copas de la ira de Dios en el apocalipsis, pero Jake seguía empujando la rodilla contra la de ella.

—Si no dejas de hacer eso, sentirás mi ira —susurró Sadie.

—Tu ira me gusta —le susurró él, inclinándose de tal forma que su aliento le hizo cosquillas en el cuello. A ella se le erizó el vello de los brazos.

Le dio un golpe en las costillas con disimulo y a él le tembló el pecho al aguantarse la risa.

Gigi, sentada a su izquierda, le dio una palmada en la pierna.

A partir de ese momento, Sadie dejó las manos quietas. En cuanto el pastor dio su bendición de despedida y la congregación estalló en una conversación ruidosa, se levantó de un salto.

—Tengo que llevar a Gigi a casa —dijo, dándole la espalda a Jake.

Conforme se acercaban al vestíbulo, oyó una risa nerviosa y al girarse vio que Annabelle lo había arrinconado. La abuela de esta, la señora Bennett, se encontraba cerca de ellos y tenía la mirada lejana. Sadie siempre había tenido la impresión de que la cabeza de la señora era una madriguera de conejo en la que había caído hacía mucho tiempo.

Jake la miró con ojos suplicantes, pero ella solo le devolvió una sonrisa maliciosa.

—¡Estoy muy contenta de que hayas vuelto! —dijo Annabelle con su voz azucarada—. No pasé suficiente tiempo contigo, ¿verdad?

Sadie sabía qué sonrisa estaría luciendo, tan empalagosa que le dolían los dientes sin siquiera verla.

—Bueno, no sé —dijo él, tratando de alejarse despacio—. La verdad es que no soy tan magnífico una vez que me conoces.

—Qué tontería. A lo mejor puedo convencerte para que te unas al ayuntamiento —prácticamente ronroneó, envolviéndole con sus uñas rojas como garras el antebrazo—. Nos vendría bien alguien como tú.

—Oh, eh… —Jake entonó nervioso.

—¡Cariño! —llamó Gigi desde la puerta.

—¡Voy! —respondió Sadie alegremente.

—Recuérdame que no lo vuelva a hacer hasta dentro de seis meses —dijo Gigi cuando regresaron a casa—. Deja que los lobos se alimenten solos.

Sadie la obligó a sentarse y preparó un par de vasos de café con hielo. Bambi yacía en el suelo fresco a los pies de su abuela, esperando ansioso los trocitos de tostada de pan de masa madre con mucha mantequilla que le dejaba caer.

Ella aún no había tenido el coraje de decirle que había secuestrado al cachorro de Jake. Abby se sentó en el regazo de Gigi, mirando a Bambi con lo que Sadie juraría que era una mirada de superioridad.

—No ha estado tan mal, ¿verdad? —preguntó sin entusiasmo mientras pintaba con caramelo el interior de los vasos. La cocina tenía esa sensación sofocante de haber tenido las ventanas cerradas demasiado tiempo y abrió la que estaba sobre el fregadero para dejar entrar la brisa de crujiente de manzana.

—¡Uf! Vaya grupo de paletos santurrones obsesionados con la Biblia.

—Puede que lo sean algunos —admitió Sadie—, pero no todos. Eso es la comunidad —dijo con apatía.

—Lo sé, lo sé. Solo estoy hablando como una vieja bruja gruñona.

Pero siempre estás haciendo de todo para todos. No sabes parar. Si no es para la cafetería, es para mí o para los vecinos o para esa iglesia.

—Me pregunto de dónde habré sacado esa ética del trabajo —preguntó Sadie con una mirada mordaz.

—De alguien que no sabe parar, probablemente —dijo Gigi, riéndose con descaro.

—De todos modos, ya conoces mi filosofía. Es más seguro hacer cosas por las personas que quererlas.

—Cariño, estás tan preocupada de que alguien te rompa el corazón que acabarás rompiéndotelo sola. Ahora, voy a salir a fumar un cigarrillo y luego me sentaré y miraré la caja tonta hasta que llegue la hora de cenar.

—¿De verdad crees que deberías fumar?

—Porque dejarlo hará que el cáncer desaparezca, ¿no? Lo tengo en el estómago, cariño, no en los pulmones. Y, por cierto, sé que todavía no estás lista para escucharlo, pero hay cosas que necesitas saber.

—Lo único que necesito saber es que tengo un cuenco de hierbas cargando bajo la luna para usarlo en un hechizo que te curará.

Gigi se limitó a negar con la cabeza.

—Anoche te grabé *Valor de ley* —añadió, pues sabía cuánto le gustaba John Wayne.

—¿Esa basura? Debería sentir vergüenza por haber hecho esa película —dijo la señora con disgusto—. Buscaré un episodio antiguo de *NCIS*. Y recuérdame que friegue este suelo antes de que llegue Jake; está asqueroso —exclamó desde la sala de estar.

Sadie miró hacia abajo, pero no vio manchas ni motas de polvo. El suelo de madera de cerezo estaba mellado y tenía hendiduras profundas en algunas partes, pero se pulía hasta sacarle alto brillo todos los meses. Gigi veneraba esa tarima; la barría, la aspiraba y la fregaba con tanta frecuencia que ella pensaba que probablemente estaba más limpia que ella. A los ojos de su abuela, un suelo limpio era reflejo de una vida limpia.

—Ahora, siéntate —dijo Gigi cuando ambas estaban en el porche trasero con el café en la mano. Dio unas palmaditas en la silla de al lado y Sadie se sentó—. Y, dime, ¿qué esperas de esta vida?

—¿Qué? —Se rio.

—Lo digo en serio. Sabía que no viviría eternamente. Y ahora sé que por culpa de esta condena se puede acabar de un momento a otro, pero no me digas que nunca has pensado en qué pasará cuando me haya ido.

—En realidad, no lo he hecho —dijo Sadie con sinceridad.

—Cariño, tienes que querer algo más que vivir en esta casa vieja y pequeña sin más compañía que una anciana y un perro tonto. No haces más que leer y trabajar en la cafetería.

Sadie no discutió porque era verdad.

—Mira, llevamos esta ciudad en la sangre. No estoy diciendo que tengas que irte para encontrar tu camino. Pero me temo que tu maldición te impide soñar. Así que ¿qué esperas de esta vida?

—Eh… —empezó ella, buscando las palabras—, soy feliz con mi vida.

—No digo que no lo seas, pero hay una diferencia entre ser feliz y sentirse realizada. La felicidad la sientes en la piel. La satisfacción, en los huesos.

—Creo que sé adónde quieres llegar —dijo Sadie con firmeza.

—No necesitas una pareja que te complete, pero te aseguro que es bonito tener a alguien en quien apoyarse. ¿Y qué pasa con ese libro de cocina que querías escribir? ¿Por qué abandonaste la idea? ¿O esas clases de cocina online que querías impartir?

Sadie no había pensado en el libro de cocina ni en las clases desde hacía años. Estaba tan absorta en el embrollo de dirigir la cafetería y cuidar de la gente del pueblo que su sueño de compartir recetas y enseñar a otros cómo prepararlas había quedado en suspenso.

—Escucha bien, tesoro —continuó Gigi, cubriéndole la mano con la suya y dándole una palmadita—. No voy a ir a ninguna parte todavía, pero algún día, pronto, tendrás que preguntarte si te conformas con ser feliz o si quieres sentirte realizada.

Cuando se quedó sola, el nudo en el pecho le apretó levemente. Entre las preguntas de su abuela, el cáncer y el regreso de Jake, su predecible vida se había vuelto un caos. Saber que no debería importarle su presencia y tratar de seguir adelante con esa idea en mente eran dos estorbos muy diferentes.

Se puso una gota de aceite de angélica blanca en las palmas de las manos e inhaló el aroma de bergamota del té *earl grey*, de las flores brillantes de *ylang ylang* y de tierra fértil del sándalo sagrado para protección y positividad. Necesitaba hasta la ultimísima brizna que pudiera conseguir.

Al mirar el reloj, vio que faltaban unas horas para que llegara Jake. La cuestión era que él no le debía nada. Bueno, no era exactamente así. Él le había jurado un «para siempre», pero esa era una promesa caprichosa de juventud, contaminada por unos dedos manchados de bayas y los efectos del crisantemo que lo obligaron a decir la verdad.

Sadie daba por sentado que eso era lo que significó para él. Para ella, por supuesto, fue el revulsivo que marcó el rumbo de su vida. Pero tal vez, a lo mejor, sí que podrían ser amigos.

Así todo sería más fácil. Estaba claro que se cruzaría con él por la ciudad, pero no tenía por qué dejarlo entrar en su vida. Podía fortalecer sus muros.

Con la cabeza absorta en ese pensamiento, comenzó con el adobo balsámico de naranja para el pollo que asaría más tarde y el vivo aroma cítrico la hizo pensar en el verano. El sonido de la «caja tonta» se filtraba desde la sala de estar. Y, justo cuando empezaba a rallar la piel de la naranja, sonó un golpe en la puerta principal.

—Ya voy yo —le gritó a Gigi, secándose las manos en el delantal. No se había quitado el vestido cruzado rojo de manga corta que se había puesto para ir a la iglesia y se percató de que la falda tenía salpicaduras de aceite de oliva. Como era de esperar. Su cerebro generalmente trabajaba más rápido que las manos y a menudo el resultado era pasta de dientes en la camisa, café molido por todo el mostrador y cosas que caían del estante donde las había guardado con demasiada prisa.

—¡Jake! —exclamó Sadie sorprendida cuando abrió la puerta—. Llegas… llegas pronto —dijo, sin abrir la puerta del todo y mirando hacia la sala de estar, donde Bambi se había acomodado en el sofá.

—Pensé que tal vez podría ayudar con la cena, ya que dijiste que no trajera nada. Aunque igualmente sí he traído algo —dijo, mostrando dos botellas de vino—. Pinot gris, porque sé que no te gustan los tintos, y un zinfandel, por si te sientes valiente y quieres probar algo nuevo.

Sadie se quedó plantada mirándolo, intentando encontrar una respuesta, y oyó un gemido insignificante que venía de la sala de estar.

—¿Vas a dejarme entrar? —preguntó.

—Eh… ¡Ah, sí! Solo que…, bueno…, espera un segundo—. Le cerró la puerta en la cara—. ¡Bambi! —siseó—. Ven aquí, chico.

—¿Qué estás haciendo con ese perro? —preguntó Gigi a todo volumen.

—¡Sssh! —Sadie agitó las manos en un intento exagerado de hacer callar a su abuela—. Voy a llevarlo a mi habitación. Jake está aquí y…, bueno…, no sé cómo reaccionará ante extraños.

—¿Él o el perro? —preguntó su abuela con los ojos entrecerrados.

Ella no respondió. Subió las escaleras dando saltos, seguida de Bambi.

—Buen chico —dijo, rascándole brevemente detrás de las orejas—. Resolveré esto, lo prometo. —Le ordenó al corazón que dejara de latir con tanta fuerza, pero, como de costumbre, no obedeció.

«Es solo por el perro», se dijo a sí misma y evitó la tentación de mirarse en el espejo para asegurarse de que no tuviera el delineador de ojos corrido.

Un segundo después volvió a abrir la puerta principal. Jake se giró y ella sonrió y se olvidó momentáneamente de decidir cómo debía tratarlo. Al fin y al cabo, seguía siendo él. Seguro que no era tan difícil comportarse con normalidad. Deseó poder esconder el pasado bajo una tirita del tamaño de Texas.

—Claro, entra —dijo, haciéndose a un lado.

—¿Escondiendo todos los libros de magia y candelabros? —preguntó con las cejas arqueadas.

—Y las entrañas de animales que usamos para leer el futuro. De verdad que no tienes que ayudar con nada.

—Bueno, ¿y qué más iba a hacer? ¿Sentarme solo en mi habitación del motel Elmwood?

—¿No soportas tu propia compañía? Lo comprendo perfectamente.

—¡Sé amable con nuestro invitado! —gritó su abuela desde la sala de estar.

—Escucha a tus mayores —dijo Jake con tono solemne y un brillo burlón en los ojos.

Sadie extendió la mano para darle una palmada en el brazo, pero él se apartó. Quería dejar claro que no estaba allí por invitación suya. Maldita Gigi y sus intromisiones. ¿A qué estaba jugando?

—Dámelas —dijo; le cogió las botellas de vino de las manos y dio media vuelta.

Jake la siguió hasta la cocina y la observó mientras descorchaba el pinot gris que había traído. Por supuesto que recordaba que a ella no le gustaba el vino tinto.

—¿Qué puedo hacer? —preguntó, siempre servicial hasta el extremo.

«¿Volver por donde has venido?».

«¿No haberte ido nunca?».

«¿Besarme, tal vez?».

«Cállate, Sadie».

En silencio, le entregó una copa de vino e ignoró el leve tirón del corazón.

—Por cierto, gracias, por abandonarme con Annabelle —soltó él.

—A veces la mejor tortura es dejar a uno solo con sus propios recursos. Quiero decir, no debería sorprenderte. Eres la comidilla de la ciudad.

—Bueno, está bien saber que algunas cosas no han cambiado —sonrió.

—Qué arrogante. Muy bonito.

—Nunca te ha importado lo que piense la gente. Es una de las cosas que admiro de ti.

En ese instante, supo que debería empezar a llevar encima un ramillete de brezo blanco y lavanda para protegerse del atardecer. Porque eran las declaraciones como aquella las que conducían a recuerdos polvorientos, y le recordaban lo bien que la conocía. Mejor que nadie, aparte de Seth.

En lugar de responder, ella le dio un cuchillo y le señaló un montón de cebollas para que las picara.

—Sí, señora —dijo con una sonrisa.

Trabajaron en silencio, cómodos, moviéndose uno alrededor del otro como el agua, con maña y calma. Cuando él le rozó el brazo con el suyo, a ella se le puso la piel de gallina. Y, cuando fue a buscar la mantequilla al frigorífico, ya estaba derretida en su recipiente.

Se oyó un ruido de arañazos en el piso de arriba.

—¿Gigi sigue adoptando perros callejeros? —conjeturó Jake.

—Eh…, sí. —Su risa sonó maniaca hasta para sus propios oídos y se negó a mirarlo a los ojos.

—¿Sabes? Una de las cosas que más me alegró de mudarme aquí fue que por fin podía tener perro. Conseguí el cachorro de labrador de color chocolate más noble, pero el bobo se escapó mientras visitaba la casa.

—Oooh, ¿de verdad? Es…, bueno, qué pena… —dijo con los ojos muy abiertos e inocentes a la vez que el pecho se le llenaba de un tremendo sentimiento de culpa—. Tal vez deberías haber puesto tu número en el collar. Como un adulto responsable.

—Pues resulta que la máquina de la tienda de mascotas estaba rota. Así que pedí uno y solicité que lo enviaran al motel, doña marimandona.

—Ah… —dijo Sadie con el rostro descompuesto. Maldita sea.

Bambi gimió y ladró; Jake entrecerró los ojos ante el sonido, y, al reconocerlo, le cambió la cara de color.

—¡Voy a dejar salir a Bambi! —exclamó Gigi antes de que él dijera nada.

—¡No! —gritó ella, pero unos segundos más tarde el labrador entró corriendo en la cocina.

—¡Jefe! —gritó Jake, tirándose al suelo mientras el perro lo cubría de besos húmedos. Desde abajo, la miró con los labios fruncidos.

—¿Me has robado el perro?

—¿Qué? A ver, ¡no! Quiero decir… Simplemente entró en nuestro jardín. Me rogó que me lo llevara. Intenté que se fuera. Le dije: «Escúchame, perro, ¡vete!», pero él no me hizo caso y… y… Sí, lo he hecho. Te lo he robado. ¡Pero no lo sabía! —Mientras parloteaba, le entraron los sudores.

—¡Sadie, estamos en el campo! —Jake resopló exasperado—. El sonido se transmite. ¿No me oíste llamándolo anoche? —Se puso de

pie, cruzado de brazos, y ella juró que él estaba intentando no sonreír.

—Se oía entrecortado —murmuró, mirándose los zapatos.

—Sadie Kathryn Revelare, ¿sabías que este perro era suyo? —preguntó Gigi, plantada en la puerta de la cocina.

—Puede que considerase esa posibilidad, sí.

En ese momento, el perro en cuestión empezó a ladrar cuando alguien llamó de nuevo a la puerta. Raquel entró con los brazos cargados
de telas justo en el momento en que al cachorro se le ocurrió hacer sus
necesidades, el temporizador sonó y el agua que hervía en la cocina se
derramó.

Eso no formaba parte de la rutina y le provocó una opresión en el
pecho y un dolor de cabeza que le palpitaba en las sienes.

—Jake, ve a encender la barbacoa, por favor —dijo Gigi, controlando
la situación de inmediato—. Sadie, lleva al cachorro atrás para que termine sus asuntos y luego tráeme un poco de albahaca del jardín, cariño.
Y Raquel, cielo, ve a por unas toallas para limpiar este desastre.

Todos se dispersaron rumbo a sus respectivos deberes. Ella, con la
cabeza gacha, siguió a Jake y a Bambi afuera.

—No puedo creer que me hayas robado mi perro —dijo él con una
voz que insinuaba una risa reprimida—. ¿En serio? ¿Secuestro de perros? Vamos, muchacho —se dirigió al cachorro, guiándolo más allá de
la lavanda.

—Fue un accidente —dijo Sadie mientras se arrodillaba en el suelo
para arrancar con cuidado las hojas de albahaca.

—Claro, seguro —dijo él, riéndose a carcajadas esta vez. Ella dejó
que el sonido la invadiera. No tenía por qué dejarlo entrar en su vida,
pero se percató de que esa risa le encogía el estómago.

—Iba a devolvértelo. Solo quería asegurarme antes de que eras digno. Cuidar a un perro da mucho trabajo. —Sadie oyó el clic y vio la luz
de la barbacoa del patio trasero y saltó.

—Bueno, ni que tú fueras «su alteza todopoderosa», ¿no? —dijo,
apoyándose en un poste—. Puede que no se me dé bien el compromiso,
pero al menos no me asusto ante el más mínimo desorden de mi vida
perfectamente diseñada.

—Si mi vida estuviera perfectamente diseñada, no estarías aquí para cenar, ¿a que no? —preguntó, aunque las palabras no tenían ningún significado real.

Gigi gritó desde la cocina. Se miraron un segundo antes de que Jake la siguiera al interior de la casa. Si la abuela llamaba, las tropas se reunían. Dio más órdenes de marcha y no hubo más tiempo para charlas ociosas mientras ponían el pollo y el calabacín en la parrilla, preparaban la ensalada y metían en el horno el pan de maíz glaseado con miel.

Sadie disfrutó del calor mientras daba la vuelta a los calabacines, asegurándose y vigilando que cada lado estuviera chamuscado a la perfección. Era más fácil hacer frente a las tareas que a los sentimientos.

La brisa ligera tenía un sabor dulce, con un toque prometedor, y se mezclaba con el carbón de la parrilla. Bambi ladraba juguetonamente y el sonido de los platos entrechocando resonaba desde la cocina. Si cerraba los ojos, nada había cambiado. Era solo una tarde más. Otra cena familiar más. «Puedo hacerlo», se dijo sin creerlo del todo, pero deseando que fuera verdad. ¿Y no era esa la idea?

—¡La cena está lista! —gritó Gigi cuando Sadie trajo la fuente de pollo y verduras.

—¿Dónde está Seth? —preguntó Jake, mirando a su alrededor mientras los demás tomaban asiento.

Ella se inquietó. Su abuela frunció el ceño. Y fue Raquel quien respondió:

—Está fuera —dijo simplemente. Y era bastante cierto—. Tengo los derechos de *Carrie* —añadió, mirando a Sadie, que le agradeció con la mirada haber cambiado de tema—. Fue un fracaso total cuando se estrenó, por lo que comprar los derechos fue bastante barato en comparación. Y no tiene mucha coreografía, gracias a Dios. La verdad es que no quiero imponer mis movimientos de baile a esos pobres niños.

—Yo podría ayudarte —dijo Jake—. Soy conocido por mis habilidades para bailar. —Movió los brazos como un robot.

—Gracias, pero no. —Sadie se sorprendió al oír reír a su mejor amiga—. Lo que de verdad necesito es alguien que controle las luces. El señor

Mason, el profesor de Matemáticas, me está ayudando con el diseño de la iluminación, porque aparentemente es masoquista, pero no estará el día de la función.

—Puedo hacerlo —se ofreció Jake, serio esta vez.

—¿Por qué? —Raquel entrecerró los ojos.

—Yo también fui a ese instituto, ¿recuerdas? Solo tienes que decirme qué he de hacer.

Sadie vio el conflicto en el rostro de su amiga. Ella no quería aceptar su ayuda, pero tampoco iba a mirarle los dientes a un caballo regalado. Ni a un bombero regalado, ya puestas.

—Está bien —dijo lentamente—. Cuando termine el diseño, te diré lo que tienes que hacer. Pero, si me fallas, te echaré los niños encima.

—Trato hecho. —Su profunda risa retumbó e hizo eco en el corazón de Sadie.

—«Es mejor joder que que te jodan» —entonó Raquel, mirando expectante a su amiga.

—«Probablemente pensarás que es extraño» —continuó Sadie, proporcionando el siguiente verso de la canción «The World According to Chris», de *Carrie*.

—«¡Pero así funcionan las cosas!» —acabaron cantando ambas a la vez.

—Vosotras dos me dais miedo —dijo Jake, mirándolas.

—Raquel me ha hecho memorizar casi todos los musicales desde el amanecer de los tiempos. *Carrie* siempre ha sido uno de sus favoritos. Un pueblo pequeño, una madre loca, una adolescente difícil, cubos de sangre... Es básicamente mi biografía. ¿Cómo no me iba a gustar?

Estuvo de brazos cruzados el resto de la cena. Y, cuando no estaba crujiéndose los dedos, pasaba la cesta de pan o rellenaba los vasos de agua e instaba a Raquel y a Jake a tomar una segunda ración.

Todos guardaron silencio mientras comían el pastel de calabaza y jengibre de Sadie. De hecho, lo había horneado ella misma mientras tarareaba «American Pie», de Don McLean. El jengibre estaba destinado a añadir estabilidad a las tradiciones y al mismo tiempo a hacer que el comensal fuera más cortés y se suponía que la calabaza animaba a probar cosas nuevas.

En el silencio de la mesa, Sadie comió distraída algunos bocados. Jake tomó dos raciones y rebañó con el tenedor. En cuanto este terminó, ella se levantó y empezó a recoger los platos.

—Déjalos ahora mismo o te lanzo uno, jovencita —ordenó Gigi—. Tengo todo el tiempo del mundo para fregar.

—Gigi, Sadie, esta ha sido la mejor comida que he probado en meses —declaró Jake, echando su silla hacia atrás—. ¿Estás segura de que no puedo ayudar con los platos? —le preguntó a la señora. Y, cuando ella levantó una ceja amenazadora, él se rio—. Venga, tú —le dijo a Sadie—. Vamos.

—¿Ir adónde?

—A pasear.

—No. —Lo tenía en la punta de la lengua, preparado. Pero la calabaza y el jengibre estaban haciendo efecto, absorbiéndose en su interior, palpitando a través de la sangre. Pensó en unas cuantas groserías, pero ninguna vio la luz.

Él suavizó la mirada.

—Por favor, Sade. Yo… necesito decirte una cosa. —Ella arqueó las cejas y se cruzó de brazos, pero Jake, anticipándose a su «Pues dilo», añadió—: En privado.

Había algo en sus ojos cuando la miró. ¿Qué más tenía que decir?

—Debería ayudar a Gigi…

—¡No te atrevas a usarme como excusa, pequeña sabandija! Aquí lo tengo todo controlado. Raquel y yo trabajaremos en el vestuario. Marchaos.

Sadie miró fijamente a su abuela y entre ambas se produjo una guerra silenciosa. Perdió ella. Como siempre. Suspiró y Jake sonrió triunfalmente.

—Volveremos, Bambi —dijo este, frotándole la barriga a Bambi mientras el cachorro se estiraba en el suelo. Cuando ella lo miró con las cejas arqueadas, él se encogió de hombros—. Es más apropiado que Jefe. Siempre está tropezando consigo mismo, como Bambi en el hielo.

Sadie volvió a mirar a Raquel, que estaba fregando platos y cantando «Unsuspecting Hearts» con no pocas segundas intenciones.

Su corazón nadaba en el pecho mientras paseaban por un sendero que bordeaba el bosque. Los grillos cantaban estrepitosamente y deseó haber traído una copa de vino. El silencio se hizo tenso. Si él tenía algo que decir, ella no se lo iba a sacar a la fuerza.

Cuando el sol comenzó a ponerse, todo se volvió dorado y se esforzó por mantenerse a flote en medio de las olas de incertidumbre y nervios.

—Entonces ¿qué pasa con Seth? ¿Por qué nadie habla de él? ¿Está en la cárcel o algo así? —preguntó Jake, rompiendo por fin el silencio. Ella hizo una mueca.

—Se fue —dijo y en realidad no era mentira. Esa era una de las reglas que habían establecido hacía una década y Sadie sabía que seguía vigente. Con personas como él, ese tipo de promesas no cambiaban. Pasara lo que pasara, siempre se dirían la verdad.

—¿Se fue adónde? ¿Al más allá? ¿A México?

—Sinceramente, no tengo ni idea, Jake. ¿Te sirve? Se marchó. Ya está. Eso es todo lo que sé. —Las palabras salieron con dureza. Más incluso de la pretendida. Aunque había pasado un año, todavía odiaba hablar del asunto. No tener respuestas. Le hacía sentir que no tenía el control y si había algo que le gustaba a Sadie era tener las cosas atadas.

—Maldita sea —dijo en voz baja—. Lo siento, Sade.

—No pasa nada. ¿No ves que ya lo he superado? —repuso ella con tono amargo y cambió de tema—. Así que Rock Creek, ¿eh? ¿Vas a comprarla? Siempre me ha encantado esa casa.

—Eso es porque te gustan las cosas rotas —dijo en tono mordaz.

—Tienen cierto encanto que los demás pasan por alto. O algo así. —Sadie se rio, pero la risa sonó ahogada. El camino se estrechó y Jake la rozó con el brazo. Intentó ignorar las chispas que sintió en la piel.

Caminaron otros veinte minutos en silencio hasta que llegaron a un gran estanque. Ella se detuvo y se quitó los zapatos para que la tierra calara en ella.

El aire era húmedo y el canto de los grillos allí se oía mejor. Deseó que sonara más alto para ahogar los latidos de su corazón. Centró la mirada en los nenúfares, que se balanceaban somnolientos sobre el agua.

Caminó sin rumbo por la maleza de la orilla y siguió subiendo hacia los arbustos de moras. Se acordó de cuando ella y Seth pasaban horas recogiendo bayas y volvían a casa con la lengua morada, los dedos llenos de espinas y las cestas casi vacías. Ojalá pudiera dejar atrás el pasado, como otras personas parecían hacer. Quizá el futuro no fuera tan aterrador. Pero los recuerdos vivirían para siempre en Sadie. Indelebles. Los buenos y los malos.

—¿Qué se te está pasando por la cabeza? —dijo Jake con voz cautelosa, acercándose a ella por detrás.

—Me pregunto qué estoy haciendo aquí —repuso, evitando su pregunta—. ¿Qué estamos haciendo aquí los dos?

Él suspiró y le puso las manos sobre los hombros. Sadie se quedó inmóvil como el resplandor de las estrellas y se permitió deleitarse en ese pequeño contacto durante un momento de calma y luz. Le calentó todo el cuerpo y se le acumuló en el estómago, donde estuvo a punto de convertirse en anhelo.

—Si no querías venir, ¿por qué has dicho que sí? —preguntó él.

—¿Y cuándo he podido decirte que no?

—A menudo, si no recuerdo mal. —Su risa fue tranquila y llena de recuerdos—. Escúchame. Te pedí que vinieras a pasear conmigo porque necesito decirte algo.

A Sadie se le encogió el corazón.

—Alguien me dijo esas mismas palabras hace unos días y recibí una noticia que habría preferido no escuchar. Así que no, gracias. Sea lo que sea, paso.

—No puedes controlarlo todo, Sadie. —Suspiró él—. Lo aprendí por las malas.

—¿Crees que no lo sé? —exclamó ella, girándose para mirarlo, lo cual, en retrospectiva, fue un error, y se dio cuenta en el momento en que lo miró a los ojos. Retrocedió un paso y el lodo le heló los pies.

«No seas idiota, Sadie —se reprendió—. Esto no es lo que quieres». Pero la mentira tenía un sabor amargo y picante, como a granos de pimienta blanca. «Vete». Pero parecía que no podía mover los pies.

—¿Qué pasó con la chica alocada que conocí, eh? —preguntó él, dando un paso adelante mientras ella retrocedía otro.

—Me han roto el corazón demasiadas veces —respondió.

El agua le envolvía los talones y cerró los ojos, respirando entrecortadamente. A Sadie no le importaba tener los pies sucios y siempre que podía andaba descalza, pero solo en tierra firme. Por alguna razón, el agua turbia la aterrorizaba. El hecho de no ver qué había debajo, ni poder controlar dónde pisaba ni saber qué la rozaba.

—Quizá solo necesites un amigo que te ayude a recordar cómo vivir un poco. —Dio otro paso hacia ella, que tenía los pies completamente sumergidos en el agua.

—¿Por qué me haces esto? —le preguntó.

—Porque todavía me encanta ver cómo te desmoronas —respondió Jake en voz baja.

—Eres un idiota —dijo ella, empujándolo con fuerza en el pecho. Apenas se movió.

—Eres una fanática del control —afirmó, empujándola con suavidad hacia atrás. Sadie tropezó y esta vez el agua le llegó a las pantorrillas. Un escalofrío la recorrió. Probablemente había todo tipo de cosas horribles sumergidas. Peces a los que les encantaría darse un festín con los dedos de sus pies y rocas viscosas cubiertas de algas—. Vamos —la provocó—, te reto a que saltes. —Se quitó la sudadera, la hizo una bola y la lanzó a tierra firme. La siguió la camisa.

Sadie se negó a mirar más abajo de la barbilla y los ojos se le tensaron por el esfuerzo.

—Estás loco —suspiró ella.

Pero no se detuvo cuando él siguió caminando hacia ella, empujándola aún más adentro. Fuera de su zona de confort. Como siempre había hecho. El dobladillo del vestido rozó la superficie antes de sumergirse y adherírsele a la piel.

—Solo respira —le dijo él con voz calmada y tranquilizadora.

Pero esa proeza era más fácil de proponer que de lograr. Esta nueva versión de Jake, tranquilo, gentil y amable, iba a ser su perdición.

—¿Qué ha sido eso? —chilló Sadie cuando la superficie del agua empezó a hacer ondas a menos de tres metros de ella.

Él se rio y se dio la vuelta para inspeccionar el lugar que señalaba. En ese preciso momento, algo le rozó la pantorrilla a ella. Soltó un gritó y se encaramó a la espalda de Jake, luchando por sujetarse a su cuello mientras le envolvía el torso con las piernas. Cualquier cosa con tal de salir del agua.

—¿Qué...? —Se atragantó, todavía riendo.

—¡Algo me ha tocado! —gritó Sadie, apretándole el cuello con las manos. Su cuerpo estaba cálido y ella pensó en apoyar la mejilla en su hombro, solo por un instante. Qué fácil sería comportarse como si tuviera su verdadera edad. Con preocupaciones normales. Por primera vez en años se planteó lo mucho que le había quitado su magia.

Jake palpó el agua y sacó un puñado de algas.

—Has tenido suerte, podrían haberte arrancado la pierna —dijo en tono serio.

—Muy gracioso —gimió Sadie—. Vale, soy un bebé grande y gordo. Tienes permiso para burlarte de mí de por vida siempre y cuando me lleves de vuelta a la orilla.

Cuanto más tiempo pasaba agarrada a él, más consciente se volvía de su cuerpo. De la cercanía entre ambos. La memoria muscular amenazaba con aflorar nuevamente y no estaba segura de cuánto tiempo más podría luchar contra ella. Ni de si quería hacerlo.

—Sí, podría... —dijo y ella notó la sonrisa en su voz—. Pero creo que esto va a ser mucho más entretenido.

—No te atrevas —siseó mientras él se adentraba en el agua—. ¡Jacob Theodore McNealy! —gritó, golpeándole el pecho—, ¡detente ahora mismo! —El agua le llegaba a Jake hasta la cintura y Sadie intentó encaramarse más a él.

—Vale —dijo él. Y luego, sin previo aviso, dio un salto hacia atrás y ambos cayeron como un árbol al agua helada. El frío la dejó sin aliento y sintió punzadas en la piel.

—Eres lo peor de lo peor... —farfulló Sadie, secándose el agua de los ojos, pero no pudo detener la risa.

—No ha estado tan mal, ¿verdad? —preguntó él, caminando de regreso a la arena con ella todavía aferrada a la espalda. Estaba resbaladizo y brillaba a la luz del atardecer. Sadie sentía la lengua densa en la boca. Como si tuviera que hacer algo con ella. Algo con esa piel bajo la oreja de Jake.

Saltó en cuanto llegaron a la orilla. El vestido rojo cruzado se le pegaba y goteaba. Sadie se estremeció bajo el frío otoñal mientras el otro le apartaba suavemente un mechón de cabello que tenía pegado a la mejilla.

—¿Te has divertido? —preguntó.

—Me he divertido —confirmó ella, asintiendo con desgana.

Dejó caer las manos a ambos lados. Si llevara puesto el delantal, se las habría secado en él y ahora estaría enrollándose la cinta alrededor del dedo. Pero, tal como estaban las cosas, sus manos ansiaban recorrerle los brazos y los hombros hasta llegar al cabello.

Ella dio un paso más hacia él sin ser consciente. Quería extender la mano y tocarlo. Acortar el espacio entre ellos. Solo para asegurarse de que era real. De que había vuelto de verdad.

—Sadie —dijo Jake en voz baja.

Se inclinó hacia ella como un imán.

Las ranas, los grillos y el chapoteo del agua creaban su propia sinfonía.

Ambos se quedaron completamente quietos.

Ella esperó a que pasara algo. Lo que fuera. Que él le dijera que había vuelto por ella. Que quería empezar de nuevo o intentarlo otra vez. Que una parte de él había estado perdida durante los últimos diez años.

El silencio de Jake era ensordecedor.

—No puedo creer que estés aquí —susurró Sadie. Anhelaba inclinarse hacia él, sentirlo contra ella, robarle su calor mientras unas volutas de vapor salían de ella. Y de repente algo cambió en él. Se puso rígido y se alejó, llevándose su calor consigo.

—De eso quería hablar contigo. —Suspiró y se aclaró la garganta, incómodo.

Antes de contestar, a Sadie le sonó el teléfono. Y el tono de llamada hizo que el corazón le latiera al triple de velocidad.

Apartó la mirada para buscar frenéticamente la chaqueta que se había quitado cuando llegaron al estanque. Las olas del agua se volvieron distantes. Agarraba el teléfono con tanta fuerza que le dolían los nudillos y se le emborronó la vista mientras miraba el nombre y la imagen que aparecían en la pantalla.

Debería ignorarlo. Se lo merecía. Pero el pensamiento ni siquiera se había formado del todo antes de tener el teléfono en el oído.

—¿Qué pasa? —escupió.

—Es Gigi —fue lo único que dijo. Hubo un momento de silencio. Ella quiso abrazar esa voz y estrangularlo al mismo tiempo—. Se ha caído. Estamos de camino al hospital. Tienes que venir.

Adobo balsámico de naranja

El color naranja representa la atracción, la determinación y la victoria. Cuando las tres se combinan, ayudan al comensal a atraer y conquistar a quien desea. Si la otra parte ya está interesada, y, si no me equivoco, creo que es así, entonces mucho mejor.

Ingredientes

½ taza de aceite de oliva virgen extra
3-5 cucharadas de vinagre balsámico (al gusto)
2 cucharadas de mostaza de Dijon
½ cucharadita de sal
½ cucharadita de pimienta
ralladura y zumo de una naranja (o ¼ taza de zumo de naranja)
¼ taza de miel

Elaboración

1. Combina el aceite, el vinagre, la mostaza, la sal, la pimienta, el zumo de naranja y la ralladura y mezcla. Si quieres adobar un pollo, deberás marinarlo durante una hora como mínimo.
2. Vierte el adobo en una cacerola con la miel y cocina a fuego lento hasta que el volumen se reduzca a la mitad.
3. Utiliza esta mezcla para glasear el pollo cada 5-10 minutos mientras se cocina.

6

Sadie tenía las entrañas revueltas. Cada vez que se movía, el contenido del estómago amenazaba con subir. Regresó corriendo a la casa con Jake pisándole los talones y él insistió en llevarla directamente al hospital de Aurelia, la ciudad de mayor tamaño y más cercana a Poppy Meadows, a veinte minutos de allí. Ella aceptó. La sangre le palpitaba en los oídos y tenía los ojos llenos de ansiedad.

Jake aparcó el coche. Cuando Sadie entró, a Gigi le estaban haciendo radiografías. El corazón le tartamudeó al ver a Seth apoyado en la pared del pasillo. Solo era unos centímetros más alto, pero se veía más fornido y ancho. Las pecas de la nariz se desvanecían con la iluminación del hospital. Era el rostro de su infancia. La versión masculina de la que veía en el espejo todos los días. Tenía ojeras marcadas y su expresión ocultaba un secreto.

—¿Cuándo has vuelto? —preguntó ella, abrazándolo en modo automático.

—Hace unos cuarenta y cinco minutos.

Jake se acercó y le puso un café a Sadie en las manos. Ella miró la taza y se sorprendió al verse los brazos cubiertos con la sudadera de él, que se había puesto sobre el vestido aún mojado. ¿En qué momento había sucedido eso? Entonces recordó fugazmente que Jake había puesto la calefacción del coche a máxima potencia y que había inclinado las rejillas de ventilación hacia ella durante el trayecto.

—Gracias —gruñó y el arrebato de ira hacia Seth se aplacó igual de rápido que había llegado—, pero no tienes por qué estar aquí. Puedes irte. —Tenía la voz rasposa, como si las palabras hubieran tenido que salir arañándole la garganta. El olor a café amargo llegó hasta ella y se mezcló con el aire viciado del hospital.

—No me esperan en ningún sitio —dijo Jake antes de chocar el hombro con el de ella.

Un médico dobló la esquina. Las gafas se le resbalaban por la nariz y la bata blanca mostraba un abultado abdomen.

—¿Familia Revelare? —preguntó. Ellos asintieron y él les indicó que lo siguieran mientras caminaba—. Parece que no hay nada roto, solo algunas contusiones. —Palabras breves y teñidas de cansancio—. Sinceramente, una caída como esta no es inesperada en alguien de su edad. Menos aún con su diagnóstico. Le he recetado ibuprofeno de ochocientos miligramos y eso es todo lo que podemos hacer por ella. ¿Han considerado una pulsera o un botón de asistencia domiciliaria? ¿O tal vez llevarla a una residencia?

—Yo vivo con ella —dijo Sadie con tono alterado.

—Ah, bien. —El médico se encogió de hombros—. De acuerdo entonces. Le diré a la enfermera que inicie los trámites para el alta. Aquí está su habitación.

Y, acto seguido, se fue.

—Malditos médicos —siseó Seth—. ¿Y qué ha querido decir con «su diagnóstico»? ¿Qué diagnóstico?

Antes de responder ella, oyeron una tos leve y familiar. Sadie abrió la puerta y entró corriendo.

—Estoy bien, cariño —fueron las primeras palabras que salieron de la boca de Gigi mientras le tendía la mano a su nieta—. Pero si esas enfermeras idiotas no me dejan salir de aquí pronto para fumarme un cigarrillo voy a tener que darles una paliza.

Sadie soltó una carcajada mientras se apresuraba a tomarle la mano a su abuela; la encerró entre las suyas y se sentó en el borde de la cama.

—¿Qué ha pasado? —preguntó con un hipo silencioso—. ¿Tanto necesitas descansar de mí que has buscado la forma de venirte al hospital para unas minivacaciones? —bromeó, intentando no llorar.

—Es la puñetera espalda, solo eso, cariño. Pero quisiera que dejarais de armar tanto alboroto. Estoy bien. Eh… —empezó, pero se detuvo—. No recuerdo lo que iba a decir. Te digo que esto de hacerse viejo es una mierda.

—No creo que eso tenga nada que ver con envejecer —dijo Sadie con una pequeña risa—. La mitad de las veces se me olvida lo que voy a decir. Tal vez sea un rasgo de los Revelare.

—O tal vez sean los analgésicos —respondió Seth desde la puerta.

—Seth —dijo ella con los dientes apretados—, ¿por qué no haces algo útil y vas a buscar a la enfermera para convencerla de que saque a Gigi de aquí cuanto antes?

—Por Dios, Sade, relájate. La abuela es una superviviente, ¿vale? Una pequeña caída no es nada.

—Sé cómo es —dijo Sadie, levantándose de la cama y girándose hacia él—. Yo sí lo sé. ¿Y tú? ¿Qué sabrás tú? Te fuiste, joder. Y ahora estás aquí como si eso lo arreglara todo, y no es así.

Maldito Seth. Maldito Seth. Siempre la hacía hablar de más. Era el único que la hacía perder el control.

—Sadie Kathryn —advirtió la abuela.

—No, Gigi. Está aquí ahora porque ha sido una emergencia. Y ya está. Estoy segura de que se habrá ido otra vez por la mañana. Quiero decir, qué más podríamos esperar de ti, ¿verdad? —preguntó, volviéndose hacia él.

—Te estás comportando como una niña —sentenció el aludido, cuyos ojos reflejaban la misma ira que los de ella.

—Ya es suficiente, vosotros dos —interrumpió Gigi—. Sadie, pareces un gato bufando. Vete a casa y descansa un poco. Seth se quedará aquí conmigo. Estaré en casa antes de que te des cuenta. Deja de preocuparte, cariño. No pasa nada.

—¿Me tomas el pelo? —se quejó su nieta. La garganta empezó a cerrársele, pero se negaba en rotundo a llorar delante de su hermano.

—Ven aquí, tesoro —dijo Gigi, tendiéndole de nuevo la mano. Sadie automáticamente avanzó hacia ella y la alcanzó—. Mírame. Estoy bien. Te lo prometo. Aún me queda tiempo.

La miró; la miró con detenimiento. El color le había vuelto a las mejillas; la voz era estable y fuerte, como siempre, y el agarre de la mano era firme. Sintió la necesidad abrumadora de estar en su jardín, trabajando con las hierbas y el hechizo que la curaría, y se puso nerviosa.

—De acuerdo, de acuerdo, me voy. Pero solo porque es lo que quieres —le dijo a Gigi.

—Te llevo a casa —ofreció Jake desde la puerta. Quería entrar, pero no estaba seguro de si debía hacerlo.

—Ven aquí, tragaldabas —dijo la mujer—. Cuida a mi niña, ¿me oyes?

Él asintió con una sonrisa solemne y se inclinó para besarle la mano a Gigi.

—Ahora, marchaos. Esta vieja necesita descansar un poco. Seth es el único que no da vueltas a mi alrededor como una gallina clueca. Vosotros dos, salid de aquí, ¿me oís? Y no os olvidéis de Bambi y Abby. En la nevera hay pollo asado y arroz para ellos.

—Por supuesto que sí —dijo Seth divertido.

Sadie suspiró y besó a su abuela en la frente antes de irse.

Jake guardó silencio de camino al coche, con su porte tranquilo. Mientras tanto, ella se había recompuesto y había recuperado el control de sus emociones. Solo su hermano la irritaba de esa manera. Y, aunque quería atravesar la puerta de la camioneta de Jake de un puñetazo, exteriormente, a juzgar por la serenidad de su rostro, podría decirse que acababa de salir de una clase de yoga.

—¿Quieres hablar del tema? —preguntó él mientras ponía en marcha el motor.

—No.

—¿Dónde ha estado Seth?

—Como si yo lo supiera —respondió ella.

—¿Y no tienes idea de por qué se fue?

—Jake, te he dicho que no quiero hablar de eso.

—Vale, vale, lo siento. Se me hace raro veros a los dos así. Pero, bueno, Gigi va a ponerse bien.

En cuanto pronunció esas palabras, se le formó un nudo en la garganta a Sadie, que asintió.

—Por supuesto que lo hará —dijo con firmeza.

Estuvieron en silencio el resto del camino. Ella notó que le dolían los omóplatos mientras intentaba controlar sus emociones. No podía derrumbarse. No delante de Jake.

Cuando llegaron al camino de entrada, el pecho se le iluminó al ver que el coche de Raquel todavía estaba allí. Abrió la puerta antes de que la camioneta estuviera completamente aparcada.

—Gracias, de verdad —dijo—. Estaré bien. Hablamos pronto.

—Sadie, espera —la llamó Jake a la vez que bajaba la ventanilla del lado del pasajero.

Ella se giró para mirarlo, sin estar segura de cuánto tiempo más podría contenerse. Parecía dispuesto a decir algo reconfortante, que le cambiaría la vida o que le rompería el corazón. No tenía claro cuál de las tres opciones sería. En un instante, Jake pareció cambiar de opinión y se le aclaró la vista.

—¿Puedo recuperar a mi perro ya?

A Sadie se le escapó una risa nerviosa.

—No —dijo y lo dejó allí, pero no antes de ver la sonrisa que se apoderó del rostro de él. Era tierna, pero tremendamente peligrosa, porque amenazaba con perforarle la armadura, y se esforzó por alejar el recuerdo antes de que le llegara al corazón.

Raquel la esperaba con los brazos abiertos y Sadie suspiró mientras se fundía en un abrazo con su mejor amiga y le contaba lo que había dicho el médico.

—Sabía que no sería nada —dijo la chica ya con voz de alivio.

—Ha venido el idiota de mi hermano —gimió ella, sintiéndose miserable sobre el hombro de Raquel.

—Lo sé —murmuró. Acompañó a Sadie dentro y cerró la puerta. Tuvo que usar el pie para apartar a Abby, que estaba buscando a Gigi.

—¿Cómo? —preguntó Sadie bruscamente.

—Ha aparecido aquí treinta segundos antes de que se cayera Gigi. Como si supiera la hora exacta en que iba a suceder.

—Imbécil.

—No te digo que no. —Raquel sonrió, pero había algo más—. Lo cierto es que hay que admirar su estilo.

—Cómo no… Él tiene que ser el héroe.

—Sadie... —dijo con voz de suave pero reprensiva—. No creo que sea así.

—Quién sabe. Da igual. Estoy segura de que se irá otra vez en cuanto mi abuela vuelva a casa.

—No lo creo —dijo Raquel—. Vi maletas cuando lo ayudé a subir a Gigi al coche.

—A lo mejor yo no quiero que se quede.

—Es tu familia, Sade. Se supone que debería estar aquí. Dale una oportunidad.

—Se la daré. Una bien grande. En el infierno.

Ambas se rieron y luego Sadie se quedó en silencio, envolviendo con las palmas de las manos la taza de té caliente que acababa de pasarle Raquel.

Su mejor amiga le dio un minuto casi entero, hasta que no pudo aguantarse más.

—¿Y entonces...? —preguntó arrastrando la interrogación hasta sus cejas arqueadas—. ¿Estás flipando por dentro ahora mismo? Porque sabes que soy incapaz de adivinarlo, ya que eres como una especie de estatua cada vez que experimentas una emoción.

—Estoy... —Sadie respiró hondo—. No sé. ¿Cómo debería estar? Quiero decir, Gigi está en el hospital. Gigi, la mujer que una vez sacó de la tierra un enorme tocón de árbol con una pala y sus propias manos. La mujer que se sube a la escalera más alta que encuentra y limpia las canaletas porque no quiere ayuda de nadie. ¿Cómo se supone que debo sentirme?

—No creo que debas sentirte de ninguna manera concreta. Creo que puedes sentir lo que quieras.

Sadie tenía la garganta demasiado tensa para hablar. Cerró los ojos con fuerza hasta que le dolieron y se tragó el nudo.

—Ella es lo único que tengo.

—Oye —dijo Raquel, acercándose y agarrándole la mano—. Estoy aquí. Saldremos de esto juntas. Es normal sentir preocupación, ¿vale?

—Lo sé —dijo Sadie, limpiándose la nariz con la manga de la sudadera de Jake—. Ay, lo siento. —Se atragantó mientras intentaba secarse las lágrimas sin que su amiga la viera llorar.

—¿Qué es lo que sientes? ¿Tener emociones? —resopló la otra—. Te disculpas demasiado.

—Sabes que solo lloro delante de ti. —Sadie se rio entre lágrimas y le entró hipo.

Raquel suspiró.

—Lo sé. Mira, entiendo que Gigi es todo lo que tienes. Y sé que estás enfadada con Seth por haberse ido y ahora también porque ha vuelto. Y estás intentando mantener a Jake a raya y dirigir la cafetería y ser una buena persona y bla, bla, bla. Pero creo que deberías intentar olvidar un poco el pasado. O perdonar a Seth por lo menos.

Sadie resopló y estiró el cuello de un lado a otro en un intento de aliviar la tensión que se le había acumulado ahí en las últimas horas.

—¿Quién eres tú? ¿Su nueva portavoz?

—Tu problema —prosiguió Raquel— es que finges ser una tía dura, que no te importa, y a la vez no pierdes la esperanza, porque, si existe la más mínima posibilidad de que alguien se redima, nunca abandonas.

—Porque soy estúpida —gimió Sadie—. Quiero decir, si alguien debería haber aprendido del pasado esa soy yo. Pero tengo la cabeza más dura que una valla de tres metros.

—Eso no tiene sentido —dijo Raquel, riéndose.

—¡Ya sabes a qué me refiero! Soy tonta de remate. Dame un tortazo y luego te pongo la otra mejilla. Clávame un tenedor. Lo que sea. Dios, ni siquiera soy capaz de seguir mis convicciones. Es que… Sí, tienes razón, supongo. Callo. No hace falta que respondas. Pero me cuesta dejarlo pasar. Aunque me hayan roto el corazón. Es que, maldita sea, la esperanza es lo que me mata, ¿sabes? Por eso tengo que ahogarla. Fuera humo. Fuera ascuas. Hay que extinguirla.

—Mi papá dice que lo que ocurre con el pasado es que, cuando hay dolor, es lo único que recuerdas. Pero, cuando hay alegría, aunque sea poca, te olvidas de todas las cosas de mierda que la acompañaron. Que quede claro que la parte «de mierda» es mía, porque sabes que él nunca diría eso. Y ese es el motivo por el que la gente toma malas decisiones continuamente.

—¿Crees que yo tomo malas decisiones continuamente?

—Creo que no confías en ti.

—Gigi me preguntó qué esperaba de la vida.

—Una pregunta capciosa donde las haya —observó Raquel.

—Me preguntó por qué nunca he perseguido mi sueño de publicar un libro de recetas. O de dar clases de cocina.

—¡Ay, Dios! ¿Recuerdas cuando hiciste un boceto completo? Todo estaba codificado por colores y demás, pequeño bicho raro. ¿Por qué renunciar a eso? ¿Sabes qué? No contestes. Mira, sé que eres feliz aquí. Nadie ama esta ciudad más que tú. Pero también hay que tener sueños, ¿sabes?

El chirrido de los neumáticos sobre la grava anunció la llegada de Seth. Gigi salió por su puerta incluso antes de que él hubiera apagado el motor.

La acompañó al sofá a pesar de sus protestas y Sadie supo por la expresión de su rostro que su abuela le había hablado del cáncer. Había un vacío en sus ojos que ella no había visto antes. Raquel besó a Gigi, abrazó a Seth y luego le tomó las mejillas a Sadie entre las manos.

—Tú puedes con esto —le susurró antes de irse.

—Deja de merodear —siseó Seth mientras su hermana recolocaba la manta alrededor de su abuela por tercera vez.

—Métete en tus asuntos —respondió ella.

—Dios, había olvidado lo insufrible que eres.

—Lástima que yo no haya olvidado lo idiota que eres tú —respondió Sadie.

—Vosotros dos —gruñó Gigi, y, aunque su voz sonaba cansada, seguía teniendo la misma autoridad que cuando se peleaban de pequeños.

—Lo siento —respondieron al unísono.

—Te dije que debías saber ciertas cosas —soltó Gigi en cuanto la puerta se cerró detrás de Raquel—. Y ahora es el momento. Tengo una historia que contaros y no os va a gustar, ni tampoco cómo termina. Pero así es la vida y lo he mantenido en secreto todo el tiempo que he podido, pero es hora de que se sepa la verdad. Hay que ir resolviendo temas.

—Joder, suena todo muy siniestro —dijo Seth, dejando escapar un suspiro.

—Cállate y deja que la cuente —repuso Sadie.

—Empieza con vuestra madre. De todos mis hijos, sé que nunca he hablado mucho de ella. Criar a cinco criaturas es…, bueno, una hace lo que puede. Pero debéis saber ciertas cosas. Por favor, tened presente que lo hice lo mejor que pude. Y no lo sabía, pero, de nuevo, me estoy adelantando. Vuestra madre… Chicos, siempre estuvo como una cabra, desde el momento en que empezó a caminar y a hablar. Cuanto mayor se hacía, peor se ponía. Juro que esa muchacha a veces no tenía cerebro. Florence, vuestra madre, era la mediana, la indomable. Y luego vuestra tía Tava, que era…

—¿La trastornada? —intervino Seth.

—La peculiar —lo corrigió Sadie—. La echo de menos.

—Tava era la mayor —continuó Gigi—. Eso significa que descubrió quién era sin que nadie le dijera quién debería ser. Luego llegó Kay, ¡sorpresa!, mi segunda hija. Han pasado muchos años desde que la visteis por última vez.

—Recuerdo que tenía que taparme los oídos cuando venía a vernos —dijo Seth.

—Kay nunca ha sabido hablar en voz baja —dijo Gigi divertida—. Ella era la dramática. Su magia siempre fue inestable, demasiado volátil. Vuestra tía Anne, la cuarta, era un manojo de nervios. Estuvo enferma de niña. Creo que la mimé demasiado y se quedó así. Y por último vuestro tío Brian, don sabelotodo.

»La magia era diferente para cada uno. Todos la aceptaron en mayor o menor medida. Pero Florence era pura dinamita, claro. No me percaté hasta que cumplió ocho años de que era un amplificador; un conducto.

—¿Un qué? —preguntó Seth.

Al mismo tiempo, Sadie suspiró:

—Oh.

—Un amplificador. ¿Te acuerdas, cariño? —Gigi le preguntó a su nieta, que asintió aturdida.

—No he traído el diccionario de brujería… ¿Qué diablos significa eso? —preguntó Seth.

—Cada cien años aproximadamente, en cada familia mágica nace una especie de prodigio. Su magia es más fuerte, amplificada e impredecible y crece hasta desbordarse.

—Vale. Entonces… ¿nuestra madre qué era, como una superbruja?

—Deja de decir «bruja» —soltó Sadie—. No somos brujas. Usamos el simbolismo y el poder de la tierra, ya está. La magia no significa brujería.

—Tanto monta. —Seth puso los ojos en blanco—. ¿Y qué significa entonces?

—Significa que actúan como un conducto para amplificar la magia de otra persona. Y envían una especie de señal.

—¿Una «batseñal»? —preguntó él.

—¿Puedes hablar en serio durante cinco segundos? —exigió Sadie molesta.

—Una señal —los interrumpió Gigi— que aquellos que quieran usar para sus propios fines, generalmente oscuros, pueden aprovechar. Vuestra madre no vivía con miedo, era valiente, pero todo aquel que se acercaba a ella estaba condenado. Florence intentó escapar de su magia. Cuando era adolescente, iba dejando chispas tras ella. Provocaba incendios sin querer. De todos modos —continuó—, se marchó en cuanto cumplió dieciocho años con la intención de dejar toda esa magia atrás. Al igual que alguien más que conocemos. —Lanzó a Seth una mirada penetrante—. Pero no funcionó. Nunca funciona. —Entonces suspiró, sacudió la cabeza y se puso una manta sobre el regazo como para protegerse del frío de los recuerdos—. La gente amaba a vuestra madre. Incluso cuando se comportaba de forma dura y cruel o cuando intentaba convencerte para que hicieras lo que no debías. Los hombres se enamoraban de ella con solo una mirada y ya no se los quitaba de encima. Y, cuando trajo a Julian a casa, supe que se avecinaban problemas. Él tenía magia en su interior, pero de la mala. Oscura, si me permitís la expresión. Era un rastreador, sin duda. Un malnacido. Quería utilizar a vuestra madre como conducto.

—No lo entiendo. ¿Qué daño podía hacerle? ¿Agitar una varita mágica y robarle su esencia, su magia o qué? —preguntó Seth.

—No funciona así. —Suspiró Sadie con exasperación.

—Silencio —les dijo Gigi a ambos—. Él la sedujo. Vuestra madre estaba embelesada. Al principio, por su encanto y sus promesas. Le aseguró que podía liberarla de su magia. Realizaron juntos un ritual oscuro, pero no fue para liberarla, sino para hacerla fértil.

—¿Qué? —exclamaron los gemelos a la vez.

—Vaya giro inesperado —añadió Seth secamente.

—La mayoría de las veces, la maldición de un amplificador consiste en no poder tener hijos. Ese es uno de los motivos por los que son tan excepcionales.

—Entonces, espera, ¿significa que ni siquiera se suponía que íbamos a nacer? —Sonó incrédulo y Sadie no pudo culparlo esta vez. También era una novedad para ella.

—¿Cómo? —fue lo único que dijo.

—No conozco los detalles, pero supe que era magia oscura. Y que la naturaleza intentaría impedir que vosotros dos vinierais a este mundo. Demasiado poder. Demasiado impredecible. Ahora bien, para salvar una vida hay que quitar otra y yo ofrecí la de Julian. Solo que no sabía que erais dos. Y, cuando nos enteramos, ya era demasiado tarde. Ningún sacrificio habría sido suficiente.

Hubo un momento de silencio claustrofóbico. Parecía que las paredes se inclinaban sobre ellos, ansiosas por escuchar secretos de los que no se había hablado en décadas. Era como si el tiempo corriera por un reloj de arena. El reloj de pie hizo su tictac con más fuerza. Sadie quería gritar. O reír. O ambas cosas. No estaba muy segura.

—Más despacio —dijo Seth, extendiendo la mano—. Vamos a retroceder un segundo y a centrarnos en el asunto de «quitar otra». ¿Estás diciendo que ofreciste la vida de ese tal Julian? ¿Nuestro padre?

Gigi asintió. Así, sin más.

—Vuestra madre vino a casa. —Suspiró—. Intentó apartarse de él. Le dijo que la dejara en paz. Y, aunque yo misma lo amenacé, siguió rondando a Florence. Entonces, aprovechó un día que salí y forzó a vuestra madre, el imbécil. No me enteré hasta semanas más tarde, por supuesto, cuando empezó a notarse. No es que eso sea una excusa. Debería haberlo sabido. Debería haber… —Se aclaró la garganta y empezó a apartarse frenéticamente un hilo invisible del suéter—. Estuve a punto de coger la escopeta y dispararle en las malditas pelotas. Quería sacarle el corazón del pecho de un tiro. Pero, aunque pueda parecer tonta, no fui tan estúpida.

»Florence estaba hecha un asco. La había golpeado por todos lados salvo en el vientre, donde estabais vosotros. Erais demasiado preciados. Demasiado importantes para su plan. Y el único ritual que yo conocía para salvar una vida exigía quitar otra. Equilibrio. Y... —Hizo una pausa y se aclaró la garganta—: Bueno... Él acabó siendo el sacrificio.

Sadie estaba demasiado sorprendida para hablar. Gigi se quedó sentada allí como si nada hubiera pasado. Como si no acabara de admitir haber asesinado a un hombre. A su padre, ni más ni menos.

—Al menos sirvió para uno de vosotros. Para el otro, usé mi magia para garantizar que viviera y me comprometí con el mal para asegurar la luz. Pero nunca ha sido suficiente. La vida exige vida. ¿De dónde creéis que viene este cáncer?

Ambos se quedaron inmóviles. En silencio. La bilis le subió por la garganta a Sadie hasta que el ácido amenazó con salir.

—Es culpa nuestra. —Las palabras le salieron con rapidez, antes de formar la frase completa en la cabeza. No estaba segura de si era una pregunta o una afirmación.

—Cariño, no es culpa de nadie más que de Julian. ¡Que se pudra en el infierno!

Sadie estaba demasiado aturdida para creerla. Era como si una pieza de un rompecabezas hubiera encajado en su lugar, pero aun así la imagen no tenía sentido. Algunas de las piezas que estaban cara arriba eran solo manchas marrones en un mar de color. Otras estaban rotas o simplemente no estaban. Pero la imagen, por borrosa que resultara, le reveló una verdad albergada durante mucho tiempo en los rincones más oscuros de su corazón. Después de todo, se suponía que ella ni siquiera debería estar ahí. Quizá por eso todos se iban. Tal vez por eso su maldición implicaba que se lo rompieran cuatro veces. Estaba burlando al destino.

—¿Qué hiciste con el cuerpo? —quiso saber Seth, siempre tan práctico.

—Llamé a tu tía Anne —dijo Gigi, como si fuera la respuesta más obvia del mundo—. Me ayudó a meterlo en el maletero y enterramos al muy canalla en Old Bailer, donde Evanora podía vigilarlo. Ahora bien, cierto tipo de magia siempre tiene un precio. Os salvé a los dos, pero, a cambio, vuestra madre tuvo que marcharse. Esa magia creó su propia maldición: ella no podría estar cerca de vosotros dos sin poneros en peligro. Ese era el precio. Parte del sacrificio. —Respiró hondo y, estremeciéndose, arqueó la espalda con un quejido.

Sadie dirigió la mirada automáticamente hacia Seth, que respiraba con dificultad.

—Ella no quería irse —dijo este.

—No estaba preparada para ser madre —dijo Gigi con la voz tensa y ronca, como si fuera difícil pronunciar las palabras—. Seguía teniendo una parte salvaje. Era muy joven. Todos los Revelare se van, como ya sabéis.

—Pero siempre vuelven, ¿no? ¿No es eso parte de la estúpida profecía? —preguntó Seth.

—En lo que respecta a vosotros dos, las cosas son diferentes —dijo Gigi, sin responder exactamente a su pregunta—. Igual que para ella. En realidad nunca se ha ido. Jamás lo haría.

—Bueno, seguro que podemos solucionarlo, ¿no? Encontraremos la forma de arreglarlo. Todo saldrá bien… —balbuceó Sadie.

—No lo entendéis. —La abuela negó con la cabeza—. Mi magia, mi sacrificio… Yo debería haber muerto para salvaros. Ya he vivido demasiado tiempo. Y hay que restablecer el equilibrio. Ahora la deuda para saldar lo que se debe recaerá sobre uno de vosotros. He estado luchando todo este tiempo, he mantenido el vínculo, pero mi muerte no será suficiente. Cuando me haya ido, necesitaréis un sacrificio.

Hubo silencio mientras ambos asimilaban aquellas palabras. Seth, en particular, parecía estar intentando formular una pregunta sin saber por dónde empezar. Y entonces…

—Espera. ¿Qué es lo que acabas de decir? —estalló por fin.

—¿Te refieres a que tendremos que matar a alguien? —Esta vez Sadie se rio con histeria—. Tiene que haber una alternativa. Un vacío legal. ¿Verdad? ¿No es esa una de las leyes de la naturaleza? ¿De la magia? ¡Siempre hay algún tipo de laguna jurídica! —Toda aquella historia parecía absolutamente imposible. Como sacada de las páginas de un libro titulado *Cómo no debes usar la magia*.

—Bueno, cariño —dijo Gigi suspirando—, si la hay, eres la persona adecuada para encontrarla, pero todo esto es territorio inexplorado. —Hizo una mueca y se puso una mano en la espalda mientras se levantaba—. ¿Te importaría prepararme uno de esos cafés tuyos mientras voy a fumar un cigarrillo?

—Por supuesto —respondió Sadie en modo piloto automático.

—No quemes la cocina mientras estás allí —dijo Seth, pero no lo dijo de corazón.

Ella intentó mantenerse ocupada con el café infusionado con avellanas, pero se movía con lentitud y acabó sentada en el taburete y con la cabeza hundida entre las manos. Eso era demasiado. Se le revolvió el estómago y agradeció no haber cenado mucho; de lo contrario, estaba segura de que habría vomitado.

Intentó no pensar en el regreso de Seth.

Ni en los secretos que envolvían a Gigi como sirope recién salido del dispensador.

Ni en la sudadera de Jake, que todavía llevaba puesta, ni en su risa mientras la sumergía en el lago.

Y fracasó estrepitosamente en todo.

La habitación daba vueltas y notó los ojos borrosos al fijarlos en el mostrador. Todo eso era demasiado. Se estaba acumulando. Su maldición. Jake. Seth. El cáncer de Gigi y la magia del conducto. Ella nunca había creído en las coincidencias; otra regla Revelare. Todo tenía un propósito, una razón. Lo que significaba que algo malo, muy malo, se avecinaba. No estaba segura de poder soportar nada más. Necesitaba tiempo. Para procesar. Para llorar. Pero se dio cuenta de que la magia era inútil cuando se trataba de algo así.

Una mano fría se le posó sobre el hombro durante un breve segundo y luego Seth se dispuso a preparar el café.

—El médico volvió a entrar cuando te marchaste —dijo, rompiendo el silencio—. Cree que a Gigi solo le quedan unas pocas semanas. —Su voz era hueca como los huesos de un pájaro.

—Estoy trabajando en ello —gruñó Sadie, sorprendida al descubrir que su voz funcionaba.

—¿Qué se supone que significa eso?

—Significa que estoy trabajando en algo para curarla. —«Obviamente. ¿Qué iba a ser si no?», pensó.

—¿No crees que, si la magia pudiera curar el cáncer, alguien de esta familia tan rara ya lo habría descubierto?

—Hablas como Gigi. Pero me da igual. Va a funcionar. Ya lo verás.

—Nunca se te ha dado bien aceptar la realidad.

—Tal vez es que me niego a ceder sin luchar —argumentó.

—O tal vez estás rehuyendo la verdad, como siempre.

—¿Disculpa? ¿Perdona? ¿No eres tú el que se fue? Ah, espera, claro que sí. Efectivamente, eres tú. —Entonces se le quebró la voz y se secó con rabia las lágrimas que empezaron a caer. Seth la miró y abrió la boca para replicar, pero luego dejó el café y sorprendió a Sadie dándole un abrazo.

—A veces eres una idiota, ¿sabes? —dijo mientras la abrazaba.

Al principio ella se mostró rígida. Pensó en alejarlo. Pero eso era lo que había echado de menos. La capacidad de Seth para ser fuerte por ella cuando no era capaz de serlo por sí misma. Y así, por fin, cedió al abrazo. Apoyó la cabeza sobre su hombro y lo rodeó con los brazos.

—Ídem —dijo ella, aunque la palabra quedó amortiguada en la camisa de él.

—Anímate, patito feo —repuso Seth, alejándose con una sonrisa—. Nos tenemos el uno al otro. —Ella le dio un empujón en el pecho, él se rio y, durante unos instantes, volvieron a ser niños.

—Pásame el aceite de canela —dijo Sadie, señalando el armario.

—Entonces ¿soy el único que está muerto de miedo por lo del sacrificio? —preguntó, dándole la botella. Sadie detectó la nube de miedo en sus ojos y la tensión en los hombros.

—No, creo que en ese punto estamos totalmente a la par.

—Pero encontrarás una escapatoria, ¿verdad? Ninguno de nosotros va a morir.

—Ni Gigi tampoco —dijo con voz dura e inflexible.

Seth no contestó, pero tenía la duda grabada en el rostro, como si no quisiera estar allí.

La cocina se llenó de sonidos relajantes: la tetera eléctrica burbujeando, el deslizamiento de los tarros de cristal sobre la encimera y la tapa de la lata de té al abrirse. Sirvió el café frío, dejó en infusión el *earl grey* y añadió una gota de aceite esencial de canela a la espuma fría y salada; luego observó cómo subía.

—Este té ayuda a aliviar la ansiedad —dijo al tiempo que lo enfriaba con un ligero toque antes de verterlo sobre la bebida fría—. Y la sal te protege del hechizo. —Añadió una cucharada de espuma a cada vaso.

—Creo que es un poco tarde para eso —dijo él con una ceja levantada.

—Nunca digas nunca.

Cuando terminó con los cafés, le dio uno de los vasos a Seth y, respirando hondo, salieron juntos a buscar a Gigi. El chirrido de la puerta mosquitera le resonó en los huesos. Miró a su hermano y, de alguna manera, supo que él estaba esperando a que le hiciera la pregunta.

—¿Quién de nosotros será? —dijo con voz tranquila. Se quedó plantada inconscientemente cerca de Seth. Los brazos de ambos se rozaban. Tal vez, si se acercaba lo suficiente, él la ayudaría a asimilar la respuesta. Se preguntó si su hermano tenía razón. Si era cierto que se había pasado la mayor parte de su vida a la sombra de la verdad.

Gigi suspiró y dio una calada a su cigarrillo. Tomó un sorbo de café y cerró los ojos mientras lo saboreaba.

—Ojalá lo supiera —contestó—. Pero todo se reduce a que uno de vosotros está a salvo y el otro no. La magia del sacrificio de Julian entró en uno de los dos y al otro lo he mantenido con vida mediante un ritual de protección a través de mí. La magia sabe dónde tiene que ir. Pero a mí no me lo va a decir.

—Seguramente seas tú —dijo Seth, que se encendió un cigarrillo de Gigi y cerró los ojos mientras inhalaba. Parecía un James Dean moderno, con la cabeza apoyada en el pilar del porche—. A ti te gusta esta mierda. A lo mejor es por eso. Tienes todo ese poder extra que ha estado reprimido durante tanto tiempo. Tú eres la que espera ser liberada.

—Me encanta esta «mierda» porque es nuestro legado familiar. Porque la abuela me enseñó. Y porque se me da bien.

—Exactamente lo que quería decir. —Se encogió de hombros y sacudió la ceniza—. A ti se te da bien la magia. A mí no. Yo siempre he… —empezó a decir, pero se quedó callado, mirando a Gigi. Sadie sabía lo que iba a decir: que él siempre había odiado esa magia. Ella jamás había entendido el motivo—. Nunca se me ha dado bien del todo —se corrigió.

—Probablemente sea yo. —Tensó la voz aún más cuando se quitó la goma que le sujetaba su cabello, que se enroscó en bucles.

—Cariño… —advirtió Gigi.

—No, a ver, ¿y por qué no? Explicaría muchas cosas. Por qué mi magia es tan inestable. —Hizo un gesto hacia sí misma. Y la exigua paz que habían firmado en la cocina se rompió como la costra de una *crème brûlée*—. Soy yo quien la ha estado explotando desde siempre. Échame la culpa, como siempre. Quizá soy nefasta para aceptar la realidad, pero al menos asumo la responsabilidad de mis acciones, de mi vida, en lugar de culpar a otros.

Seth la miró. Controló su temperamento, como siempre. Frenó sus palabras, también como siempre. La observaba con ojos fríos. Casi decepcionado. Exhaló un anillo de humo perfecto antes de apagar el cigarrillo y anunciar:

—Voy a dar un paseo.

En cuanto se fue, Sadie se derrumbó junto a Gigi por la frustración.

—Siento no habértelo contado antes —le dijo su abuela sin mirarla.

Su cerebro tardó un momento en darse cuenta, en entender por qué se disculpaba.

—Nos salvaste la vida y tuviste que pagar un precio a cambio, pero nunca jamás te lo recriminaré. Que te quede claro —dijo en tono de suave reproche.

—Entonces, a mí me perdonas por matar a un hombre y enviar a tu madre lejos durante casi treinta años —la risa ronca de Gigi hizo sonreír a Sadie—, pero no perdonas a tu hermano haber estado un año fuera intentando encontrar su lugar en el mundo porque tuvo la osadía de no decírtelo. Eres Revelare de la cabeza a los pies. Ahora ayúdame a sentarme en el sofá, cariño. Y deja de hacer tuyos problemas ajenos. Todo saldrá bien, lo prometo.

Sadie se cubrió los hombros con una manta y esperó a que Gigi se durmiera con una mano sobre Abby, que dormía en su regazo, y la otra sobre Bambi, que descansaba a su lado. El labrador chocolate la miró con una pregunta en los ojos y levantó la cabeza. Sadie negó con un gesto y el perro se recostó, pero mantuvo los ojos fijos en ella. Esta memorizó cada arruga de su abuela recostada en el sofá. Quería grabarse cada detalle en las paredes del corazón hasta incorporarlos al tejido de la piel. Le sorprendió cómo la amenaza de la muerte te hacía extrañar a alguien antes de que se hubiera ido.

Quería que las cosas fueran como antes. Recuperar la versión de su hermano de antes de que la abandonara. La Gigi sin secretos. El Jake que no le rompió el corazón. La vida antes de la amenaza de muerte.

Y ese pensamiento siguió rondándole el cerebro.

Uno de los dos iba a morir.

A menos que encontrara una solución.

Café frío con té *earl grey* y espuma de leche fría y salada

La bergamota del té *earl grey* alivia la ansiedad, la cafeína aporta un extra de energía y la sal ayuda a protegerse de los hechizos. Ya ves que incluso una simple taza de café tiene su propósito.

Ingredientes

café preparado en frío
té *earl grey* infusionado y enfriado
leche desnatada
sal
sirope de arce
1 tarro de vidrio con cierre hermético
aceite esencial de canela (opcional)

Elaboración

1. Combina la cantidad que desees de leche desnatada con una pizca de sal, un poco de sirope de arce (o más si te gusta más dulce) y 1 gota de aceite esencial de canela (opcional) en un tarro de vidrio con cierre hermético. Agita vigorosamente durante uno o dos minutos.
2. Echa en un vaso cubitos de hielo y luego llénalo hasta la mitad con té *earl grey* y el resto hasta arriba con el café. Cubre con crema fría salada.

7

Sadie se despertó tarde a la mañana siguiente; se había quedado dormida alrededor de las cinco, la hora a la que normalmente se levantaba. Seth no aparecía y el Chrysler PT Cruiser de Gigi ya no estaba. Su abuela le había dejado una nota en la que le decía que se tomara el día libre. No había nada que pudiera detener a esa mujer, ni siquiera el cáncer. Ella sabía que la echarían de la cafetería si se atrevía a poner un pie allí, así que se preparó una taza de té mientras movía el cuello de un lado a otro para aliviar los calambres acumulados.

El silencio de la cocina hizo su magia y se le instaló en los huesos. Y el zumbido del frigorífico y el chirrido de la ventana del fregadero cuando la abrió para dejar entrar aire fresco. Cortó algunos tallos de lavanda y lila y los colocó en una botella de leche antigua sobre la encimera. Normalidad, eso era lo que necesitaba. Una limpieza a fondo al estilo tradicional. Porque Gigi iba a ponerse bien. Tenía que ser así. Sadie iba a conseguir que saliera bien. Seth se equivocaba. No es que estuviera rehuyendo la verdad. Es que iba a doblegarla a su voluntad. En unos días las hierbas estarían listas. Su cuaderno estaba lleno de garabatos, de ideas de hechizos, piedras y talismanes por si el primer intento no funcionaba. Además, Gigi había hecho lo imposible por salvar dos vidas. ¿Por qué no iba ella a poder salvar a su abuela?

La limpieza de Sadie la interrumpió la visita de un grupo de mujeres de la iglesia que se habían acercado a ver a Gigi, lo que derivó en un interrogatorio amable sobre Seth y finalmente mutó en una cascada de preguntas sobre su vida amorosa.

—Tienes que volver a montar ese caballo, cariño —dijo Maggie, la más directa del grupo. Tenía el pelo largo, de color castaño entretejido con mechones canosos y rizos que brincaban mientras hablaba. Los ojos, en tonos dorados, le brillaban con astucia. Con ella, la conversación siempre giraba en torno a perros y caballos, con los que había hecho terapia para superar su propio episodio de cáncer unos años antes.

—No sé, Mags. Hace tiempo que no me subo a ninguno.

—Pues seguro que más de uno lo está deseando —dijo Maggie, sonriendo.

—¿Es esa tu opinión desbocada?

—Ey, ¿qué sabré yo?

—Son las espuelas del momento. Espera, espera, que aún estoy cogiendo el paso.

Maggie se rio y asintió con la cabeza.

—Madre mía, podría estar así todo el día —dijo Sadie con una sonrisa—. De verdad, aprecio esta preocupación tan infundada por mi vida amorosa, pero será mejor que siga con la limpieza. ¿Por qué no vais a la cafetería a ver cómo está Gigi? Decidle que os envío yo y que os invite a un café. —Se afanó en que se marcharan y se reclinó contra la puerta cerrada con un suspiro. El reloj de pie emitió una tanda de breves campanadas que sonaron como una risa.

—Sigue así, amigo, y te convertiré en leña —dijo y el objeto inmediatamente dejó de rechiflar.

Una vez que las mujeres bien intencionadas se fueron, ya con las manos irritadas por la limpieza, decidió ponerse a cocinar. Nada más bajar los ingredientes del estante, alguien llamó a la puerta trasera. Era Jake. Se lo veía gris a través de la mosquitera. El corazón le dio volteretas en el pecho, aunque ella le había pedido que no lo hiciera. Él sonrió con timidez, como si no supiera qué tipo de reacción esperar de ella.

—¿No tienes trabajo? —preguntó Sadie con el ceño fruncido—. En serio, ¿no deberías estar apagando incendios o rescatando bebés y ancianas desvalidas de edificios en llamas?

—¿Qué crees que he estado haciendo toda la mañana? El trabajo de un héroe no acaba nunca —bromeó—. En realidad, me han dado la baja por enfermedad en mi parque de bomberos, al sur de California, y mientras intento que me contraten aquí. —Dudó antes de preguntar—: ¿Puedo entrar?

—No te voy a detener —respondió ella mientras cortaba mantequilla fría en dados y se esforzaba por ignorar el aleteo en el pecho.

—Está cerrada —dijo, meneando la manija de la puerta.

—Ah, sí. Dibuja una línea en la sal del suelo —le respondió.

Él murmuró para sus adentros, pero hizo lo que dijo Sadie y, cuando volvió a intentarlo, se abrió con facilidad.

—¿Qué tipo de magia negra se cocina en esta casa, señora?

—No quieras saberlo. —Se inclinó lejos de él mientras pesaba nueces pecanas en un procesador de alimentos.

—¿Cómo está Gigi? —preguntó.

—Me ha ordenado que me quede en casa mientras ella trabaja, así que... —Sadie se encogió de hombros.

—Cómo no —dijo, riendo—. Ni un huracán podría detener a esa mujer. ¿Qué estás haciendo?

—¿Sabías que la pecana puede vivir más de mil años? El pastel de chocolate y nueces pecanas es uno de los postres clásicos de Gigi. Así que he pensado que sería un buen símbolo de ella.

—¿Por qué? ¿Porque va a vivir mil años? —preguntó riéndose; se echó varias nueces enteras en la boca y se apoyó en la encimera.

«Peligrosamente cerca», pensó Sadie.

—No digas tonterías —replicó ella, ahuyentándolo.

—Nunca he comido pastel de pecanas —dijo pensativo.

Ella se quedó quieta y fijó la mirada en él.

—Eso es una blasfemia —dijo ella con seriedad.

—Escucha... —Jake se aclaró la garganta—. Necesito...

Entonces hizo una pausa y se frotó la nuca con una mano. Tenía la mirada de quien oculta un secreto que no quiere compartir. A Sadie se le puso tensa la piel. No estaba segura de poder soportar más malas noticias.

El silencio se hizo más espeso, hasta que él negó con la cabeza.

—¿Puedo ayudarte? —preguntó.

—¿No tienes nada mejor que hacer? —contestó ella, dando un pequeño suspiro de alivio.

—Sí —respondió él con franqueza—. La compraventa de Rock Creek sigue en marcha, pero está hecha un desastre. Tengo que contratar los suministros, porque, en cuanto la casa esté a mi nombre, quiero hacer una docena de arreglos. Pero yo no estoy de humor y creo que a ti te viene bien un poco de distracción.

Sadie puso los ojos en blanco.

—Vale. Puedes hacerme compañía —dijo, entrecerrando los ojos mientras echaba un poco de canela en el cuenco. La presencia de Jake le calmaba los nervios; no estaba segura de que eso fuera bueno.

—¿Necesitas que te eche una mano? —preguntó él.

—No acabo de confiar en tus conocimientos de cocina —dijo, forzando el ánimo en su voz.

—Tuve que aprender en el parque de bomberos —empezó a contarle mientras se sentaba a la barra de desayuno y la observaba trabajar—. Al principio, durante el periodo de prueba, básicamente eres el sirviente de todos. Tienes que cocinar, limpiar y portarte lo mejor posible.

—Debe de haberte resultado difícil.

—Casi imposible —respondió Jake, siguiéndola con los ojos por la estancia—. Esto es como ver un programa de cocina. ¿No vas a ir explicándome los pasos?

—No —dijo y se sorprendió al encontrarse sonriendo. Se sacudió la alegría momentánea como si fuera azúcar glas, echó queso crema en el bol y comenzó a amasar la mezcla con los dedos para conseguir una textura granulada. Aparentemente incapaz de quedarse quieto, Jake se aproximó a ella por detrás hasta quedarse tan cerca que fue peor que si la estuviera tocando de verdad. Sadie sintió que la nuca le hormigueaba y las orejas le ardían.

—¿Cuál es el secreto? —preguntó.

—Remover siempre en el sentido de las agujas del reloj —le dijo, agregando la mantequilla fría antes de verter toda la mezcla en una bolsa de plástico de casi cuatro litros. Las cintas del delantal le oprimían la cintura cuanto más se acercaba.

—¿Por qué? —preguntó.

—No lo sé. Es solo una regla. Una de las cosas que las mujeres Revelare saben.

—¿Y qué más sabe una mujer Revelare? —preguntó.

—Que las lunas crecientes son para pedir deseos y hacer maleficios, pero la menguante es para romperlos —dijo, tratando de asustarlo hablándole de magia. No funcionó.

—¿Y qué más? —preguntó, asomándose por su hombro para observar cómo aplanaba la mantequilla fría en capas finas con un rodillo.

—Pues que el agua de río es para seguir adelante y el agua de mar sirve para curar. El agua de tormenta es para fortalecer o, si te sientes ambicioso, para maldecir. Y el agua que cae con un rayo atrae la calamidad, igual que un espejo roto o pasar por debajo de una escalera.

No sabía por qué le salían las palabras. Nunca había hablado con nadie del tema, excepto con Gigi. Seth nunca había querido escuchar y Raquel pasaba poco tiempo en la cocina. Era como si sus palabras necesitaran un refugio y Jake les hubiera abierto la puerta. Sadie parpadeó rápidamente y sacudió la cabeza, intentando disipar la niebla que él originaba en su cerebro cada vez que se le acercaba. Cogió la botella de vinagre.

—Me gusta verte en la cocina —le dijo él.

—¿Por qué? Soy un desastre. —Frunció el ceño con sospecha. Miró la encimera, que estaba desordenada.

—Es verdad —dijo él y se rio con un ruido sordo que le vibró en el pecho—. Pero estás muy concentrada. Todo lo haces con pasión. Solía meterme contigo por ser dramática, pero… la verdad es que te pega.

Las palabras de Jake hicieron eco en Sadie y ella las acogió. Miró al frente. Tenía los ojos a la altura de su pecho. Inició un ascenso vertical y se detuvo en la columna que formaba su cuello. Más arriba, la línea marcada de la mandíbula. No necesitaba mirarlo a los ojos para saber que él estaba mirándole los labios. Lo notó. Sintió los ojos ardientes abrasándola hasta que al final cruzaron la mirada. Él respiraba entrecortadamente. Ni siquiera se rozaban y aun así ella lo sentía. El recuerdo de su cuerpo sobre ella. Sus formas amoldadas. Encajaban a la perfección. Y supo que él también lo recordaba porque se le oscurecieron los ojos y el pulso le martilleaba la garganta con ritmo errático.

Iba a besarla. Todas las señales de advertencia que habían estado sonando a todo volumen en su cabeza como sirenas se silenciaron. Olía igual, amaderado y fresco, y ella quiso enterrar la nariz en el cuello, pero él no se movió. Cerró los puños a los lados y se le tensó todo el cuerpo. Quería hacerlo... y Sadie lo sabía. Pero se estaba conteniendo.

—Jake —susurró.

—Lo siento —dijo de repente, dando un paso atrás—. Es que esta cocina es... —Sacudió la cabeza como si intentara aclararla. La miró con ojos soñadores. Como si ella fuera una promesa. Agua en el desierto con la que anhelaba saciar su sed. Pero no se acercó—. Sé que querías tiempo. Y espacio. Me voy. —Entonces esperó un momento antes de darse la vuelta, rogando a Sadie con la mirada que le pidiera que no lo hiciera.

Formó las palabras en la boca, pero los labios no se abrieron. Ahora que había espacio entre ellos, su cerebro se puso en marcha de nuevo. Se había relajado. Y sentirse relajada con Jake significaba bajar la guardia. Sabía dónde la llevaría eso. Directa al corazón roto número tres. Gigi valía más que su felicidad temporal. La familia por encima de todo. Era lo único que importaba.

Terminó el pastel de chocolate y nueces pecanas, asegurándose de que ninguna lágrima cayera a la vez que el sirope de maíz Karo.

Apenas había metido la bandeja en el horno cuando un dolor punzante le atravesó el pecho, como si una mano invisible le oprimiera el corazón. Jadeó y tosió un momento después, una vez el dolor desapareció. Cuando logró respirar de nuevo, un olor a humo la hizo salir corriendo al jardín.

Se estremeció al ver que todas las plantas que bordeaban el jardín se habían marchitado hasta morir.

Estaban prácticamente carbonizadas, ennegrecidas, con una sustancia pegajosa parecida al alquitrán adherida a algunos restos. La piel se le impregnó de un aroma rancio y los ojos se le llenaron de lágrimas. El estropicio terminaba justo al otro lado de la valla, en los delgados e imponentes tallos de eneldo, plantados con el propósito expreso de mantener alejada la magia malévola. Pero se habían sacrificado.

Años atrás, Sadie se rio cuando Gigi le ordenó que plantara aquella hierba en abundancia. A fin de cuentas, ¿qué tipo de jardín necesitaba tanta protección? Pero, mientras se afanaban en la tarea, bajo la luz tenue e intensa de la luna de flores de mayo, su abuela miraba continuamente por encima del hombro, más allá de la puerta, hacia las estrellas. Aplastó una flor de luna con el talón izquierdo antes de recoger las hierbas necesarias para hacer un talismán de protección.

—¿Qué pasa? —preguntó Sadie.

—Este trabajo —dijo Gigi en voz baja— no está exento de sangre, heridas ni fantasmas. Aunque su objetivo es ayudar, la magia crea enemigos. Recuérdalo cuando alguien llame a la puerta trasera y te pida que le arregles algún engorro. Tus decisiones te legarán un pasado del que estarás orgullosa o un futuro con demasiados riesgos que sopesar. Asegúrate de tener claro qué prefieres.

Sadie se burló en aquel momento, pero, cada vez que intentaba poner remedio o solución, acababa preguntándose si se estaba metiendo donde no debía. Siempre parecía haber una consecuencia invisible: el brezo se resistió a crecer durante semanas; algunos animales no se acercaban a ella si no era siseando o gruñendo; el fuego se negaba a encenderse, hasta que se lavó las manos con lavanda y leche de cabra para purificarse; y a veces la perseguía un hedor viscoso que olía tan gris como un dolor ceniciento.

¿Qué tipo de sangre tenía en las manos? ¿Qué clase de fantasmas la seguían hacia su futuro?

Se puso de rodillas y, con pesadez en los brazos, comenzó a amontonar los residuos con las manos. Al instante, las uñas se le tornaron de un negro enfermizo. Y, conforme avanzaba, empezó a sentir un escalofrío de miedo y el cuerpo se le volvió denso.

Notó que un par de ojos la vigilaban, resbaladizos y mucosos como la piel de anguila.

Algo le llamó la atención más allá del vallado. Con movimientos lentos, levantó la mirada y vio una figura que se acercaba entre la espesura de árboles.

Sadie había visto fantasmas antes y este no era como los demás. Un espíritu, tal vez. Alguien con asuntos pendientes o con afán de revancha.

Cuanto más tiempo permanecía allí, inmóvil, más se le oprimía el pecho, hasta que apenas pudo respirar. ¿Era esa cosa la que había intentado destrozar su jardín?

Ese pensamiento le calentó la sangre. El calor ahuyentó el frío hasta que las yemas de los dedos le temblaron y el caos se le arremolinó en el pecho. Con temple de acero, cogió un puñado de tierra y observó cómo empezaba a prenderse con su ira. Las llamas le lamieron la palma hasta quemarle la mano y el viento se llevó la ceniza como la luz vengativa de las estrellas moribundas. Pero, antes de que las cenizas llegaran a la figura, esta desapareció sin dejar rastro.

Algo o alguien intentaba entrar. Sin eneldo, el jardín necesitaba una nueva defensa. Sadie pasó la siguiente hora rastrillando el follaje quemado, eliminando hasta el último vestigio. No podía dejar que Gigi viera el destrozo. No quería sumar otra preocupación a las que ya tenía. Roció el suelo con raíz de asafétida molida y tierra de las cuatro esquinas del jardín y luego lo quemó todo. El humo era acre como las pesadillas y la amargura.

Cuando las cenizas se enfriaron, las esparció por todo el perímetro. Una protección que duraría al menos unas cuantas noches. Decidió guardarse un poco de asafétida, porque, si podía proteger un jardín de espíritus no deseados, seguramente podría evitar que le rompieran el corazón.

Había llegado el momento de tomar cartas en el asunto.

Eran las seis de la tarde. Sadie se arrastró escaleras arriba para ducharse y quitarse el hedor a ceniza, hollín y suciedad. Para cuando terminó, el olor a pollo frito se colaba por el marco de la puerta. Se vistió con unos vaqueros holgados desgastados en las rodillas y un jersey color crema de punto trenzado. Era de noche, así que se permitió mirarse en el espejo. Tenía ojeras oscuras y la piel aceitunada, aunque todavía bronceada por el verano, descolorida. Se puso un toque de colorete. No por ella, sino para que Gigi no se preocupara por su palidez.

Se calzó unas sandalias de cuero viejas y entró en la cocina con pasos lentos que retumbaron en su corazón y anunciaron malos augurios. Su abuela estaba delante de los fogones, vigilando una enorme sartén llena de pollo frito. Los copos de maíz estaban dorados y crujientes como el sol de verano y el aceite caliente olía a promesa. También había una olla con guisantes y maíz hirviendo. Vio que los dados de mantequilla seguían allí derritiéndose lentamente.

—Hola, tesoro —dijo Gigi.

—¿Qué es todo esto? —preguntó Sadie.

—Pues que tenía ganas de cocinar —contestó su abuela—. Las alubias con tomate están en el horno. Y he preparado una macedonia de frutas, pero creo que no sabe bien. Pruébala —le pidió, ofreciéndole un tenedor con una fresa clavada.

—¿Exactamente cuánto azúcar le has puesto a la macedonia? —preguntó mientras masticaba.

—Vale. No me riñas. Es que antes no era comestible. —Gigi se apoyó en la encimera con la mano en la espalda mientras una mueca de dolor le cruzaba el rostro—. Estoy bien —se adelantó a responder antes de que Sadie le preguntara.

—Mmm... ¿Y azúcar moreno en las alubias al horno? —preguntó ella, esforzándose por mantener un tono trivial, pero sin gustarle la forma en la que Gigi acababa de doblarse, como el cayado de un pastor.

—Y tocino. Es la única manera de que estén buenas —dijo decidida su abuela mientras revisaba el pollo con un tenedor—. ¿Sabes que los Revelare fueron una de las familias fundadoras de Poppy Meadows? Aunque mi madre era una vagabunda. Siempre iba detrás de algún hombre. Crecí aquí, pero nos mudamos a Oklahoma durante un tiempo. Allí me abandonó en la estación de autobuses cuando tenía doce años. Me dijo que volvería, pero, que si no lo hacía, que cogiera el autobús a Chickasha y me quedara con mi abuelo.

—¿Tú sola? —Sadie preguntó horrorizada—. ¿Con doce años?

—En aquel entonces las cosas eran diferentes. Bueno, el caso es que ella no volvió. Estaba demasiado ocupada como para preocuparse por mí. Así que pasé el verano con mi abuelo odiando cada puñetero segundo. Mi abuelo me dijo que, si conseguía ahorrar dinero suficiente, podría coger el autobús hasta Newport Harbor, donde trabajaba mi padre en el astillero. Así que vendí mi bicicleta por treinta y cinco dólares. Eso era mucho dinero en 1942, claro. Luego fui de puerta en puerta vendiendo Cuticure, un ungüento milagroso. Si tenías alguna dolencia, te la quitaba. Al final, cuando conseguí la cantidad que necesitaba, cogí el primer autobús a Oakland.

—¿Y? ¿Fue mejor que Chickasha?

—¡Uf, por favor! Mi padre estaba saliendo con una barbie tonta. —Removió el maíz, pensativa—. Llegué a su apartamento y ella abrió la puerta. Me hizo esperar en el pasillo hasta que él volvió del trabajo. No me querían. Nadie lo hizo nunca. Pero me quedé de todos modos. Tenía que salir cada vez que ella y mi padre tenían su «rato a solas», así que me pasaba las tardes enteras en el cine y me aprendí de memoria todos los noticieros y películas.

—Eso suena horrible. —Sadie frunció el ceño y siguió comiendo distraídamente la macedonia con las yemas de los dedos y lamiéndose el azúcar de los pulgares.

—Todos los Revelare se van, pero siempre vuelven. Ese es el lema. Pero mi madre no lo hizo. Yo sí. Siempre supe que era aquí donde debía estar. Pero ya me ves, parloteando como una vieja chocha. Solo quería que lo supieras. Nadie me quiso nunca, excepto tu abuelo. Al menos yo me sentía así. Una niña bajita y tímida en extremo, con la nariz enorme y voz de rana toro. Pero siempre os quise a ti y a tu hermano. Desde el momento en que os vi, supe que estabais destinados a ser míos. Espero que lo sepáis. Sé que no basta con eso y que no soy vuestra madre —dijo en tono profesional, sacando el pollo frito de la sartén y transfiriéndolo a una fuente con papel de cocina para absorber el exceso de grasa.

—Gigi —dijo Sadie con una voz suave como masa de pan jalá, pero su abuela chasqueó la lengua; no solía emocionarse—, para que lo sepas, tu amor siempre ha sido más que suficiente.

—Para ti, tal vez. Pero no para tu hermano. Y no pasa nada. Solo quería que lo supieras.

A Sadie no le gustaba que le estuviera hablando del pasado como si necesitara que alguien lo escuchara. Un escalofrío le recorrió la espalda, como cuando chupaba un limón o se cortaba con un papel.

Seth entró justo cuando Gigi colocaba el último trozo de pollo en la fuente.

—Ya va siendo hora de que vosotros dos empecéis a llevaros bien o voy a tener que daros un tirón de orejas para ver si así entráis en razón. Saldré a fumar un cigarrillo. Vosotros comed. Y hablad.

—Gigi —comenzó a decir Sadie, pero aquella la interrumpió.

—Haced esto por mí. Seguiremos hablando luego, lo prometo. —Ella pensó en lo sorprendente que era que su abuela: era capaz de sonreír mientras mantenía la autoridad en su voz.

Sadie y Seth se miraron fijamente. Le entró un tic nervioso en los dedos. ¿Cómo se podía desear abrazar y estrangular a alguien al mismo tiempo? El amor entre hermanos no era para tomárselo a broma.

—Me siento raro. Parece que nos han organizado una cita a ciegas perversa —dijo él, mirando los platos de comida. A Sadie se le escapó una risa. Sentía que estaba perdiendo la cabeza. Nada encajaba. Era como si las piezas de las que creía estar hecha se estuvieran desensamblando y no supiera cómo mantenerlas unidas.

—¿Qué hacemos? —le preguntó a su hermano.

Seth la miró como si se hubiera vuelto loca de verdad.

—Pues vamos a cenar —dijo él como si fuera la cosa más obvia del mundo—, porque si no la abuela nos va a encerrar aquí hasta el fin de los días y te juro por Dios que esa mujer me da miedo.

Gigi había puesto sobre la mesa una cesta con panecillos de ajo y perejil. Seth agarró uno, lo partió y le lanzó la otra mitad a Sadie. Ella lo mordió y, mientras masticaba, puso los ojos en blanco. Su abuela había puesto una pizca de mostaza en polvo blanca en la masa, destinada a ayudar al comensal a desahogarse y a afrontar los desafíos.

—Siéntate, yo te sirvo. —Suspiró, se secó las lágrimas y se lavó las manos con jabón de hierbaluisa—. Será mejor que acabemos con esto de una vez.

Llenó dos platos rebosantes de comida. Se sentaron y ambos los miraron como si encerraran algún tipo de respuesta. Antes de dar el primer mordisco, Seth se aclaró la garganta.

—Gigi me dio una serie de reglas e instrucciones muy específicas mientras estábamos en el hospital. —Abrió las notas en su teléfono—. No podemos estar tristes y no podemos tratarla como si se estuviera muriendo.

—Aunque sea así —dijo Sadie con la voz dura como el granito.

—Aunque sea así —repitió Seth—. No podemos decírselo absolutamente a nadie. Esa fue su primera regla. No podemos intentar convencerla de que se someta a tratamiento y tenemos que llevarnos bien. Oye, es lo que pone en las notas —aclaró cuando ella volvió a poner los ojos en blanco—. Y, cuando se ponga mal, si empieza a tener demencia o similar, se supone que debemos llevarla al hospital y dejarla allí.

—Eso no va a suceder —resopló Sadie.

—Lo sé, solo te estoy contando lo que me dijo. Ah, y se supone que debes volver a poner sal en el perímetro todas las noches, sea lo que sea lo que eso signifique.

Ella asintió. Aunque su mundo se estuviera desmoronando, lo haría. Haría lo que Gigi le pidiera aunque fuera una locura. Su mayor temor se estaba cumpliendo y pensó que se arrugaría, se haría un ovillo y lloraría hasta ahogarse en sus propias lágrimas, pero, para su sorpresa, una serenidad decidida se iba abriendo camino lentamente a través de ella, quemándole la garganta como el licor de flor de saúco. Se iba a encargar de todo.

—Vale, gracias —dijo Sadie, asintiendo despacio—. Yo me encargo desde aquí. No tienes que preocuparte por nada.

—¿Qué quieres decir? —preguntó Seth, confundido de verdad.

—Quiero decir —dijo ella y agitó la mano al aire— que tú seguirás con tus cosas y yo seguiré con las mías. Estás ocupado, tienes tu vida, estabas...

—¿Me quitas de en medio y me echas? —interrumpió él.

—Pensaba que era lo que querías —dijo Sadie, con gesto de extrañeza—. Pensaba que te hacía un favor.

—Dios, para ser mi gemela, la verdad es que no entiendes nada. —Y así, la paz que a duras penas habían empezado a firmar, se partió como el guirlache de cacahuete—. ¿Sabes siquiera por qué me fui? Porque ya no soportaba seguir viviendo a tu maldita sombra. Me estaba ahogando en una magia que no tenía nada que ver conmigo.

—¡No la querías de todos modos! —argumentó ella—. Lo único que querías era ser normal, separarte de nosotras y vivir tu propia vida.

—Sí, y me ha ido muy bien, ¿verdad? —Negó con la cabeza, como si ella no tuviera ni idea.

—Mira, siento que Gigi se esté muriendo y que tengas que involucrarte en nuestra vida. Pero no, gracias, no necesitamos favores. —Quería cruzarse de brazos, pero sabía que parecería arrogante.

—Escucha, no podemos hacer esto. Es una de sus reglas. ¿Me crees cuando te digo que lo estoy haciendo lo mejor que puedo? He sido un idiota, ¿vale? No debería haberme ido así. Debería habértelo dicho. Debería haber respondido a tus llamadas. Pero no podía. Estaba en un agujero negro. Es como si tuviera un demonio viviendo dentro de mí que dicta cuándo llega la oscuridad y no puedo detenerla. Algunos días está tranquilo y me despierto y pienso que puedo conseguirlo, que puedo aguantar otro día. Pero otros simplemente me ahogo y pierdo el control de mi vida, cosa que odio. Así que sí, he sido un idiota. Y lo siento.

Sadie miró con fijeza a su hermano. Nunca había hablado así. Los tentáculos de la culpa comenzaron a pegársele al corazón. ¿Qué clase de gemela era? ¿Qué clase de hermana, que ni siquiera sabía ni se imaginaba que él estaba pasando por algo así?

—¿Por qué no has pedido ayuda? —preguntó en voz baja.

—¿Ir a terapia? —Se rio sin humor—. ¿Cómo crees que sería? «Oye, loquero, mi magia me provoca depresión y ansiedad». No lo veo.

—Pero mira a Raquel. Su trastorno bipolar ha mejorado mucho. Ahora se controla porque toma los medicamentos adecuados. Ella va al psiquiatra y al psicólogo.

—Sí, y estoy superorgulloso de ella. No es que no crea en la terapia, es que no creo funcione conmigo. Nuestra magia lo lía todo. No somos normales.

—Lo único que siempre he querido es que estés orgulloso de ser un Revelare —dijo Sadie—. Nunca he entendido por qué intentabas huir de eso. Nunca había vivido separada de ti. Y no me ha gustado… ni me gusta. Te he echado de menos —confesó—. Me sentí culpable cuando te fuiste. Pensé que, si te hubiera ayudado más con tu magia o hubiera intentado ser más normal, tal vez te habrías quedado.

—Sadie —respondió Seth mientras negaba con la cabeza—, escucha, he sido un idiota egoísta. Ya no puedo volver atrás. Tú siempre supiste quién eras e incluso durante mi ausencia has logrado encontrarte a ti misma, separada de mí. Yo solo quería estar a la altura, a menor escala.

—Pero por tu cuenta. Y para eso está la familia. Nunca nos has dejado ayudarte. Siempre has querido culpar a la magia, al apellido, en lugar de aceptar sin más lo que nos hace diferentes y de entender que precisamente por eso es tan importante que permanezcamos juntos.

—A lo mejor quería comprobar quién era aparte de todo eso. —Se encogió de hombros con frialdad.

—Como siempre, no entiendes de qué va —dijo Sadie, cuya frustración le rizaba el pelo—. Tú nunca me hablaste de tu magia ni de tu maldición. Pero yo era incapaz de ocultarte nada, así que te lo conté en cuanto terminó la ceremonia. ¿Te acuerdas? ¿La maldición de los cuatro corazones rotos? Jake fue el primero. Y tú el segundo.

No sabría decir si esa confesión había supuesto una revelación para él. Ambos eran tan buenos en el juego de disimular las emociones del rostro que a veces era difícil recordar que solo era un mecanismo de defensa. Ella sabía lo fácil que resultaba excluir a las personas que uno más ama o necesita. Porque tal vez, si no fueran tan necesarias, el dolor sería menor cuando no estuvieran ahí. Sadie amaba a su hermano más que a nadie y por eso él era quien más poder ejercía sobre ella.

—Pero es que yo necesitaba irme. ¿No lo entiendes? Me estaba ahogando aquí. ¿Crees que es normal que yo fuera lo único que tenías?

—No. Creo que así es como se supone que funciona la familia, idiota. Ahora estoy a dos desengaños de perder por completo mi magia. Y la necesito más que nunca.

—Dios te libre de perder lo que de verdad es más importante para ti. —Se rio burlonamente—. De eso se trata, ¿no? Estás enfadada porque me fui, pero lo estás más aún porque estás a un paso de perder lo más preciado que tienes, porque te da mucho miedo que tu maldita maldición se haga realidad y porque amas tu magia más de lo que te permites amar a la gente.

—Que te jodan —escupió Sadie, con las yemas de los dedos calentándose, ansiando liberar parte de la ira que la inundaba. Los platos tintinearon en el armario y la tetera sobre el fuego soltó un chorro de vapor.

—Ahí está. —Seth se cruzó de brazos y se reclinó en la silla. Como si hubiera estado esperando a que ella estallara. Una pequeña sonrisa le apareció en la boca y tiró de las comisuras—. Dime lo que quieras. Sácalo todo. Siéntete como quieras. Pero Gigi no quiere que discutamos. Así que seré lo más civilizado posible hasta que todo esto termine. Y tú también.

—¿Te has olvidado del nuevo pequeño secreto familiar del que acabamos de enterarnos? Uno de nosotros es libre, y el otro está condenado a Dios sabe qué. ¿Y cómo se supone que lo vamos a arreglar? ¿Eh? Si ni siquiera podemos tener una cena civilizada juntos mientras Gigi se está muriendo.

—Trataremos… —comenzó él, pero Sadie lo interrumpió.

—Juro por lo más sagrado que si lo que vas a decir es «Trataremos ese problema cuando llegue», voy a perder la puñetera cabeza.

Seth esta vez se rio de verdad y eso la detuvo en seco.

—¿Qué? —preguntó ella.

—Casi olvido lo molesto que era tener una gemela.

—Qué suerte tienes —replicó.

—¿Has acabado de gritarme? ¿Podemos cenar ya? —preguntó y, sin esperar respuesta, alcanzó su plato.

Algo sucedió en esos pocos momentos de silencio que siguieron. Sadie recuperó una pizca de paz. Tal vez era porque por fin le estaba diciendo cómo se sentía. Quizá los panecillos de Gigi estaban haciendo efecto. En cualquier caso, odiaba el tira y afloja de las emociones que la devoraban. Cada momento era diferente del siguiente. Un segundo estaba tranquila y con todo bajo control y al siguiente quería gritar.

—Nada volverá a ser como antes —afirmó Sadie.

—Y, sinceramente, ¿querrías que fuera así?

Se quedó sin saber qué contestar. Entonces preguntó:

—¿Al menos encontraste lo que buscabas cuando te fuiste?

Seth la miró pensativo, pero guardó silencio mientras empezaba a limpiar su plato. Ella hizo lo mismo y le dio un mordisco al pollo. Y cada bocado parecía decir que todo iba a salir bien.

—Encontré algo —contestó por fin él—. Solo que no estoy seguro de qué es exactamente.

—¿Valió la pena? —dijo ella en voz baja, preguntándose si de verdad quería saber la respuesta.

—Por más enfadada que estés, sabes que nunca haría nada para hacerte daño a propósito —dijo con énfasis, casi como un desafío, un recordatorio—. Te quiero, de verdad.

—Lo sé, pero a veces es agradable escucharlo.

—No te acostumbres. —Y, tras una pausa, añadió—: Siempre supiste que iba a volver, ¿no?

—Si hubiera sabido que ibas a volver, tal vez no se me habría roto el corazón. Cuando existe una relación tan cercana como la nuestra y ocurre algo así de inesperado, todo lo que creías saber hasta ese momento se esfuma. Empiezas a cuestionarlo todo y a pensar que tal vez solo era fruto de tu imaginación. —Se preguntó si estaba hablando de su hermano, de Jake o de ambos.

—Mierda, Sadie. —Suspiró y se pasó una mano por el pelo—. Supongo que pensé que algo sabías. O que al menos lo entenderías.

—Estoy empezando a hacerlo —aceptó.

—Mira, tú siempre has sido la fuerte. Lo admito, pero...

—No lo soy —respondió ella—. Siento que mi mundo va a romperse en mil pedazos en cualquier momento.

—Pero sigues adelante. Eso es lo que iba a decir. Pase lo que pase, nunca te rindes. Y eso lo respeto muchísimo.

—Tal vez sea simple estupidez —dijo, mirando el panecillo que tenía en la mano.

—No lo es.

—Si de verdad lo soy, ya sabes por qué. Somos igual de fuertes que las personas que amamos. Y que las que nos aman. El resto no importa.

—¿Ni siquiera la magia? —preguntó él con malicia, levantando una ceja.

—La magia viene de la familia.

—Sé que dije que no aceptas la realidad y fue en serio. Pero también es una especie de cumplido, ¿sabes? Tienes una forma de entender las cosas tan categórica que, si la realidad no va en la misma línea, la mandas a hacer puñetas. Ojalá yo fuera un poco así.

—Lo eres más de lo que crees —repuso ella.

—Esta es la parte en la que me pides perdón por decir que culpo a los demás de mis problemas. —Sadie lo miró con los ojos entornados, preguntándose si se había disculpado solo para recibir otra disculpa a cambio, pero él se rio—. Por Dios, Sade, era una broma. Relájate. —Pero había cierto trasfondo en lo que dijo y al instante ella se dio cuenta de lo que era.

—A veces es difícil gestionar tu propia mierda —dijo despacio—. Y no quiero generalizar. —Eligió sus palabras con cuidado—. No lo haces siempre. Solo a veces. Pero cada uno tiene sus problemas. Y lamento si decirlo así hiere tus sentimientos.

Seth miró hacia la mesa y luego, distraídamente, hizo girar el cuchillo de la mantequilla entre los dedos, como si estuviera haciendo un truco de magia. Se aclaró la garganta.

—Gracias.

—Faltaría más. Puede que nos peleemos como idiotas, pero jamás querría hacerte daño, ni siquiera aposta. Pero cabrearte muchísimo sí.

—¿Me estás provocando?

—¡Pues claro! —Se rio—. Fuiste tú quien me enseñó ese arte.

—Míranos, disculpándonos y rollos de esos como adultos. Oye, tal vez lo logremos después de todo.

—Por supuesto que lo haremos —respondió Sadie sin dudarlo—. Y de verdad creo que deberías, ya sabes, probar la terapia. Obviamente, no es necesario hablar de magia. Pero, Seth, si estás luchando contra tus demonios, la depresión y la ansiedad, necesitas tener herramientas para lidiar con ello.

—Lo pensaré —prometió.

Este salió a dar un paseo después de cenar y se detuvo para despedirse de Gigi mientras Sadie lavaba los platos. Había cosas que nunca cambiaban.

—¿Habéis acabado de haceros los tontos? —preguntó la abuela, que estaba viendo una reposición de *Bonanza,* mientras su nieta se sentaba en el sofá junto a ella.

—Seguramente, no. —Suspiró—. Pero vamos a intentar ser amables el uno con el otro solo porque los dos te queremos mucho.

Ella sonrió con cansancio.

—Sé que no te va a gustar lo que está por venir, Sadie. Nunca te han gustado los cambios, cariño. Pero creo en ti. Juntos superaremos esto. Y me refiero a todos y cada uno de nosotros —añadió con severidad—. Sé que ya has perdonado a ese hermano tuyo; solo le estás haciendo pagar por lo que hizo. Y no te culpo. Pero no seas tan testaruda como yo. Lo único que conseguirás es arrepentirte —dijo.

Si pudiera elegir, Sadie habría tejido una guirnalda de tréboles de cuatro hojas y se la habría puesto alrededor del cuello. Habría ingerido esencia de solanáceas con tal de aislarse del mundo y dormir en un silencio donde las malas noticias tocarían a la puerta pero no entrarían. Una parte de ella todavía quería despertarse a la mañana siguiente y creer que todo eso era mentira. Que podría seguir con su rutina como lo había hecho durante años. Pero la vida la estaba poniendo a prueba y ella le estaba haciendo frente de una manera u otra. Así que, en lugar de taparse los oídos con una almohada, como le habría gustado, asintió.

—Prometo que lo haré lo mejor que pueda. —Tragó saliva y apretó los ojos.

—Esa es mi chica —sonrió Gigi, tomándole la mano entre las suyas con firmeza—. Ahora, trae el bol que está en el armario de encima del microondas y esparce el contenido alrededor de la casa y el jardín —dijo.

—Sal y aceite de poleo —dijo Sadie y su abuela asintió.

—Hay algo malvado sobrevolando fuera. Quiere entrar y mi objetivo es detenerlo. Al menos todo el tiempo que pueda.

Ella quería aplastar el presagio de la misma manera que se aplasta a una pulga, pero se le había pegado a la piel como el papel matamoscas. Miró por la ventana y, mientras observaba, justo en el límite del bosque, vio que una niebla se arrastraba por el suelo, extendiéndose como la nieve y causándole un escalofrío en el corazón.

Si había niebla en una noche clara significaba que alguien estaba esperando la muerte.

A la mañana siguiente, Sadie abrió silenciosamente la puerta de Gigi, miró dentro y observó su forma dormida, diminuta, bajo las sábanas. Un día más y las hierbas estarían listas. Con un suave clic que resonó en su corazón, cerró la puerta y salió a correr.

Lo odiaba. Era una forma de autocastigo. Pero a la vez era una de las únicas formas de liberar la ansiedad. Cada golpe del pie contra el asfalto le traía otro pensamiento de preocupación.

«Jake».

«Gigi».

«Seth».

Ahora corría a toda velocidad sin darse cuenta.

«Maldita maldición… Lo único que quiero-es una relación-sencilla. Lo único que quiero-es-amar».

Dejó que los pensamientos fluyeran a través del cuerpo, que se quemaran a base de zancadas. Las zapatillas iban dejando huellas negras con cada pisada. Doblar, doblar, doblar. Guardar. Se sentía como Elsa. «Contrólalo. No has de sentir. No han de saber».

Una punzada en el costado la obligó a detenerse. Tenía calambres en los gemelos y se dobló con las manos sobre las rodillas. Trotó lentamente hasta llegar a la cafetería, donde Gail ya estaba atendiendo a los clientes. Cuando Sadie entró, señaló en silencio un vaso alto de agua de limón y pepino.

—Te he visto venir —dijo Gail—. Nunca había visto a nadie correr con el ceño fruncido —dijo riéndose. El sonido de la risa la hizo sonreír a pesar de todo mientras se ataba un delantal a la cintura.

—Solo voy a la parte de atrás a sacar algunas cosas para descongelarlas.

Ahora que había recuperado el aliento, dejó que la comodidad de la cafetería la envolviera. Bill estaba sentado junto a la ventana, con una taza de café y un pastellillo de granada.

—¿Cómo está tu abuela? —preguntó en cuanto la vio.

—Está bien, Bill. Gracias. —Sadie detestaba sus ojeras y la preocupación que tenía posaba en la piel como una fina capa de polvo.

—Iba a enviarle flores. —Se aclaró la garganta—. Pero pensé que no le haría gracia. Sé que no le gusta que la gente se preocupe.

—Sin duda, no le haría ninguna gracia —repuso y sonrió—. Y, sin duda, deberías enviárselas. Mejor aún, llévaselas tú mismo. A Gigi le gustan los girasoles.

La sonrisa en el rostro de Bill le iluminó la mirada.

Señoras con pantalones de chándal de color neón cotilleaban en una de las mesas centrales. Lavender saludó con la mano desde la esquina y Lace le hizo una seña para que se acercara. Cuando Sadie acudió, se fijó en que la primera llevaba un único pendiente y unos calcetines que no combinaban con los botines de cuero curtido. Lavender era toda curvas suaves y colores de ensueño. En contraste, Lace era precisión militar. Llevaba el flequillo negro y recto, como cortado con una regla, y unas botas Dr. Martens pulidas hasta brillar.

—¿Has visto algo? —preguntó Lace mientras ella se acercaba.

—No tienes por qué responder —le dijo Lavender antes de reñir con la mirada a su hermana.

—Algo no va bien y estoy intentando averiguar si tiene que ver con el Gran Revel o con… —hizo una pausa y entrecerró los ojos para mirar a Sadie como si intentara atravesar un velo— o con lo que sea que esté pasando con la familia Revelare —concluyó.

—El Gran Revel no es hasta dentro de cinco meses —dijo ella con sorpresa. Y, sinceramente, se había olvidado por completo de la fiesta que se celebraría en la taberna Cavendish. Cada siete años, las siete familias fundadoras de Poppy Meadows se reunían para una celebración de una semana de duración, con disfraces, retos, acertijos y juegos.

—Mira lo que has conseguido. —Lavender frunció el ceño—. La has importunado. Déjala en paz. Ya tiene bastante encima.

—Estamos… Estoy… Tengo todo bajo control —dijo Sadie, pero las hermanas no parecían convencidas.

Sonó la campana de la puerta y ella supo al instante y sin darse la vuelta quién acababa de entrar.

—Veo estrellitas… —susurró Lavender con una sonrisa de complicidad— en tus ojos.

La aludida los entornó justo cuando Jake la llamó. Se volvió hacia él atraída como las moscas a la miel.

—Solo he venido a por algo de comer para los chicos de la estación —dijo con una sonrisa cautelosa mientras repasaba con la mirada a las tres mujeres.

—Te recomiendo el bizcocho de miel y limón —dijo Sadie, girando sobre los talones y dirigiéndose hacia la cocina.

—Sade, espera —le pidió él, siguiéndola a través de las puertas metálicas dobles.

—¡No puedes entrar aquí! —Intentó empujarlo para que saliera de la cocina, pero fue como empujar una roca, e incluso a través de la tela de la camisa del uniforme le quemó los dedos. Sintió que el cabello comenzaba a rizársele y que los lazos del delantal le apretaban más la cintura, como si quisieran mostrar su figura. Traidores, todos ellos.

—Solo quería saber cómo te va.

—Nunca he estado mejor —respondió ella. Viendo que no lograba echarlo de la cocina, sacó del frigorífico el recipiente con masa de galletas de azúcar, lima y albahaca y lo colocó sobre la encimera cual torbellino.

—Vale… —dijo Jake mientras ella se lavaba las manos en silencio y lo ignoraba deliberadamente.

Volvió al frigorífico y esta vez sacó una masa de galletas de mantequilla de albaricoque y lavanda. Encendió los fuegos, alcanzó varias bandejas para hornear, cortadores de galletas y un rodillo que bien podría usarse como arma. Y, durante todo ese tiempo, Jake la siguió con la mirada. Ella sintió que le dejó la piel cubierta de polvo de estrellas.

—Vale. —Se aclaró la garganta—. Me marcho.

—Jake —dijo justo cuando él alcanzaba las puertas—. Gracias. Es que… necesito hacer esto. Me aclara la cabeza.

Él asintió.

—Estaré en la estación si quieres algo, ¿de acuerdo?

—Llévate una caja de pastelillos de granada para los chicos también. Invita la casa.

Sadie pasó las horas siguientes absorta enrollando, cortando y removiendo. El deslizamiento de las bandejas al entrar en el horno y el ruido de los cuencos para mezclar resonaban por la cocina como niños jugando en el parque. De vez en cuando salía a servir café o llamaba a alguien por teléfono mientras Gail reponía la pastelería. Entró Juliana Daunton y, sin querer, a ella se le dibujó una sonrisa en el rostro.

—Sadie, cariño —dijo, caminando hacia el mostrador como si le hubieran confiado una misión—, es la segunda vez que vengo hoy. Esos minibizcochos Bundt de lima y semillas de amapola son mejores que el sexo —añadió bajando su voz de tenor hasta susurrar—. Y, créeme, sé lo que es el buen sexo. —Le guiñó un ojo y ella no pudo evitar que el rubor le tiñera las mejillas de color jugo de cereza.

—Eh, bueno, eso es… —«probablemente más información de la que necesitaba», pensó Sadie—. Eso es… bueno —finalizó sin convicción.

—Lo digo en serio. La tarjeta decía que te darían un extra de energía, pero, madre de Dios, siento que podría estar un buen rato bailando rumba. —Juliana movió los pies e hizo un breve baile—. Tengo más brío que los chavales de hoy. —La señora Daunton dirigía el programa de gimnasia de la ciudad y Sadie se sintió enseguida responsable del caos que habría tenido lugar ese día en sus clases—. Ahora vas a compartir la receta con nosotras, ¿verdad, cariño? No es justo que nos prives de esta maravilla.

Ella pensó en el libro de cocina y en Gigi diciéndole que buscara su realización personal.

—Podría —dijo—, pero ya sabes…

—¡Sadie! —La interrumpió una voz severa tras cerrarse la puerta principal: Sara Watanabe entró a toda velocidad en la tienda—. Se me ha acabado el té de campanillas. He llamado sin parar y no contestabas. Necesito té de campanillas y también necesito más tarros de miel infusionada.

—Lo siento, señora Watanabe —dijo ella, suspirando por dentro—. Hemos tenido un poco de lío.

—Eso no es excusa, jovencita. Si tienes un negocio, eso forma parte de él. Ahora, cuéntame, ¿cómo está tu abuela? —La voz de Watanabe sonó seria, pero Sadie no se ofendió; era simplemente la naturaleza de esa mujer.

—Sí, ¿cómo está ese encanto de mujer? —añadió la señora Daunton.

La otra la miró como si le hubiera robado la pregunta a punta de pistola.

—Está bien —dijo Sadie; aunque le supo a mentira, sonó a verdad.

—Me alegro, me alegro —dijo la señora Watanabe—. Me llevo un pastelillo de granada.

—Ay, cariño, deberías probar el bizcocho Bundt de lima y semillas de amapola. Es como un orgasmo en la boca.

La señora Watanabe abrió la susodicha como un pez y Sadie tuvo que reprimir una risa.

—Te lo digo de verdad —continuó la señora Daunton—. Es una pena que no comparta la receta.

—Sí, muchas veces he pensado que debería ofrecer clases de repostería —dijo la otra señora, tratando de recomponerse después del comentario sobre el orgasmo.

—¿Ah, sí? —preguntó ella asombrada.

—Sería bueno para el negocio.

—¿Qué sería bueno para el negocio? —preguntó Jimmy Wharton, acercándose al mostrador para rellenarse el café. Sadie se puso en modo piloto automático y le sirvió el especial que había pedido para la tienda. Tenía notas de arándanos y miel que le daban un toque de sabor limpio y cremoso y además resultaba ser muy adictivo.

—No está bien entrometerse en conversaciones ajenas —explicó la señora Watanabe, arrugando el entrecejo.

—Uy, querida —dijo la señora Daunton—, nadie puede tener una conversación privada en esta ciudad. Estábamos comentando que Sadie debería ofrecer clases de cocina. O al menos compartir sus recetas —aclaró a Jimmy.

—A Sherry le encantaría —dijo él, refiriéndose a su esposa—. Podrían ser en pareja, como si fueran una cita.

—Lo pensaré —dijo ella. La emoción le burbujeaba en el pecho como el champán y se sentía tan ligera y liviana que parecía flotar.

—No lo olvides. Té de campanillas y miel.

—Sí, señora Watanabe —dijo Sadie, entregándole un recipiente con un pastelillo de granada y un minibizcocho Bundt por si acaso. No es que la mujer necesitara energía extra. Ella ya era una fuerza difícil de controlar.

Volvió a la cocina; estaba tarareando para sí misma mientras preparaba y organizaba y de repente sintió que debía ir a casa. No era una llamada urgente, pero sí un canto de sirena que le resonó en los huesos. Se lo comunicó a Gail, que la echó con un beso en la mejilla, y luego empezó a caminar lentamente hasta allí.

El cielo se había oscurecido y el viento le azotaba la chaqueta, pero el calor del jersey evitó que temblara. Estaba ya cerca de casa y las plantas de los pies se le calentaron; se rio y los pensamientos ansiosos se desvanecieron. Allí, en medio de la calle vacía, con los brazos extendidos y la boca abierta, estaba su tía Tava, de poco más de metro y medio de altura, caderas anchas y brazos cortos. Con un grito de alegría, Sadie corrió hacia ella.

—¡Te estaba esperando! —dijo la mujer en voz alta y juvenil—. Querida, qué hermosa eres, mi niña. —La envolvió en un abrazo con aroma a azúcar moreno y vainilla antes de volver a ocupar su posición. Su cabello azul brillaba casi como el neón en el clima frío. Llevaba estrellas pintadas en las mejillas y su falda escalonada destelleaba estrellas en tecnicolor.

—¿Qué estás haciendo? —preguntó Sadie, con los ojos muy abiertos y moviendo la cabeza con incredulidad.

—Se avecina lluvia.

—Pero ¿qué estás haciendo aquí? ¿En Poppy Meadows?

—Pues iba en ruta, pero he parado aquí antes. Los demás ya vienen.

—¿Qué demás? —preguntó ella.

—Todos nos vamos, pero siempre volvemos.

—Tía —dijo Sadie, frustrada y atraída a la vez por la capacidad de Tava de hablar solo con acertijos cuando le convenía—, hacía años que no te veía. ¿Gigi sabe que estás aquí?

—Aquí viene —susurró la mujer.

—¿El qué?

—Sssh —interrumpió la otra—. Las primeras gotas de septiembre son sagradas. Atrápalas con la lengua y te concederán el deseo más sincero de tu corazón. Aunque no sepas qué es.

Sadie sonrió y, cuando unos momentos después la tía Tava chasqueó los dedos, ella adoptó obedientemente la misma posición: brazos extendidos y boca abierta. Y, en efecto, sintió una gota de lluvia en el brazo. Y luego en el hombro.

Empezó lento. Pero, cuando la primera gota le golpeó la lengua, fue dulce y terrosa, como si el cielo estuviera despertando. Sonrió.

Un coche las rodeó y tocó el claxon. La tía Tava lo ignoró por completo.

—El amor es siempre la respuesta —susurró esta mientras el olor del asfalto cálido y húmedo obraba su propio tipo de magia—. Pero nunca sucederá siendo como eres, una chica inflexible y boba. Sueña un poco. ¿No viste la inundación del puente el otro día?

—¿Cómo lo sabes? ¿La inundación era un augurio de tu llegada?

—La inundación nos trae a todos de vuelta, mi dulce y querida sobrina. Y, hablando de eso, ¿dónde está mi dulce y querido sobrino? —preguntó mientras la ropa comenzaba a empapársele.

—¿Podemos ponernos ya a cubierto? —preguntó Sadie, ignorando la pregunta de su tía.

—Enseguida.

Antes de que la palabra le saliera completamente de la boca, un relámpago brillante y casi púrpura cruzó el cielo. Se bifurcó y pareció cubrir todo el vecindario. Y, cuando se apagó, la lluvia había cesado.

—¡Ahí está! —La tía Tava aplaudió—. Te diré algo, cariño: la familia lo es todo. A veces es un horror. Y solo quieres eliminarla de tu vida como si fuera un cáncer, pero no puedes. Porque ese tipo de lealtad, ese tipo de dedicación, solo te la dará ella.

—Al diablo con la familia. —Sadie suspiró y se escurrió el agua del suéter.

—Quien bien te quiere te hará llorar. Vamos a tomar una taza de té de madreselva. —Se dio unas palmaditas en el bolsillo con secretismo y le levantó el ánimo a su sobrina. El té de madreselva de la tía Tava era legendario y hacía que incluso el día más oscuro se convirtiera en un mediodía de verano.

—¿Gigi sabe que estás aquí? —volvió a preguntar Sadie mientras recorrían el resto del trayecto hasta la casa.

—¿No lo sabe siempre?

—Pero ¿se lo has dicho? —Se rio—. Ya sabes, me refiero a llamar por teléfono como una persona normal.

—No es necesario. Eso es como decirle a un pájaro que va a llover. Ellos simplemente lo saben. ¿Lo ves? —Hizo un gesto hacia la casa.

Sadie vio el brillante Chrysler PT Cruiser granate de Gigi en el camino de entrada, pero no fue eso lo que le llamó la atención. Aunque a cualquier transeúnte le parecería blanco, los ojos de los Revelare sabían que el humo que salía de la chimenea era de un suave color lavanda, una señal de que su abuela había rociado la leña con flor de mayo seca. Una bienvenida para invitados inesperados. Abby y Bambi estaban junto a la ventana, ladrando y meneando la cola, y Sadie hizo un gesto afirmativo con la cabeza.

—Te lo dije. —La tía Tava sonrió—. Las madres lo saben todo.

Pollo frito

Está bueno de narices. Te ensuciarás las manos y la ropa te olerá a grasa, pero merecerá la pena. La única magia aquí es la buena comida.

Ingredientes

2 kg de pechugas de pollo deshuesadas y sin piel (descongeladas)
1 huevo grande
¼ taza de suero de mantequilla (se puede sustituir por mitad de leche y mitad crema o solo leche)
2 tazas de copos de maíz (triturados)
2 tazas de harina
⅔ cucharadita de sal
1 cucharadita de pimienta
½ cucharadita de albahaca
⅓ cucharadita de orégano
4 cucharaditas de pimentón
2 cucharaditas de sal de ajo
½ cucharadita de tomillo
aceite de cacahuete (o vegetal, pero el de cacahuete es mejor)

Elaboración

1. Bate el huevo y la leche y reserva. Pon los copos de maíz en una bolsa de plástico y aplasta ligeramente con el puño. Agrega la harina, la sal, la pimienta y las especias. Agita y luego vierte la mezcla en un bol.
2. Calienta una ración generosa de aceite en una sartén grande. Mientras coge calor, espolvorea la pechuga de pollo con más sal y pimienta.
3. Sumerge un trozo en la mezcla de huevo y leche. Luego pásalo por el bol con los copos de maíz. Presiona para ayudar a que la capa se adhiera. Luego dale la vuelta y haz lo mismo por el otro lado. Repite con el resto de los filetes y ve echándolos a la sartén con el aceite caliente.
4. Fríe el pollo hasta que esté dorado y dale la vuelta solo una vez para que no quede duro, aproximadamente de 5 a 6 minutos, dependiendo del grosor de la pechuga. Escurre sobre papel de cocina.

8

—¡Renacuaja puñetera! —exclamó Gigi en cuanto cruzaron la puerta principal. Abby y Bambi se pusieron como locos, saltando sobre la tía Tava hasta que ella tomó a una y acarició al otro. El reloj de pie le dio la bienvenida sonando y las llamas de la chimenea alcanzaron una altura alarmante. Dondequiera que iba esa mujer, se producía un maremágnum de felicidad.

—¡Madre! —La tía Tava fingió estar sorprendida—. ¡Qué lenguaje!

—Ven aquí. —Gigi se rio de mala gana mientras abrazaba a su hija mayor—. No hacía falta que vinieras.

—Ahora mismo eso ya no procede, ¿no es así, preciosa cachorrita? —preguntó con su voz aguda y juvenil, dirigiéndose a Abby en lugar de a su madre—. ¡Y hablando de tonterías! —Caminó hacia el fuego, se metió la mano en el bolsillo y arrojó algo a las llamas que las coloreó momentáneamente de un turquesa brillante. Un segundo después, el aroma a madera de cedro flotaba en el aire y la ropa de Sadie se secó antes de que ella misma se diera cuenta de que ya no estaba temblando.

—¿Lista para el caos, mi querida sobrina? —preguntó con una sonrisa—. Y, por cierto, mientras estaba en Main Street mirando el escaparate de la tienda de antigüedades, me encontré con el bombero más exquisito del mundo. ¡Por no decir que está para chuparse los dedos! Empecé a charlar con él y, cuando descubrió que yo era una Revelare, dijo que os conocía a las dos, así que lo invité a cenar.

—No es verdad —gimió Sadie.

Por supuesto que lo había hecho. Y en su familia no existían las coincidencias.

—¿Quién diablos no querría admirar a ese semidios sentado enfrente? —preguntó la tía Tava, tan loca como siempre—. Y, hablando de hombres guapos, no me has dicho dónde está tu hermano.

—Probablemente por ahí, dándose un baño de masas —murmuró Sadie.

Mientras decía aquellas palabras, se dio cuenta de lo diferente que era su hermano desde que había vuelto. Menos encanto, más solemnidad. No llegaría a llamarlo melancólico, pero había perdido ese toque despreocupado que siempre lo había acompañado como un talismán.

—¡Bah! ¿Todavía no lo has perdonado por irse? Madre mía, si yo hubiera hecho algo así, Florence habría celebrado mi ausencia, y aquí estás tú, quejándote de que ha vuelto. Pero no te preocupes, tu cabeza y tu corazón estarán pronto rebosantes.

—¿Qué significa eso? —preguntó Sadie.

—Tava —dijo Gigi en tono de advertencia.

—¿Dónde está esa bengala luminosa de Raquel? —preguntó la mujer, ignorándolas a ambas—. ¡Ah! —Levantó un dedo y, un momento después, alguien llamó a la puerta—. Ahí está.

La susodicha irrumpió justo mientras hablaba.

—¡Tava!

—¡Ahí está! —La falda escalonada de Tava siseó como si estuviera susurrando un secreto al abrazar a la chica.

—Supongo que eres la autora de la nota cubierta de purpurina que exigía mi presencia, ¿no? —Raquel se rio—. Es el último día antes de las vacaciones, así que he dejado salir a los niños después del almuerzo. Bueno, ¿qué está pasando en este manicomio?

—Ah, reunión familiar. —Tava se encogió de hombros con indiferencia, pero tenía un brillo de picardía en los ojos y un segundo después se echó a reír. El aire se volvió dulce como un algodón de azúcar de arcoíris espolvoreado con destellos, a juego con la falda escalonada de su tía. Sadie juraría que, si sacara la lengua, saborearía los gránulos de azúcar.

—¿Qué? —preguntó sorprendida.

Al mismo tiempo, Gigi dijo:

—Lo sabía, renacuaja puñetera.

—¡Yo no tengo la culpa! —se quejó Tava.

—¿A quién se la echo entonces? —insistió su madre.

—Odio ser quien diga lo obvio —dijo Seth desde la puerta y Sadie se sobresaltó—, pero probablemente sea culpa de la magia. Quiero decir, ¿no suele ser esa la explicación para todo en esta casa? —Sonrió y ella recordó una de las razones por las que amaba tanto al idiota de su hermano. Daba igual lo que pasara, ya fuera una tontería, un mal de amores o un momento de indecisión: él siempre hacía que todo fuera mejor. Solo por estar ahí.

—¡Mi querido y apuesto sobrino! —exclamó Tava, casi arrullando de alegría.

—Tía Tava, nunca he tenido claro si en realidad eres humana o medio hada. —Seth la abrazó y la besó en la coronilla—. Sinceramente, quién sabe con esta familia. —Abrazó a Gigi y luego la besó. Como si hubiera estado ausente semanas en lugar de horas—. Hermana —dijo y la aludida hizo un ruido a medio camino entre el disgusto y la molestia cuando la besó en la frente, aunque en realidad le encantó—. Quel —añadió, rodeando por los hombros a Raquel con un medio abrazo; así se quedó.

Un golpe en la puerta principal interrumpió los pensamientos de Sadie y el corazón le tartamudeó, preguntándose si era «él». Era demasiado pronto. Tava había dicho «cenar». Se apresuró a alisarse el pelo con las manos, pero entonces oyó la voz alegre y estridente de su tía Kay. Al instante, ella y Seth se miraron a los ojos con silenciosa inquietud y diversión. Las luces de la casa se atenuaron e incluso el fuego se apagó, como si intentara esconderse.

—Ejem… ¡Holaaa! —La susodicha llamó molesta—. ¿Hay alguna razón por la que esta maldita puerta esté cerrada? —Sacudió violentamente el pomo hasta que Sadie lo abrió. No estaba cerrada con llave, solo era la casa gastando su propia broma—. ¡Niñita! —gritó la tía Kay. Tenía las manos llenas de bolsas de regalos y traía una maceta de hiedra. Era más alta que ella. Sus largas piernas se extendían aún más por las botas que llevaba por encima de la rodilla, con tacones de quince centímetros de alto. Llevaba el pelo recogido en un moño despeinado y las muñecas tintineaban con lo que parecía una joyería entera mientras la abrazaba con fuerza, apoyando la mejilla sobre su cabeza. Cuando finalmente se separaron, las lágrimas le recorrían las mejillas y la hiedra que sostenía había crecido unos treinta centímetros—. Mi pequeña —susurró en voz baja, plantando en la mejilla de Sadie la palma de la mano. Tenía unas uñas acrílicas largas y de color rojo Ferrari y el kimono que llevaba se mecía sobre su esbelta figura como una cometa al viento. Olía a zapatos nuevos recién sacados de la caja y aquel aroma absorbió el dulce olor a algodón de azúcar de Tava—. ¡Mami! —exclamó a continuación. Cuando cruzó la puerta principal, todas las luces de la casa parpadearon a modo de mueca ante la aguda voz—. Mami —dijo de nuevo cuando entraron a la cocina. Empezó a llorar desconsoladamente cuando vio a Gigi. El reloj de pie volvió a sonar, pero esta vez fue como un grito de auxilio. Si Tava era un maremágnum de felicidad, Kay era un desconcierto absoluto que te dejaba sin aliento.

—Vale, vale —dijo su madre, intentando ocultar su irritación sin éxito—. No hay necesidad de armar tanto escándalo. —Abrazó a su segunda hija mayor y le dio unas palmaditas en la mejilla antes de seguir preparando la comida. Porque familia significaba comida, eso era inevitable—. Todos vosotros, salid de aquí. Sois como un montón de pollos sin cabeza y sé que no vais a dejar de cacarear nunca.

—¿Puedo hacer algo? —preguntó la tía Kay, dando vueltas por la cocina.

Trataba de parecer servicial, pero en realidad solo intentaba robar los tomates que estaba cortando su madre.

—¡Para! —Gigi le apartó la mano de un golpe.

—Qué hermosos girasoles —exclamó Sadie, señalando el ramo en el alféizar de la ventana del fregadero.

—Meh —dijo su abuela, pero le salió un ligero rubor en las mejillas que la hizo sonreír.

Aunque a la casa le gustaba burlarse de Kay, su presencia iluminaba la habitación. Su magia radicaba en hacer que todos los que la rodeaban se sintieran queridos. Que te rascara la espalda con sus uñas era mejor que un masaje de noventa minutos, porque lo hacía con dedicación y amor. Un cumplido de Kay te lo creías en lugar de ignorarlo o aceptarlo con torpeza, como solían hacer las mujeres.

La magia de Tava era más traviesa. Sadie la veía flotando a su alrededor en corrientes de purpurina arcoíris. Era del tipo que te empujaba a hacer cosas que por normal general no harías, que te hacía sentir que todo era posible. Era simplemente magia de la imaginación, de la que convertía lo ordinario en extraordinario: una cabaña hecha con mantas se transformaba en una guarida de hadas; un atuendo básico de repente te daba confianza en la alfombra roja; y los tés se convertían en insólitos elixires que seguías recordando mucho después de vaciar la taza.

Sadie se rio. El corazón le burbujeaba en el pecho como el agua con gas. La lluvia había parado y el sol de la tarde se colaba por las ventanas. Las gotas de agua que quedaban en los cristales refractaban la luz dorada y proyectaban pequeños arcoíris sobre la encimera. Seth le dio un golpe amistoso en el hombro mientras caminaban hacia el salón.

El día tocaba a su fin. Arreglaron la habitación de invitados e inflaron colchones de aire.

—Vamos a necesitar más café —dijo Gigi mientras Tava se servía la última taza.

El bullicio en la casa seguía creciendo y Sadie intentaba abrirse camino entre sus tías. Cuando fue a ayudar a su abuela a doblar las mantas recién lavadas, Tava ya estaba allí. Cuando fue a sentarse en el taburete junto a la encimera, Kay ya estaba allí, bebiendo café con hielo. Se sentía un poco perdida en su propia casa.

Al acercarse la noche, dio un suspiro de alivio. Al menos en la cocina estaría a salvo.

—¿Qué hay de cena? —Sadie le preguntó a Gigi cuando finalmente se quedaron solas. Su abuela respiró hondo, dejó de picar los tomates y se apoyó en la encimera.

—Lasaña, pan de ajo y ensalada —contestó con tono natural, como si no hubiera otra cosa que servir en una reunión familiar improvisada—. Y agradecería que dejarais de armar tanto escándalo. —Usó el dorso de la mano para secarse la frente.

—No es probable que pase —respondió Sadie, cogiendo el vinagre balsámico infusionado con granada y el aceite de oliva de fabricación local para preparar el aderezo de la ensalada. Añadió una pizca de hierbas provenzales, un poco de mostaza y una cucharada de miel de naranja.

—Pásame la mantequilla, ¿quieres? —le pidió Gigi al tiempo que colocaba rebanadas de pan de masa madre en una bandeja para hornear.

Cuando Sadie la sacó del frigorífico, se le ablandó en las manos.

—Lo siento —dijo con un suspiro.

—¿Qué pasa, cariño?

—Supongo que no…, quiero decir…, que me cuesta acostumbrarme a que estén todos aquí. Hay mucho ruido. Cambios, ya sabes. —Se encogió de hombros.

—Eres más firme en tus costumbres que yo —observó Gigi—. No es bueno para alguien joven como tú. Ahora ve a buscar lechuga para la ensalada, señorita. Y llévate a estos malditos perros antes de que los pise.

Bambi y Abby, ambos a sus pies esperando las sobras, lloriquearon.

Sadie encogió los dedos de los pies cuando pisó descalza la grava fría y aún húmeda del jardín. Llevaba una cesta colgada del brazo para recoger las lechugas y los perros danzaban alrededor de sus talones. Oía a sus tías parloteando en el interior y el olor a ajo flotaba a través de la puerta mosquitera. Cerró los ojos, con la cesta medio llena de cogollos, y levantó la cabeza hacia el cielo. Tierra fresca y húmeda, manos frías y la promesa de una cena caliente…

—No sé si estás rezando o quedándote dormida de pie. —La voz llegó desde la valla y Sadie abrió los ojos de golpe. Él tenía el pelo húmedo y a ella le llegó el olor desde donde estaba. Jabón de cedro y un toque de pimienta. Llevaba una botella de vino en cada mano y lucía una sonrisa que le hizo cosquillas en la caja torácica—. Tenemos que hablar —añadió.

—¿Del hecho de que me espías?

—¿Sabes que en la ciudad vivía en un apartamento con paredes finas como el papel? Oía a las familias de ambos lados. Sus movidas. Cuando el niño volvía a casa después del toque de queda. Cuando el marido se quedaba por ahí bebiendo hasta muy tarde. Era como una telenovela en exclusiva que no podía apagar. Me hizo pensar en ti.

—¿Me estás llamando dramática? —preguntó ella, alzando las cejas.

—No si mi vida está en peligro —dijo con seriedad fingida—. Pero recuerdo que siempre escuchabas a la gente y me contabas sus secretos.

—No me acordaba de eso. —Sadie sonrió—. Nunca he sabido dónde estaba el límite. Siempre he sido curiosa. ¿Y cómo es vivir en la gran ciudad?

—Lo odiarías —dijo, sonriendo, y luego procedió a contarle historias antes de hacerle preguntas sobre qué cosas habían cambiado desde que se fue. Mientras hablaban, Sadie sintió que bajaba la guardia. Jake era mucho más que el chico del que se había enamorado hacía tanto tiempo. Era una constelación de recuerdos y nuevas revelaciones. Un hombre que la miraba a los ojos cuando hablaba y que no solo la escuchaba, sino que lo hacía de verdad. Y por eso se sintió cómoda para seguir hablando. Él se estaba riendo de su anécdota de las ancianas con pantalones deportivos de neón, que siempre intentaban emparejarla con alguno de sus nietos, cuando se oyó un grito en el interior de la casa.

—¿Qué demonios pasa? —preguntó, alarmado.

—Creo que otra de mis tías está aquí —dijo Sadie—. Definitivamente, vamos a necesitarlas —añadió, dirigiendo la mirada a las botellas de vino que él llevaba en las manos—. Y tal vez unas cuantas más.

Jake la siguió hasta el interior. Ella notaba cómo crecía la tensión a medida que él se acercaba, reduciendo el espacio entre ellos. Una vez dentro, recordó que le había dicho que tenían que hablar, pero ese pensamiento fue interrumpido por otro grito.

—¡Annie, Annie, Anne! —chilló Kay.

Y allí estaba ella, la tía Anne, asfixiada por el abrazo de su hermana. Sadie notó que la casa le daba la bienvenida. Las puertas parecían brillar, como si le rogaran que las atravesara. Y, por encima del olor a ajo de la cocina, ella detectó un ligero matiz de gardenia que parecía seguir a su tía dondequiera que fuera. Los armarios de la cocina vibraban, pidiéndole a Anne que los usara, conscientes de que ella era la única, además de Gigi y Sadie, que les haría justicia.

—¿Sabes lo que pareces con esos tacones? —fueron las primeras palabras que le salieron de la boca.

—¡Ay! ¡Cállate! —protestó Kay mientras Tava se reía y todas las hermanas se abrazaban.

Anne tenía exactamente la altura media entre Tava y Kay; un pelo más recto que un palo que se negaba a rizarse hiciera lo que hiciera, y una sucesión de expresiones serias en su estrecho rostro. Era baja y delgada en comparación con la alta y esbelta Kay, pero ambas tenían hermosos pómulos afilados y nariz delgada, como en los cuadros antiguos.

—¡Venga, en serio! ¿Quién ha dejado entrar a la hija del lechero? —Anne se burló de Kay y luego abrazó a Seth—. Sabemos que es cierto. Mamá no lo admitirá, pero en realidad no se parece al resto de nosotras y además es una maldita amazona. ¡Es que mirad lo alta que es!

—¡Anne! —gritó Kay indignada, aunque todos sabían que a ella en el fondo le encantaba.

—Te voy a pedir un kit de ADN para Navidad y así salimos de dudas, ¿vale? —dijo aquella, incapaz de mantener la cara seria mientras abrazaba fuerte a Sadie.

—¡Mami! —gritó Kay mientras entraba en la cocina dando pisotones—. ¡Anne se está burlando de mí otra vez!

—¡Es que lo pones muy fácil! —La susodicha sonrió a Sadie mientras la agarraba del brazo desde cierta distancia—. Te ves hermosa, como siempre.

—¿Dónde está el tío Steven? —preguntó ella.

—En Sudáfrica, abriendo otro taller. Debería estar de vuelta en unas semanas. Y los chicos querían estar aquí, pero Emily acaba de tener un bebé y los hijos de John están en la universidad. —Abrazó a Seth y a Raquel, le presentaron de nuevo a Jake y, acto seguido, empezó a hablarle sin parar durante los siguientes diez minutos sobre sus padres y la casa de Rock Creek y le hizo ocho mil preguntas, pero le dejó responder solamente a la mitad. La magia de Anne era decidida, como ella. Cuando había que hacer algo, era no solo la general que daba órdenes, sino que también estaba en primera línea, manchándose las manos y asegurándose de que la misión se llevaba a cabo sin incidencias. Eso también implicaba que el cerebro siempre le fuera a ciento sesenta kilómetros por hora, por lo que se adelantaba todo el rato a la siguiente pregunta o misión.

—Bueno —dijo Anne abruptamente, interrumpiendo a Jake justo cuando estaba a punto de responder—, será mejor que vaya a ayudar a mamá. Solo Dios sabe qué está pasando ahí dentro.

Él miró a Sadie con las cejas arqueadas y ella se rio.

—La tía Anne es famosa por sus palizas verbales —le explicó Seth.

—No pasa nada. Entonces ¿dónde has estado, tío? —le preguntó.

—Nada, ya sabes, de parranda —respondió el aludido.

—Voy a por vino —anunció Sadie—. Para todos, supongo. —Asintieron y Raquel la siguió hasta la cocina.

—Adoro a tu familia —dijo suspirando.

—¿Cambiamos? —bromeó ella.

—Sí, claro. ¿Crees que podrías sobrevivir a las reglas de los Rodriguez? Ya te digo que no. ¿Por qué crees que siempre quería venir aquí cuando éramos niñas?

—Si fueras como las chicas del instituto que fingían interés en mí, diría que por mi hermano —concluyó Sadie riéndose.

—Bueno, por él también —respondió Raquel a la ligera y ella, por una vez, no supo si estaba de broma o no.

Kay y Tava estaban sentadas ante la encimera mientras Gigi y Anne se movían como en un baile ensayado. La primera le pasó a la segunda el rallador de queso justo antes de que lo alcanzara y esta retiró la sartén del fuego para que aquella encendiera el quemador. A Sadie le recordó cuando ella y su abuela cocinaban juntas y de repente se dio cuenta de que no lo habían hecho desde hacía tiempo. Se habían acostumbrado tanto a estar solo ellas dos que no armaban grandes líos para cenar. Normalmente era ella la que improvisaba algo rápido después de un día largo en la cafetería.

Mientras Sadie llenaba las copas de vino, se oyeron dos golpes contra la ventana del jardín trasero. Era el melocotonero, que quería unirse a la diversión. Con las manos ocupadas, miró a Raquel y señaló con la cabeza las dos últimas copas de vino. La chica las cogió y regresaron a la sala de estar.

—Por la familia —dijo esta y todos brindaron.

—Ahora solo faltan el tío Brian y la tía Suzy —señaló Sadie después de dar un trago largo.

—Me alegro mucho de que Brian se haya casado con esa mujer. La mejor incorporación a esta familia que cualquiera podría haber pedido —dijo Anne.

—Y nuestra madre —dijo Seth a la ligera, aunque había frialdad—. Pero supongo que, como lleva tanto tiempo ausente, ya no cuenta como «faltar».

—Seth —dijo Sadie en tono de advertencia.

—Sadie —se burló él en el mismo tono.

—No empecéis —dijo Raquel, interrumpiendo el concurso de miradas de los gemelos.

—Vale, vale. —Él se rio—. ¿Ves? Ella me conviene. Me pone en mi sitio. ¿Tregua, hermana?

Lo habitual en ella habría sido discutir la respuesta, pero entonces sintió la mano de Jake en la parte baja de la espalda y el calor de la palma hizo que la piel le hormigueara bajo la camisa. Asintió con la cabeza.

—Tregua —respondió ella con voz ronca. Observó a Raquel y Seth dirigirse a la cocina, pensando en lo extraña que resultaba tanta sincronía. Suspiró. Podría dejar de lado el rencor durante una noche. Y entonces volvió a ser consciente de que la mano de Jake seguía en su espalda. La casa parecía suspirar satisfecha y el tocadiscos en la esquina puso a Nat King Cole por sí solo.

—Escucha —dijo él—, de verdad, necesito hablar contigo.

Ella bebió otro trago de vino. Se giró hacia él. Iba a decir algo, pero se le olvidó.

Se miraron. El espacio entre ellos se calentó.

Jake clavó los ojos en los de ella y abrió la boca para decir algo, pero la cerró de nuevo.

En ese momento, un golpe en la puerta principal y Sadie, al alejarse de él, casi derramó su vino. Se aclaró la garganta. Se sonrojó. Las luces parpadearon y el reloj de pie sonó con fuerza, aunque solo eran las 17.42.

—Voy a ver quién es —dijo con voz ronca.

El tío Brian estaba en el umbral, con una sonrisa que siempre sintió que reservaba solo para ella. Era bajo, fornido, calvo y guapo, al estilo de Bruce Willis. Tenía las manos siempre sucias, callosas y cubiertas de grasa del taller mecánico que dirigía junto a su esposa, Suzy, que llevaba tanto tiempo en la familia que Sadie no recordaba un momento sin ella. Levantó una bolsa de la compra.

—¿Margaritas? —preguntó.

—¡Dios te bendiga! —Se rio, apretándolo con fuerza, y luego sonrió a la tía Suzy, que llevaba un cuenco tapado que ella sabía que estaba lleno de su pasta al pesto favorita. Había intentado replicarlo en infinidad de ocasiones, pero nunca le salía bien. Le había pedido a su tía que escribiera la receta, pero ni con esas. Su naturaleza obsesivo-compulsiva la hizo pasar medio verano probando diferentes variaciones antes de darse definitivamente por vencida.

Cuando el tío Brian entró en la casa, varios objetos zumbaron como si lo estuvieran llamando. Las bombillas fundidas que Sadie siempre olvidaba cambiar, los tornillos que había que apretar y, si se esforzaba, incluso oiría su viejo Subaru lloriqueando y reclamando atención. La magia de Brian siempre le había parecido fascinante, porque la sentía como un superpoder: sabía reparar todo lo que necesitaba un apaño.

—Hemos llegado hace un rato… —dijo la tía Suzy.

—Pero la tira de luces del camino de entrada tenía un tramo fundido, así que la he arreglado —finalizó el tío Brian.

—Tenía pendiente mirar eso, gracias —dijo Sadie, sin ni siquiera molestarse en preguntar cómo lo había hecho, ya que sabía que su tío siempre llevaba una caja de herramientas en el coche.

El olor a lasaña los llevó a todos a la cocina, donde se produjo otra ronda de llantos y abrazos. El tío Brian se dirigió directamente a la licuadora mientras Suzy descargaba una cesta con calabacines y tomates morados de su jardín. Había tres conversaciones a la vez, acompañadas por los sonidos de Gigi golpeando la tapa de la olla mientras comprobaba el brócoli humeante en el hornillo y el crepitar del queso derritiéndose en el horno. Tava tarareaba mientras Anne se burlaba continuamente de Kay. La matriarca iba dando golpes en las manos mientras refunfuñaba, se reía y daba órdenes a «los niños». Se respiraba calidez por las conversaciones y la compañía. Habían pasado de una cena para dos frente al televisor a tener que añadir sillas para las diez personas aglomeradas alrededor de la mesa de la cocina. Todos sonreían y bebían con ganas.

Seth ayudó al tío Brian a traer un tablero del cobertizo para ampliar la mesa, mientras que Jake colocó un banco y sillas adicionales. Sadie y Raquel pusieron la mesa y Suzy ya había empezado a fregar platos. Una ráfaga de calor invadió la habitación cuando la lasaña salió del horno y el pan de ajo terminó de tostarse. Finalmente, Gigi los silenció a todos con su voz de rana toro.

—No era necesario que vinierais —dijo—, pero me alegro de que lo hayáis hecho. Ahora comamos antes de que esta maldita cena se enfríe. Ni siquiera sé si la lasaña estará buena ni si el brócoli será apto para consumo, pero es lo que hay.

Durante los siguientes veinte minutos la conversación se apagó, reemplazada por el tintineo de los cubiertos, el movimiento de platos, el arrastre de sillas y el rellenado de las copas. Podías preparar el plato más delicado con toda la magia del mundo, pero, pensaba Sadie, nada se comparaba con lo mágico que era compartir una comida sencilla con las personas que amas.

Ella estaba sentada al lado de Jake e incluso entre el tumulto de deliciosos aromas de la cena le llegaba su olor. La madera de cedro y el toque de humo de hoguera. Cuando él se sirvió una segunda ración, le rozó el muslo y ninguno de los dos se alejó. Sadie sabía que debería hacerlo. Que debía mantener la distancia. Que su magia era lo único que importaba en ese momento. Y, aun así, disfrutó de ese contacto. Dejó que se extendiera a través de ella hasta que se le acumuló en las entrañas.

—No puedo comer ni un bocado más. —Jake suspiró y se recostó en su silla con las manos en la barriga—. Gigi Marie, como siempre, ha sido la mejor comida que he tomado en mucho tiempo.

—Bueno, espero que hayas guardado sitio para el postre que he preparado. Pero antes supongo que deberíamos hablar del motivo que os ha traído aquí.

Toda la mesa se quedó en silencio a la vez y la burbuja de alegría que había estado creciendo en el estómago de Sadie estalló de repente. La acidez empezó a quemarle el pecho. Kay ya había roto a llorar.

—No tienes que hacer esto, mamá —dijo Anne en voz baja, sin burla.

—Silencio, tesoro. Tengo que hacerlo. Todos vosotros ya lo sabéis. O al menos la mayoría. Me estoy muriendo. —Gigi nunca fue de las que se andaban con rodeos, pero las palabras salieron con tal brusquedad que cortaron el silencio y Sadie sintió las incisiones en el corazón.

Kay dejó escapar un gemido y Tava la hizo callar. Raquel tenía lágrimas silenciosas en el rostro. Seth apretaba la mandíbula con tanta fuerza que la vena de la frente se le hizo visible. Brian empujó la silla hacia atrás como si fuera a marcharse, como si se negara a escucharlo; no podía ser verdad. Pero, cuando vio la mirada de advertencia de su madre, volvió a sentarse.

—La quimio… —comenzó Anne, pero se calló ante la mirada de Gigi.

—Esto va más allá de la medicina moderna. Estaba destinado a ser así y no cambiaría nada. —Se aclaró la garganta.

La casa gimió y se estremeció y el tocadiscos se detuvo. El reloj de pie emitió un largo y lúgubre repique.

—Así pues, lo que vamos a hacer ahora es disfrutar el tiempo que estemos juntos. No quiero lamentos ni ataques de histeria. —Miró intencionadamente a tía Kay—. ¿Me habéis oído?

Todos asintieron. El tío Brian se aclaró la garganta.

—¿Te han hablado de tiempo? —preguntó con la voz áspera como el azúcar mascabado.

—Pues cuando el bueno de Dios quiera llamarme, pero yo diría más pronto que tarde.

Todos lloraban. Jake le estaba apretando el muslo a Sadie por debajo de la mesa con tanta fuerza que supo que le saldría un moretón, pero no quería alejarlo. Al contrario, le agarró la mano como un ancla y la sujetó con firmeza. Las lágrimas de Tava eran de color turquesa. Anne intentaba ser estoica, pero le temblaban los hombros. Raquel tenía el rostro enterrado en el hombro de Seth y él le pasó una mano tranquilizadora por la espalda mientras intentaba retener el llanto.

Entonces, en el silencio, la televisión se encendió por sí sola y la voz de John Wayne se filtró hasta la estancia.

«El valor es estar muerto de miedo y, a pesar de ello, subirse al caballo», decía en aquel momento con su tono característico.

—Siempre he odiado esa maldita película —dijo Gigi con el ceño fruncido.

Se hizo el silencio alrededor de la mesa mientras *Valor de ley* seguía sonando en la sala de estar y luego Tava se echó a reír. Anne se unió un momento después y finalmente todos rieron entre lágrimas. El aire seguía cargado mientras degustaban el pastel de queso y cerezas de Gigi. Todos tenían el corazón roto, pero estaban juntos y esa era la parte bonita de la historia.

Mientras la gente alrededor de la mesa se dispersaba para lavar los platos o dirigirse a la sala de estar, Jake le agarró la mano a Sadie y le dio un suave tirón, señalando la puerta del patio trasero.

Ella tragó saliva, pero lo siguió.

—Así que Gigi…, ¿no? —preguntó una vez que estuvieron en el jardín.

—Sí —gruñó ella, recordándose a sí misma que era su abuela por quien debía preocuparse, no por el espacio entre ellos, que le suplicaba que lo cerrase, ni por la piel de Jake a la luz de la luna, ni por cómo se pasaba inconscientemente la mano por el cabello.

Sintió una punzada en el pecho. Tanto cambio, la familia, la inminente amenaza de muerte y la deuda de vida le estaban provocando palpitaciones en el corazón. Estaba perdiendo el control. Demasiado deprisa. Sentía una constante sensación de ahogo. Pero estar cerca de Jake… de alguna manera la aliviaba. Se preguntó si eso era el amor. La sutil relajación del pecho. Ese préstamo de fuerza cuando más la necesitaba.

—Sé que es un mal momento —dijo él, ahora con la mano en la nuca—, pero realmente hay algo que necesito contarte. No puedo esperar más.

Las palpitaciones comenzaron de nuevo.

El suelo se calentó y el calor se le filtró por las plantas y la recorrió hasta que se volvió tan abrasador que Jake dio un paso atrás, confundido.

«Un día más —se recordó—. Ya tengo casi todo lo que necesito. Las hierbas. El nudo de Isis. Puedo hacer esto. Solo tengo que mantenerlo a raya un poco más».

Las dedaleras cercanas, símbolos de curación, comenzaron a languidecer al unísono. Jake había empezado a hablar, pero ella no escuchaba. El rosa pálido de los pétalos le recordó a la flor del trigo negro del monte Diablo que crecía en la colina Wild Rose, a las afueras de la ciudad. Era la única flor que nunca había logrado cultivar en su jardín. Brotaba solo una vez al año y la mayoría de los botánicos la consideraban extinta. Era un símbolo poderoso del amor. Más que eso, se decía que era la flor que le había dado su magia a Evanora Revelare, su antepasada. ¿Por qué no había pensado en ello hasta ahora?

—Sadie —dijo Jake.

Tenía que conseguir esa flor.

—¿Me estás escuchando? —insistió aquel.

Sería el elemento definitivo de su hechizo para Gigi. Tenía que encontrar a Raquel. Conseguir que la acompañara. Porque no se le ocurriría ir sola a la colina Wild Rose por la noche.

—Lo siento. —Lanzó las palabras por encima del hombro mientras echaba a correr hacia la casa—. ¡Hablamos luego!

Pastel de queso y cerezas

El postre más infalible, fácil y sin horno que existe. Seth me pedía que le hiciera este pastel a prueba de tontos para cualquier ocasión especial que se inventaba. En cambio, a Sadie no le gustaba nada. Creo que esa muchacha tiene algo en contra de la paz. Una o dos raciones de este pastel garantizan el sosiego cuando se avecina trifulca. Perfecto para reuniones familiares.

Ingredientes

1 tarrina (230 g) de queso crema
1 lata (400 g) de leche condensada azucarada
⅓ taza de zumo de limón
1 cucharadita de extracto de vainilla
1 base (23 cm de diámetro) de galletas Graham ya preparada
1 lata (595 g) de relleno de cerezas para tarta

Elaboración

1. En un bol grande, bate el queso crema hasta que quede esponjoso. Añade la leche condensada y bate hasta que quede suave. Agrega el zumo de limón y la vainilla. Luego vierte la mezcla sobre la base de galletas Graham.
2. Cubre y refrigera durante tres horas o hasta que cuaje. Cubre con relleno de cerezas para tarta.

9

Sadie atravesó corriendo la casa y encontró a Raquel en el columpio del porche delantero con Seth apoyado contra la barandilla mientras hablaban.

—Tengo que pedirte un favor —dijo con premura.

—No —soltó su hermano.

—No estoy hablando contigo —contestó ella cortantemente—. Raquel, mi hermosa y maravillosa mejor amiga, ¿te gustaría dar una vuelta en coche?

—¿Adónde? —preguntó, entornando los ojos con sospecha.

—A la colina Wild Rose —respondió Sadie de forma inocente.

—¿Estás loca? —exclamó la otra—. Tú más que nadie sabes que ese lugar está embrujado.

—Sí que lo sabe —intervino Seth—. Lo que me lleva a plantear la pregunta: ¿por qué, hermana?

—Trigo negro del monte Diablo. —La voz le salió entrecortada.

—Venga ya —dijo él, poniendo los ojos en blanco—. ¿En serio?

—¿Debería saber qué es eso? Es que no me siento lo que se dice tranquila con un nombre que lleva la palabra «diablo».

—Es para Gigi. Estoy trabajando en un hechizo para ella. Por el cáncer.

—Y se supone que esa flor es tremendamente poderosa. El origen de nuestra magia —agregó Seth.

—No solo eso —dijo Sadie—. ¿Recuerdas ese incendio de hace unos años? Wild Rose quedó ennegrecida. Y ahora vuelve a ser exuberante.

La flor más poderosa de los Revelare, la vida que renace de la muerte. Es el simbolismo perfecto. Por favor —suplicó a Raquel—. No quiero ir sola, pero lo haré si es necesario.

—Vale, vale, cálmate. Voy contigo —respondió la amiga—. Pero tu hermano también viene.

—¿Yo?

—No, él no —dijo Sadie con una breve risa—. Él no cree en lo que estoy haciendo.

—¿Seth? —exigió Raquel con una ceja arqueada.

—Vale, vale. Yo también voy —repuso después de solo un momento de pausa.

Ella se negó a reconocer que estaba agradecida por su presencia, porque si lo admitía significaría que estaba dando crédito al fantasma. Y ya se sabe que, cuando miras lo oscuro de frente, se vuelve demasiado real.

La colina Wild Rose estaba a veinte minutos de la ciudad. Los tres guardaban silencio en el coche. Todos habían oído las historias. Y sabían también que Gigi les habría prohibido ir, por eso no se lo dijeron a nadie. Sadie pensó distraídamente en Jake. En que él quería decirle algo. Y supo que no quería oír lo que fuera que le estaba costando tanto decirle. No podría contenerlo para siempre, pero un poco más de tiempo no le vendría mal. Era solo otra cosa oscura que no quería mirar de frente.

Wild Rose se alzaba inquietante en la distancia, como la espalda arqueada de un gigante dormido. La ladera estaba rodeada de una arboleda que terminaba de forma abrupta cuando la pendiente empezaba a hacerse más pronunciada. Y en la cima había un roble único e imponente.

—Ya se me ha puesto la piel de gallina. —Raquel se estremeció.

—Son solo leyendas —le dijo su amiga.

—Nunca es solo una leyenda —dijo Seth desde el asiento trasero a lo Revelare.

—Hemos llegado. —Sadie apagó el motor y dejó que el silencio la invadiera.

Ninguno se atrevía a moverse.

Una piedra golpeó una de las puertas del coche y los tres brincaron.

—A la mierda —dijo Seth respirando profundamente—. Vamos. Espero que valga la pena —añadió, dirigiéndose a su hermana.

Sadie tragó saliva y los tres se pusieron en marcha, con linternas y una determinación que no parecía muy férrea.

—¿Te crees de verdad la historia? —preguntó él en voz baja cuando llegaron al límite del bosque—. ¿Que aquí fue donde Evanora obtuvo su magia? —Su voz era seria y denotaba extrañeza.

—¿Por qué no iba a hacerlo?

Casi lo oyó encogerse de hombros.

—¿Cuál fue exactamente el precio de esa magia? —susurró Raquel.

—Seguro que lo que sea que hace tan inquietante este lugar —respondió Seth.

Una lechuza ululó cerca y la chica se asustó. Él se colocó entre ellas con un cuchillo en la mano.

—¿Qué demonios haces, Seth? Un cuchillo no va a protegerte de lo que hay aquí.

—Más vale prevenir —fue todo lo que dijo.

Mientras atravesaban la espesura de árboles, Sadie empezó a sudar a pesar del aire fresco.

—Guardaos esto en el bolsillo —dijo, entregándoles a cada uno unos cuantos tallos de verbena.

—Venimos en son de paz. —Su hermano dejó escapar una risa tranquila, refiriendo el simbolismo de la flor—. Es un fantasma, Sadie, no un extraterrestre.

—¡Te acuerdas! —dijo ella sorprendida.

—Más de lo que crees, hermana.

Había algo en la quietud de la colina que los hizo apiñarse. Los grillos no cantaban, las ranas guardaban silencio y hasta el viento parecía moverse de puntillas. El olor a pino y a tierra mojada tranquilizó a Sadie, aunque parecía que estaban entrando en otra dimensión.

—Por supuesto, las flores tenían que crecer en la cima de esta maldita colina —resopló Seth a mitad de camino.

Normalmente, ella habría respondido algo. Pero, por primera vez desde que había regresado su hermano, sentía como si nada hubiera cambiado. Parecía un desafío de los que afrontaban cuando eran niños. Como la vez que él la retó a hacer una pintada en el garaje del vecino con lápiz de labios rojo, nada más y nada menos. Sin querer decepcionarlo, se arrastró por el césped, con el pulso latiendo a un ritmo vertiginoso, y dibujó un corazón del tamaño de una moneda de diez centavos en la esquina más alejada antes de volver corriendo. La idea de meterse en líos era menos aterradora que la de no aceptar un desafío. Seth, por supuesto, entró con paso tranquilo, escribió su nombre con letras grandes y lo rodeó con un círculo.

Por fin llegaron a la meseta.

—¿Las estrellas parecen más brillantes desde aquí arriba o solo es cosa mía? —preguntó Raquel.

—Yo, por mi parte, no había visto esa constelación en mi vida —dijo Seth, que había pasado su último año de instituto obsesionado con la astronomía y arrastraba a Sadie cada noche para que mirara por el telescopio, para el que estuvo ahorrando mucho tiempo.

Ella siguió el dedo de su hermano y localizó un cuadrante de estrellas particularmente brillante.

Y fue entonces cuando lo oyeron. Un rugido bajo.

El mismo que había oído en su jardín hacía solo unos días. Nada de palabras. Solo el mismo ruido sordo.

—Sadie, creo que es hora de coger esas flores y largarnos echando leches —dijo Seth.

Sin perder un momento, con el corazón latiendo tan fuerte que le dolía, ella iluminó con su linterna alrededor del roble. Allí estaba el trigo negro, en la base del árbol; los pétalos de color púrpura brillaban como si fueran de otro mundo.

Cuanto más se acercaba al árbol, más fuerte se hacía la presencia y sintió que el pecho se le hundía. Rápidamente arrancó varios tallos y se los guardó en el bolso.

—¿Crees que si arranco algunos de raíz podré cultivarlos en casa? —susurró.

—Eso lo debatimos otro día, ¿vale? —Seth estaba de espaldas al roble explorando la meseta con la mirada. Lo dijo con tono tenso y cortante para enmascarar el miedo.

Un escalofrío se extendió por el suelo y les caló los huesos. La hierba se congeló y se volvió crujiente.

Y entonces la voz habló. La palabra sonó larga y afilada como una espada:

—¡Fuera!

A Sadie se le encogió el estómago y abrió los ojos de par en par del terror. Quería correr, pero el miedo la dejó temblando y con los pies clavados en el suelo helado. Giró la cabeza un milímetro y vio su propio miedo reflejado en el rostro de Raquel: los ojos de par en par y la boca abierta en una perfecta «o». Seth se puso blanco como la muerte mientras sostenía el cuchillo inútil con ambas manos.

Los tres se miraron durante medio segundo antes de echar a correr colina abajo, dando traspiés entre rocas, barro y matorrales de hierba mojada. El frío los perseguía con una furia que les traspasaba la piel y amenazaba con quedarse allí. Sadie resbaló y Raquel la agarró del brazo con fuerza y tiró de ella como pudo mientras se tropezaban entre ellas.

No se detuvieron hasta que las puertas del coche se cerraron de golpe, confinándolos de manera segura en su interior. El único sonido era su respiración agitada. El frío por fin empezó a disiparse.

—Al final, creo que ha ido bien —jadeó Seth después de un minuto.

Sadie no pudo evitarlo y se echó a reír.

Raquel hizo lo mismo y las dos se rieron hasta que las lágrimas les recorrieron las mejillas mientras él negaba con la cabeza en el asiento trasero.

—Qué lunáticas —fue lo único que dijo.

Cuando la adrenalina desapareció, ella empezó a sentir escozor en una pierna y se dio cuenta de que llevaba los vaqueros manchados de sangre viscosa.

Dejaron a Raquel en su casa y, cuando llegaron al porche delantero, Sadie intentó disimular una mueca de dolor.

—¿Qué ocurre? —preguntó Seth.

—Creo que me he arañado la pierna con una rama mientras corríamos.

—Vamos —dijo él, suspirando.

La hizo sentarse a la mesa de la cocina y empezó a rebuscar entre los tarros.

Sadie lo observó sorprendida mientras cogía la lavanda, el incienso y el helicriso y los mezclaba con una cucharada de aceite de coco.

—No soy del todo inútil —dijo cuando le vio el rostro.

—Me sorprende que te acuerdes. —Se subió la pernera del pantalón e hizo una mueca cuando él le untó el ungüento.

—No seas quejica.

—No seas idiota —respondió ella, pero esta vez al modo de las peleas amistosas que siempre habían tenido, no de las discusiones airadas desde que Seth había vuelto a casa.

—¿Y qué viene ahora?

—Mañana voy a hacer el hechizo. Las hierbas estarán listas y ya tengo las flores.

—¿Quieres que te ayude?

—¿Qué? —preguntó Sadie, aunque lo había oído perfectamente.

—Si funciona, no quiero que te lleves todo el mérito. —Se encogió de hombros.

—Claro —dijo ella confundida pero agradecida—. Vamos, a la cama. Lo haremos a primera hora de la mañana.

Era extraño seguirlo escaleras arriba como solía hacer cuando eran más jóvenes. Fue dejando un ligero rastro de polvo gris a cada paso, un polvo fino de los muros de su corazón, que poco a poco comenzaban a desmoronarse.

La casa estaba en silencio a la mañana siguiente cuando Sadie se despertó con el sol.

—He cambiado de opinión —gimió Seth cuando ella intentó despertarlo—. No quiero ayudarte.

—Qué pena —dijo ella, quitándole las mantas—. Nos vemos en el jardín.

El aire fresco le acarició la piel y la despertó por completo. Era la mañana más fría de la estación hasta la fecha y exhaló aire caliente en las manos ahuecadas antes de frotárselas. La emoción la rozó como el azúcar glas. Había llegado el momento. Colocó una colcha vieja en el suelo frío y alineó las hierbas: laurel, hinojo y un diente de ajo. Las espinas de mora trituradas estaban en un pequeño frasco de vidrio y el trigo negro del monte Diablo al lado. El pequeño trozo de ámbar y la barra de selenita brillaban a la luz del amanecer. Y allí, en una bolsa de cuero blanda como la mantequilla, estaba el nudo de Isis. Con forma de anj egipcio pero con los brazos en cruz curvados hacia abajo; simbolizaba la vida y sería el talismán al que vincularía el hechizo.

El crujido de la grava anunció la llegada de Seth.

—Mira esto —se quejó, exhalando una bocanada de aire y señalando el vaho helado que se formó—. Hace mucho frío.

—Te ofreciste voluntario como tributo, ¿recuerdas?

—Sí, bueno, soy un idiota.

—Lo has dicho tú, no yo. Y necesitamos una cosa más —le dijo.

—Déjame adivinar. ¿Lágrimas de dragón? ¿Quizá una pluma de fénix?

—Un huevo.

—¿Un huevo de quimera? ¿Tenemos que ir a Siberia para conseguirlo? He oído que los fantasmas de allí son un poco más amigables.

—Cállate —dijo, pero se rio—. Necesitamos un huevo de cuervo fecundado. La vida que renace de la muerte, ¿te acuerdas? El huevo representa la vida y los cuervos simbolizan la muerte. Y —respiró hondo—, por suerte para nosotros, resulta que hay un nido en ese árbol. —Señaló un roble justo en el límite del bosque.

—Ni de broma.

—Vamos —trató de engatusarlo—. ¡Antes siempre estabas subido a esos árboles!

—Cuando era más joven. Que ya no lo soy. Y tengo los dedos como témpanos de hielo, que, según he oído, no son buenos para agarrarse a las cosas.

—Tú tienes destreza. ¡Yo no! Nunca me dejabas escalarlos cuando éramos niños.

—¿Te has visto caminar? ¿O montar en bicicleta? Por supuesto que no te dejaba escalarlos. Eres una maldita amenaza para la gravedad. Y, por curiosidad, si no me hubiera ofrecido a ayudar, ¿exactamente cómo pensabas bajar ese huevo?

—Ya sabes que la necesidad es la madre de la invención. —Sadie se encogió de hombros, sin querer admitir que no tenía ningún plan. La escalera más alta que tenían en casa no llegaba ni a un tercio de la altura.

Seth suspiró.

—Supongo que la buena noticia es que, si me caigo y me muero, la deuda quedará saldada.

—No seas tan dramático. No te vas a caer. Venga, vamos, tenemos que hacer el hechizo antes de que el sol alcance su punto más alto. —Él la miró—. Y también porque tengo que ir a la cafetería —admitió.

—Ahí está. —Suspiró—. Bueno es saber que la importancia de mi vida se sopesa con la importancia de tu negocio.

—Deja de ser un rancio, bebé grande.

Sadie observó a Seth trepar por el árbol hasta llegar a la rama más baja y empezar a columpiarse. A partir de ahí fue una escalera de juegos de pies y pequeños saltos hasta el tercio superior del roble. Suspiró aliviada cuando enfocó los ojos y lo vio sosteniendo triunfalmente un pequeño huevo verde. Ella nunca se lo diría, pero jamás había tenido la seguridad de que hubiera huevos en aquel nido.

Al final, saltó desde la rama más baja y sonrió a Sadie.

—Vale, ha sido bastante divertido —dijo, limpiándose las manos en los pantalones en un esfuerzo por quitarse un poco de savia. Tenía hojas en el cabello, algunos rasguños en brazos y palmas y luz en los ojos—. Hagámoslo.

Ella se arrodilló sobre la colcha, haciendo un esfuerzo por contener un escalofrío cuando se levantó el viento.

—Venga, nos turnaremos para ir colocando los elementos en el recipiente. Así tendrá el poder de los dos. —A continuación, colocó el ámbar.

—Esto se me hace raro —susurró él, colocando la selenita al lado del ámbar.

Cuando terminaron, Sadie sacó una vela blanca y una caja de cerillas de su bolso. Envolvió la vela con el nudo de Isis. Le temblaban las manos. Tenía que funcionar.

—¿Ahora qué?

—Ahora hay que quemarlo.

Encendió la vela y se la entregó a Seth. Luego encendió una segunda cerilla. La echó en el cuenco, pero se apagó al caer. La siguiente la rodeó con la mano, pero la llama se apagó. Al final, intentó prender directamente el hinojo, pero aun así no se encendía.

—Eso no va a funcionar —dijo su hermano.

Y, con los ojos concentrados en la vela, la sostuvo sobre el cuenco. La llama se separó de la mecha y cayó dentro, se enroscó alrededor de las hierbas y prendió una llama de color verde brillante antes de apagarse por completo.

—¿Cómo has sabido hacer eso? —susurró Sadie.

—No lo sé. Sentí sin más que había que hacerlo así —dijo Seth igualmente sorprendido.

—Me gustaría que me dijeras cuál es tu magia.

—Me gustaría que dejaras de preguntármelo —repuso él, pero la sonrisa le quitó el aguijón a las palabras.

—Cállate y repite conmigo —dijo Sadie con su voz aún tranquila y suave:

Tierra firme, cielo escudo,
llena este nudo con el amor más puro.
Le quitará el dolor el sol de la mañana
y despertará nuevamente renovada.

Se miraron.

—¿Y ya está?

—Y ya está. —Asintió y desenvolvió el nudo de Isis de la vela—. Ahora solo tenemos que hacer que Gigi se lo ponga. Debería aliviarla incluso si no lo lleva encima, pero cuanto más cerca esté de ella, mejor.

—Veinte pavos a que no lo usa —dijo Seth mientras volvían a casa.

—En cualquier caso, gracias —dijo, chocando el hombro con el de él.

Cuando cruzaron la puerta mosquitera, con el nudo de Isis caliente en el bolsillo de Sadie, sus tías Anne y Tava ya estaban en la cocina. La segunda les sirvió a ambos una taza de café.

Ella llevaba tanto tiempo soñando con tener a la familia cerca que había olvidado cómo era cuando vivían todos allí. Era agradable, pero también lo era la soledad de su cocina por las mañanas. Tava se había sentado en su taburete, por lo que Sadie tuvo que ponerse en la mesa de la cocina, pero se levantó de un salto un momento después, cuando entró Gigi, con los perros siguiéndola.

—¿Qué has hecho, pequeña sabandija? —quiso saber la mujer—. Su nieta le tendió el nudo de Isis. Vibraba en la palma—. Solo es prolongar lo inevitable —dijo a la vez que negaba con la cabeza—. Pero lo cierto es que me encuentro mejor.

—¿De verdad? ¿Te encuentras mejor? —preguntó Sadie, con esperanza y orgullo floreciéndole en el pecho.

—No lo entiendes —dijo Gigi, negando de nuevo con la cabeza—. Mi tiempo aquí se acaba. Ahora nada puede detenerlo. Y yo tampoco quiero que eso ocurra. He estado atada a una sombra que me ha perseguido durante años y al final me ha alcanzado. He vivido siempre por vosotros, mis niños, y pienso morir a mi manera. Ahora voy a salir a fumar un cigarrillo.

—Ay, mi muñequita —suspiró Tava cuando Gigi se fue—. Mis pequeños —siguió, tocándole la mejilla a Seth—. Mamá tiene razón. Odio decirlo, pero no funcionará.

—Ya es suficiente, Tava —espetó la tía Anne—. No seas aguafiestas.

—Funcionará —dijo Sadie en voz baja—. Tiene que hacerlo. Sé que ella piensa que ha llegado su hora, pero no es así. Ya se dará cuenta.

—Sade —dijo Seth, pero ella no lo dejó continuar.

—No. Tengo que prepararme para ir a trabajar.

Se lavó la cara y se puso un par de mallas negras, una túnica color burdeos que le llegaba hasta la mitad del muslo y una chaqueta de punto color azafrán con bolsillos grandes y holgados. Se puso ungüento de rosas para que los labios no se le agrietaran y se lo guardó en el bolsillo para más tarde. Tenía el cabello sorprendentemente domable y se lo colocó de manera que le mantuviera las orejas calientes sin necesidad de usar un sombrero que terminaría quitándose.

Se sentó frente al tocador, con el espejo ovalado inclinado hacia el techo, y se ató las botas de trabajo negras y desgastadas. Su habitación, que daba al jardín y tenía vistas a Rock Creek, siempre estaba fría por la mañana y cálida cuando el sol avanzaba hacia la noche. Era la misma que había tenido toda la vida y no había cambiado mucho. Todavía había tapices de colores colgados de la pared y una vieja mecedora verde en un rincón que había pertenecido al abuelo del que casi no se acordaba.

El gran ventanal tenía una zona de lectura integrada con libros apilados al azar en montañas inestables. Era feliz allí. Pero, al mirar a su alrededor, volvió a pensar en los cepillos de dientes. En compartir espacio con alguien. Tenía todo lo que necesitaba. Pero ¿era egoísta querer más? ¿Anhelar algo que quería pero no podía tener?

«No busques problemas», se recordó a sí misma, repitiendo las palabras de Gigi. Se sacudió el pesimismo del futuro y se escabulló por la puerta principal antes de que alguna tía suya la abordara.

Gail ya había abierto la cafetería cuando Sadie llegó. Se puso a trabajar en la cocina, entregándose a la rutina para detener así todos los pensamientos sobre su abuela, Jake, el hechizo, la maldición y su familia. Cucharada a cucharada, añadió mantequilla a la masa del babka, una de las pocas recetas para las que usaba una batidora eléctrica. La masa enriquecida no era apta para los enfermos del corazón. El gancho de la máquina la atrapó con suavidad, estirándola una y otra vez, y no pudo evitar pensar que se parecía a cómo se sentía ella. Como un emplasto grande, blandengue y enmarañado.

Cuando Gigi entró, tenía color en las mejillas y se mostró tan ajetreada que Sadie no pudo evitar que la esperanza arraigara en su corazón. No tenía que preocuparse por Seth, ni por la deuda de vida, ni por quién sería el conducto. Al menos, aún no. Su abuela estaría bien.

Atendió a clientes y se abstrajo en los movimientos. Mantuvo su sonrisa relajada en todo momento, tanto que casi parecía real. El aire estaba perfumado con el olor rico y mantecoso del caramelo y la campana de la puerta siguió anunciando a los clientes del mediodía.

Cuando las prisas terminaron, se permitió pensar en Jake. Se sentía un poco culpable por haberse escapado la noche anterior justo cuando él necesitaba hablar, aunque en realidad Sadie no quería escuchar lo que él tenía que decir. Así que envolvió una porción generosa de babka para llevársela y el estómago se le hizo nudos como los del propio pan ante la idea de conducir hasta Rock Creek por primera vez en más de diez años. El hecho de alejarse tanto de su zona de confort era una muestra de su necesidad de obrar bien. Gigi le había enseñado tiempo atrás que, cuando uno sabe lo que tiene que hacer, lo mejor es seguir adelante. Tal vez las nueces, símbolo de claridad y acumulación de energía para los nuevos comienzos, fueran exactamente lo que Jake necesitaba.

«O tal vez son lo que tú necesitas», le susurró una vocecita en la cabeza.

Ella la ignoró.

El susodicho estaba sentado en una mecedora vieja y harapienta en el deteriorado y descuidado porche delantero, con una cerveza en la mano. Se levantó de un salto cuando vio que el Subaru de Sadie se detenía.

—¿Todo bien? —preguntó antes de que ella estuviera del todo fuera del coche—. ¿Es por Gigi Marie?

—Está bien. —Amplió la sonrisa—. Muy bien, la verdad.

Miró hacia la casa. La pintura estaba descascarada. El tejado necesitaba reparación. Si el exterior se veía tan mal, no podía imaginar cómo estaría el interior. Pensó en posibilidades. En caminar por los pasillos de la ferretería con Jake, escoger muestras de pintura y tiradores de cajones.

—Es una «joyita» —dijo con ironía, viéndola observar la casa.

—¿Por qué la compraste?

—¿Qué haces aquí, Sade?

—Se supone que eso debería preguntarlo yo —respondió ella al ver que él había esquivado la cuestión, pero sin interés en ahondar en ella todavía—. He traído pan babka —añadió, sosteniendo la generosa porción, que era básicamente la mitad de la pieza, antes de acercarse y colocarla en la barandilla.

—Mi heroína —dijo, mirándola.

«Céntrate», se reprendió.

En vez de eso, dio un paso adelante.

Gigi había mejorado. Ella y Seth estaban casi reconciliados. Había plantado cara a la misma muerte. Las maldiciones podían romperse. Tal vez, solo tal vez…, había espacio para Jake en su corazón.

Él no se movió, pero su rostro denotaba conflicto.

—Sadie —dijo con la voz tensa.

—Tengo preguntas —susurró ella—. Pero no quiero hacerlas todavía. Solo quédate aquí conmigo.

Y entonces, sin que él pudiera evitarlo, le rodeó la cintura y se la acercó tanto que ella sintió el corazón de él latiendo contra el pecho. Jake la abrazó con fuerza y a ella le recordó a aquel caluroso día de verano. Entonces el suelo le quemó los pies descalzos, pero no le importó. Jake la abrazó sin soltarla. En ese momento, Sadie aún no sabía que al día siguiente él se iría para siempre. Y ahora, rodeada por sus brazos de nuevo, sintió otro tipo de adiós.

Su aliento le hizo cosquillas en la oreja cuando habló y le provocó un escalofrío en los brazos. Ella se acercó aún más, presionando cada curva contra su cuerpo, y ardió de deseo.

—Me das miedo —susurró él—. Siempre has sido tú quien me ha supuesto un desafío. —Le apretó con más fuerza la cintura con una mano mientras deslizaba la otra por la espalda. Ella sintió su barba incipiente erizada y cautivadora contra la mandíbula. Quería volver la cabeza y hacer que sus labios se encontraran—. No tienes ni idea de lo mucho que deseo esto —siguió y le hundió los dedos en la piel, acercándola aún más.

A Sadie se le encogió el estómago y el calor se expandió hasta el pecho.

—Alguna idea sí que tengo —le susurró ella mientras deslizaba las manos por los brazos de él para luego volverlas a subir. Inclinó la cabeza para mirarlo y Jake le sostuvo el rostro entre las manos como si fuera un bien precioso. Le rozó con el pulgar el labio inferior. Sin pensarlo, lo capturó con los dientes, lo mordió suavemente y pasó la lengua por él.

A Sadie se le escapó un pequeño gemido ante la tortura.

—Quiero estar a la altura de tus expectativas —respiró hondo— y eso significa que tengo que ser honesto. —Empezó a alejarse.

—A la mierda la honestidad —respondió ella. El corazón le latía acelerado mientras se abría paso con las manos bajo la camisa de Jake. Su piel aterciopelada y cálida contra la de ella… Lo deseaba en ese instante. Lo necesitaba. Moverse sobre él. Sentir sus palmas callosas acariciándole el vientre y la parte interna de los muslos. Se arqueó, cerrando los ojos.

—Maldita sea, Sadie —se quejó él con voz baja y áspera—. Estás haciendo esto imposible. Necesito decirte algo —murmuró contra el cabello antes de retroceder y mirarla a los ojos, con sus manos cálidas apoyadas sobre los hombros de ella, como si se estuviera estabilizando.

—¿Qué? —Sadie respiraba entrecortadamente; no podía apartar la mirada de sus labios.

—Estoy comprometido.

Ella le clavó la mirada y la incredulidad apagó la llama del deseo.

Imposible.

El calor del estómago se enfrió hasta convertirse en hielo. Lo que fuera que hubiera estado esperando era todo menos eso.

—¿Para casarte?

—¿Qué otro tipo de compromiso hay?

Eso no podía estar sucediendo. Otra vez no. Ella lo empujó con fuerza y él le soltó los hombros.

—Intenté decírtelo —dijo con un tono de voz agónico.

—¿Que lo intentaste? ¿Qué es lo que intentaste? Es bastante simple, Jake —escupió—. Dos palabras. ¡Dos palabras que podrías haber dicho en cualquier momento! —Pero, mientras gritaba, recordó todas las veces que él le había dicho que necesitaba decirle algo. Y en cada ocasión había esquivado el momento porque sabía que era algo que no le gustaría oír. Sadie se había negado a escuchar como un niño que se tapa los oídos.

—Lo sé. Pero siempre que estaba a punto de hacerlo nos interrumpían. Y luego lo de Gigi. Y yo solo quería un poco más de tiempo. Un poco más de tiempo contigo antes…, bueno, antes de esto.

Sadie tenía el pulso acelerado y un sudor frío le brotaba de la frente.

—¿Hace cuánto? —exigió.

—Unos meses.

—¿Y por qué demonios has vuelto aquí?

Jake se pasó una mano por el pelo.

—¿Alguna vez has estado en un momento de tu vida en el que has sentido que todo iba por fin como se suponía?

—Sí, y luego te fuiste. Y aquí estamos otra vez. Y yo pensando como una idiota que tal vez podríamos tener otra oportunidad. Pero, por supuesto, contigo las cosas nunca son tan simples —dijo.

—Pero la vida no es simple. No es blanco o negro, Sade. Es complicada, dura y dolorosa. Y esas son las cosas que van limando asperezas. Las que hacen que valga la pena vivir.

—Tiene gracia que lo digas tú. Me gustan mucho mis asperezas —contestó furiosa, pero no estaba segura de creer lo que acababa de decir. Ya no.

—No te protegen tanto como crees.

Quería decirle que para ella la vida sí era blanco o negro, porque era más fácil cuando no se podía tener todo. Hacía que las cosas encajaran claramente en una categoría o en otra: puedo tenerlo, no puedo tenerlo. No era una consecuencia de la magia, sino de su personalidad y de la forma en que había llegado a entender la vida mientras crecía. Ver las cosas así la hacía luchar con más fiereza por las que sí tenía, porque haría lo que fuera necesario para conservarlas. Y, ahora, aquí estaba él otra vez, escapándosele de las manos. O no. Tal vez ni siquiera había llegado a estar ahí.

—Bethany es… —empezó a decir.

—Bethany —repitió secamente, odiando el sabor del nombre en la lengua.

—Sí, Bethany. Me sentía feliz con ella. O bastante, al menos.

—¿Y qué? ¿Te entró el miedo y pensaste en volver aquí a retorcerme el corazón otra vez? ¡Tú eres el culpable de que tenga problemas de confianza! De que tenga miedo de que todos me dejen. Me rompiste el corazón. Me rompiste a mí.

—¿No crees que yo también me quedé destrozado? Quería volver. Volver a ti. Pero sabía que había cometido un grave error. Y, aun así, eras la única con quien me imaginaba pasando el resto de mi vida. Cuando por fin decidí volver, oí que Randy o algún otro te había propuesto matrimonio.

—Ryan —puntualizó Sadie brevemente.

—¿Y qué se suponía que debía hacer? ¿Volver y estropearlo, como hice con lo nuestro? Debía dejarte ser feliz aunque yo fuera un desgraciado. Y entonces conocí a Bethany. Así que me quedé quieto. Y cuando descubrí que no estabas con Randy…

—Ryan —lo corrigió de nuevo.

—En ese momento, yo…, nosotros…, bueno, descubrimos que estaba embarazada.

Empezó a mirar a todos lados menos a la cara de Sadie.

—Embarazada —repitió ella y los fragmentos de hielo del estómago se le hicieron añicos.

—Tenga las dudas que tenga, debo hacer lo correcto por ella. Crecí en una familia rota y no le haré eso a mi hijo. Pero aún hay más —dijo y ella vio luz florecer en sus ojos.

—Estás emocionado ante la idea de ser padre —susurró y su aliento era tan caliente que salió envuelto en vaho.

—Aterrado, en realidad, pero sí, emocionado también. —Sonó culpable por sentirse así—. He construido parte de mi vida con esta mujer, Sade. Y no quiero abandonarla.

—Entiendo —dijo, y así era, aunque se le revolvió el estómago hasta que se sintió mal. Jake, al lado de Bethany, dando la bienvenida a una nueva vida en el mundo. Era demasiado noble para dejarla.

—Debería habértelo dicho antes, pero estaba intentando olvidar. Y estar contigo de nuevo, cerca de ti, me ha hecho darme cuenta de lo que nunca tendré. Mañanas con sueño dando vueltas en la cocina. Barbacoas de verano. Tocarnos los pies en la cama por la noche solo para sentirte cerca. El derecho a preocuparme por ti. Tenerte. Y quería vivir todo eso un poco más antes de que Bethany llegara. ¿Soy culpable?

—Sí —dijo sin dudarlo—. Te odio. —La forma en que lo dijo sonó a todo lo contrario—. Que estés aquí… lo jode todo. No puedo ni respirar cuando estás cerca. No has cambiado en absoluto. Juegas conmigo y haces que me enamore de ti.

—No puedo obligarte a hacer nada, Sade. Créeme, ya lo he aprendido. Tú y yo somos como fuego y gasolina. Ojalá pudiera volver atrás; créeme, lo deseo. —Se pasó una mano inconscientemente por el pelo—. Solo dime qué quieres que haga. ¿No quieres volver a saber de mí nunca más? Vale. ¿Quieres que no me mude aquí? Hecho. No compraré la maldita casa.

Ambos guardaron silencio.

—¿La amas? —preguntó Sadie en voz baja. No quería oír la respuesta, pero necesitaba saberla. Aunque no cambiaría nada.

Él se quedó en silencio por un momento. Dudó.

—Creo que podría aprender a amarla.

186

El corazón de Sadie sintió pena por él, pero poca.

—¿Por qué no te vuelves a la ciudad? —preguntó.

Jake volvió a sentarse, agarró su cerveza ya caliente y se quedó mirando fijamente la etiqueta.

—Estuve trabajando en una terminal allí. Atendíamos, y seguimos atendiendo, muchas llamadas relacionadas con drogas. Gente con sobredosis o herida en alguna pelea. Nuestros paramédicos intentan curarlos o los llevamos al hospital. Lo que no sabía era que había una guerra territorial entre dos bandas. —Respiró hondo, se reclinó en la silla y bebió un trago largo—. Había niños involucrados. Niños, Sadie. Adictos a las drogas o vendiendo coca, marihuana o metanfetaminas. Una noche recibimos una llamada y era…, bueno, se llamaba Adam. Su madre nos explicó que había sufrido una sobredosis de cocaína. Tenía diez años.

Un ruido surgió involuntariamente desde el fondo de la garganta de ella. Se tapó la boca con la mano.

—Ese chico, no sé por qué, me atrajo. Iba a su casa en mis días libres y ayudaba a su madre. Le busqué un trabajo al otro hijo, Alex, de dieciséis años, para mantenerlo lejos de la banda y de los problemas. Empezaron a venir a la iglesia conmigo. Pero, cuando el marido de Mary salió de la cárcel y se enteró, le dio una paliza. Pensaba que estaba haciendo algo bueno. Que los estaba ayudando —dijo, aclarándose la garganta y mirando al suelo mientras dejaba la botella vacía sobre la mesa entre ellos.

—¿Qué pasó después? —preguntó Sadie en un suave susurro. Quería extender el brazo y tocar el suyo, cogerle la mano, cualquier cosa para tranquilizarlo. Pero conocía a Jake. Debía dejarle terminar la historia o tal vez no lograría acabar de contarla.

—Cuando me presenté en su casa, su esposo, Tony, me dijo que si regresaba mataría a Mary y luego a mí. Siendo sincero, no hay muchas cosas que me asusten. Pero de Tony creí cada palabra que dijo y eso me asustó muchísimo. Así que me mantuve alejado. Fui a ver a Alex al trabajo, pero lo había dejado. Su padre lo había obligado a unirse a la banda. Pensé que lo superaría, ¿sabes? Pero en cierto modo me desplomé.

»El caso es que una noche recibimos una llamada. Había habido disparos en una de las peores zonas de la ciudad. Cuando llegamos —hizo una pausa y se aclaró la garganta nuevamente— vimos que era Alex. Estaba desangrándose en la calle. Antes de morir, me pidió que sacara a su madre de allí. —Jake hablaba deprisa, como si expulsar cuanto antes el recuerdo pudiera de alguna manera liberarlo de él—. En ese momento juré que haría lo que fuera necesario. No podría arreglar lo demás, pero eso sí. Así que compré un coche de segunda mano y, cuando tuve la certeza de que Tony no estaba, le di las llaves y unos cuantos miles de dólares en efectivo para que ella y Adam se alejaran lo más posible.

—¿Lo hicieron? —Sadie preguntó con una rápida inspiración.

—No lo sé. —Se encogió de hombros—. Eso espero. Creo que sí. Era una zona difícil. Había drogas, violencia y prostitución y luego estaba la gente que vivía en el barrio atrapada entre todo aquello porque no tenía la oportunidad de salir. Había gente buena, ¿sabes? Algunos de los incendios en casas eran por culpa de antros de drogas o laboratorios de metanfetamina. Muchas de las llamadas eran increíblemente deprimentes. Cada vez que salíamos, yo miraba por encima del hombro por si aparecía Tony, preguntándome si se habría enterado de que había ayudado a su esposa a escapar.

»Y meter a un niño ahí… A mi hijo… Yo nunca los dejaría ser un daño colateral. Sabía que tenía que dejar la ciudad y estar con Bethany es la única manera de formar parte de la vida del bebé. Ella… Creo que, si la dejara, regresaría a la ciudad en un abrir y cerrar de ojos y me aterroriza que intente apartarme.

—¿Crees que privaría a su hijo de conocer a su padre? —Sadie no sabía por qué preguntaba en realidad. Ya era demasiado tarde para eso.

—Bethany… es genial. Pero, cuando ama a alguien, es como si no pudiera amar a nadie más. Y si le hago daño así… No puedo arriesgarme. Así que, aprovechando mi baja por enfermedad, aquí estoy. Ya no podía soportar estar en la ciudad. No podía soportar el estrés, la angustia y la paranoia de estar siempre pendiente de Tony o de alguien de su banda. —La miró—. Cuando Bethany me preguntó si había algún lugar al que pudiera ir donde me sintiera seguro…, no pensé en Poppy Meadows. Pensé en ti. Siempre has sido mi refugio. La persona a la que podría contarle todo, con la que podría superar cualquier cosa. Una vez empecé a pensar en ti, no pude parar. Creí que podríamos intentarlo de nuevo o al menos ser amigos. Que sería feliz si pudiera estar cerca de ti. Pero en el momento en que te vi de nuevo supe que eso nunca sería suficiente. Sé que no es lo que te mereces. Y lo siento, Sadie. Lo siento. Estoy muy jodido.

Eran las palabras que había estado deseando escuchar. Esas que su corazón había anhelado oír durante una década. Él le había dado la vulnerabilidad que buscaba. Había forjado un nuevo vínculo entre los dos. Y había sido en vano.

Se preguntó si él la amaba. Pero ¿acaso importaba? Cuando Jake decidía algo, no había nada ni nadie que pudiera hacerle cambiar de opinión.

—Tengo que irme —fue la respuesta de ella. Necesitaba alejarse. Distanciarse de él.

—Sadie —dijo y se le quebró la voz. Pero, cuando se alejó, no la detuvo.

En el corto trayecto a casa, el volante estaba más frío que un glaciar. Pensó en llorar, pero parecía que las lágrimas se habían congelado en su interior. Tenía los hombros tensos y encorvados por el esfuerzo de mantenerse de una pieza.

Al salir del viejo y destartalado Subaru, ya en el camino de entrada, el abrumador aroma a romero triturado la alcanzó y le provocó un escalofrío. Siguió el olor hasta la puerta lateral y casi se desmaya contra un poste. La línea de sal y aceite de poleo, destinada a mantener alejados a los invitados no deseados, estaba desparramada como cenizas.

—¡No, no, no! Esto no puede estar pasando. —Suspiró. Dondequiera que miraba, reinaba la devastación. El jardín estaba destrozado. Las tomateras estaban arrancadas de raíz y las espigas de lavanda parecían aplastadas por una apisonadora. Había hierbas y verduras por todas partes y melocotones magullados esparcidos por todo el jardín, como si el árbol hubiera intentado defender a su familia arrojando su fruta al infiltrado.

Caminó por las hileras de cultivos antes ordenadas con piernas temblorosas. Era como si el elemento vital del jardín, al verse maltrecho, estuviera absorbiendo la energía de la propia Sadie.

—No pasa nada —dijo, cayendo de rodillas—. Puedo arreglar esto. Lo haré. Volverás a estar bien. —Hundió las manos en el suelo y se llenó las palmas de tierra mientras el pecho se le contraía. Era demasiado.

Intentó respirar profundamente sin éxito. Los vasos sanguíneos se le cerraban en rebelión. La visión se le fue reduciendo y la piel se le entumeció. Con un grito, clavó las uñas en el suelo, se llenó los puños de tierra y luego golpeó el suelo.

Sintió una punzada de inquietud y miró hacia arriba. La misma figura, rodeada por una niebla verde, como algo podrido, flotaba al final del bosque y parecía más sólida que la última vez.

Ni siquiera toda la magia del mundo la había preparado para el miedo que se apoderó de ella, como si se estuviera ahogando en su propio corazón.

Ungüento curativo

Aplica este ungüento a cortes, roces y hematomas menores. Ayuda, y mucho, con la inflamación y la curación y funciona además como anti-infeccioso y antimicrobiano. No me quedó más remedio que perfeccionarlo cuando mis hijos eran pequeños porque eran como elefantes en una cacharrería. Luego, por supuesto, Seth y Sadie fueron más de lo mismo.

Ingredientes

2 cucharadas de aceite de coco
2 gotas de aceite de árbol de té
2 gotas de helicriso
2 gotas de lavanda
2 gotas de incienso
1-2 cucharaditas de bolitas de cera de abejas (opcional; solo hace que el bálsamo sea más firme)
1 envase de 30 ml

Elaboración

I.   Derrite en un cazo al baño maría el aceite de coco y la cera hasta que se fundan.

2. Retira del fuego y deja enfriar durante 1-2 minutos antes de agregar los aceites.

3. Vierte en el envase y luego refrigera para solidificar. Aplica según sea necesario. Ayuda a acelerar el tiempo de curación y combate las infecciones.

10

Sadie se refugió en el porche trasero y, tres copas de vino después, todavía no estaba suficientemente anestesiada.

No tuvo el valor de contarle lo del jardín a su abuela, que se había negado a llevar el nudo de Isis. Sadie lo se lo había escondido en su habitación, así al menos estaría cerca de ella mientras dormía. Pero había que ir haciéndose a la idea. Gigi volvía a moverse con lentitud, siempre con una mano en la espalda y una mueca de dolor en el rostro cuando creía que nadie la observaba.

Kay hablaba más alto de lo habitual y Anne lo hacía más rápido que un tren de alta velocidad, llenando cada silencio para no dejar nada por decir antes de que fuera tarde, aunque no fuera importante. El tío Brian se dedicó a arreglar cachivaches por la casa, refunfuñando porque Tava se había apoderado de la mesa con su proyecto de costura. Y Suzy había decidido limpiar y organizar el armario del pasillo. Seth estaba sentado tranquilamente junto a Gigi en el sofá. Y, como siempre, Abby estaba en su regazo y Bambi a sus pies.

El ambiente estaba cargado. Todos dispersados con sus respectivas tareas, creyendo que, si se aferraban a la normalidad un poco más, tal vez su negación frenaría lo inevitable. Y Sadie no soportaba el mal sabor de boca que le dejaba esa actitud.

La puerta mosquitera se abrió con un chirrido y reconoció los pasos de Seth sin darse la vuelta. Este le quitó la copa de vino de la mano mientras se sentaba.

—Menudo manicomio hay ahí dentro —dijo. Ella se limitó a asentir—. ¿Qué pasa?

—Para empezar —dijo Sadie, señalando en dirección al jardín.

Él entrecerró los ojos ante la luz moribunda y dejó escapar un suspiro profundo.

—Mierda.

—Sí. Y no lo sé —dijo, respondiendo a su pregunta antes de que él preguntara quién lo había hecho.

—Vale. ¿Y qué más?

—¿Qué quieres decir con «¿Y qué más?»? ¿No te parece suficiente?

—Dijiste «para empezar».

Ella lo miró de reojo. Seth era su gemelo; no podía ocultarle lo que sentía su corazón al igual que no podía evitar reflejarse en un espejo. Así que respiró hondo y pronunció las palabras que le estaban oprimiendo el pecho como un yunque desde que Jake las había dicho.

—Jake está comprometido.

—¿Para casarse?

—Eso parece —dijo con tono sombrío.

—Maldita sea, hermana, no te dan tregua.

—Pues espera, hay más. Además, está embarazada.

—Tiene todas las papeletas para ser un gilipollas. ¿O me equivoco? ¿Me he perdido algo? Es que no parece propio de Jake.

—Intentó decírmelo. Unas cuantas veces, la verdad, pero seguí…, no sé… Lo evité porque no quería oírlo. De todos modos, da igual. —Se encogió de hombros, cogió la copa y la volvió a llenar antes de beberse la mitad de un solo trago—. El mundo que he estado cultivando con tanto mimo durante los últimos veinte años se está viniendo abajo. Ya no reconozco nada. He pasado tanto tiempo protegiéndome el corazón de la maldición que no hay nada en mi vida excepto Gigi.

—¿Y yo qué soy? ¿Un cero a la izquierda? —preguntó él y ella le dirigió una mirada aguda y desafiante—. ¿Te das cuenta de que tendrás que perdonarme en algún momento?

—No seas estúpido. Ya te he perdonado.

—Vamos a estar bien, hermana —dijo, rodeándole los hombros con el brazo y robándole de nuevo la copa de vino—. Te lo prometo.

Se hizo un silencio incómodo y Sadie sintió la necesidad repentina de sumergir las manos en agua con limón para quitarse la mala suerte.

Entonces lo oyeron. Como si el universo hubiera escuchado su intención y se hubiera reído en su cara. Un ruido sordo seguido de un grito les hizo entrar corriendo a la casa.

Kay estaba histérica. La tía Suzy tenía la cabeza hundida en el hombro del tío Brian. El ambiente era incómodo, recalentado con el peso de tanta preocupación. Anne estaba en el suelo, intentando despertar a Gigi. La visión de su cuerpo pequeño y flácido se le clavó como una flecha en el corazón a Sadie.

Por fin, después de un instante que pareció durar una eternidad, abrió los ojos.

—Me he caído —gruñó.

—Vamos a llevarte al hospital —dijo Seth y ella se preguntó cómo podía su hermano mantener la voz tan tranquila.

—Tonterías —dijo Gigi con tono igual de contrariado que la expresión de su rostro—. Rotundamente no. ¿Qué crees que me van a decir, cariño? —preguntó mientras intentaba ponerse de pie—. ¿Que tengo cáncer? Solo ayúdame a sentarme en el sofá, ¿quieres?

Aunque hizo un esfuerzo por disimular, se le contrajo el rostro del dolor mientras Seth la llevaba a la sala de estar.

—¡Mami! —gritó Kay, dejándose caer de rodillas en el suelo y agarrándole la mano.

—Ya es suficiente —dijo Gigi con voz condescendiente—. Necesito hablar con mis nietos. A solas —añadió a la sala en general.

—No me voy a ir de tu lado —argumentó aquella.

—Por supuesto que lo vas a hacer —contestó la mujer, esta vez con tono malhumorado.

—Todo el mundo fuera —dijo Anne, haciéndose cargo como siempre, y obedecieron y se dispersaron.

Sadie todavía estaba junto a la puerta, incapaz de impulsar las piernas hacia delante, hasta que Seth la empujó con suavidad.

—Mi hora está cerca. Y creo que será pronto —dijo Gigi.

—El nudo de Isis —dijo la nieta entrecortadamente.

—Te dije que esa maldita cosa no iba a funcionar. —Se volvió hacia su nieta—. Sadie, he hecho hechizos y rituales que tendréis que asumir cuando me haya ido. Sabes que Julian está enterrado en los terrenos de

Old Bailer. Ahora esa propiedad ya no está a nuestro nombre. Pasó al estado después de que el edificio se considerara monumento histórico. Pero nuestra sangre todavía está en aquella tierra y por eso le dimos sepultura allí. Evanora ha mantenido su espíritu a raya, pero cada año, el día de su muerte, hay que poner sal en el perímetro de su tumba para mantenerlo donde pertenece. Escribe su nombre en un papel y quémalo con la llama de una vela negra, diciendo las palabras que te enseñé hace mucho tiempo. Ya sabes cuáles. Asegúrate de que la cuerda de la campana junto a la puerta principal se cambie el mismo día.

Ella asintió aturdida.

—Ahora tú, pequeño mequetrefe —dijo, volviéndose para mirar a Seth—, mi niño perdido. Sabía que volverías. Te equivocas al no usar tu magia. Cuanto más intentes apagarla, más te consumirá. No puedes huir de quien eres. Estás destinado a ser una luz guía, pero tienes que dejar que tu hermana te ayude. No seas tan orgulloso, ¿comprendes?

Él también asintió, pero la expresión de su rostro demostró a Sadie que estaba haciendo un esfuerzo por no venirse abajo.

—En cuanto a la deuda de vida, tenéis hasta la primera luna llena después de que yo me haya ido para satisfacer el pago, o las fuerzas de la magia reclamarán lo que se debe de una vez por todas, ¿me oís?

—¿Pero cómo…? —comenzó Sadie, incapaz de encontrar siquiera las palabras adecuadas para hacer una pregunta cuya respuesta probablemente ya sabía.

—Tiene que haber un hechizo o algo así, ¿verdad? —preguntó Seth.

—Solo el mismo que yo usé. —Gigi sonrió con tristeza.

—Podríamos… —comenzó él, pero su hermana lo interrumpió.

—¿Y dictar una sentencia de muerte para otra persona? Por supuesto que no. Este problema es nuestro. Lo arreglaremos.

—Ahora, por último, vuestra madre. —Las mejillas se le pusieron coloradas mientras se llevaba el dorso de la mano a la boca—. No sé cuándo volverá, pero lo hará. Cuando yo muera, ella será libre de regresar. Su magia… —Gigi hizo una pausa y en sus ojos se vio que viajaba a recuerdos del pasado—, su magia no es como la nuestra. Tened cuidado con eso, pero dadle una oportunidad. Sadie, dásela, hazlo por mí. Se fue por un error mío. Intenta no culparla. Y Seth, ella te atraerá. Procura no perderte.

Recuerda que eres el único que puede definir quién eres. Y tú, Sadie, cuida de tu hermano. Prométemelo —dijo de nuevo con voz urgente.

—Lo prometo por el limonero y por él cumplo mis promesas —recitó ella con firmeza.

Gigi suspiró y asintió, haciendo una mueca mientras se recostaba nuevamente.

—No voy a decir adiós; todavía no. Sin embargo, necesito asegurarme de que todo está en orden. Tengo que hacer las cosas bien. Mi maldición... —sacudió la cabeza, incapaz de terminar, con los ojos llenos de dolor.

Sadie no podía mirar a Seth. Tampoco a Gigi. Sentía que la casa se le venía encima; el destino de su abuela flotaba en el aire como un humo espeso y acre que la asfixió hasta que le resultó imposible respirar.

—Voy a llevarla a la cama —dijo él.

—Tonterías —murmuró la mujer, pero no discutió más.

Sadie se quedó de pie, perdida en su propia sala de estar. Fijó la vista en la escoba rústica que colgaba en la pared principal de la casa. Había que limar las astillas sueltas alrededor del mango y volver a enrollar el cordel. Gigi les había enseñado a ambos a usarla cuando fueron un poco mayores. La luna anaranjada brillaba a través de las cortinas de encaje cuando se levantó y la descolgó de la pared.

—Se empieza siempre por la puerta principal y se barre el polvo hacia dentro —escuchó decir a su hermano desde el final de la escalera, donde estaba apoyado contra la pared con los brazos cruzados y una pequeña sonrisa en los labios.

—Si barres hacia fuera, te desharás de tu suerte. —Sadie acabó la frase con su propia sonrisa triste—. Me acuerdo. A veces yo estaba en la cocina haciendo los deberes y ella se ponía a barrer. Siempre olía a canela. Como ese jabón casero para fregar los platos que hacía. Le ponía canela a todo. Decía que traía aún más suerte a la casa y que sabía que funcionaba porque así lo había hecho siempre, y por eso había llegado a ser nuestra Gigi, lo que la había convertido en la abuela más afortunada de la tierra.

—Es una locura enterarnos ahora de por qué se vio obligada a cuidarnos.

—No creo que ella lo vea así.

—Lo sé, pero sabes a qué me refiero. Quiero decir… —negó con la cabeza—, ni siquiera lo entiendo. No quiero. No quiero ni pensar en eso, porque me parece desleal hacia ella. Hacia Gigi, quiero decir, no… no hacia nuestra madre.

—Yo no sé cómo será cuando no esté aquí. No puedo imaginarlo. Yo solo… —Sadie parpadeó rápidamente, en un esfuerzo por aliviar el escozor de las lágrimas.

—Lo sé. Pero no puedes pasar tus últimos días con ella así. Sé que es difícil, lo sé, pero vamos a intentar mostrarnos felices y a honrarla, a ella y su vida. He visto cómo te miraba. Gigi no te lo dirá, pero yo sí. No dejes que tu dolor sea su carga. Espera hasta que se vaya para llorarla. Ya sabes lo que siempre nos ha dicho: «No hagas tuyos problemas ajenos».

Fue lo más bonito que Seth le había dicho en años. Y por eso supo que lo decía en serio. Aunque le costara reconocerlo, sabía que él tenía razón, como casi siempre. Sería práctica, alegre y feliz aunque eso la matara. Aunque sintiera que trocitos de ella estaban muriendo con Gigi.

Al día siguiente, Anne era la única que estaba despierta cuando Sadie bajó las escaleras, adormilada, siguiendo el aroma del café recién hecho. Había pasado la mitad de la noche reprimiendo las lágrimas y la otra mitad dejándolas fluir. Tenía los ojos hinchados y su cabello era un halo enmarañado que la hacía parecer salida de un cuadro de Botticelli.

Anne, sin mediar palabra, se sirvió una segunda taza de café.

Se sentaron a la barra y su tía seguía insólitamente callada. Por norma general, sus palabras brotaban a la velocidad del pensamiento; su monólogo interno fluía como una conversación constante consigo misma.

—¿Has dormido? —le preguntó Sadie.

—Por supuesto que no —respondió Anne—. De todos modos, nunca duermo.

—Voy al mercado de productores. ¿Te apetece venir? —Sadie se sorprendió a sí misma al preguntar. Generalmente era una de las cosas que le encantaba hacer sola. Examinaba las verduras como si las eligiera para la cena de una cita; charlaba con los dueños de los puestos; dejaba que Jim, el vendedor de patatas, la animara a abrir su propio puesto.

—Desde luego —respondió Anne sin dudarlo—. Necesito salir de esta casa.

El sol todavía estaba frío, la brisa de la mañana susurraba entre las ponderosas como confidencias y secretos que quedaban atrapados en las puntas afiladas de las agujas de pino. Su tía encendió la calefacción y bajó la ventanilla. El calor y el frío le recorrían la piel a Sadie y «Circle», de Joni Mitchell, sonaba a todo volumen en la radio. Sacó la mano por la ventana. El viento se deslizaba suavemente entre sus dedos, golpeándolos como una ola, y sonrió, con la cabeza inclinada hacia el reposacabezas. En ese momento, se sintió feliz. Y darse cuenta le hizo sentirse culpable y le arrebató el momento de alegría con la misma rotundidad con la que el viento se lo arrebató de los dedos, arrastrado por la resaca, hasta que metió la mano de nuevo y la letra de la canción la invadió.

> *We're captive on the carousel of time*
> *We can't return we can only look*
> *Behind from where we came*
> *And go round and round and round*
> *In the circle game.**

Sadie estaba atrapada en el carrusel de la vida. Se agarraba con fuerza al poste trenzado de latón brillante, pero su caballo adornado con cintas solo parecía ir cuesta abajo. Y, aun así, la culpa burbujeaba como azúcar quemado. Otros lo tenían peor. Indigentes y esclavos, sin comida, ni hogar, ni amor o huérfanos de hijos. Y ahí estaba ella, lamentándose por Jake, su hermano y su abuela, la cual había tenido una vida larga y había dado cada gramo de amor que poseía.

—¿En qué estás pensando? —preguntó Anne.

---

* «Estamos cautivos en el carrusel del tiempo. // No podemos regresar, solo podemos mirar // atrás, de donde venimos. // Y dar vueltas y vueltas y vueltas // en el juego del círculo». *(N. de la T.)*

—¿Crees que tenemos derecho a sentir dolor cuando tantos otros están peor que nosotros?

—No creo que el dolor sea una competición —respondió su tía sin dudarlo—. Cada uno lleva su cruz. No se puede comparar la pena. Cualquiera que sea la causa, es válida. Y es lo único que importa. Es lícito sentir —añadió, como si fuera consciente de la lucha interna de Sadie.

—A veces pienso que, si me permitiera sentir de verdad me quedaría atrapada para siempre. No podría volver a doblar y guardar.

—Se supone que no deberías hacerlo, cariño. Eres como un volcán. Un día de estos vas a estallar. ¿Tienen joyas en este mercado? Me encantaría encontrar algo para Emily. Ya conoces a tu prima y su amor por la joyería.

Sadie se rio entre dientes. Anne nunca podía dedicarle demasiado tiempo a una misma cosa. Iba en contra de su naturaleza.

Deambularon por el mercado. Le fue presentando a su tía a todo el mundo y ella les contaba anécdotas de su vida, cambiando de tema tan rápido que los interlocutores acababan con lesión cervical tras el encuentro. El aire estaba lleno de olor a tomates maduros y flores frescas.

Cuando llegaron a la mitad de los puestos, iban con los brazos cargados de bolsas de tela llenas de verduras y frutas que Sadie no cultivaba en el jardín. Pero también llevaban otras bolsas con cosas que ella nunca habría comprado y sobre las que Anne se abalanzó. Jabones con aroma a lavanda y tarros de cristal llenos de miel local de color ámbar tan fresca que todavía tenía trozos de colmena. Compró un cenicero pintado a mano para Gigi y una botella de vinagre balsámico de granada para Brian. Y, aunque Sadie intentó convencerla de que no lo hiciera, le compró un bonsái a Seth. Para ella eligió una casita de madera para pájaros tallada a mano para colocarla en el jardín. Y encontró un colgante de piedra lunar para Emily.

—Vamos a necesitar una carreta si compras algo más —dijo la sobrina con fingida severidad.

—¿Venden carretas aquí? —preguntó Anne sin ninguna ironía.

Y entonces lo vio. Allí estaba Jake.

De pie, en el puesto de Jim, examinando patatas. Y a su lado, una mujer de la que brotaba una intensa y sorprendente belleza: Bethany.

Sadie se había imaginado que se le notaría el embarazo, pero tenía el cuerpo delgado y atlético, sin ningún bulto visible. Por supuesto, tenía que ser perfecta. Su melena era una cortina espesa y lustrosa, negra como una noche de cielo sin luna, que se meció cuando la mujer levantó sus ojos oscuros hacia Jake. Y, cuando este le devolvió la mirada, volvió a subirla raudo, como si hubiera advertido la presencia de Sadie.

Ella quiso darse la vuelta y salir corriendo. El miedo que se le acumulaba en el estómago se volvió amargo y la bilis del fondo de la garganta le supo alarmantemente a celos.

Y entonces le vino a la memoria algo que Gigi solía decir. Las palabras que le susurraba de niña, cuando caminaban por la acera y las madres llevaban a sus hijos corriendo al otro lado de la calle. Las palabras que se desplegaban alrededor de Sadie como una membrana de protección cuando Seth le rogaba que usara su magia para hacerlos normales mientras le apretaba la mano con firmeza en la oscuridad bajo una luna con forma del blanco de la uña.

«Tú sabes quién eres. Nunca dejes que nada ni nadie te transforme en algo diferente. No dejes que esos idiotas te digan qué hacer ni cómo vivir tu vida». Y entonces sonrió mientras Bethany seguía la mirada de Jake. Podría haber dado media vuelta y huir. En cambio, desplegó su plumaje e hizo lo que tocaba.

—¡Jake! —Sadie lo llamó con una sonrisa tan amplia que pensó que iba destrozarle la cara—. Y tú debes de ser Bethany. Esta es Anne, mi tía. Está de visita. —Si dejaba un momento de silencio, podría quebrarse. Gracias a Dios, la susodicha hablaba por los codos y pareció sentir la angustia de su sobrina. Los siguientes minutos se llenaron con las preguntas de Anne y las respuestas de Bethany y ella hizo todo lo que pudo para no mirar a Jake, aunque tenía la certeza de que él la estaba mirando.

—¿Qué te parece la vida en un pueblo pequeño hasta ahora? —preguntó su tía.

—Solo estoy de visita mientras decidimos algunas cosas. Pero es mucho… más pequeño de lo que esperaba —dijo Bethany con cuidado.

—Nunca se han dicho palabras más verdaderas —dijo Sadie con una risa ligera—. Felicidades, por cierto. Estás radiante. —Y era cierto.

—Aún no se me nota —repuso con una sonrisa que no le llegó a los ojos.

—¿Cómo está Gigi? —preguntó Jake, que desvió los ojos con cautela de su prometida a Sadie y luego a Bethany otra vez—. Su abuela está enferma —explicó.

—Sí, tiene cáncer. —Asintió y frunció los labios automáticamente—. Está… bien, supongo. A veces es difícil saberlo. Nunca se queja.

—Oh. —La otra extendió las manos hacia ella, quien hizo lo mismo por instinto—. Lo siento mucho. Mi abuela era mi mejor amiga y falleció de cáncer hace dos años. —Le apretó las manos con sincera preocupación en los ojos, lo que hizo que a Sadie le picara la incomodidad.

—Gracias —dijo, intentando sin éxito que no le cayera bien. «Impresionante y encima agradable. ¡Maldita sea!», pensó.

—Odio ser grosera, pero, hablando de Gigi, será mejor que regresemos —interrumpió Anne antes de que su sobrina se viera obligada a pensar en otra respuesta.

—Espero volver a verte —dijo sonriendo Bethany, cuyo cabello despedía aroma a cardamomo, como un gesto de bienvenida condimentado.

—Es difícil no hacerlo en un pueblo como este —le dijo Sadie y se sonrieron.

Jake la miró por encima del hombro mientras se alejaban. Esta sería la nueva normalidad. Miradas robadas y recuerdos escondidos, deseo secreto y culpa amarga como la bilis.

Anne se mostró sospechosamente silenciosa mientras cargaban las bolsas en el coche. El cielo agorero reflejaba el estado de ánimo de la sobrina. El viento tenía sabor amargo y anunciaba cambios en el horizonte. Sadie se estremeció.

Parecía que todo iba a mejor. Y a ella no le gustaba nada. Sus emociones eran un torbellino y su cerebro era incapaz de decidir de qué problema preocuparse. Justo cuando cerró el maletero, un trueno retumbó en el cielo. Ese tipo de tormentas siempre alteraban su magia.

—No sé si preguntar —dijo Anne, interrumpiendo sus pensamientos.

—No vale la pena. —Sadie suspiró. Y, sorprendentemente, su tía no dijo nada más; se acercó sin más y le apretó la mano—. ¿Cómo era ella? —preguntó, pues le pareció seguro en el habitáculo silencioso del coche, mientras el zumbido del viejo motor entrecortaba las palabras. Sabía que Anne entendería a quién se refería sin necesidad de aclararlo.

—Como diría mamá, estaba «loca como una cabra». —Se rio—. Era un incordio, lo admito. Nos llevábamos bien a ratos, pero ella tenía sus propios amigos. Había drogas y bebida, pero yo era demasiado recta para eso. Me daba miedo meterme en líos. A Florence no. Los problemas la perseguían allá donde iba.

Se quedaron en silencio el resto del camino hasta casa mientras Sadie les daba vueltas a las palabras en su mente. Su madre. No sabía casi nada de ella. Según Gigi, algún día regresaría. Pronto.

Esa noche cenaron en la sala de estar, ya que la abuela tenía demasiadas molestias para sentarse a la mesa. Intentó resistirse, pero nadie le hizo caso.

La semana siguiente se pasó en un suspiro.

El domingo, Sadie se negó a ir a la iglesia y Gigi se puso firme.

—No permitiré que te quedes aquí desperdiciando tu vida con una vieja tonta y moribunda. Sé que hoy hay comida compartida después de la misa y se supone que debes llevar algo. Siempre lo haces. Así que ve. Y llévate al resto de la manada contigo. Dejadme un rato tranquila. Gail está en la cafetería hoy, pero mañana quiero que muevas el trasero y vuelvas al trabajo, ¿me oyes?

Entre otras preparaciones, Sadie hizo galletas saladas de tomillo y sésamo para acompañar su salsa de ajo y eneldo. Quien las comiera se sentiría un poco más sincero y abierto de lo habitual. Normalmente ella llevaba dulce en lugar de salado, pero el tiempo apremiaba y los ánimos estaban caldeados.

Los siete se amontonaron en la camioneta del tío Brian y llegaron justo cuando comenzaba la misa. Solo había una fila con suficientes asientos juntos y, por supuesto, estaba justo enfrente de Bethany y Jake. Intentó ignorar su voz de barítono calándole los huesos, calentándola.

Durante los saludos, el señor y la señora Rodriguez se acercaron, seguidos de Sofía y Camilla.

—¡Oh, mi querida! —La mujer le tendió las manos a Sadie y se las apretó antes de abrazarla. Desprendía calor y olía ligeramente a canela y quiso fundirse con ella para siempre. Por todas las burlas fingidas de

Raquel sobre su familia, había crecido envidiándola. La señora Rodriguez retrocedió y entonces se acercó el marido.

—Siempre estaremos aquí para ayudarte con lo que sea que necesites —dijo la mujer—. Y Raquel, no olvides que tienes que llevar a tus hermanas al entrenamiento de fútbol después de la misa —añadió con severidad.

—Sí, mamá —respondió, pero, en cuanto su madre se fue, agregó—: Si hubiera dejado que Camilla se sacara el carné como cualquier adolescente, podría ir ella sola. —Y luego se colocó entre Seth y Sadie. Le tomó la mano a su amiga durante la oración y le dio un suave apretón.

Sadie no escuchó ni una palabra del sermón. Tenía el corazón débil. Después de Gigi, estaría a un corazón roto de activar la maldición. Pues sabía, sin lugar a dudas, que la muerte de su abuela sería el mayor desconsuelo de su vida. Y luego todo pendería de un hilo.

Pensó que, en muchos sentidos, se había estado preparando para este momento de dolor toda su vida. El peor de todos. El que reclamaba a la persona a la que le debías la vida.

Antes de que se diera cuenta de lo que estaba sucediendo, el pastor Jay había dado su bendición final y la estampida de pies hacia el comedor le resonó en los oídos.

Las largas mesas estaban repletas de ollas eléctricas, fuentes y cuencos de plástico. Sadie no tenía ganas de comer, pero trató de ser civilizada porque eso era lo que se esperaba de ella.

Se quedó mirando a la tía Anne hablando con todos, mientras que el tío Brian se quedó en silencio a un lado. La tía Tava le dibujó un corazón en la mejilla a la nieta de la señorita Janet con un delineador de ojos de purpurina de los que siempre llevaba en el bolso. Le gustaba guardarlos allí. Aunque todos estaban medio rotos, su amor rellenaba las grietas hasta dejarlas como nuevas.

El lunes amaneció igual que el martes. Sadie llegó a la cafetería antes de que el resto de la casa se despertara. Hizo pan jalá con canela, molinillos de hojaldre con mermelada de flor de saúco, panacota de agua de rosas y cardamomo y macarons de lavanda y miel. Pero ninguna preparación le salió con la energía que debería. Los macarons no aportaban paz y la panacota no desterraba la energía negativa. Su magia estaba débil y pensó brevemente en el Gran Revel de abril; allí sí solía estar en su punto más álgido. Ojalá Gigi durara hasta entonces.

Tanto el lunes como el martes volvió a casa con dolor en los hombros por el amasado y con harina en el cabello y debajo de las uñas. Su alma anhelaba el jardín y, por mucho que intentara lavar el deseo con una ducha caliente y champú de romero y menta, seguía aferrado con firmeza.

El miércoles, Sadie apenas logró terminar la mitad de su turno y Gail la obligó a irse a casa.

—Sé que intentas distraerte —dijo la susodicha, dándole palmaditas en la mejilla—, pero no te servirá. Ayana está en camino. Así que vete.

El jueves y el viernes parecieron muy iguales y, aunque intentó estar entretenida, cada hora que pasó en la cocina de la cafetería estuvo pensando en Gigi, contando las horas para volver con ella. Hasta que Gail o Ayana la empujaban hasta la puerta y la obligaban a irse a casa. Y, cuando llegaba, se negaba a salir al jardín. No podía soportar ver la destrucción ni oír el retumbo de su corazón.

Anne siempre encontraba algo que hacer aunque no fuera necesario. No sabía estarse quieta. Kay, por otro lado, no se separaba de Gigi. Las dos hermanas siempre estaban discutiendo y Tava era la que intentaba poner paz sin éxito.

—¿Por qué no descansas? —Sadie le preguntó a Anne por la noche.

—Lo haré —respondió ella, con las manos metidas en la pila, fregando las rejillas de la placa de la cocina.

—No lo harás. —Su sobrina sonrió.

—A veces es más fácil prestar servicio que estar sentada. —Anne se encogió de hombros—. ¿Conoces la historia de Marta y María de la Biblia?

—Tú eres Marta, ¿no? —Sadie adivinó.

—Marta estaba atareada. O distraída. Tal vez ambas cosas. Y María simplemente se sentaba a los pies de Jesús. Marta le preguntó a Jesús si le parecía bien que María le hubiera dejado hacer sola el trabajo y le pidió que le dijera a su hermana que la ayudara. Contestó que

María había elegido el camino correcto. Pero ambas cumplían un propósito, ¿no?

—Sé lo que quieres decir —dijo Sadie en voz baja—. Es como el amor. A veces es más difícil dejarse amar que amar y ya está. Implica más vulnerabilidad. Dar un paso atrás y decir: «Confío en ti lo suficiente como para dejar que me ames». Como María, allí sentada y solo escuchando.

—¿Estás pensando en Jake?

—¿Cuándo dejaré de hacerlo? —Estaba demasiado cansada para morderse la lengua y la sinceridad se le escapó como un fuego fatuo.

—Dicen que en una relación uno siempre es el amante y el otro el amado. Pero no creo que eso sea correcto. Creo que va cambiando. A veces eres tú quien más ama y otras quien necesita ser amado. Eso sí es una relación. Apoyar a la otra persona cuando lo necesita. El amor es saber que tienes unos brazos abiertos a los que recurrir siempre.

—Da igual. Ya lo tengo superado. Y ni siquiera debería estar pensando en eso ahora. No con Gigi... —Se calló.

—La muerte no te impide amar. Hace que valores más el amor. Si ha de ser para ti, lo será. Ahora ven aquí y seca estos platos.

El viernes, Gigi estaba tan débil que tuvieron que llevarla en brazos al baño.

Sadie quería coger el nudo de Isis y tirarlo por el puente de Two Hands. Llamó a Gail y le preguntó si ella y Ayana podían hacerse cargo del negocio hasta nuevo aviso. Había pasado dos días a la semana durante el año anterior enseñándole a la hija de Gail, Ayana, cómo preparar los platos esenciales de la cafetería. La chica no tenía el toque Revelare, así que no contenían magia, pero estaban deliciosos, lo cual era magia de por sí. Y Sadie confiaba en que cuidarían el local como si fuera propio.

El sábado, la lucidez de su abuela empezó a menguar. Se turnaron entre todos para cuidarla.

Bambi gimoteaba constantemente y le acariciaba con su nariz húmeda el brazo a Gigi.

Cuando Sadie la tomó de la mano, abrió los ojos y ella no quiso dar importancia a la capa blanquecina y vidriosa que los empañaba. Cuando los posó sobre ella, se le aclararon.

—Hola, cariño. —Su sonrisa se volvió cálida y suave como el azúcar recién hilado—. Creo que casi es la hora.

Sadie se obligó a no derramar lágrimas y se sentó en el suelo junto al sofá, sosteniéndole con delicadeza la mano a Gigi. El tío Brian trajo sillas de la cocina y todos se apiñaron alrededor. A la tía Kay le caían lágrimas constantes e inusualmente silenciosas por las mejillas. La tía Tava iba vestida de manera excepcional con colores apagados y las estrellas que le decoraban los pómulos se habían borrado. Y la tía Suzy, que había sufrido la muerte de su madre unos años antes, parecía la más afectada, porque, al contrario que los demás, ella sí sabía lo que se avecinaba. Preparó té, puso orden en silencio y susurró palabras de aliento a todos los oídos por los que pasaba. De vez en cuando le acariciaba la frente a Gigi.

Estuvieron así toda la tarde. La luz de la sala se fue suavizando hasta convertirse en el resplandor del atardecer y fue entonces cuando la abuela empezó a inquietarse.

—Necesito cortarme el pelo —dijo bruscamente, tratando de sentarse.

—¿Qué? —preguntó Sadie, sorprendida por el cambio.

—Tengo el pelo hecho un desastre. Necesita un arreglo —dijo de nuevo.

—Vale —cedió ella confundida, pero dispuesta a hacer todo lo que su abuela demandara. Corrió escaleras arriba para buscar las tijeras que solía usar para cortarse ella misma el pelo. Seth la estaba esperando en el pasillo cuando volvió a bajar.

—Gigi se está preparando —murmuró la tía Suzy en voz baja.

—¿Para qué? ¿Para cortarse el pelo? ¿Qué quieres decir? —exigió Sadie, sin gustarle a dónde quería llegar la otra.

—Lo leí en uno de los folletos del hospital cuando mi madre estaba… pasando por esto. Cuando el final está cerca y ya no están del todo lúcidos, creen que necesitan prepararse para algo, pero no saben para qué. De forma inconsciente, intentan tenerlo todo listo para marcharse.

Sadie asintió y se quedó sin expresión en el rostro. Guardaría las emociones para más tarde. En ese momento, estaba en piloto automático. Seth le apretó el hombro y luego él y la tía Anne ayudaron a Gigi a sentarse.

La susodicha le recortó el fino cabello a su madre. Sorprendentemente, Sadie sostenía con firmeza el espejo para su abuela, que asentía distraída.

—Necesito un cigarrillo —dijo, con los ojos cada vez más claros.

—Te vas a morir de frío ahí fuera —dijo la nieta, que acto seguido se quedó horrorizada.

—Puede ser. —Gigi sonrió—. Me arriesgaré.

Tenía la voz ronca y Sadie sintió la necesidad imperiosa de grabar todo lo que dijera para escucharla siempre. ¿Por qué no había hecho más fotos y vídeos? ¿Por qué no había escrito en un diario las historias de su abuela? ¿Por qué no había anotado todos sus dichos graciosos o sus recetas para no olvidarlas nunca?

Seth levantó a Gigi y la acomodó con dulzura en la silla del patio. Sadie le puso una manta de lana sobre los hombros y el gorro holgado de su hermano en la cabeza. Abby intentó subirse a su regazo, pero su pecho enorme y su barriga gorda no le permitieron llegar tan alto.

—Pareces una modelo de revista —le dijo ella y Gigi se rio débilmente antes de hacer una mueca de dolor. Le encendió el cigarrillo. Su abuela cerró los ojos mientras inhalaba. Anne se unió a ellos y se encendió uno.

—Llevo fumando desde que tenía trece años —dijo con voz fina y débil—. Tu abuelo era mayor que yo y todos sus amigos fumaban. Con el primer cigarrillo tuve que salir corriendo para vomitar entre los arbustos. Y seguí vomitando los siguientes seis meses cada vez que me encendía uno. Pero al final dejé de hacerlo. Debería haber sabido que algún día me mataría.

—Tu cáncer está en la espalda y en el estómago, Gigi —dijo Sadie, tratando de consolarla.

—Tanto monta. —Tosió—. Ya no aguanto una calada más. —Apagó el cigarrillo después de haber dado apenas tres chupadas. Cuando volvió al sofá, estaba temblando. Bambi se colocó de centinela a su lado. El tío Brian encendió el fuego y su nieta la cubrió con varias mantas. Diez minutos más tarde estaba acalorada y balbuceando. Intentó incorporarse y Seth se acercó corriendo.

—¿Qué pasa? ¿Qué necesitas?

—Las Vegas. Tengo que ir a Las Vegas. Tengo que hacer las maletas —dijo con dificultad.

—Mamá, no vas a ir a Las Vegas —dijo el tío Brian serio—. ¿Sabes dónde estás?

—Tengo que ir a Las Vegas. —Su voz se volvió más agitada mientras intentaba levantarse del sofá.

—Escucha, Gigi, quédate aquí. Voy a por las maletas. No te preocupes, nosotros te las preparamos —le aseguró Seth. Pero, claro, él no se movió.

—Vale.

La mujer asintió y se recostó en el sofá. Cerró los ojos. Su respiración se hizo más lenta y el pecho se le hundía. Tardó unos segundos en volver a subir. Segundos que duraron una eternidad. Luego durmió profundamente durante una hora. A ratos, Seth y el tío Brian tenían que sujetarle los brazos mientras ella intentaba quitárselos de encima. Al final, la respiración se le aceleró y abrió los ojos, que al aterrizarlos en Sadie se le aclararon por completo.

—Hola, cariño —dijo suspirando.

Ella forzó una sonrisa, incapaz de hablar aunque hubiera logrado encontrar las palabras.

—Escuchadme todos —gruñó—. No quiero que haya funeral. Si lo hacéis, volveré y os perseguiré desde el más allá, ¿me oís? He detallado lo que quiero que se haga —jadeó—. Dejé pagado el servicio de cremación. Sadie, debajo de mi cama hay una caja de metal verde. Todo lo que necesitas saber está guardado ahí. Hay un cuaderno con las dolencias anotadas de la gente del pueblo y lo que necesita cada uno. Las recetas y los hechizos también están escritos. Tendrás que hacerte cargo de todo.

—Haremos lo que digas —confirmó ella.

—Dadme la mano —exigió Gigi—. Estoy demasiado débil para estirar los brazos. —Los gemelos obedecieron—. Mi maldición —empezó a decir, pero se le nublaron los ojos, distantes de nuevo. Sus siguientes palabras flotaron suavemente en el aire y se les quedaron adheridas a la piel como el azúcar glas—. Parte de mi maldición era que ahuyentaría a mi propia hija. Fue mi castigo por lo que había hecho, tomarme la justicia por mi mano. Las reglas de la magia son claras al respecto y casi acabaron conmigo. Pero luego resultaron ser mi mayor bendición. Porque me permitió criaros a vosotros dos. Ambos nacisteis con magia en las venas y complicidad en el alma. Cuando el fuego de la sabiduría ancestral arda en vosotros, sabréis que estoy a vuestro lado, animándoos a seguir adelante.

Cerró los ojos y no los volvió a abrir, pero su respiración agitada continuó durante horas. Sadie le tomaba el pulso diligentemente; su propio corazón latía descontrolado cuando le costaba encontrar el de su abuela. La temperatura corporal de Gigi se redujo y la piel de las manos se le volvió de un color púrpura moteado.

—Es casi la hora —susurró Seth.

Pero la mujer seguía aferrándose a la vida. Su respiración fue interrumpida por jadeos hasta que le salió un estertor del pecho que le arrancó el corazón a Sadie. Sabía que el espíritu de su abuela ya se había ido, pero su cuerpo seguía luchando, reacio a abandonar, tan testarudo en la muerte como en la vida. El corazón seguía latiendo, aunque cada vez más lento. Y así, finalmente, guiada por la voz de su fuero interno, ella le acarició el cabello a su abuela y le colocó las manos cruzadas sobre el pecho. Se arrodilló y apoyó las manos sobre los hombros de Gigi.

—No pasa nada —le susurró—. Puedes ir en paz.

Recitó el salmo veintitrés y, tras pronunciar el último verso («Y habitaré por siempre en la casa del Señor»), la mujer exhaló un último y tembloroso aliento.

Al instante, dos colibríes entraron volando por la ventana abierta y oficiaron una intrincada danza sobre el cuerpo de Gigi antes de irse volando.

Y a partir de ahora tenían treinta días para restaurar el equilibrio con la magia o uno de ellos pagaría con su vida.

Jabón de cosecha para la buena suerte

Ingredientes

jabón de Castilla sin perfume
aceite de vitamina E
extracto de vainilla mexicana transparente prensada en frío
aceites esenciales de clavo, canela, naranja y limón

Elaboración

1. En una botella de vidrio de 475 ml con dispensador, mezcla 2 cucharadas de jabón de Castilla, un chorrito de aceite de vitamina E y un chorrito de vainilla mexicana.
2. A continuación, agrega 5 gotas de aceite esencial de clavo, 10 de canela, 15 de limón y 15 de naranja. Llena el resto de la botella lentamente con agua.

11

Sadie deslizó las manos por los hombros de su abuela. Su cerebro era incapaz de procesar. La muerte siempre te pilla por sorpresa aunque la esperes. Lo que parecía absolutamente imposible dejó de serlo. Un pensamiento se apoderó de ella mientras contemplaba el cuerpo sin vida de Gigi. Era su corazón roto número tres. Y, si lo hubiera sabido (Dios, si lo hubiera sabido), habría cogido aquel té que su abuela le preparó cuando tenía trece años y lo habría tirado por el desagüe junto con una cantidad generosa de cordura.

Pero sabía, por mucho que lo deseara, que eso no habría impedido que muriera. Aunque no hubiera ofrecido en sacrificio a Julian, aunque no hubiera quedado encadenada a la oscuridad, la muerte habría acabado pasándole factura igualmente.

Sadie se había imaginado que lloraría. Pero nada parecía real. El dolor era empalagoso y se le adhería a los huesos, agobiándola hasta que apenas podía dar un paso más ni formular un pensamiento coherente.

Seth, con el rostro también seco, se alejó para llamar al médico forense. A continuación llamó a Raquel. Sadie oyó la voz de su mejor amiga al otro lado del teléfono. Pero, cuando él intentó hablar, no pudo. Se quedó en silencio, abriendo y cerrando la boca, incapaz de articular palabra. Ella le quitó el teléfono y susurró unas palabras.

Con los pies entumecidos, Sadie caminó hacia el patio trasero y el chirrido de la puerta resonó en sus huesos. El olor del último cigarrillo de Gigi seguía flotando en el aire. Se sentó en el último escalón, encorvada sobre las rodillas, y probó a inspirar profundamente, aunque tenía el pecho revestido de hierro.

En ese momento, los recuerdos acudieron en avalancha: cada pequeño gesto, cada palabra, anécdotas, regalos, tarjetas de cumpleaños, llamadas telefónicas e instantes que no se repetirían.

Comenzó a estremecerse hasta que le temblaron los hombros y los sollozos la azotaron con tanta vehemencia que tuvo que apretar los dientes para no morderse la lengua. Y entonces unos brazos la rodearon por detrás, manteniéndola de una pieza. Olió el aroma a limpio de Seth y lloró con más fuerza. La abrazó hasta que las lágrimas se detuvieron. Fue un llanto breve y enconado que no la hizo sentir mejor que antes.

—¿Qué hacemos ahora? —preguntó ella.

—No lo sé —respondió él, sentándose a su lado y colocando el hombro junto al de ella.

Mientras estaban en silencio, un colibrí apareció en su línea de visión y se quedó flotando delante de ellos. Sadie sabía que era uno de los que habían aparecido cuando Gigi dio su último aliento. Batía tan rápido las alas que parecía un zumbido iridiscente y su plumaje verde botella brillaba con una luz etérea. Unos segundos después, desapareció.

Seth le dijo que se quedara fuera cuando la empresa funeraria viniera a recoger a su abuela. No quería que la última imagen que tuviera de ella fuera su cuerpo sin vida cubierto bajo una sábana blanca. Él y la tía Anne se encargaron de todo.

La luz se estaba volviendo ámbar; llegaba el crepúsculo y el aire se llenó de aroma de lavanda y tristeza.

Quería meterse bajo las sábanas y dormir todo el invierno y despertarse con los brotes nuevos de la primavera, cuando respirar no se le antojara morir. Gigi había dedicado su vida a su familia. Había perdido a una hija por el camino. Y se había vinculado a la oscuridad para garantizar la seguridad de los gemelos… Y esa protección había desaparecido. Uno de ellos pronto tendría el poder de ser un conducto que los atravesaría. Necesitaban un sacrificio. Y, además, quedaba menos de un mes para la primera luna llena.

El olor a café y a desayuno la llevó a la cocina. Era más de medianoche, pero el tío Brian estaba cocinando beicon a la plancha.

—Ella querría que comiéramos. —Se encogió de hombros, con los ojos enrojecidos.

La tía Suzy estaba sirviendo café.

Tava preparaba huevos revueltos.

Seth se sentó a la mesa, en silencio, con la mirada perdida.

Anne, inexplicablemente, estaba haciendo turrón de nueces con mantequilla de arce.

—Mamá siempre nos lo preparaba cuando lo necesitábamos. —Se detuvo, se aclaró la garganta y se secó los ojos—. Cuando teníamos miedo. Decía que nos haría fuertes.

Sadie no sabía cómo actuar.

¿Qué se suponía que debían hacer después de la muerte de la matriarca?

—Toma. —Seth le colocó una taza de café entre las manos y le puso delante de la cara un dulce de cañas de hojaldre, obligándola a darle un mordisco—. Sé que no has comido. Y Gigi almacenó suficientes para sobrevivir al apocalipsis zombi.

Sadie quería reír, pero no le salía la voz. Las cañas de hojaldre eran uno de los alimentos indispensables que su abuela siempre tenía a mano, además de galletas saladas de queso, bollos daneses de queso, pan de masa madre y un cajón lleno de cualquier dulce que la tienda de barrio tuviera a mano.

—De niños no nos dejaba levantarnos del desayuno hasta que nos hubiéramos comido todo lo que había en el plato —dijo Anne—. Aunque le dijéramos que no teníamos hambre.

—Especialmente cuando lo decíamos. —Kay estaba entre riendo y llorando.

Cuando los primeros rayos de sol se filtraron por las ventanas, Sadie y Seth eran los únicos que seguían despiertos.

Ella, con voz suave pero quebradiza mientras se acurrucaba bajo la manta de Gigi en el sofá, le dijo a su hermano:

—Tuve que memorizar un poema de Pablo Neruda en el instituto. Era sobre la muerte. Lo único que recuerdo es la frase «como irnos cayendo desde la piel al alma». Así es como me siento.

—«La muerte es el enemigo. El primer enemigo y el último. Y el enemigo siempre gana. Pero aún tenemos que luchar contra él». O algo así. Estoy casi seguro de que era Beric Dondarrion, de *Juego de tronos*.

Y a su pesar Sadie sonrió, aunque eso le rompiera el corazón.

Los primeros días tras la muerte de Gigi fueron una fuga musical digna de enterrar en el olvido.

Cada uno lloraba a su manera.

Kay con gemidos y lágrimas. Anne con acción. El tío Brian con una especie de tristeza sumisa que amenazaba con apoderarse de él cada vez que intentaba hablar. Tava con palabras e historias. Seth y Sadie en silencio.

Ella nunca había estado deprimida. Triste y preocupada sí, pero ese dolor era diferente. Más tupido. Como un sudario bajo el que se estaba asfixiando. Se preguntó si así era como se sentía su hermano habitualmente. El peso del fracaso la dejó sin fuerzas. Todo carecía de propósito. Sus palabras, cuando hablaba, salían lentas y le dolía todo el cuerpo. La vida parecía vacía. Ella se sentía así. No era una persona normal. No era una paciente acostada en una cama de hospital, pero aun así estaba enferma. Era un ser humano sin alma.

Y, conforme pasaban las horas, más gente acudía con flores, comida y palabras destinadas a brindar consuelo, pero rara vez lo conseguían, porque es misión imposible ante un dolor nuevo. El verdadero consuelo fue ver su propio dolor reflejado en los ojos y en las lágrimas de amigos, vecinos y clientes de la cafetería, porque significaba que estaban unidos en el dolor y en el amor por una mujer que había tocado muchas vidas.

Cindy McGillicuddy dejó guisos en el frigorífico.

Bill trajo más girasoles.

Gail llegó con historias de juventud malgastada y recuerdos caídos en el olvido hasta que todos se rieron entre lágrimas.

Lavender y Lace trajeron un helado de trufa de chocolate salado que sabía a tristeza.

El alcalde Elias y el señor y la señora Rodriguez también acudieron. Había personas a las que Sadie conocía por su nombre y otras a las que solo conocía de vista. Todos ellos con abrazos, lágrimas y palabras que la dejaron con la boca seca.

El señor y la señora Abassi trajeron una cesta de dulces y nueces.

—¿Qué haremos ahora sin ella? —preguntó él con voz ahogada.

—Mi abuela me dejó la receta para su artritis. Le prometo que nunca se quedará sin ella —dijo Sadie, con la garganta oprimida.

Meera Shaan y Akshay llegaron con una fuente de *biryani* a base de arroz aromático, pollo y verduras en un derroche de color. Antes de irse, él le deslizó un trozo de papel emborronado en la mano. Cuando se marcharon, lo desdobló y las lágrimas cayeron sobre el dibujo de un niño dormido en su cama con un ángel pelirrojo que lo guardaba.

Hubo momentos en los que Sadie tuvo la certeza de que se derrumbaría. Llevaba tantos años reprimiendo sus sentimientos que ahora parecían no tener salida. Le costaba sortear aquel dolor punzante. Se le extendió por el cuerpo, le debilitó las extremidades y el corazón se le volvió duro como el cuarzo. Apagado. Sin brillo, silencioso y funcionando en modo automático. Sonreía como acto reflejo a los atentos vecinos y amigos que acudían al enterarse.

Cindy cortó el césped del jardín delantero y trajo café recién hecho.

El pastor Jay pasó y dijo una oración por la familia.

Las familias Cavendish, Madizza, Tova y Delvaux llegaron juntas para presentar sus respetos. Se vistieron de negro y levantaron un pequeño altar con velas blancas para la serenidad, una piedra de mano de ágata bandeada para el coraje y ramitas de romero que simbolizaban un nuevo comienzo. Rezaron una oración y ofrecieron sus condolencias con lágrimas que se volvieron negras como la noche.

Jake también acudió. Supo que era él antes de abrir la puerta porque el reloj de pie se lo advirtió con una nota larga y profunda que sonó, de alguna manera, como si le perteneciera. Hacía horas que no lloraba, pero al verlo allí en el umbral recordó la forma en que Gigi le daba palmaditas en el costado cuando él la abrazaba y se reía de sus cumplidos y sintió un dolor como de herida abierta. Cuando Jake abrió los brazos, ella lo abrazó y le pareció que era más fácil respirar. Se sentaron en el columpio del porche delantero. Él se sacó una pequeña caja roja del bolsillo de la chaqueta antes de quitársela y colocársela sobre los hombros temblorosos a Sadie.

—Estuve en Hawái —dijo en voz baja—. En Kona.

Ella la abrió y dentro había otra cucharita de plata con una piña de filigrana en la parte superior y «Aloha» estampado en letras diminutas a lo largo del mango.

—Me encanta —susurró—. Gracias.

—Es solo una cuchara —dijo, aunque ambos sabían que era mentira.

Se sentó con ella hasta que las lágrimas se redujeron a un goteo y mientras le acarició en círculos tranquilizadores la espalda y le sostuvo la mano como si fuera su ancla a este mundo. Diez años atrás, a ella le encantaba su ingenio mordaz y su sarcasmo. Disfrutaba con los combates físicos que mantenían y le encantaba ser objeto de sus incesantes burlas. Pero este ablandamiento la hizo enamorarse de un lado diferente de él; uno que ni siquiera sabía que necesitaba.

—Oye, Sade.

—¿Mmm?

—¿Sabías que el robo de mascotas es un delito menor y conlleva sanción y puede que hasta pena de cárcel?

Una risa ahogada salió de ella.

—Me arriesgaré —dijo.

Cuando él se fue, Sadie todavía tenía la cuchara en la mano.

Y cada día su magia provocaba algún tipo de catástrofe menor.

El baño de arriba se inundó cuando intentó lavarse la cara.

La cafetera dispensadora se hizo añicos porque llenó el filtro con café molido.

Se despertaba y encontraba tierra en su cama sin tener ni idea de cómo había llegado allí.

Y siempre había un reloj interno contando los días hasta la luna llena.

Una semana después del fallecimiento de Gigi, Sadie se despertó al borde de las arcadas. El pánico le emborronaba la visión bajo la luz del amanecer y le entrecortaba la respiración. Había soñado con la luna llena, con Seth muerto y el suelo helándose al no poder encontrar una manera de satisfacer la maldición. Él se había sacrificado y eso le rompía el corazón. Lloraba y, donde sus lágrimas caían sobre la hierba helada, brotaba obsidiana negra. Ella trataba de revivirlo, pero su muerte era su

217

cuarto corazón roto y su magia desaparecía. Se le revolvió el estómago mientras intentaba deshacerse de las imágenes.

«Veintitrés días —pensó Sadie—. Veintitrés días y quizá nunca vuelva a oír esa voz».

Se turnaron para ser fuertes. Pero, durante esa primera semana, fue difícil acostumbrarse a la verdad de la muerte, a la realidad. Tava, Brian y Suzy se marcharon y prometieron regresar cuando Seth hubiera recogido las cenizas de Gigi.

—¿Adónde vais? —preguntó Sadie con brusquedad. Los necesitaba allí. Necesitaba el ancla.

—Volveremos —dijo Suzy nuevamente—. No queremos estropear la sorpresa. Pero será para bien, lo prometo.

Kay y Anne se quedaron.

—Seguro que ya estás cansada de que la gente te pregunte —dijo Raquel una tarde—, pero ¿cómo estás de verdad? ¿En un descenso gradual a la locura?

—No lo sé —respondió ella con sinceridad—. Es como si no supiera cómo sentirme. O tal vez he olvidado cómo sentir. Bueno, sé que eso no es verdad, porque duele. No deja de doler.

—Siempre va a doler, cariño. El único consuelo es que el amor recibido haya valido la pena. Y sé que ha sido así.

Raquel estaba hablando de Gigi, pero Sadie pensó de forma involuntaria en Jake.

—¿Has probado a ocuparte del jardín? —vaciló su amiga.

—No —respondió ella automáticamente—. No puedo salir.

Cada vez que lo intentaba, conforme se acercaba al porche trasero se quedaba paralizada hasta que le entraba el hormigueo en los pies y el alma parecía tirar de ella en dirección opuesta. Era como si la magia del jardín estuviera ligada a Gigi. Pero estaba muerta.

—Acabarás haciéndolo —le dijo Raquel, sosteniéndole la fría mano entre la calidez de las suyas.

—Y hablando de hacer —dijo Seth, entrando en la sala de estar al final de la conversación de ellas—, tenemos que hablar del sacrificio. Del conducto.

—No pienso perderte a ti también —contestó Sadie con vehemencia.

—Sade, solo fue un sueño —dijo en voz baja.

Con solo mirarlo, entendió que de alguna manera él había visto su espantosa visión.

—Ahora tú eres mi prioridad —repuso ella—. La idea de perderte... —Se interrumpió.

—Lo sé —dijo—. Te cabrea y te amarga y te aterroriza. Siento cómo te afecta. Pero no tenemos que abordar esto así. Tú eres la que cuenta con los medios y las soluciones, ¿vale? Y yo soy el chico de las ideas. Arreglaremos esto juntos.

—Yo soy el apoyo moral —intervino Raquel. Intentó aligerar la voz, pero Sadie percibió el miedo soterrado en los ojos.

Seth le dedicó una sonrisa agradecida y luego se puso de pie y ayudó a su hermana a levantarse. Le puso las manos sobre los hombros y apoyó la frente contra la de ella.

—Estoy aquí —dijo. Las palabras hicieron eco en el caótico cerebro de Sadie—. Ninguno de nosotros se irá a ninguna parte. —Ella asintió y quiso creerlo—. Y ahora mueve el culo hasta el jardín y mete las manos en la tierra. Sabes que siempre te hace sentir mejor.

—¿Por qué todos queréis que vaya al jardín? Está destrozado, ¿recuerdas?

—Porque a veces sabemos lo que te conviene —dijo Raquel con una sonrisa cómplice.

—¿A veces? —preguntó Seth.

Ese día Sadie no fue al jardín. Pasó cada hora analizando obsesivamente todos los detalles de la maldición, cada fragmento de información de la que disponían y haciendo planes. Y a la vez luchaba todo el rato contra el impulso de seguir los consejos de su hermano y su mejor amiga hasta que, al final, la luz del atardecer la llamó con tanta fuerza que no pudo ignorarla. El olor a tierra fresca y tallos verdes llevaba persiguiéndola demasiado tiempo.

Abrió con cautela la puerta trasera, con el pecho consternado y los labios fruncidos, preparándose. Tal vez, si notara la tierra contra la piel, se sentiría más cerca de Gigi. O tal vez le llegara algo de inspiración acerca del sacrificio. Se mentalizó para la devastación, las plantas arrancadas, los arbustos esparcidos y el trabajo que tendría que hacer para volver a ponerlo en orden. Quizá era eso lo que necesitaba. Tener las manos ocupadas para mantener sus pensamientos a raya.

Pero se había producido una especie de milagro. Casi todo había sido replantado o reparado. Caminó entre las estrechas hileras, pasando las manos por las hojas aterciopeladas, empapándose de la sensación de bienestar al ver que los guisantes de olor volvían a enredarse en el cenador. El aroma de salvia y romero mezclado con menta y tomillo le calaba la piel y le daba la bienvenida. Se maravilló ante las plantas de calabazas y calabacines. No quedaba ni rastro de las hojas pisoteadas ni de las verduras esparcidas. Y además había flores nuevas asomando entre el follaje. ¿Quién lo había hecho?

Seguro que Seth no; el jardín todavía no lo dejaba entrar. Y Raquel era capaz de matar una planta con solo mirarla. Sadie concluyó maravillada que debía de ser cosa de la magia Revelare.

Sentada justo en el centro del jardín, con el sol de principios de septiembre calentándole la piel, hundió las manos en la tierra. Un melocotón cayó del árbol, rodó hacia ella y se detuvo justo al alcance de la mano, como una ofrenda. Deseó con todas sus fuerzas que fuera un buen augurio, aunque en aquel momento le resultaba difícil creer en la bondad. Aun así, el jardín le dio la bienvenida. Las hojas de color verde esmeralda se extendieron hacia ella y los capullos cerrados se abrieron en flores en señal de saludo. La tierra parecía llamarla y parte de la escisión dentro de ella comenzó a unirse de nuevo. Casi había olvidado lo que era sentir placer, pero, cuando recogió el melocotón del suelo e inhaló el olor de su piel vellosa, el aroma a recuerdos del verano e infancia se mezcló con el de la tierra y percibió una promesa.

Oyó un maullido grave y gruñón y un gato negro y peludo salió con sigilo de detrás de los guisantes de olor. Se acercó directo a Sadie, se frotó contra sus piernas y volvió a maullar. Su pelaje era tan mullido y agreste, sobre todo alrededor del cuello, que parecía un león con forma de gato. Al instante, ella se sintió atraída por él. El animal la miró a los ojos y pareció ver su dolor y reflejarlo tras absorberlo. Se arrastró hasta su regazo, dio una vuelta en círculo y se acostó. Sabía, sin entender el motivo, que el minino ahora era suyo. Tal vez tenía que devolverle a Jake su perro. Probablemente no. «Podríamos compartir la custodia», pensó con una sonrisa irónica que quedaba extraña en su rostro.

—Creo que te llamaré Simon —susurró ella, acariciándole las orejas y la cabeza mientras él ronroneaba más fuerte que un motor. Y a partir de ese momento, no hubo lugar del jardín al que Sadie fuera donde no estuviera el gato. Cada vez que maullaba con su voz ronca, le recordaba la risa de rana toro de Gigi.

—¡Ey! —Alguien desde la valla la sobresaltó. Era Jake.

—¡Hola! —respondió.

—¿Puedo entrar?

Ella asintió y él abrió la desgastada puerta. Sadie tomó nota mental de que tenía que volver a pintarla.

—Pregunta estúpida, pero ¿cómo estás? —dijo y le recordó la forma en que Raquel se lo había preguntado. Como si ambos fueran conscientes de que no había una respuesta buena, pero necesitaban saber que seguía estando ahí.

Ella se encogió de hombros de nuevo, se le tensó la garganta y el suelo se calentó bajo las rodillas. Le habían hecho esa pregunta tantas veces que había empezado a carecer de sentido.

Él se acercó y se sentó frente a ella con los brazos alrededor de las piernas.

—¿Quieres saber cómo lo hice? —preguntó.

—¿Qué quieres decir? —Su voz era quebradiza.

Jake señaló hacia el jardín con la cabeza.

Ella tenía el cerebro espeso. No era posible que quisiera decir...

—¿Lo has hecho tú? —preguntó incrédula.

—¿Para qué están los amigos?

—¿Pero cómo? ¿Cuándo?

—Tenía un pequeño huerto en la ciudad. En el tejado. Me ayudaba, no sé, a aislarme. Para este tuve ayuda. Cindy trajo tierra nueva y Bill arregló la valla. Gail ayudó con la distribución. Sé que no es exactamente igual que antes, pero, cuando les dije lo que iba a hacer, todos quisieron colaborar. Este pueblo se moviliza cuando toca hacer algo.

Sadie se quedó sin palabras. El calor se le extendió por el pecho y quiso llorar, con el sentimiento abrumador que producen las lágrimas cuando son de liberación hermosa y no de dolor.

—Pensé que había sido magia —susurró.

—Gracias —dijo con una pequeña risa—. Sade... —hizo una pausa—, ¿puedo hacer algo más por ti?

Quería hablarle de su maldición, de la deuda de vida, de su estado de confusión. Quería decirle que no podía hacerlo. Que no era capaz. Que la vida la estaba rompiendo en mil pedazos. Que sabía lo que quería, pero no podía expresarlo porque hacerlo la convertiría en una persona horrible y ese pensamiento la asustaba más que cualquier otra cosa. Que siempre había querido ser buena persona. Y que amarlo era lo opuesto a eso. Entonces ¿por qué sentía que era lo único acertado en su vida? Siempre iba a ser él. Sadie lo habría amado sin importarle nada más, pero esta versión de él... Era una persona nueva y eso significaba que tenía una oportunidad más de romperle el corazón, otra vez, de cualquier manera.

—Solo siéntate conmigo —dijo en su lugar.

Él lo hizo.

Y, aunque se debía a otra persona, había una parte de él reservada solo para ella. Un espacio con su nombre. Lo sentía. Y pensó que no importaba cuántas décadas pasaran, ni a quién amaran o perdieran, ni dónde acabaran. Esa pequeña parcela de su corazón sería siempre para ella. Y tendría que conformarse con eso.

—Gracias —murmuró Sadie finalmente, apoyándose en su hombro, solo por un momento, y robándole parte de su calidez.

A la mañana siguiente, se despertó con el pecho algo menos cargado que el día anterior. Se había quedado sentada en el jardín con Jake, ambos envueltos en el silencio, hasta que las ranas y las cigarras comenzaron su canto vespertino. Y entonces él dijo que tenía que volver. Con Bethany. Y ni siquiera había espacio en su corazón para sentir nada al respecto.

Ella se detuvo mientras bajaba las escaleras. La puerta de Gigi estaba iluminada con una luz suave. Sintió la llamada. La caja verde que guardaba debajo de su cama. La que contenía los detalles sobre cómo quería que fuera su inusual despedida. Pero Sadie no se atrevió a entrar. Aún no.

Anne ya estaba en la cocina, con la cafetera llena, las encimeras relucientes y el olor a caramelo flotando en el aire.

—Toma —dijo esta, empujando un plato hacia ella—. Come un poco con tu café. —Le sirvió una taza y le añadió la cantidad justa de crema.

—¿Ganache para desayunar? —Sadie arqueó una ceja.

—Esta familia se alimenta de dulces. Ya deberías saberlo.

Dio un pequeño mordisco y sintió una punzada en el pecho. Era la receta de Gigi y la tía Anne le había hecho perfecta justicia. El arce jugaba con la mantequilla y la textura suave y aterciopelada contrastaba con el crujiente de las nueces tostadas. Sadie acompañó el bocado con un sorbo de café. En su boca, el calor derritió la mantequilla y el amargor se suavizó con el azúcar.

—Sabiduría y fuerza —dijo Anne.

—Gigi hizo esta receta cuando abrimos la cafetería. Lo recuerdo como si fuera ayer.

—Siempre lo harás.

El día transcurrió con una especie de lenta confusión donde el tiempo hizo de las suyas hasta que el sol comenzó a ponerse. Anne preguntó por la cafetería mientras tomaban café en la mesa de la cocina.

—Debería llamar a Gail —dijo Sadie y se sintió culpable por no haberlo hecho antes.

Cogió su taza, salió fuera descalza y la hierba fría la ancló a la tierra. Las mañanas de bruma otoñales en Poppy Meadows parecían salidas directamente de un cuento. Todo era tranquilo y acogedor. El humo salía de las chimeneas. Hacía frío, pero del que era fácil resguardarse sin necesidad de ropa gruesa. Con el café caliente en las manos, rodeó primero el limonero y luego el arce japonés. Los setos estaban descuidados y se sobresaltó al darse cuenta de que ahora también tendría que ocuparse del jardín delantero.

Con dedos torpes, sacó el móvil y llamó a Gail para preguntarle cómo estaba.

—Sabes que no hay ningún lugar donde preferiría estar, cariño. Lo único que tengo es tiempo libre —le dijo Gail—. Mis dos hijos mayores están en la universidad, benditos sean. El otro se casa. Y Ayana está muy bien. Pero ¿tú cómo estás? Esa pregunta es la más importante. —Su voz era espesa y Sadie supo que estaba conteniendo las lágrimas.

—Ahí voy. —En esencia era así—. Iré a la cafetería mañana. Necesito…, no sé, creo que a Gigi le gustaría que volviera. Y no verme aquí sentada y deprimida. Además, necesito hacer algo. Un poco de normalidad.

—Aquí te esperamos, cariño.

Sadie colgó y, estando de pie en el sendero, un colibrí se acercó y se quedó suspendido en el aire, a escasos centímetros de ella, con las alas borrosas por la velocidad del aleteo. Estuvo así veinte segundos, mirándola fijamente. Entonces remontó el vuelo y se detuvo, esta vez delante de la ventana del dormitorio de Gigi. El pájaro pareció decir dos cosas a la vez: «Bien hecho por volver al trabajo» y «Haz lo que sabes que tienes que hacer».

—Voy, voy —le dijo al pájaro, que se balanceó en el aire antes de echar a volar.

Subió las escaleras con sigilo y se dirigió con especial cuidado al dormitorio de su abuela. La siguió Abby, cuyas uñas traqueteaban contra la madera. La pobre criatura apenas comía; Sadie nunca había visto tanta tristeza en los ojos de un animal. Se quedaron juntas en la puerta. La imagen amenazaba con derribar el muro que con tanto esmero había levantado alrededor del corazón. Todo estaba exactamente igual que siempre. Fotografías enmarcadas en la cómoda de madera de Gigi. Bufandas colgadas en los ganchos de la pared. Un par de pequeños elefantes de porcelana pintados a mano en su mesita de noche, junto a un vaso de agua medio vacío y un par de gafas para leer. Las cortinas ondeaban a pesar de que las ventanas estaban cerradas, como si estuvieran felices de tener a alguien de nuevo en la habitación.

Abby gimió a los pies de la cama y Sadie levantó su pequeño cuerpo de pecho fornido y la colocó sobre el edredón. Luego, el animal procedió a olfatear la cama hasta llegar a la almohada de Gigi, donde respiró temblorosa, se acurrucó y se acostó.

Sadie, con la mirada al frente, se puso a cuatro patas para palpar debajo de la cama. Golpeó algo metálico y sacó la caja de color verde musgo. Gigi, organizada como siempre hasta el final, había dejado una hoja de instrucciones encima.

Ella sonrió con apatía, como si sus labios hubieran olvidado cómo hacerlo. Como ella había dispuesto, el servicio de cremación ya estaba pagado. Seth sería el encargado de recoger las cenizas y luego celebrarían una cena familiar en lugar de un funeral. Gigi había detallado incluso qué comida debían preparar.

«Sin luto —había escrito—. Prepara la mesa para veintinueve».

—Veintinueve —se extrañó Sadie, alzando las cejas. Hizo un cálculo rápido. Eso significaba que vendrían todos sus primos. Incluso los segundos. La familia al completo.

En la caja había información fiscal y la escritura de la casa, que había transferido a ella y su hermano. Un diario, ajado y desgastado, que no se atrevió a abrir todavía. Y allí, unidas con una goma elástica vieja y azul de atar manojos de espárragos, un montón de cartas. La suya estaba la primera y repasó rápido el resto. Una para cada una de las tías y el tío Brian, Seth y Florence.

Con dedos temblorosos, Sadie abrió la que llevaba su nombre. En ciertos momentos apenas logró leer las palabras entre lágrimas.

Hola, mi vaina:

Lamentablemente, la tarea de entregar estas cartas recae en ti. Pero siempre has sido mi chica buena, así que sé que lo harás. Bueno, lamento haber muerto. Es una tontería pedir disculpas, ¿no? Pero sé lo mucho que te llegas a enfadar a veces y no quiero dejarte disgustada. Dios sabe que los Revelare somos demasiado buenos guardando rencores, y si hay algo de lo que me arrepiento es de no haberlos olvidado antes. Si no hubiera sido tan testaruda, podría haberme despedido de Dickie. Pero era demasiado tarde. Tú no eres así. Siempre te ha resultado muy fácil perdonar, excepto cuando se trata de las personas que más amas. Pero recuerda los modales que te enseñé, jovencita. Tu misión es perdonar a tu hermano. Y a tu madre también cuando aparezca.

Ahora, en cuanto a la deuda de vida, lamento habértelo ocultado durante tanto tiempo, pero algunas verdades es mejor dejarlas reposar, como la masa; necesitan tiempo para fermentar. No debería decírtelo, pero hay una manera de anular la maldición. Se trata de un último recurso y solo lo comparto porque tengo miedo de qué más intentarás. Pero, si te sacrificas, Seth estará a salvo. Cuando renuncias a quien eres, te conviertes en una persona nueva. Y eso significa que las antiguas deudas quedarán perdonadas y la magia oscura anulada. Ese tipo de sacrificio será una especie de bautismo; te convertirá en un nuevo ser. Asegúrate de estar preparada.

Por último, sé que siempre te has cerrado debido a tu maldición. Es más fácil dejar ir a quien no has permitido entrar. Pero esa no es forma de vivir, cariño. Resolverás las cosas. Y será más fácil con el tiempo. Que sepas que tú y Seth habéis sido mi orgullo y mi alegría. Te amaré cada momento de la eternidad. Ahora, ve a vivir tu vida, ¿me oyes? Creo en ti. Siempre lo he hecho.

Te quiere,

GIGI

La letra curvada y antigua de su abuela se le aferró al corazón. Las lágrimas le ardían en las mejillas y la luz de la lámpara del techo parpadeó.

Veintiún días.

Ese era el tiempo que tenía.

Quedaban veintiún días para la luna llena y para cumplir con la deuda de vida.

Gigi hablaba en su carta sobre sacrificarse con la misma naturalidad con la que habría descrito la forma correcta de dar la vuelta al pollo frito. ¿Y qué pasaba con el final, donde le decía que viviera su vida? ¿Cómo iba a hacerlo si se sacrificaba para salvar a su hermano? Era una locura todo aquello. Quería reírse, pero sabía que si empezaba terminaría sollozando y no podría parar.

En lugar de eso, se apretó la caja metálica contra el pecho y se hizo un ovillo en el suelo.

A través de la ventana alta veía la luna creciente, tenue y misteriosa, símbolo del cambio de estaciones, la vida y la muerte. La manta de punto de Gigi se deslizó de la cama; se arropó con ella y se cubrió hasta los hombros.

Todo parecía completamente desubicado. Su abuela estaba muerta.

Sus tías y tíos pronto regresarían a su vida, su trabajo y su hogar. Seth nunca había prometido quedarse. Y Jake…, bueno, ya era demasiado tarde para eso. Gigi había sido el elemento de unión que mantenía a todos juntos. Sin ella, ese vínculo se rompería. Todo lo que había sido, todo lo que había conocido, murió con ella. Y no era capaz de hacerlo. Ni siquiera con su vida, o tal vez la de Seth, pendiente de un hilo, se le ocurría una sola forma de anular la magia del conducto.

Y en ese momento la ira le dominó el corazón. Ira hacia su abuela por matar a Julian e incurrir en la deuda de vida; hacia su madre por poner a Gigi en una posición en la que no le quedó más remedio que hacerlo; hacia Julian por ser el idiota más grande del mundo, y de nuevo hacia Evanora Revelare por coger ese maldito trigo negro de Rose Hill.

Le llegó un discreto murmullo de voces, pero siguió tumbada en la frialdad del suelo mientras dejaba que la ira la atravesara. Se sintió bien, aunque solo fuera una especie de parche anestésico.

Y entonces un leve golpe en la puerta principal retumbó en el suelo y el reloj de pie resonó una docena de notas a todo volumen como una llamada a las armas.

Ganache de mantequilla de arce y nueces

No quita las penas, pero estimula la sabiduría y la fuerza. Especialmente indicado para nuevos comienzos, aventuras o el nuevo año. También lo hice el día antes de que Sadie y yo abriéramos la cafetería. Parte de los mejores años de mi vida los he pasado allí trabajando con mi chica favorita.

Ingredientes

1 taza de virutas de chocolate blanco
1 taza de virutas de caramelo
1 taza de virutas de chocolate
400 g de leche condensada azucarada
125 g de mantequilla
1 cucharadita de extracto de arce (o un poco más)
1½ taza de nueces picadas

Elaboración

1. Engrasa y forra un molde mediano (20 × 20 cm) con papel para hornear. Combina las virutas, la leche condensada azucarada y la mantequilla normal en un recipiente apto para microondas.
2. Calienta el recipiente en intervalos de 30 segundos, removiendo

cada vez, hasta que todo se derrita. No lo cocines de más o las virutas quedarán granuladas.

3. Agrega el extracto de arce y las nueces.

4. Vierte la mezcla en el molde. Refrigera hasta que cuaje y luego córtalo en cuadraditos.

12

Antes de que el reloj acabara de sonar, Kay gritó. La risa de Anne le puso a Sadie los pelos de punta. La casa pareció ponerse firme. Los marcos de los cuadros se enderezaron solos. Los trastos regresaron a sus rincones. Montones de polvo se barrieron solos debajo de las cómodas.

Se oyeron pasos atronadores escaleras arriba y segundos después Seth irrumpió en el dormitorio de Gigi.

—Tienes que bajar —dijo sin aliento.

Y, antes de que preguntara por qué, él ya no estaba.

Se sentó, se secó la nariz con el suéter y dejó la caja fuerte debajo de la cama, con el corazón acelerado. Sadie no quería bajar. No quería ver a quien estuviera en la puerta. Pero las luces de la lámpara parpadearon y una brisa cálida recorrió la habitación a pesar de que las ventanas estaban cerradas, y supo que era Gigi recordándole una vez más sus modales.

Con temor en cada paso, bajó las escaleras y juró que parecían recién pulidas. A medio camino, cuando logró divisar la entrada, se detuvo, con los pies descalzos sobre el suelo de madera pesados como bloques de hormigón.

Parecía increíblemente joven. Vestida toda de negro excepto por un abrigo de terciopelo hasta la pantorrilla con un patrón floral en tonos joya. El aire latía a su alrededor y su cabello negro como la tinta, cortado en una melena hasta los hombros con un flequillo espeso, brillaba con tonos de azul iridiscente a la luz del porche. Su rostro mostraba una sonrisa que estremeció a Sadie. Era la sonrisa de Seth. Y la de ella. Aunque solo había visto unas pocas fotos de su madre, la reconocería en cualquier lugar.

Kay y Anne la abrazaban con desenfreno, pero Florence posó los ojos en Seth, oscuros y brillantes como diamantes líquidos. Llenos de esperanza.

«No. Todavía no», pensó ella.

No había pensado mucho en el encuentro con su madre, ya que la salud de Gigi y los secretos familiares la habían consumido. Cuando su abuela dijo que solo su muerte permitiría que su hija volviera, Sadie ocultó la información. «Dentro de unos años —pensó—, tal vez regrese cuando hayamos tenido tiempo de llorar». Sin embargo, allí se hallaba.

Estaba cansada de aceptar las cosas como venían. Se habían acumulado las calamidades hasta el punto de que con tanto peso era difícil respirar. Había crecido escuchando que Dios nunca daba más de lo que uno podía soportar, pero era obvio que Él la había confundido con otra persona. Y esta era la gota que colmaba el vaso.

«Modales. Modales, Sadie. Gigi te arrancaría el pellejo». En cambio, dijo:

—Esto tiene que ser una broma.

Todos fijaron los ojos en ella.

Y entonces la vio. Sus tías la habían ocultado parcialmente. Una niña de unos siete años. Llevaba un tutú de arcoíris sobre unas mallas de rayas y una camiseta que decía: «Los unicornios existen». Sus zapatillas Converse estaban desgastadas y en una mano sostenía un corderito de peluche andrajoso. Sadie percibió un ligero movimiento a la derecha de la cría, una forma que onduló en el aire, pero cuando miró más de cerca desapareció.

—Lo siento —dijo por fin su madre—. Sé que esto debe causaros una impresión tremenda.

—Tonterías —dijo Kay, tirando del brazo de Florence y arrastrándola hasta el umbral—. Entra, que hace frío. No puedo creer que estés aquí. ¡Que seas real!

—¿Y quién es ella? —preguntó Anne.

—Soy Sage —dijo la niña—. Y este es Cacao. —Levantó su peluche.

—Tu hermana —dijo Florence, con ojos cautelosos mientras desplegaba un brazo protector alrededor de los hombros de la niña. En ese momento, Bambi salió de la sala de estar y se dirigió hacia Sage como si la hubiera estado esperando. Él le acarició la manita con la nariz antes de dejarse caer a su lado como un centinela.

—Imposible —respiró Sadie, que por fin había encontrado su voz—. La magia del conducto… —comenzó, pero Anne la interrumpió de forma brusca.

—He oído que a los corderitos les encanta el chocolate caliente. ¿Es eso cierto? —preguntó su tía.

La cría asintió con los ojos muy abiertos.

—Entonces, ven. Resulta que tengo una receta muy especial que creo que te gustará. —Le tendió la mano y Sage miró a su madre, quien asintió brevemente antes de que la niña le tomara la mano a Anne—. Vamos, Kay.

—Pero… —La susodicha quiso protestar, pero su hermana le lanzó una mirada diabólica—. Vale, vale, ya voy. Eres una mandona.

Bambi las siguió y entonces se quedaron solos; Sadie todavía estaba en mitad de la escalera, Seth seguía mudo y la puerta aún entreabierta.

«¿Qué hago?». El pensamiento se repetía una y otra vez en su cerebro.

Y entonces Florence le tendió un brazo a su hijo. Sin pestañear, él caminó hacia ella y la abrazó.

Ella sintió una punzada de celos. Era lo que su hermano siempre había querido. Pero, cuando la mujer extendió el otro brazo, con una pregunta en los ojos mientras la miraba, sus pies se movieron por sí solos. Y por fin, después de veintiocho años, abrazó a su madre. Y ambas empezaron a llorar.

—La he echado mucho de menos. —Florence sollozó en voz baja—. No pude despedirme. La he echado tanto de menos…

Seth hizo un sonido ahogado mientras se le escapaba un sollozo.

Sadie dio un paso atrás con torpeza y miró al suelo.

Su madre había regresado. Pero, aun sabiendo que se marchó debido a la magia, a la maldición, eso no borraba el dolor del abandono que había sentido toda su vida. Puede que Florence la hubiera dado a luz, pero ¿cómo se suponía que debía comportarse con aquella mujer si nunca la había visto? ¿Qué decían las normas cívicas respecto a las madres desaparecidas hacía tanto tiempo? Sadie, a quien no le gustaba probar cosas nuevas por miedo a hacerlas mal; que se negaba a hacer cosas delante de la gente porque no quería equivocarse; a quien le gustaba aparentar que sabía lo que hacía aunque no tuviera ni idea, ahora navegaba en un mar sin estrellas.

Seth también se soltó del abrazo de su madre y los tres se quedaron allí sin saber qué decir ni qué hacer, hasta que finalmente Anne llamó desde la cocina para informar de que el chocolate caliente estaba listo.

—Sé que tenemos muchas cosas de las que hablar —dijo Florence—. ¿Podemos quedarnos? Os lo contaré todo siempre y cuando vosotros hagáis lo mismo.

Sadie se sorprendió cuando Seth la miró.

—Sí, por supuesto —gruñó ella—. Sois de la familia después de todo. —Hizo una mueca por dentro. Sí, tenían sangre en común. Pero la familia era más que eso; implicaba recuerdos, amor, llamadas telefónicas nocturnas y estar ahí cuando no había nadie más. No habían compartido nada de eso con la hermosa mujer que estaba frente a ellos, con el cabello tan pulido que parecía reflectante y los ojos tan ansiosos que a Sadie le dolía el pecho.

Cuando Sage se quedó dormida sentada a la mesa de la cocina, con la cabeza apoyada en el corderito de peluche y Bambi a sus pies, ella todavía no tenía claro cómo se sentía. Entonces le dijo a Florence que podían ocupar la habitación de Gigi por ahora. Su madre llevó a la niña dormida («su hermana», se recordó Sadie) al piso de arriba.

—Vuelvo enseguida —dijo la susodicha por encima del hombro. Y, como un guardaespaldas obediente, Bambi las siguió con la cabeza en alto, como si hubiera estado esperando esa misión toda su corta vida.

—No puedo creer que haya vuelto —repitió Kay cuando ya no la oían.

—Ya era hora también —dijo Anne, sonando exactamente como Gigi.

—¿Lo sabíais? —Sadie preguntó a sus tías—. ¿Sabíais lo de Sage?

—No lo sabíamos —dijo Kay al mismo tiempo que Anne asentía—. Qué perra —le soltó a su hermana, aunque no había veneno en sus palabras.

—Apenas nos hemos mantenido en contacto. —La aludida puso los ojos en blanco y la discusión continuó hasta que cesaron de forma abrupta cuando Florence volvió a entrar.

—Estoy segura de que tenéis un millón de preguntas —dijo, tomando asiento a la mesa. Su voz sonaba cansada.

—¿Cuál es tu magia? —preguntó Seth sin poder contenerse.

Sadie arqueó las cejas ante la pregunta. Sin duda, no era la primera que ella quería hacer.

—La magia... —Florence frunció el ceño e hizo girar ociosamente una cuchara en el aire—. La magia es tan poderosa como la maldición que la acompaña, ¿sabéis? Mi maldición era Julian. Y, a partir de ahí, separarme de vosotros dos —señaló con la cuchara a Sadie y luego a Seth— y del resto de mi familia.

Ella frunció los labios ante la respuesta en forma de acertijo. Le recordó a Tava.

—Pasé años huyendo —continuó Florence—. Como he dicho, mi maldición no era solo irme, sino ser un alma errante. Siempre perseguida por los pecados del pasado. Los fantasmas, espíritus o como queráis llamarlos nunca me dejaban en paz. De todos modos, supongo que es hora de que escuchéis mi versión de la historia. Creo que deberíamos empezar por el principio.

Y, mientras un viento oscuro con aroma a canela se levantaba y hacía que el roble golpeara la ventana una y otra vez, Florence comenzó su relato:

—Me enamoré de Julian cuando era adolescente. Yo estaba descontrolada; seguro que mamá os lo contó. —Se rio, pero había un toque de tristeza en el gesto—. Solo buscaba problemas y libertad y, sobre todo, deshacerme de mi maldita magia. Quería saber quién era yo sin ella, sin este «legado» que me había caído encima.

Sadie observó el rostro de Seth mientras él absorbía cada palabra, sabiendo que había encontrado en su madre un espíritu afín.

—Ahora que miro atrás, me doy cuenta de que quería separarme de la familia para encontrarme a mí misma. Pero en aquel entonces me convencí de que estaba enamorada. Y Julian era mi vía de escape.

»Cuando me di cuenta de que estaba equivocada, intenté dejarlo, pero algo siempre me obligaba a regresar. Entonces él me habló de un ritual para deshacerme de mi magia. —A Sadie se le erizó la piel como si se la hubiera frotado con ortigas—. Pero en realidad era un ritual para hacerme fértil. Fui una estúpida al creerlo —dijo Florence sin más—. La culpa es mía. Nunca debí haber intentado huir de quien era. De lo que era. Estaba muy asustada y era demasiado testaruda para pedir ayuda. Y entonces me quedé embarazada.

»No quería abandonaros. Pero debéis entenderme: físicamente no podía quedarme. El hechizo que lanzó Gigi... me obligó a alejarme. El destino me forzó a marcharme del pueblo. Aun así, me mantuve lo más cerca que pude. Me quedé en el pueblo siguiente, pero la catástrofe comenzó a sobrevenir. Los desastres naturales aparecieron de la nada, sin seguir ningún patrón científico. Y entonces la gente empezó a morir. Era por mi culpa, lo sabía. Así que me marché. No quería más sangre en las manos. Después de eso, ya no pude quedarme mucho tiempo en un mismo lugar.

Florence contó que estuvo viajando con feriantes durante un tiempo, instalando un puesto como lectora de tarot y de manos, repartiendo fortuna y advertencias como quien reparte comida a los hambrientos. Les contó que lloraba todas las noches y que, cada vez que intentaba enviar cartas, postales o regalos, los propios sobres y paquetes ardían y dejaban una ceniza que olía a odio a sí misma y a arrepentimiento.

—Estaba tan enfadada —prosiguió— que pensé en emplear mi magia para convertirme en lo que la naturaleza exigía que nunca debía ser: un amplificador. Aprendí todo lo que pude sobre quiénes somos y qué podemos hacer. Sondeé las partes más profundas y oscuras de mi ser, esperando algún milagro que me ayudara a encontrar el camino de vuelta a vosotros. Pero los milagros son para los tontos que no creen en el destino.

Florence les contó que llegó a tocar fondo y a preguntarse cuál sería su condena si se quitara la vida, aunque en realidad sabía que nunca podría hacerlo. No lo haría nunca. No sin volver a ver a Sadie y Seth. Y entonces pensó que tal vez tuviera una segunda oportunidad.

Llevó a cabo un ritual, convencida de que no funcionaría. Encontró a un hombre sin nombre y dos meses después se sorprendió al descubrir que estaba embarazada de Sage.

—Era mi oportunidad de empezar de nuevo —continuó Florece—. Para volver a intentarlo. Para hacerlo bien esta vez. Porque, aunque la maldición no era culpa mía, aunque no fui yo quien mató a Julian, en realidad sí fue por mi culpa. Todo fue culpa mía. —Entonces se derrumbó y se cubrió la cara con las manos, intentando que sus sollozos no despertaran a la hija fruto de su segunda oportunidad, que dormía en el piso de arriba—. Y ahora mamá está muerta. Ella lo sacrificó todo por mí. Por mis hijos. Y al final ni siquiera pude despedirme.

—Ella lo sabía —le aseguró Anne—. Lo prometo. Siempre lo supo.

—Le estoy más agradecida de lo que jamás imaginaréis por haberos criado —añadió Florence, volviéndose hacia los gemelos—. Sé que ella lo hizo mejor de lo que yo jamás lo habría hecho. Lamento no haber estado ahí y haberme enamorado del hombre equivocado.

Se le acumulaban las disculpas, afrentas desparramadas que ardían en el suelo entre ellos y carbonizaban la madera hasta que el olor a cerezo le quemó la nariz a Sadie. Seth, por su parte, absorbía cada palabra de su historia. Sus ojos decían que no había nada que perdonar, solo tiempo perdido que recuperar por fin. El corazón de ella, al contrario, era como el montón de disculpas de color ámbar que brillaba en el suelo.

Cuanto más hablaba Florence, más le rechinaban los dientes a su hija. Cada palabra se abría camino y echaba raíces. Su madre pretendía que fueran una familia, eso estaba claro, aunque Sadie dudaba que se atreviera a decirlo. Pero ¿qué era la familia además de la sangre? Era tiempo, amor y recuerdos. Discusiones, perdón y compromiso. Sus pensamientos derivaron involuntariamente hacia Jake.

—Sé que mamá vinculó su vida a la de uno de vosotros —añadió, tomándole la mano a Seth por encima de la mesa—. Sé que su muerte ha desencadenado todo tipo de cosas. Os prometo, os juro, que os ayudaré a resolverlas. Si me lo permitís —añadió, mirando esta vez a Sadie.

Mientras esta observaba a su hermano, la forma en que miraba a su madre, el hambre en sus ojos, se preguntó si iba a perderlo de nuevo. Lo había tenido para ella sola toda su vida. Y luego se fue. Y, ahora que había regresado, su madre amenazaba con acaparar su corazón.

«No tiene por qué ser así, cariño. —Era la voz de Gigi susurrándole al oído—. Siempre hay amor suficiente para todos. Tú has aprendido a racionarlo debido a tu maldición. Pero es hora de que eso cambie».

—¿Sabes cuál de nosotros es el conducto? —preguntó Sadie.

—No. Pero Sage puede ayudarnos con eso mañana. Ya se nos ocurrirá algo. Lo prometo. —Florence le dedicó una sonrisa tranquilizadora—. De momento esta noche no podemos solucionar nada más, así que es hora de que me contéis lo que me he perdido.

Kay empezó, por supuesto, y le contó todos los detalles y las miserias de su trabajo y la ristra de hombres más jóvenes que ella con los que había tenido aventuras pasajeras, hasta que Anne por fin la interrumpió. Ella habló de Steven, de sus hijos y de su nuevo nieto. Luego fue el turno de Seth.

—Supongo que soy como tú. Nunca quise mi magia. Jesús... —Se pasó una mano por el cabello—. En realidad, ni siquiera entendía en qué consistía. Ni siquiera sabía explicarla. Y luego, hace más o menos un año y medio, empezó a empeorar. No la quería. Nunca la había querido. Siempre quise..., no sé..., ser normal sin más, supongo.

—Es difícil estar en esta familia —dijo Florence con una pequeña sonrisa—. ¿Cuál es exactamente tu magia, si no te importa que te lo pregunte?

Sadie contuvo la respiración. Ella llevaba haciéndose esa pregunta desde tiempos inmemoriales.

—Creo que se me da bien saber lo que quiere la gente. O lo que necesita. Incluso si ellos mismos no lo saben. Conozco sus secretos más profundos —dijo, con el rostro marcado por la miseria—. Desde su mayor deseo hasta el más absurdo. Lo sé todo.

—Ay, cariño —dijo Florence con voz suave y consoladora—, eso tiene que ser muy duro.

—Pero, Seth —interrumpió Sadie, sacudiendo la cabeza con el ceño fruncido por la confusión—, eso es increíble.

—Increíble... —se burló, volviéndose hacia su hermana—. Es mi maldición. Ese es el legado, ¿verdad? Cada Revelare tiene magia, pero también tiene una maldición. En mi caso resulta que son lo mismo.

—¿Cómo puedes decir eso? —replicó ella—. ¡Puedes usarla para ayudar a la gente!

—La mayoría no quiere escuchar lo que necesita. La mayoría de la gente normal tiene secretos por algún motivo. No quiero saber esa mierda, créeme. Y tú tampoco querrías.

Florence miraba a los gemelos alternativamente, sin estar segura de su posición.

—¿Desde cuándo lo sabes? —preguntó Sadie. Y, como Seth no respondió, volvió a preguntarlo, exigiendo una respuesta con una voz que no admitía discusión.

—Antes de irme, empecé, no sé... a sentir cosas. A oírlas. A ver las carencias, las necesidades y los deseos de las personas. Me estaba volviendo loco. Era incapaz de controlarlo.

—¿Ese fue el motivo real por el que te fuiste? —susurró Sadie.

—Sí —entonó su hermano con los labios fruncidos mientras asentía.

—¿Te marchaste? —preguntó Florence.

—Supongo que lo lleva en la sangre —dijo ella, lamentando las palabras en el mismo instante en que salieron.

Seth parecía turbado.

En ese momento, la chimenea de la sala de estar cobró vida. La madera de repente estalló y se partió como si llevara horas rugiendo.

—Lo siento —dijo Sadie, sacudiéndose y volviéndose hacia Florence—. No quería decir eso.

«¿De verdad que no?».

—Cariño, tienes todo el derecho a sentirte así —repuso su madre y sonó tan parecido a lo que diría Gigi que se le hizo un nudo en la garganta—. Y tú tienes todo el derecho a odiar tu legado —añadió, dirigiéndose a Seth—. Creedme, yo también lo hice. Pero vuestra abuela creía en lo que teníamos. Lo usó para mantener unida a nuestra familia, para ayudar a la gente, y Dios sabe que estoy lejos de ser como ella, pero lo intento.

—No estoy diciendo que no tenga sus ventajas —dijo el hijo—. Sé lo que la gente quiere oír. Puedo conseguir cualquier trabajo, cualquier cosa o a quien quiera. Básicamente puedo manipular a las personas para que hagan lo que necesito. Cuando me marché, lo hice durante un tiempo. Pero nada era real.

—Entonces, somos más parecidos de lo que pensaba. —La sonrisa de Florence era triste y estaba llena de recuerdos oscuros que era mejor dejar en el pasado—. Es una vida vacía, ¿verdad?

—Nunca quise irme. Pero no podía, no sé, no lograba desligarme. Pensé que marcharme me ayudaría a descubrir quién era yo sin Sadie, sin el estúpido legado familiar. Pero me sentí un desgraciado. Cuando volví se lo conté todo a Raquel. No sé por qué, pero cuando intenté usar mi magia con ella no funcionó. Así que supongo que me sentí a salvo.

—Espera un segundo, ¿Raquel lo sabe? —quiso saber ella, frunciendo el ceño.

—Con ella he aprendido a desactivarlo. —dijo Seth, encogiéndose de hombros.

—No sé quién es Raquel, pero no puedes deshacerte de quien eres —dijo Florence con una voz que hablaba desde la experiencia.

—En eso estoy de acuerdo —reforzó Sadie.

—Créeme, cariño —dijo Tava—: Todos hemos intentado escapar en algún momento. Pero, cada vez que nos vamos, nos damos cuenta de que no hay mejor lugar donde estar que con las personas que más nos aman.

—No os podéis imaginar cómo es, ¿vale? Voy a pagar la gasolina al dependiente y resulta que su novia está embarazada de otro hombre y se siente tan desdichado que lo único que quiere es suicidarse. Y yo lo percibo con tanta fuerza que de repente siento que quiero suicidarme también.

—¿Y no ha sido así toda tu vida? —preguntó Florence.

—Supongo que una parte de mí sí lo ha percibido siempre así. Pero fue a peor.

—¿Y ahora?

—Básicamente me he convertido en un ermitaño. O estoy aquí o estoy donde no haya nadie. No puedo salir en público.

—Seth —Sadie se acercó a él y le tomó la mano—, ¿por qué no me dijiste nada de esto? Lo siento mucho.

—Porque sabía que intentarías ayudarme y te quiero, Sade, pero es que no lo entenderías. Querrías que lo usara para ayudar a la gente, pero primero tengo que aprender a gestionarlo o me arriesgo a perder la maldita cabeza.

—Puede que, si de vez en cuando te dejaras ayudar, te dieras cuenta de que en realidad no lo sabes todo —dijo ella.

—Bueno —interrumpió Florence—, supongo que ya no necesitamos que Sage nos diga cuál es la vida que está en riesgo.

—¿Qué? —preguntaron Seth y Sadie a la vez mientras todos los ojos de la estancia se volvían hacia la mujer.

—Venga ya —dijo—. ¿No es obvio? Mamá tenía cáncer. Estoy segura de que lo sabía incluso antes de que empezaran los síntomas. Y lo ocultó. Probablemente fue al mismo tiempo que la magia de Seth empezó a activarse, porque, a medida que su salud empeoraba, los vínculos mágicos se fueron deteriorando y la magia del conducto se disparó. De tu conducto mágico —aclaró, señalándolo.

—¿Qué? —Sadie se sobresaltó—. Pero yo… Y, entonces ¿por qué mi magia se ha vuelto loca?

—El dolor te hace perder el control —respondió Florence con el ceño fruncido—. También lo hará cualquier tipo de emoción fuerte que no puedas dominar. Siempre has tenido tu magia y has sabido en qué consistía y cómo usarla. Para Seth tiene sentido que haya estado silenciada gracias a los encantamientos de mamá; quiero decir, de vuestra abuela.

Nada podría haber sorprendido más a Sadie, pero, en el momento en que su madre pronunció esas palabras, supo que eran ciertas. Y fue entonces cuando ella lo sintió. El miedo. La misma razón por la que nunca había querido que su madre volviera, ni siquiera cuando eran pequeños.

Florence ya estaba alejando a Seth.

Había perdido a su hermano una vez y ahora sentía que se le escapaba de nuevo. Él siempre había tenido un exterior duro. Los que no lo conocían pensaban que pasaba de todo. Pero Sadie sabía que en realidad era muy sensible. Y ahora su madre estaba allí para enseñarle a Seth lo que ella nunca logró: que creyera en su valía y en su legado.

—Déjame preguntarte algo —dijo Florence, interrumpiendo los oscuros pensamientos de su hija—. No funciona con los de tu sangre, ¿verdad, Seth?

—No, gracias a Dios. Además, tampoco consigo que funcione conmigo mismo —respondió—. Y a veces me vendría bien, la verdad.

—Entonces sería demasiado fácil, ¿no? —preguntó Florence con una sonrisa cariñosa—. Por desgracia, la magia no hace eso.

—O sea que no puedes adivinar lo que quiero, lo que necesito, ¿no? —preguntó Sadie a su hermano.

—¿Aparte de una patadita en el trasero de vez en cuando? No. Pero, claro, eso no es magia, es sentido común.

—Me troncho... —murmuró ella, poniendo los ojos en blanco.

En parte tenía sentido. Y Sadie no se explicaba cómo era posible. Parecía que Florence creía firmemente en ella, al igual que Gigi. Quería aprender a amarla para perdonarla, pero a la vez le parecía una traición a su abuela, que en realidad era la que los había criado. ¿Y cómo podía recibir con los brazos abiertos a la mujer que los había abandonado, que tenía otra hija y ahora ponía en peligro la relación con su hermano? Tantas emociones encontradas la dejaron exhausta. Pero ella había dicho que había sondeado las profundidades de su magia y, si eso ayudaba a salvar a Seth sin que Sadie tuviera que sacrificarse, bueno, podría ser amable al menos las próximas dos semanas. Al pensarlo, se acordó de las cartas de la caja fuerte.

Desapareció un momento, regresó al instante y las dejó sobre la mesa.

Seth miró la carta como si fuera una bomba de relojería antes de guardársela en el bolsillo trasero.

Kay cogió la suya con avidez, ya llorando, y se dirigió a la sala de estar.

Anne y Florence abrieron la suya en el acto.

Sadie se excusó para ir al patio trasero. Necesitaba espacio. Pero Bambi tenía otra idea. La siguió hasta la puerta mosquitera y le dio un empujón en la pierna hasta que ella se sentó para acariciarlo. Luego Simon salió del jardín, subió las escaleras y empezó a frotarse contra su lado libre, moviendo la cola adelante y atrás antes de colocarse pegado a su cadera con uno de sus maullidos roncos. Bambi la miró y también se dejó caer. Era el apoyo silencioso que necesitaba y que a veces solo los animales eran capaces de ofrecer.

Ahora que la habían despojado de todo, sabía que no había nada peor que perder lo que más amaba. Su maldición había dictado más de la mitad de su vida. Había hecho que temiera el amor en lugar de valorarlo. Había alejado a las personas por miedo a sufrir en vez de acercarlas para obtener fortaleza y curación.

Se quedó allí sentada hasta que la salvia se abrió y las lechuzas se quedaron en silencio en los altísimos árboles. Se apretó el suéter para protegerse del frío, se rodeó la cintura con los brazos y se encorvó sobre las rodillas. Lo único que quería era oír la voz de Gigi, sentir el calor de sus manos ásperas mientras le acariciaba la cara. Pero sobre todo quería saber qué tenía que decir sobre Florence, la hija pródiga que finalmente había vuelto a casa.

—Solía sentarme aquí a mirar el jardín —dijo una voz suave a su lado.

Sadie se sobresaltó porque la puerta no había chirriado como siempre. Su madre apoyó los codos en la barandilla.

—Nunca se me dio bien —continuó—. Aunque Tava era peor. Era nefasta para la jardinería. Era capaz matar una planta con solo mirarla. Anne, bueno, era y sigue siendo puro nervio. —Se rio. Sadie supo por el tono de su voz lo mucho que había extrañado a sus hermanos y la nostalgia que sentía por todo lo que se había perdido durante su ausencia—. Plantaba algo, recogía unos cuantos tomates y luego pasaba a otra cosa, a otra idea, a otro proyecto. Y Kay nunca tuvo paciencia para las plantas. Prefería usar su magia para quemarte el pelo en vez de para abrir una flor.

—Nuestra familia está bien jodida —suspiró Sadie.

—Puede que sí —confirmó Florence asintiendo—, pero, cariño, eso es la familia. Cada una tiene sus dramas, sus historias, sus líos, y hay que saber navegar entre los sentimientos heridos, las expectativas y el lugar que ocupa cada uno. Hay rencores, iras y amarguras y a veces decimos cosas a los familiares que nunca diríamos a nadie más porque son a quienes más queremos y, a fin de cuentas, sabemos que nos perdonarán. Hacemos cosas por la familia que jamás habríamos imaginado. —Hablaba la voz de la experiencia y, aunque sonrió a Sadie, tenía veintiocho años de dolor enterrados en los ojos—. Y todo eso sin magia, por cierto. En nuestro caso simplemente tenemos un poco más con lo que lidiar.

—¿Cómo haces para mantenerte tan joven? —preguntó ella sin pensar, incapaz de contenerse.

Entonces Florence se rio con un sonido suave y alegre. Era el tipo de risa que te atraía, que te hacía querer compartir la alegría aunque no supieras el motivo.

—La magia es buena al menos para algunas cosas —dijo con una sonrisa maliciosa—. Pasé por tu cafetería antes, ¿sabes? Es increíble. Estoy muy orgullosa de ti.

A Sadie se le hizo un nudo en la garganta y ni siquiera sabía por qué. Esa mujer no significaba nada para ella. Se había pasado toda la vida convenciéndose de que no necesitaba una madre y pensando que Seth era un tonto por su obsesión. Había pasado casi treinta años creando una imagen de sí misma que quería que los demás vieran. Fuerte. Independiente. Pero, al despojarse de esos filtros, con su madre ahí enfrente diciéndole que estaba orgullosa, ¿qué quedaba de ella?

En ese momento, Sadie odió la magia por lo que le había quitado. Ella siempre había creído que la maldición merecía la pena por la magia. Pero con cada desengaño estaba menos segura. Quería aferrarse a sus creencias, pero todo lo que había dado por válido se le escapaba entre los dedos como la luz de una estrella.

—Escucha —dijo Florence tras el silencio de su hija—, lo eché todo a perder. Eso no era parte de mi maldición; fui yo. Aunque hubiera podido quedarme, probablemente habría metido la pata contigo y con tu hermano. Pero quiero intentarlo, ¿vale? Quiero que Sage tenga un lugar al que pueda llamar hogar. Quiero hacerlo bien con vosotros tres.

Mientras hablaba, el extraño olor a quemado de la asafétida empezó a flotar en el aire desde el límite del bosque. Sadie miró en esa dirección, buscando la figura, pero no había nada.

Chocolate caliente atrapasueños

Lleva más trabajo que los preparados instantáneos, pero es que esos son una porquería. Le quitará las pesadillas a quien lo tome y le hará caer en un dulce sueño. También cura los dolores de cabeza y de corazón y hace sentir que todo está bien en el mundo.

Ingredientes

3 tazas de leche entera
3 cucharadas de cacao en polvo de buena calidad
170 g de chocolate semidulce (con leche para un sabor más cremoso o semiamargo para dar más sabor)
3 cucharadas de azúcar
un chorrito de extracto de vainilla
una pizca de canela

(Opcional: si añades sal marina fina espolvoreada por encima o mezclada, tendrá un delicioso sabor dulce y salado a la vez).

Elaboración

1. Hierve ¾ de taza de leche a fuego lento. Incorpora el cacao en polvo y remueve hasta que no queden grumos. Agrega el resto de la leche y vuelve a hervir a fuego lento.

2. Agrega el chocolate, el azúcar, la canela, la vainilla y la sal y remueve hasta que la mezcla tenga una textura suave y el chocolate se haya derretido, aproximadamente 5 minutos.

3. Sírvelo en tazas y cubre con nata montada (y nubes de azúcar).

13

Sadie durmió a ratos esa noche. Soñó con cosas perdidas y puertas de jardín que no se abrían por mucho que lo intentara. Se despertó oliendo el persistente aroma de humo de cigarrillo y perfume de Gigi. Y, durante unos momentos felices, olvidó los acontecimientos de la noche anterior y su madre era un sueño confuso. Se olvidó hasta que pasó por la puerta del dormitorio de su abuela y entonces el recuerdo le llegó en estampida, frío, salado y turbulento.

Su madre.

Florence había vuelto.

Esta, Anne y Seth se movían por la cocina como en un baile ensayado. Sadie miró desde la puerta, intentando sin éxito encontrar su lugar. Aunque había sitio para ella, no sabía dónde colocarse.

Pensó que su hermano podría mostrarse más preocupado. Había estado dispuesta a prometerle la luna. A decirle que ella se encargaría de todo, como siempre había hecho. Al fin y al cabo, solo quedaban veinte días. Pero nunca lo había visto tan contento. No había atisbo de preocupación en su rostro, sino una especie de asombro sereno.

—¡Sadie! —dijo Florence cuando la vio—. Cariño, ¿cómo te tomas el café?

—Ya me lo hago yo. —Su tono fue más cortante de lo que pretendía—. Es que… me lo llevo arriba. Tengo que irme a la cafetería. —Fingió no ver la mirada comprensiva de Anne ni el destello de dolor en la de Florence.

Oyó su risa suave desde la escalera. Su madre ya estaba acaparando demasiado espacio. Sabía que podía dejarla entrar en su vida. Sería una caída fácil, blanda, como la masa de babka. Pero a Sadie solo le quedaba un desengaño por sufrir, su cuarto corazón roto, y eso la destrozaría y de paso perdería no solo su magia, sino también su esencia. No sabía qué esperar de sí misma ni qué más podría quitarle su magia o su maldición.

Se remangó y sacó el teléfono del bolsillo. Tenía un mensaje de texto de Raquel:

Virgen santa. ¿Es verdad?

Sí.

¡¿Ha vuelto?! No me lo puedo creer.
¿Cómo lo llevas?

Exactamente como te imaginas.

He quedado con Jake en el instituto
para explicarle la iluminación, pero
¿quieres que vaya después?

Los dedos de Sadie se abalanzaron sobre el teclado. Adoraba a su mejor amiga. Pero quedar parecía jugar sucio. Tenía que ser adulta, ¿no?

Sí, pero no. Necesito trabajar.
Necesito normalidad.
¿Nos vemos en la cena de Gigi el jueves?

Por supuesto. Te adoro.

Sadie se terminó el café pensando en que debería darse una ducha y afeitarse las piernas, pero parecía una tarea demasiado monumental. En vez de eso, se puso unas mallas térmicas y un suéter holgado que se le deslizaba por un hombro. Se centró en los movimientos, que parecían naturales pero extraños. Se puso unos cuantos anillos en los dedos y una gargantilla con forma de luna creciente que Seth le regaló en su dieciocho cumpleaños. Se maquilló los ojos con delineador sin reparar demasiado en las ojeras que los ensombrecían. Era la primera vez que se arreglaba desde la muerte de Gigi y sentía como si estuviera cometiendo una pequeña traición. Desterró ese pensamiento, sabiendo que su abuela le habría dicho que ya estaba bien, y en lugar de eso desvió la mirada por la ventana hacia el jardín y se imaginó a Jake de rodillas, plantando, desmalezando y arreglando su refugio, hasta que tragó saliva por los recovecos del nudo de la garganta. Miró las cucharitas, que ocupaban un lugar de honor en su desordenada mesilla de noche.

«No deberías querer lo que no es tuyo», se dijo.

Ella siempre había estado dispuesta a obrar bien. A ser una buena persona. A ser justa. Pero su cabeza y su corazón no coincidían.

Apuró el último sorbo de café, ya frío, deslizó el diario de Gigi en su bolso e intentó escabullirse por la puerta principal, haciendo todo lo posible por ignorar la charla que salía de la cocina. Pero la puerta no cedía.

—Basta —siseó ella.

El pomo de la puerta tintineó desafiante.

—Déjame salir.

Notaba el reloj de pie mirándola.

—Ni se te ocurra —le advirtió, pero el objeto dejó escapar un ruido a gong que sonó como una alarma—. Si no me dejas salir ya, te pintaré de un color naranja horroroso y nunca más te engrasaré las bisagras —susurró furiosa.

El pomo giró hacia fuera inmediatamente justo cuando el último dong del reloj de pie se apagó. Sadie vio a su madre en la entrada de la cocina un segundo antes de que la puerta se cerrara de golpe. Tenía la boca abierta como si fuera a llamarla y ella intentó sofocar la culpa que se le pegaba a los dedos como la miel.

—¿Estás segura de que quieres estar aquí? —preguntó Gail desde el mostrador.

—Necesito hacer repostería para desestresarme. —Sadie sonrió, respiró hondo, entró en la cocina y encendió el horno.

Mientras se precalentaba, sacó el diario de Gigi, esperando que algo en aquellas páginas la llevara a una respuesta. Sobre qué hacer con respecto a la maldición. Sobre su madre. Incluso orientación sobre lo que debería cocinar esa mañana. Cualquier cosa en realidad.

Lo abrió con cautela y con dedos temblorosos. Ojeó páginas llenas de recetas de comida y hechizos, tés y cataplasmas. Entre las hojas había prensadas flores secas con su significado y aplicaciones escritas en el margen. Había recuerdos anotados, algunas fotografías descoloridas y un recorte del periódico *El pregonero de Poppy Meadows* que anunciaba la gran inauguración de Melocotón al Tomillo. Había una lista de la compra aleatoria en una hoja de papel descolorida.

yogur de vainilla
pan de masa madre
mantequilla con sal
pasteles de queso con cerezas
alubias de gominola
cañas de hojaldre
tomates
CocaCola Light
pimientos y cebollas

Y allí, en la última página, había dos fotografías. Una era en blanco y negro, de Gigi y sus hijos en el patio delantero, con el borde amarillo descolorido y un doblez en una esquina. La otra era de Seth, Sadie y ella en el Festival de Navidad de Música Country del año anterior. Lo recordaba con la viveza del rojo sangre porque había sido la última foto que se habían hecho juntos antes de que su hermano se marchara.

Llegó al final del diario y una extraña paz se le instaló en los huesos. Se sentía liviana y brillante como la luz de una estrella. Tenía diecinueve días para salvar a Seth. Y, de repente, se puso de pie y empezó a alcanzar ingredientes. Sal dos veces bendecida y romero fresco de la huerta finamente picado. Ralló la piel y exprimió el zumo de varios frutos del limonero mágico de Gigi. Le goteó por el brazo y, mientras se giraba para coger un paño de cocina, se dio de lleno contra un armario.

Jake extendió los brazos para sujetarla. Las manos de él sobre los hombros le provocaron destellos luminosos en los ojos.

—¿Dónde está el fuego? —preguntó él.

—¿Qué? ¿Qué fuego? —dijo ella, girándose para comprobar la cocina.

—Sade —dijo, ahogando la risa mientras le daba la espalda—, es una broma, una expresión. Quería decir que qué tienes que cocinar con tanta prisa.

—Pues… bizcocho de limón y romero —contestó con premura—. Es para mayor claridad. Para conseguir lucidez pura. ¿Qué haces aquí?

—He venido a verte.

Ella se alejó de él y empezó a revolotear por la cocina de un lado a otro con rapidez. Agarró un paño de cocina y el azúcar cristalizado.

—Pásame el bicarbonato de sodio. Y la harina. Y saca el yogur de vainilla del frigorífico.

Jake dejó todo sobre la encimera mientras ella sacaba las cucharas de medir.

—¿Estás segura de que estás bien? ¿Para qué necesitas claridad?

—Para todo —dijo sin aliento.

—Vale —contestó él, riendo—. Me encanta cuando te pones en modo intenso. Tengo que volver a la estación. Tengo turno de veinticuatro horas y luego otro de cuarenta y ocho.

Ella asintió sin mirarlo. Pensaba que se había ido, pero un momento después oyó su voz en la puerta.

—Oye, Sade.

—¿Sí? —preguntó a la vez que repasaba con el dedo la hoja con la receta.

—¿Puedo recuperar a mi perro ya?

—No.

Ella sonrió sin levantar la vista y, cuando volvió a darse la vuelta, él ya no estaba. El aroma del romero iba subiendo conforme lo molía con el mortero y entonces un pensamiento destacó entre los demás. A la vez que esa fragancia le invadía los sentidos, supo que algo relacionado con Jake intentaba salir a la luz. Pero Sadie apartó el pensamiento y se centró solo en Seth y en cómo salvarle la vida. Diecinueve días parecían a la vez una eternidad y nada de tiempo.

Hizo cinco barras de pastel de limón y romero, dejó cuatro para la cafetería y se llevó una a casa. Encontró a su hermano con Florence y Anne; lo sacó de allí, lo arrastró hasta la cocina y lo sentó a la fuerza en una silla.

—Vamos a dar un paseo —anunció su tía desde la entrada.

—Come —dijo Sadie una vez que la puerta se cerró, empujando una rebanada de pastel hacia él y tomando un bocado de la suya. Seth miró fijamente el plato y luego volvió a mirarla.

—Escucha, idiota —dijo ella con la boca llena—. Necesito tu ayuda. Necesitamos claridad. Esto nos la dará. No te dejaré morir, ¿entendido? Ahora come. —Señaló el pastel de nuevo.

Sin decir palabra, Seth dio un gran mordisco. Ella lo observó mientras masticaba y el estómago le dio un vuelco cuando él abrió los ojos como platos.

—¿Qué? ¿Qué pasa? ¿Has pensado en algo? ¿Has tenido una idea?

—Está todo muy claro —susurró Seth—. Pero no, no tiene sentido. —Hizo un gesto negativo con la cabeza, con el ceño fruncido por la confusión.

—¿Qué? ¿Qué no tiene sentido? Dímelo y lo resolveremos juntos. —Estaba sin aliento. No creía que su comida hubiera funcionado jamás tan rápido, lo que tenía que significar algo bueno.

—Necesitas… —hizo una pausa.

—¿Qué? ¡Dilo ya!

—Irte de vacaciones, porque estás demasiado tensa —concluyó riéndose.

Ella gritó de frustración y le arrojó su trozo mientras él seguía riendo.

—Lo siento —dijo, limpiándose el glaseado de la mejilla con el dedo y luego lamiéndolo—. A ver, el pastel está buenísimo, en primer lugar. Y, segundo, tenías que saber que eso iba a suceder.

—¡Seth, no te estás tomando esto en serio!

—Eh, me lo estoy tomando muy en serio, hermana. Simplemente me niego a dejar que esto eche a perder el tiempo que me queda en caso de que lo jodamos todo y no lo logremos.

—Quédate ahí —dijo con voz severa. Ya era hora de algo drástico.

Cogió una hoja de papel y un lápiz y dibujó un intrincado diagrama que llegaba hasta los bordes y luego serpenteaba.

—¿Por qué me da que esto es una mala idea? —dijo Seth. Puede que no le gustara el legado cuando se hizo mayor, pero sabía lo suficiente como para reconocer un hechizo de invocación cuando lo veía.

—Cállate y coge el aceite de rateros y la salvia mientras voy a por algo de la abuela.

Casi perdió el valor cuando llegó a la puerta de Gigi. Pero necesitaba un amuleto. Un tótem. Algo que la representara. Entró con pasos sigilosos y rápidamente cogió el nudo de Isis sin mirar a su alrededor. Luego sacó la sal dos veces bendecida y una vela de cera pura de color blanco del armario y obligó a Seth a salir. Caminaron más allá del límite del bosque. Simon los siguió hasta el borde, pero se negó a ir más lejos.

Su corazón marcaba un ritmo acompasado. Eso podría funcionar. Tenía que funcionar. Necesitaban respuestas.

Encendió la vela y esperó hasta que hubo un pequeño charco de cera derretida. Esparció sal sobre él para atraer al espíritu de Gigi. Extendió la mano y Seth, sin mediar palabra, le entregó el aceite de rateros y la salvia, el primero para fortalecer y la segunda para aclarar. Puso unas gotas de cada uno en un pequeño manojo de agujas de pino secas antes de prenderle fuego.

—Realmente no creo… —comenzó él, pero Sadie lo interrumpió con una mirada furiosa mientras colocaba el nudo de Isis encima del diagrama.

—Muéstrate —susurró bajo el dosel de árboles. La luz se filtraba entre las copas y el viento era menos feroz en la espesura del bosque. La llama parpadeó. Cerró los ojos. Olía a savia y a pino y a ese particular toque de frío que precedía a la lluvia. Arrodillada, ignoró los palos y las piedras que se le clavaban en las piernas.

—Necesito saber qué hacer. Por favor, Gigi.

Cogió el nudo de Isis y lo apretó entre las manos, concentrándose en el recuerdo de su abuela con cada ápice de fuerza de voluntad que poseía.

El maullido áspero de Simon desde el bosque la sobresaltó y abrió los ojos. La llama todavía estaba encendida y se balanceaba suavemente.

—Por favor, por favor, por favor —susurró una y otra vez hasta que el silencio amenazó con abatirla. Le tomó las manos a Seth entre las suyas y le suplicó con los ojos que al menos lo intentara. Él suspiró, pero cerró los párpados para concentrarse.

Y entonces Sadie lo sintió. Un frío que le caló los huesos y le impidió respirar, como en una pesadilla. Había vuelto. Se estremeció y el aliento le salió con fuerza. La llama se apagó y con manos temblorosas intentó volver a encenderla.

—No, no, no. —Los dientes le castañeteaban de frío y rabia—. ¡Ahora no! —Cogió un puñado de sal y lo esparció en círculo alrededor de ella y Seth.

—Sadie —dijo su hermano, agarrándole las manos con más fuerza y sintiendo que las palmas se le congelaban—, qué-cojones-pasa —añadió entrecortadamente, pues el frío también le había dejado sin aliento.

Miró a su alrededor sin conseguir vislumbrar la forma. Solo sentía su presencia. No los quería allí. No quería que hicieran el ritual. Insistía: Sadie lo sentía presionando contra el círculo de sal, resistiéndose. Y, después de unas bocanadas de aire convulsas, el frío remitió.

Cuando intentó encender la vela de nuevo, los dedos le temblaban con tanta fuerza que se le cayó el encendedor. Seth lo recogió antes que ella.

—¿Te has vuelto loca? Nos vamos. Arriba —ordenó, dándole un tirón en el brazo.

—No, tengo que intentarlo otra vez. —Su voz sonaba desesperada incluso para sus propios oídos, pero aun así lo empujó e intentó quitarle el encendedor de la mano.

—Madre mía, Sade. —Se agachó, la levantó, se la echó al hombro como si fuera un saco de harina y dio una patada a las agujas de pino antes de salir del bosque.

—¡Bájame! —Le golpeó la espalda hasta que finalmente se detuvo a un paso del jardín.

—¿Se supone que eso tenía que pasar? —preguntó él.

—No lo sé. ¡No sé de qué estás hablando, cavernícola!

La bajó al suelo con más cuidado del que ella esperaba. Y estaba a punto de darle las gracias cuando le llego el olor a ceniza y el corazón se le encogió. Un tramo de guisantes de olor que Jake había atado con tanto esmero y conseguido que volvieran a la vida se había marchitado. Pasó los dedos temblorosos por las hojas rizadas y se estremeció cuando se desintegraron en el suelo convertidas en polvo.

—Por algo se supone que no deberías hacer ese tipo de magia —dijo Seth—. ¿De dónde sacaste ese maldito hechizo? Gigi nunca habría usado algo así.

—Calliope —tosió Sadie cuando el olor a ceniza se le atascó en la garganta.

—Maldita Calliope Madizza. Debería haberlo sabido. Esa mujer está jugando con la muerte.

—Necesitaba hablar con Gigi —dijo con la voz quebrada.

—Pero me tienes a mí —respondió él con rotundidad—. Sé que no es lo mismo, pero estamos en esto juntos. —Y, cuando la abrazó, ella se hundió en él—. Ahora, ¿te importaría decirme qué demonios era eso del bosque?

—No lo sé —confesó—. ¿Un espíritu?

—No jodas, Sherlock. ¿Lo habías visto antes? ¿Lo habías sentido? Ella asintió con la cabeza.

—Excelente… Bueno, te diré una cosa. Intenta dejar de invocar espíritus malévolos y yo procuraré seguir con vida el tiempo suficiente para evitar que tomes decisiones estúpidas.

—Seth —dijo ella mientras caminaban de regreso a casa con el brazo de él alrededor de sus hombros—, me alegro de que hayas vuelto.

—Y yo me alegro de que me hayas dejado volver a entrar.

El jueves por la mañana, el día de la cena conmemorativa de Gigi, amaneció brillante y frío. Quedaban dieciséis días para la luna llena y seguían sin tener una respuesta. Sadie consultó a Lavender y a Lace, que no le dieron ningún consejo, pero se ofrecieron a ayudar en todo lo que pudieran. Seth se acercó a la familia Tovah, que tenía su propio tipo de magia única en lo que respecta a elixires, y a los Delvaux, que eran partidarios de los hechizos. Se negó a hablar con Calliope, pero, en cualquier caso, ninguno había visto jamás una maldición como la de ellos.

—Olvídate de eso hoy, ¿vale? —le dijo a su hermana antes de irse a recoger las cenizas de la abuela—. Mírame, Sadie. —Ella lo hizo—. Estoy intentando estar tranquilo, tranquilo y sereno, pero esto también me está asustando muchísimo, ¿vale? Y te necesito aquí hoy. —Hizo un gesto a su alrededor—. Este día es para Gigi. Su homenaje. La cena familiar. Como demonios quieras llamarlo. Vamos a hacer esto y vamos a hacerlo juntos. Cuando sientas que flojeas, mírame.

—¿Y entonces qué?

—Lo sabrás. Como pasa siempre, ¿vale, gemela de pacotilla? Me mirarás y sabrás que yo también estoy hecho polvo y que no estás sola en esto.

Sadie asintió entre lágrimas y, por absurdo que fuera, accedió a ignorar la cuenta atrás de la vida de su hermano solo durante esa noche.

Seth se fue con Florence a recoger las cenizas mientras Anne y Sage limpiaban. Aquella quiso decirle a la niña que no hacía falta que la ayudara, pero había tal entusiasmo en los ojos de la cría que era difícil negarse. Como si limpiar una casa fuera una tarea tan insólita que se volvía divertida.

Desde que el río se había desbordado (no; en realidad, desde que el reloj de pie había dado el aviso), las cosas habían ido mal. Y parecía que nada volvería a ir bien. Pero entonces sonó el timbre y los trocitos del corazón de Sadie comenzaron a unirse de nuevo.

—Tío Steven —medio gritó, abrazando aquella figura de metro ochenta de altura.

—Hola, cariño —respondió él con una sonrisa en la voz y lágrimas en los ojos. A su espalda, el porche era un mar de primos. Los tres hijos de Anne y Steven estaban allí y traían a sus propios hijos: Liam y Lina, que eran casi adolescentes, y Marie, que era solo una cosita con el pelo de color fresa. Estaba la hija de Kay, alta, etérea y hermosa, con el cabello negro azabache y botas de plataforma de cuero vegano, sosteniéndole la mano a su hijo, que debía de tener aproximadamente la edad de Sage.

Se repartieron abrazos y el marco de la puerta pareció expandirse, queriendo dejar entrar a todos a la vez. El reloj de pie sonó, sumándose al alboroto. La puerta apenas se había cerrado cuando alguien tocó el claxon. Más primos entraron mientras todos compartían lágrimas y el «No puedo creer lo mucho que has crecido» era un estribillo constante.

Ella se sintió más feliz de lo que pensaba que podría volver a ser. No pudo evitar reírse cuando la tía Anne hizo que el tío Steven silbara entre dientes para llamar la atención de todos.

—Es hora de preparar la cena —dijo en voz alta—. Todos los niños, afuera. ¡Y eso incluye a los hombres! Sadie, saca las instrucciones de Gigi. John, cuando llegue Gail, ayúdala a meter la compra.

Hubo un momento de silencio antes de que todos salieran en desbandada y acto seguido las mujeres marcharon hacia la cocina como quien se prepara para la guerra.

La tía Anne aliñó tomates y mozzarella en aceite de oliva infusionado con albahaca y añadió un chorrito de zumo de limón. Ayana horneó tres hogazas de pan de romero y ella convirtió una de ellas en picatostes y pan tostado, una tarea bastante segura teniendo en cuenta que ayudaba Sage. El mensaje quedó claro en cada plato. Amor, recuerdos sin amargura ni dolor, celebración de la vida y unión. Bienvenida. Aceptación. Sadie se adaptó al ritmo del traqueteo y el ruido metálico de los platos y las cucharas raspando las ollas. Los olores bailaban combinando dulce y especiado. Los dedos se sumergían en las salsas y los ingredientes se pasaban sin necesidad de pedirlos.

Kay y Tava llegaron poco después con flores, abrazos y más lágrimas. La cocina se volvió aún más ruidosa y Sadie abrió las ventanas para aliviar parte del barullo. La brisa que soplaba parecía más primaveral que otoñal. Llegaron el tío Brian y la tía Suzy y también Raquel.

—¿Dónde está? —susurró su mejor amiga mientras la abrazaba con fuerza.

—Con Seth, recogiendo las cenizas.

«Qué frase más extraña», pensó.

—¿Cómo es? —preguntó la otra.

Ella pensó en cómo responder, pero no se le ocurrió nada que decir.

—Tendrás que esperar a verla, supongo.

—Eres una perra.

—Le dijo la sartén al cazo…

—Guau. En serio, ¿cómo se te ocurren respuestas tan inteligentes?

Sadie le sacó la lengua a Raquel.

—¿Cómo está Seth?

—Mas fuerte que yo.

—¿Sabes? Pasé toda mi vida intentando romper las reglas de mis padres. Yo me sentía muy diferente. Quería saber que podía ser yo misma aunque resultara diferente a lo que ellos querían o esperaban. Un día vine aquí después de una discusión tremenda en casa. Tú no habías llegado todavía. Probablemente estarías recogiendo ñames silvestres o algo así. Pero Seth estaba aquí y se dio cuenta de que estaba enfadada y de que había estado llorando. Se puso como loco al pensar que me habían hecho daño. Entonces le conté lo que me pasaba. ¿Y sabes qué me dijo?

—¿Que dejaras de quejarte?

—No. —Raquel se rio—. Que sabía muy bien cómo me sentía. Que, desde que vosotros dos erais pequeños, tú habías sido siempre tú. Sabías quién eras. Pero él no tenía ni idea. —Sadie tragó con dificultad—. No creo que sea más fuerte que tú —añadió—. Creo que intenta ser fuerte por ti.

Cuando Seth y Florence regresaron, ambos tenían los ojos enrojecidos y Sadie apenas pudo soportar mirar la caja que llevaba su hermano. Era de color marrón oscuro con una placa dorada y un cierre de metal. Gigi había vuelto a convertirse en polvo. Pero el dolor se compensó con la risa, la unión y un recuerdo apacible. Una especie de baile extraño y delicado que la llenaba y la vaciaba al mismo tiempo.

Cuando su madre entró, Raquel se quedó inmóvil sentada a la barra de la cocina y sus ojos iban y venían entre los gemelos y su madre.

—Mamá, ella es Raquel —dijo Seth—. Y ella es Florence —añadió.

—Eh, madre mía, es un placer conocerte —dijo aquella, rodeándole los hombros a Sage, que a continuación se alzó para abrazar a su madre—. Qué encantador —añadió, mirándolas a ambas.

—¿Qué quieres decir? —preguntó Sadie, con el ceño fruncido.

—¿Cuánto hace que mi hijo y tú estáis enamorados? —preguntó Florence a Raquel, cuyo rostro palideció al instante.

—¿Qué? —Su hija soltó una carcajada.

—Yo… Nosotros… ¡Uf! —empezó Seth, pero la otra hizo un gesto con la mano para que se callara.

—Ay, mi niño. Ya, claro. —La madre frunció el ceño—. Vaya. Lo siento mucho —dijo, sonriendo incómoda.

—¿De qué demonios está hablando? —preguntó Sadie, volviéndose hacia Raquel.

—Te lo íbamos a decir —dijo la aludida—. Solo que no parecía el momento adecuado. No queríamos que te enfadaras.

—Corrección —respondió Seth—: Ella no quería que te enfadaras. Yo le dije que te molestarías igualmente.

—No lo entiendo —dijo ella, haciéndose la tonta—. ¿Vosotros dos estáis juntos? —No le cuadraba—. ¿Y me lo habéis ocultado? ¿Hace cuánto? —exigió. Tenía las orejas calientes, la garganta apretada y el pecho en erupción. ¿Cuántas veces más iban a quitarle la silla para que se estampara contra el suelo?

—No mucho —se apresuró a contestar Raquel con un grito.

—Desde antes de irme. —Seth puso los ojos en blanco.

—Cállate, Seth —espetó la otra—. Habíamos hablado antes de que se fuera, pero no hubo nada en firme hasta que volvió. Por favor, no te cabrees —añadió, dirigiéndose a Sadie—. ¿Te has cabreado?

—No. No me cabrea que estéis juntos —dijo y se dio cuenta de que lo decía en serio.

—Lo siento —repitió Florence—. Qué bocazas soy. Simplemente pensé que, tal como sois vosotros dos... —señaló a los gemelos—, no creí que tuvierais secretos.

—Yo tampoco —dijo Sadie—. No pasa nada —añadió en tono tranquilizador al ver la preocupación en los ojos de Raquel. «Dóblalo por la mitad. Guárdalo. Todo saldrá bien». No era el hecho de que estuvieran juntos, sino que ella había estado tan metida en sus propios problemas que ni siquiera se había molestado en mirar ni preguntar. Pero ahora encontraba sentido a los pequeños gestos que había visto entre ellos.

—Lo bueno de esto es que, si muero, no tendréis que preocuparos por eso —susurró Seth entre ellas, que lo golpearon en respuesta.

Decidieron no decírselo al resto de la familia para poder concentrarse en el homenaje a Gigi.

—Deja de bromear con eso —siseó Raquel.

En ese momento, las niñas de Ayana, Ali y Maggie, de cinco y siete años, respectivamente, rompieron el silencio con sus risitas mientras corrían hacia la cocina y luego salían por la puerta mosquitera para correr por el jardín. Sage las siguió. Apenas tardó un minuto en hacerse su amiga desde que llegaron.

Sadie guardó sus sentimientos en un lugar tranquilo y oscuro del corazón. Un espacio que se estaba llenando demasiado para su gusto, pero la cena conmemorativa de Gigi no era el momento para dejarlos salir a la luz.

—¿Hola? —saludó Jake desde la puerta principal—. Ni siquiera he tenido que llamar —dijo mientras entraba a la cocina—. La puerta se ha abierto sola.

Parecía adorablemente desconcertado y Sadie decidió en su interior que pasaría seis meses sin engrasar las bisagras de aquella puerta cruel.

Llegó con flores, seis botellas de vino y dos de whisky. Dejó todo sobre la encimera, la abrazó y a ella le ardieron las mejillas antes de echarlo de la cocina y llevarlo al patio trasero con los niños.

Raquel tarareaba mientras ponía la mesa, deteniéndose de vez en cuando para apretarle el brazo a Seth o dedicar a Sadie una mirada de disculpa. Le habían prohibido todo lo que tuviera que ver con el fuego y la relegaron a remover o bajar ingredientes de la alacena. Su hermano y el tío Steven instalaron mesas adicionales, una al lado de la otra hasta adentrarse en la sala de estar, y toda la casa se llenó a reventar de vida, comida y risas estridentes salpicadas de ataques de lágrimas.

La cocina se volvió más cálida con la gente y el calor del horno y todos los quemadores encendidos al mismo tiempo con brócoli al vapor y maíz cremoso y una olla hirviendo para preparar macarrones con queso, mejorana y pimienta blanca.

El pollo frito lo dejaron para el final, para que estuviera recién hecho y bien caliente. El sonido de los copos de maíz dorándose en el aceite anunciaba a los estómagos vacíos que se prepararan para el festín. Sadie colocó el último plato y llamó a todos a comer.

Alrededor de la mesa, un silencio cálido y profundo los envolvió en recuerdos, tristeza y gratitud por la mujer que los había unido. Ella había sido su fuerza y ahora ellos debían ser la suya. Llevaban su legado grabado en el alma. Sadie pensó en que las cenas de Gigi siempre arreglaban un mal día. En su forma de dejarle colgada una camisa nueva en su dormitorio solo porque pensaba que a ella le gustaría. Y ahora la vida avanzaba con una nueva y extraña cadencia.

Pasarían días, meses y años hasta que se acostumbrara a su ausencia. Pero, mirando alrededor de la mesa, se dio cuenta de que, si no fuera por el amor de Gigi, ninguno de ellos estaría allí. Toda su vida se había centrado en construir un legado. No de magia, sino familiar. Porque la magia sin familia no era nada, pero con amor lo era todo.

Sin querer, Sadie golpeó su vaso con un cuchillo y todos guardaron silencio. Pensó en ponerse de pie, pero no estaba segura de si sus piernas la sostendrían.

—No daré un discurso completo porque Gigi lo habría odiado. —Todos se rieron—. Pero diré unas palabras. Ella tenía muchas reglas en la vida. —Tuvo que detenerse porque se le obstruyó la garganta. Encontró los ojos de Seth en medio del mar de gente. Él asintió levemente y de alguna manera eso la llenó de coraje. Se aclaró la garganta—. Y ahí va mi favorita. Regla número cinco. —Levantó su copa—. «Un legado sin amor no vale un comino, cariño».

Alrededor de la mesa se alzaron copas de vino, zumo de granada y agua con limón. Todos corearon: «¡Por la regla número cinco!».

Ese era el tipo de legado que quería transmitir. Y, mientras su maldición la presionaba, parecía más lejana que el sol de la luna.

A medida que avanzaba la noche, Gail y sus hijas se fueron, dejando un rastro de curiosidad y de aroma a pastel de queso y cerezas.

Suzy intentó ayudar con los platos, pero Sadie la echó y le exigió que se relajara por una vez. Brian, Jake y John estaban jugando al pillapilla con los niños, persiguiéndolos desde el jardín hasta el patio delantero y viceversa. Y, cuando Florence empezó a cargar el lavavajillas, ella no la detuvo. Trabajaron en un cómodo silencio, escuchando a los niños chillar y reír a través de la ventana abierta del fregadero.

—Están todos locos por ti, ¿sabes? —dijo su madre mientras limpiaba las encimeras—. He visto cómo te miran. Tienes ese algo especial, igual que mamá. La capacidad de unir a todos y mantenerlos juntos.

—Gracias. —Sadie sonrió y pensó por primera vez en mucho tiempo que tal vez en su futuro no solo habría una casa vacía y reuniones ocasionales durante las fiestas. Eso sí, habría un vecino al otro lado del bosque que le llegaba al corazón, aunque ella nunca podría llegar al de él, pero tenía su pequeña ciudad, su cafetería y su familia.

—Escucha, soy consciente de que en verdad no me quieres aquí. Sé que parece que te abandoné. Fueron mis decisiones estúpidas las que nos han traído hasta aquí. Espero que algún día comprendas lo difícil que fue para mí dejarte. —Su voz se hizo más espesa a medida que hablaba, hasta que se detuvo por completo.

—Creo que lo más difícil fue ver cómo afectaba a Seth mientras se hacía mayor. Me preocupaba más por él que por mí y él siempre necesitó respuestas. Quería más de lo que Gigi y yo podíamos darle.

—Bueno, ¿sabes qué, cariño? He visto muchas cosas en la vida y algunas las adivino con solo mirarlas. Y una es que tú siempre serás exactamente lo que Seth necesita. De no ser así, él no habría vuelto contigo. A veces solo hace falta un poco de perspectiva y una dosis de coraje para obtener la ayuda que necesitamos.

El tono de Florence significaba que hablaba por experiencia y, a su pesar, Sadie sintió que se abría una grieta en el muro que le rodeaba el corazón.

Antes de que se hiciera más grande, se recordó que a partir del día siguiente solo quedarían quince días. No había tiempo para sentimientos si quería salvarle la vida a su hermano.

Pasta con queso, mejorana y pimienta blanca

Siempre preparo este plato antes de que alguien salga de viaje. Asegura felicidad y buenas nuevas al emprender una aventura.

Ingredientes

225 g de pasta codo
3 cucharadas de mantequilla
3 cucharadas de harina
1 cucharada de mostaza en polvo
1 cucharadita de cebolla en polvo
3 tazas de leche
1 huevo
340 g de queso chédar (de la intensidad que te guste)
1 cucharadita de sal
1 cucharadita de pimienta blanca
¼ cucharadita de mejorana fresca picada muy fina

Para la cobertura
3 cucharadas de mantequilla
1 taza de pan rallado (duplica o triplica estas cantidades si deseas cobertura extra)

Elaboración

1. Precalienta el horno a 180 °C. Cocina la pasta al dente con agua salada.

2. Mientras tanto, derrite la mantequilla en una olla aparte. Agrega la harina, la mostaza y la cebolla en polvo y remueve durante unos 5 minutos (si no lo haces, quedarán grumos). Agrega la leche y cocina a fuego lento durante 10 minutos. Añade la mejorana en el último momento.

3. Incorpora el huevo y bate. Agrega ¾ del queso, sal y pimienta. Incorpora la pasta a la mezcla y viértela en una fuente mediana. Cubre con el queso restante y un poco de parmesano (si tienes).

4. Derrite la mantequilla en una sartén y saltea el pan rallado. Distribuye uniformemente sobre la fuente de pasta. Hornea durante 30 minutos.

14

El día siguiente fue una vorágine de despedidas de parientes mientras se repartían abrazos como quien reparte en una bandeja trufas de chocolate, dulces y excesos hasta que comer demasiado te entristece sin motivo aparente. Pero hubo promesas de repetir en vacaciones y se habló del «año que viene» como si fuera lo más natural del mundo. Sadie se llenó de esperanza y miedo, sabiendo que nada sería igual si no lograba salvarle la vida a Seth. Pasó el resto del día en su habitación, probando una infinidad de hechizos, pociones y encantamientos que restablecieran el equilibrio, pero ninguno funcionó y acabó sintiéndose más perdida que antes.

—Déjame ayudarte —dijo su hermano al día siguiente. Estaba sentada en el porche trasero, con el cenicero de Gigi aún sin vaciar, el diario en el regazo y una manta sobre los hombros. Observaba los imponentes pinos mecerse con la brisa y las campanitas colgadas de los aleros tintineando alegremente.

Sadie había pasado la tarde evitando a Seth porque, cada vez que lo miraba, lo único que veía era una cuenta regresiva. Catorce días. Trescientas treinta y seis horas. Y solo había respondido a uno de los mensajes de texto de Raquel preguntándole si estaba bien.

Ella le dijo: «Estoy bien. Te lo prometo».

—Estoy bien —repitió ahora a su hermano.

—¿Alguien te ha dicho alguna vez que eres una pésima mentirosa? Al menos dime qué estás haciendo.

—Buscar una aguja en un pajar —dijo, golpeando el montón de papeles sobre sus rodillas. Era una señal de lo mucho que habían progresado desde su regreso: en lugar de alejarlo, le entregó el diario de Gigi, la carta y los cuadernos que había ido acumulando a lo largo de los años, llenos de notas, recetas, hechizos e ideas para el jardín. Las nubes oscuras amenazaban con lluvia, reflejando su estado de ánimo. Él leyó la carta de su abuela con los ojos entrecerrados.

Pero, si te sacrificas, Seth estará a salvo. Cuando renuncias a quien eres, te conviertes en una persona nueva. Y eso significa que las antiguas deudas quedan perdonadas y la magia oscura anulada. Ese tipo de sacrificio será una especie de bautismo; te convertirá en un nuevo ser. Asegúrate de estar preparada.

—¿Qué demonios significa eso? —preguntó tras leer la carta en voz alta.

—Si tuviera que adivinar, diría que significa que me tengo que quitar de en medio —dijo ella con un nudo en la garganta cuando finalmente pronunció las palabras en voz alta. Seth parecía confundido—. Pero sé que no puede ser tan obvio, ¿verdad? Algo se nos está escapando y es más difícil de averiguar que hacer una maldita tarta Saint Honoré en condiciones.

Él la miró sin comprender.

—El postre más complicado del mundo —añadió con las cejas arqueadas, esperando que la explicación iluminara su ejemplo—. Da igual —suspiró.

—Eres rara —dijo su hermano, golpeándole el hombro suavemente con el suyo—. Pero, mira, esto no puede significar lo que tú crees. Gigi nunca te diría que te mataras, ¿vale? Prefiero morir yo a dejar que eso suceda, así que no hagas ninguna tontería. ¿Entendido?

Ella asintió aturdida.

—Voy a preparar un poco de té mientras lees todo lo demás —dijo Sadie.

Se dirigió a la cocina; sentía que las piernas le pesaban demasiado para caminar. Sage estaba allí, tomándose un tazón de cereales azucarados sentada a la mesa, con Bambi durmiendo en el suelo a sus pies.

Cuando ella intentó hervir agua, las burbujas no salían, así que dejó la taza, se colocó la palma de la mano en la frente y presionó con fuerza. Necesitaba gritar, pero no quería asustar a la niña, la cual era tierna y captaba las miradas directas y las de reojo, las evaluaba y sopesaba las palabras que no decían. Independientemente de lo que sintiera por su madre, Sage había entrado de lleno en el corazón de Sadie y se había hecho su hueco allí.

—Puedo ayudarte —dijo la susodicha con su voz delicada como los suspiros de merengue y la cuchara a mitad de camino de la boca.

—Por favor, hazlo —gimió ella. Si lo hubiera dicho cualquier otro niño, ella habría dudado de tal afirmación, pero había algo en Sage que invitaba a la confianza y la calma. La niña se le acercó y puso la mano sobre el brazo de su hermana.

—¿Qué...? —Sadie empezó a preguntar, pero entonces lo sintió. La espiral dentro de ella comenzó a relajarse. La paz corría por las venas como plata líquida. La ira y la frustración se desvanecieron. Incluso el dolor disminuyó—. ¿Cómo...? —intentó preguntar otra vez, pero, antes de terminar, el agua hirvió.

—Puedo hacer que la gente sienta ciertas cosas —explicó Sage, cuya voz clara y dulce fue un bálsamo para el espíritu magullado de Sadie—. Lo obtuve de mi mamá. A mí se me da mejor que a ella —añadió con una sonrisa pícara—, pero no le digas que te lo he dicho.

—«Clary Sage» —dijo sonriendo.

—¿Qué significa eso? —preguntó la niña, arrugando la frente, sin saber si era un cumplido o un insulto.

—Salvia esclarea. Se utiliza para aportar claridad y estabilidad emocional. Despierta la creatividad y la imaginación. Y calma la mente y el espíritu —dijo Sadie, que atrajo a Sage para abrazarla—. Nunca he visto un nombre más apropiado para alguien. Gracias.

—De nada. —La niña sonrió de nuevo, ya con la frente relajada—. No dura mucho, pero puedo repetirlo siempre que lo necesites. Mamá dice que no debería hacerlo, porque la gente necesita resolver las cosas por su cuenta, pero... —Se encogió de hombros.

Mientras Sadie cogía un tarro de té, la lata de cerezas negras le llamó la atención y le recordó al cerezo venenoso de Jerusalén. Cuando era más joven estaba obsesionada con *Hamlet* y se le ocurrió la idea de convertirse en una gran dramaturga. En uno de sus muchos intentos fallidos, su heroína usaba té de cerezas de Jerusalén para envenenar al padre, que desaprobaba a su amante, y así poder finalmente estar juntos.

«Pero, si te sacrificas, Seth estará a salvo».

«Sacrificarme —pensó—. ¿Podría ser así de fácil? ¿O de difícil?».

Su muerte anularía la maldición. Pero no tenía sentido. Su hermano tenía razón: Gigi nunca le diría que se matara, ¿verdad?

—¿Qué estás haciendo? —preguntó Sage mientras tomaba una cucharada de cereales.

—Se llama té de Atenea —dijo, sacudiéndose los pensamientos mórbidos—. Era la diosa de la sabiduría y eso es lo que simbolizan las manzanas —dijo, echando dos cucharadas de manzanas secas y una medida de té blanco en una taza—. Esto es rooibos —añadió mientras Sage seguía sus movimientos con los ojos—. Y luego agregas una ramita de canela y una vaina de vainilla. Se utiliza para conectar la cabeza y el corazón.

—Suena delicioso —dijo la niña.

—Esperemos que funcione.

«Trece días».

La idea de sacrificarse era un disco rayado que rechinaba con cada pensamiento. No tenía claro qué era más aterrador, si la idea de llevarlo a cabo o el hecho de que, si tuviera la garantía de que iba a funcionar y no había otra solución, lo haría sin dudar. Daba igual que se hubiera ido o que le hubiera ocultado su relación con Raquel, porque, por cada cien enfados, peleas y lágrimas, había mil razones más para amarlo.

Él lo tenía todo. Su magia por descubrir, a su madre de vuelta, el amor de Raquel y su futuro juntos. ¿Y qué tenía ella? Un puñado de nada. Sueños frustrados, promesas vacías y un corazón roto más.

No se dio cuenta de que estaba llorando hasta que las lágrimas cayeron sobre su té y el vapor subió en volutas.

—¿Qué pasa, cariño? —La voz de su madre la sobresaltó y, mientras se secaba los ojos, se dio cuenta de que Sage no estaba—. Si se puede saber.

—Todo —se escuchó responder Sadie.

—Pasé tantos años odiándome… Odiando la vida. O, mejor dicho, mi vida. Reconozco ese pensamiento en la mirada de los demás.

—No me queda nada. Literalmente, nada. —Se sorprendió contándoselo a su madre. Sabía que era una exageración. Sabía que tenía la ciudad, su cafetería y su familia, pero la idea de perder a Seth hacía que todo careciera de sentido y estaba demasiado desconsolada como para preocuparse por ser dramática.

—Lo tienes todo —dijo Florence, arqueando sus finas cejas de una manera que la hacía aún más hermosa.

—¿Ah, sí? —Sadie se rio y el té se volvió más amargo.

—Escucha, cariño, he pasado casi veinticinco años sola. Una llamada de treinta segundos aquí, un mensaje de texto de una línea allá. A veces, y no tengo ni idea de cómo lo hacía, pero a veces Anne me hacía llegar una postal. Una vez mamá intentó enviarme una foto tuya y de tu hermano, pero se convirtió en cenizas dentro del sobre. Se suponía que vosotros dos no debíais nacer y mi maldición se aseguró de que lo supiera.

Por primera vez, Sadie pensó en cómo debió de ser para su madre. Siempre había tenido miedo de que la abandonaran, de que su maldición provocara su peor temor, pero Florence había estado sola de verdad.

—¿Cómo hiciste para no volverte loca?

—¿Quién dice que no pasó? —Se rio—. Pasé una década castigándome. Vivía sintiéndome desgraciada como una forma de penitencia autoimpuesta. Y no sirvió de nada. Tardé otra década en empezar a perdonarme. En aceptar que los estúpidos deslices de la juventud, a pesar de las consecuencias, ya no tenían por qué definirme. Sentirme miserable no servía de nada. No me hacía sentir mejor. No me acercaba a vosotros. Y sabía que, si algún día me conocierais tal y como era, me daría vergüenza. Así que me embarqué en convertirme en alguien a quien pudierais llamar con orgullo «mamá».

Sus palabras fueron animosas y tranquilas y Sadie les dio vueltas en la cabeza como un galleta de mar que se encuentra en la playa. Había pensado mucho en su madre a lo largo de los años, pero nunca se había planteado si estaría orgullosa de ella. Se preguntó cómo sería la maternidad. Llevar el peso de tus hijos en el corazón, grabado en la piel, siempre preocupada, como Gigi. Al parecer, lo mismo que su madre.

—¿Tienes alguna idea sobre cómo podemos cumplir con la deuda de vida? —preguntó Sadie, cambiando de tema a lo que ella sentía que eran aguas más seguras. La amenaza de muerte parecía más firme que el amor maternal.

—Todavía estoy dándole vueltas. Pero tengo claro que Seth necesita aprender a controlar su magia antes de que lo consuma. Porque para él esto lo sumergirá en lo más profundo. La oscuridad. Y volver a subir para escapar de ella es…, bueno, a veces puede resultar complicado. Se encontrará perdido.

—Pero, si el sacrificio se completa, le resultará más fácil controlarlo, ¿no?

Florence asintió.

«Doce días».

Y sin respuesta a la vista. La ansiedad era un veneno que la ponía frenética. Era fría y suave como la nieve recién caída y le daba la bienvenida con sus brazos gélidos hasta que le castañeteaban los dientes y se le helaba el corazón. Había llegado el momento de emplearse a fondo. Cada una de las siete familias fundadoras tenía elementos mágicos y, aunque nunca habían oído hablar de una maldición como la de ellos, Sadie estaba dispuesta a intentarlo todo. Empezó con Sorin Tovah. Solo tenía dos años más que ella y era una experta en elixires alquímicos.

—Podrías intentar purificar a tu hermano —dijo la susodicha, subiéndose las gafas por la nariz—. Ya sabes, quemar la maldición.

Salió de casa de Sorin con una receta y una chispa de esperanza.

—¿Que quieres que beba qué? —preguntó Seth cuando le enseñó el papel—. Sabes que el mercurio y el azufre son venenosos, ¿verdad?

—Solo en grandes dosis —dijo—. ¿Prefieres tomar un poco de veneno o directamente morir?

—*Touché*, hermana. ¿Por dónde empezamos?

Mezclaron escamas de oro, de plata, de azufre, de mercurio y de cicuta en un matraz, treinta gramos de cada, y observaron cómo se derretían despacio; las llamas pasaron del azul al plata.

Una vez que hirvió, lo vertieron en vasos pequeños y salieron al jardín. Sadie dibujó un círculo de sal a su alrededor.

—¡Salud! —exclamó Seth. Su tono era desenfadado, pero su hermana vio en sus ojos la esperanza de que funcionara y el miedo de que no lo hiciera.

—Tres, dos, uno —dijo ella y ambos bebieron el elixir.

Pasaron unos momentos.

—¿Te sientes diferente? —preguntó Sadie.

—Sí, siento que las entrañas me están desgarrando para salir. —La piel se le puso blanca y, antes de que ella hiciera otra pregunta, se inclinó sobre el círculo de sal y vomitó encima de los tomates.

—Vale —dijo, intentando ocultar la decepción en la voz mientras le frotaba la espalda con una mano—. Uno menos. A por el siguiente.

Seth aún estaba demasiado débil, así que lo dejó en el sofá para que se recuperara y se dirigió sola a casa de la familia Delvaux. Vivían en el otro extremo de la ciudad, en una residencia señorial completamente blanca con columnas de mármol y un amplio porche delantero. Adina abrió la puerta con un vestido largo y suelto y los ojos verdes llenos de preocupación mientras abrazaba a Sadie.

—Tengo un hechizo —dijo, directa al grano. Adina era unos años menor que ella y, aunque no la conocía demasiado, le gustaba su sensatez.

Después de darle instrucciones explícitas y una lección detallada sobre cómo pronunciar la parte francesa del hechizo, se marchó. El atisbo de esperanza era pequeño, pero existía y dejó que se alimentara de camino a la cafetería. Seth tardaría unas horas en recuperarse antes de poder probar el siguiente hechizo y ella necesitaba estar en algún lugar familiar, con las manos y el corazón ocupados.

Era la hora punta del almuerzo. Ayana reponía la vitrina de pastelería y Gail cobraba a los clientes. Sadie se deslizó detrás del mostrador, se ató un delantal alrededor de la cintura y empezó a moverse al ritmo requerido. Recogió mesas, sirvió cafés, entregó pedidos y se detuvo para charlar con caras conocidas y desconocidas. Había una mujer alta y rubia sentada junto a la ventana y una niña angelical en una trona a su lado.

—¿A quién tenemos aquí? —preguntó Sadie, sonriendo a la niña. Pensó en Jake y en Bethany y la sonrisa se le congeló.

—Esta es Grey —dijo la madre y los ojos le brillaron cuando dijo el nombre de su hija. Los rizos rubios de la niña parecían trigo dorado meciéndose bajo el sol de verano y tenía los ojos color caramelo salpicados de verde—. Solo tiene quince meses, pero es tan alta que la gente siempre piensa que es mayor. Es la primera vez que venimos. Somos de Aurelia; mi novia siempre habla maravillas de este lugar y yo necesitaba salir de casa, ¿sabes? Así que aquí estamos —dijo y se rio con timidez—. Lo siento, no he hablado con muchos adultos últimamente.

—Me alegro mucho de que hayáis venido —dijo Sadie con voz cálida. Siguieron charlando mientras Grey sacaba cosas del bolso de su madre. Entonces sonó la campanilla de la puerta principal y se le calentó el cuello—. ¿Queréis que os traiga algo más? —preguntó a la mujer, cuyo nombre acababa de olvidar. Esta sonrió e hizo un gesto negativo con la cabeza.

—Haría lo que fuera por una taza de café —dijo Jake mientras seguía a Sadie hasta el mostrador. Se sintió más aliviada con su presencia, como si la chispa de esperanza que tenía cuando dejó a Adina se hubiera convertido en una pequeña llamarada en su pecho. Sonaba a traición, pues sabía que él pertenecía a Bethany, pero las llamas eran cuerpos engañosos que eludían todo aquello que pudiera apagarlas.

—Es tu día de suerte —dijo, encargándose ella misma de atenderlo. No le preguntó qué quería. Ya lo sabía. Un capuchino de vainilla con nuez moscada y canela por encima.

—Acabo de salir —dijo—. Y quería ver…

—¿Cómo estaba? —terminó por él—. Estoy bien —añadió con una sonrisa. Empujó el capuchino hacia él y luego se giró para empaquetar un trozo de tarta de melocotón y lavanda con miel con una cucharada de crema batida fresca. Se la acercó.

—Oye, Sade. —Se detuvo antes de llegar la puerta.

—No, no puedes recuperar a tu perro, Jake. Pero, si te portas muy bien, podría dejarle pasar la noche contigo.

Su risa lo siguió por la calle, dejando pequeños destellos de luz en el aire.

—¿No podemos esperar hasta mañana? —se quejó Seth.

—¡Por supuesto que no! —dijo Sadie escandalizada—. Disculpa, pero no creo que este sea el momento de holgazanear.

—¿Quién usa todavía esa palabra?

—Tengo otras tantas que podría usar en su lugar.

—Vale, vale, ya voy.

—Fuera —dijo.

Florence y sus tías estaban en la cocina revisando el diario de Gigi y los viejos libros de recetas, buscando alguna pista que se les hubiera escapado, cualquier cosa que las encaminara a salvar a Seth. Y, de todos modos, prefería hacerlo en la naturaleza.

Sadie trazó un círculo con ramas de roble en el claro entre el jardín y el comienzo del bosque antes de verter sobre ambos aceite bendecido por la luna.

—Adina dice que esto invoca nuestra magia ancestral —dijo mientras entraban juntos al círculo. Le tendió las manos a Seth, que las tomó con un profundo suspiro.

—Sadie —dijo en voz baja—, ¿y si esto tampoco funciona?

—Entonces el próximo lo hará.

—¿Pero qué pasa si no es así? Necesitamos hablar sobre lo que sucederá después.

—No. —Ella negó con vehemencia—. Aún no. La voluntad es poderosa. Tienes que creer. Por favor, Seth, hazlo sin más.

Simon salió sigiloso de detrás del melocotonero y rodeó despacio a los gemelos, mirándolos con sus cautelosos ojos verdes.

Él miró a Sadie fijamente durante un momento largo y acabó asintiendo con la cabeza. Ella cerró los ojos y empezó:

—«Par la force de l'équilibre, je convoque les esprits de la magie ancienne». —Simon maulló con ganas a modo de algo que pareció una advertencia—. Yo te imploro, sangre de nuestros ancestros, que elimines esta maldición y restablezcas la armonía en nuestro linaje. No dejes que ningún gemelo muera. Haz que la magia de la luz y la sangre fluya a través de nosotros dos y nos una en fuerza y poder. Así sea.

El aroma a melocotón flotaba desde el jardín y se mezclaba con el olor a pino del bosque. Sadie sentía la magia gestándose en las venas, antigua y poderosa, pero percibió que algo no iba bien. Abrió los ojos de golpe cuando el vello de la nuca se le erizó. Algo atrajo su mirada hacia el límite del bosque, al mismo lugar donde habían intentado invocar al espíritu de Gigi. La figura había vuelto.

Tenía forma de hombre y, cuanto más lo miraba, más nítido se volvía. Llevaba pantalones y chaqueta blancos a juego con un sombrero también blanco. Bueno, la verdad es que nunca había visto un espíritu tan bien vestido. Enfocó la vista y se percató de que llevaba un puro entre los dedos. Y, como si no le gustara su forma de mirarlo, se esfumó. Entonces el círculo de roble que los rodeaba estalló en llamas y prendió fuego al dobladillo de sus pantalones.

—Mierda, mierda, mierda. —Seth la empujó fuera y, más rápido de lo que ella creía posible, se quitó la chaqueta y aporreó las llamas hasta que se extinguieron.

Ambos acabaron en el suelo, jadeando. El terror se reflejaba en los ojos de Sadie.

—¿Estás bien? —preguntó su hermano.

—Sí, no me he quemado la piel.

En ese momento, Bambi atravesó la puerta mosquitera y aulló salvajemente mientras corría hacia ellos.

—¿Has visto eso en el bosque? —preguntó Seth, tomando al perro en los brazos y dándole una palmadita tranquilizadora. Ella asintió tragando saliva, incapaz de formar palabras.

—Supongo que ya podemos decir que este intento tampoco ha funcionado.

«Once días».

Otro intento fallido. En esta ocasión nuevamente de Calliope. Seth se había negado en redondo, por lo que Sadie intentó la invocación por su cuenta y acabó con tres cortes largos en el antebrazo que supuraban pus enrojecido y olían a hueso podrido.

Él le frotó ungüento y le envolvió las heridas con una mirada de desaprobación que decía: «Te lo dije».

Todos se sentaron en la sala de estar: Florence, Anne, Kay, Tava, Brian, Suzy, Raquel, Seth y Sadie. Sage estaba durmiendo arriba. El reloj de pie seguía emitiendo campanadas tristes y silenciosas. Las cortinas se estremecían, como si intentaran contener las lágrimas.

Habían revisado cada cuaderno y cada carta, el diario de Gigi, y habían agotado todos los recursos que se les habían ocurrido.

Y entonces se quedaron en silencio, pero juntos. Y eso les hizo sentir que todavía tenían una oportunidad. Aunque en parte parecía falsa.

«Diez días».

La familia Wilde ya no vivía en la ciudad y no respondía a sus llamadas.

Los Black estaban en su peregrinaje anual a Stonehenge y era imposible localizarlos.

Las siete familias fundadoras de Poppy Meadows habían hecho lo que habían podido y no había sido suficiente.

Y el aroma del té de cerezas de Jerusalén seguía persiguiendo a Sadie en cada esquina y se despertaba con él acurrucado en la almohada junto a ella.

La casa le dio los buenos días mientras bajaba las escaleras. Estiró las paredes con crujidos y los escalones gimotearon. Ella abrió la puerta trasera para dejar salir a Abby y Bambi y se encontró con un montón de melocotones en el suelo del porche a modo de ofrenda.

El día transcurrió como una fuga musical. Apenas recordaba haberse vestido ni era consciente de cómo había llegado a la cafetería para abrir. Su magia era demasiado impredecible para empezar a cocinar desde cero, así que sacó masa de pan del congelador y masa de galletas del frigorífico.

Se dejó llevar por la inercia hasta que Jake apareció a última hora de la tarde. Lo vio hablando en voz baja con Gail, quien asintió antes de dirigirse hacia Sadie. Ella se quedó quieta mientras él le desataba el delantal, la cogía de la mano y la llevaba afuera. No se resistió.

—¿Adónde vamos? —preguntó y su voz sonó mecánica incluso para sus propios oídos.

—A dar un paseo por Main Street.

Sadie miró hacia el cielo, sorprendida al ver lo avanzado que estaba el sol cuando parecía que se había despertado hacía solo una hora.

Los escaparates con temática de cosecha brillaban en naranja, rojizo y crema. El alcalde Elias debía de estar orgulloso. Aunque la ciudad en sí no era estrictamente mágica, había sido fundada por las siete familias mágicas, y eso significaba que siempre había un rastro de un encanto reluciente si mirabas con atención. Las luces de la calle charlaban entre sí a través de guiños de luz secretos y los bancos se desplazaban un pelín para seguir los rayos del sol, de modo que quien se sentara allí siempre estuviera calentito.

La gente del pueblo se había acostumbrado a aquello sin saber que generaciones atrás las familias fundadoras habían hechizado el suelo y bendecido los edificios. Solo algunos creían verdaderamente en la magia, pero esta existía incluso para los no creyentes.

Lo interiorizó todo, el viento con aroma a galleta de jengibre y la vidriera de la iglesia donde había visto a Jake por primera vez hacía varias semanas. Los prismas de luz parecían susurrarle.

—Sade —dijo él para llamar su atención. Ella levantó la vista en silencio e hizo un esfuerzo por sonreír—. He cerrado la compra de Rock Creek —añadió.

—Entonces somos oficialmente vecinos.

—Hablando de eso, ¿cómo está Jefe? —preguntó, aunque ella no creía que esa fuera la cuestión cuya respuesta quería saber en realidad.

—Todavía no estoy preparada para devolvértelo. Pronto, lo prometo.

—Puedes quedarte con mi maldito perro. Por favor, solo dime cómo estás. Cuéntame qué está pasando. No estás así solo por Gigi. Sé que hay algo más.

Pensó en lo fácil que era amar esta nueva versión de él. El amor persistente de su juventud seguía presente, siempre estaría ahí. Su personalidad sarcástica, desafiante y leal fue lo que la atrajo en primer lugar. Su risa fácil y estruendosa y cómo arrugaba los ojos cuando sonreía. Pero esa forma que tenía él de calarla, su reciente amabilidad y paciencia y la manera de demostrarle que dejaría todo para estar cerca de ella fueron su perdición. Jake era el amor que Sadie siempre había anhelado, pero que nunca podría tener. Y, aun así, ella no podía decirle la verdad.

—Tengo diez días para arreglar una cosa con Seth —dijo en cambio.

—¿Y no me vas a decir de qué se trata?

—¿Cómo está Bethany?

—Está... —Se pasó una mano por el cabello y se detuvo en la acera—. ¿Sabes? Nunca supe que quería ser padre. Siempre fue algo lejano. Pero, cuando me dijo que estaba embarazada, algo se despertó en mi interior.

—Vas a ser el mejor padre —dijo ella y esta vez su sonrisa fue sincera. Intentó no imaginárselo demasiado, porque tenía los celos justo debajo de la piel, arañándola para salir.

—Estoy emocionado. Pero es como si ella intentara apartarme. No me deja ponerle la mano en el vientre. No me dice nada sobre las citas con el médico.

—Tal vez solo esté asustada.

—Creo que la que está asustada eres tú. Y desearía ayudarte.

—Jake, pase lo que pase, creo en ti. Sea cual sea el camino que elijas, tomarás las decisiones adecuadas. Y te apoyaré siempre. —Era lo más cercano a decirle: «Te quiero».

—Mira, sea lo que sea lo que te pasa con Seth, sé que tu familia no es... —hizo una pausa para buscar la palabra apropiada— del todo normal —terminó y Sadie se rio de verdad—. Pero una de las cosas que más me gustan de ti es que, si es necesario, haces lo que haga falta, renuncias a lo que sea y tomas decisiones difíciles aunque te cueste. Así que sé que en diez días lo tendrás arreglado.

Cuando se despidió de él, aguantó el abrazo un poco más de lo debido para memorizar su olor y esa sensación de estar en casa entre sus brazos.

La casa estaba en completo silencio cuando llegó Sadie.

Los pies la llevaron hasta la alacena del té y movió los dedos torpemente entre los tarros hasta que encontró uno pequeño, el que buscaba. Té de cereza de Jerusalén.

En pequeñas dosis podía utilizarse como ayuda para dormir.

Una dosis mediana te dejaba inconsciente.

Una dosis lo bastante grande te dejaba dormido y no despertabas nunca.

«Las bayas del sueño eterno», las llamaban ella y Seth cuando eran niños.

El agua ya estaba hirviendo cuando se dio cuenta de que había encendido la tetera.

Preparó una dosis suficientemente grande.

Sería fácil.

El olor dulce y amargo era como el de la infancia, las promesas y el miedo.

Sentía que no podía hacer mucho. Pero eso sí estaba en su mano. Lo arreglaría todo. Esa era su especialidad. Jake había acertado: tomaría la decisión difícil si fuera necesario. No es que el mundo fuera a estar mejor sin ella, sino que ella estaría mejor sin el mundo.

Había conseguido dejar a un lado el dolor mientras buscaba la manera de salvar a Seth. Pero ahora, con la verdad expuesta ante ella, sabiendo que esa era la única solución, el dolor volvió con fuerza. Ella no quería que su hermano muriera ni que viviera en la oscuridad. En el vacío. Este ya la estaba matando a ella aunque todavía estuviera viva. Sadie le quitaría el problema a Seth.

El té estaba demasiado caliente para beberlo, así que salió al porche trasero. Una última mirada a su jardín. Los cigarrillos y el encendedor de Gigi todavía estaban sobre la mesa de cristal y, con el deseo de sentirse más cerca su abuela, encendió un Virginia Slim 120 y dio una calada. El humo se le enroscó alrededor como un consuelo.

Apagó el cigarrillo unas cuantas caladas después y volvió a entrar.

El té estaba casi frío, listo para tomar.

Tragó con dificultad. «Esto es por Seth», se recordó. Aun así, el acto físico de llevarse la taza a los labios fue una de las cosas más difíciles que había hecho en su vida.

El primer sorbo le causó picor en la garganta y las lágrimas empezaron a caer.

Se quedaría dormida en la mesa de la cocina, como tantas otras veces. Solo que en esta ocasión no despertaría.

Tomó otro sorbo. Las lágrimas cayeron con más fuerza y cada una estallaba sobre la mesa como un sueño roto.

Y luego otro. Deseó haber besado a Jake solo una vez más.

Le pesaban los párpados. Y, en algún lugar, molestando en el fondo de su mente, una vocecita le preguntó si eso era lo correcto. Pero la oscuridad le rogó que se callara. Se le enroscó alrededor como una promesa de dulce liberación.

Seth estaría a salvo. Eso era lo único que importaba.

La idea de cómo habría sido su futuro sin magia, ni maldiciones, ni deudas de vida se apoderó de ella. Era una ensoñación peligrosa que rara vez dejaba entrar, pero el presente era lo único que le quedaba y un poco de indulgencia no podía hacerle daño. Pensó en Jake, en un par de cepillos de dientes y en las salpicaduras de agua en el espejo de unas manitas cepillándose demasiado cerca. En pies fríos bajo las mantas que se acercaban sigilosamente buscando calor. En cenas familiares y bailes bajo la luz de la luna y en la magia de las cosas perdidas que volvían a encontrarse.

Ya se había acabado la mitad del té y las extremidades se movían más lentas por momentos.

«Volveré a estar con Gigi», pensó.

Y fue entonces cuando se preguntó si tal vez esa era la verdadera razón por la que estaba haciendo eso. Si a lo mejor esa era la salida fácil. Pero, cuando se llevó la taza a los labios y se despidió del futuro que nunca tendría, supo que ese era el camino más difícil de seguir.

Sintió que nadaba en miel, o tal vez mermelada. Cada pensamiento era más turbio que el anterior y cada movimiento era más lento.

Cuando oyó un portazo, pensó que era una metáfora hecha realidad.

Pero entonces un par de manos muy reales le quitaron la taza de las manos.

—Maldita sea —siseó una voz—. ¿Estás de coña? —Era Seth—. Esta no es la respuesta, idiota —medio gritó, sacudiéndole los hombros. Y luego se fue y Sadie pensó que finalmente podría quedarse dormida en paz. Quería decirle a su hermano que era por él. Todo era siempre por él. Pero notaba las palabras demasiado espesas en la lengua.

Se oyó un ruido de tarros que chocaban y acaban cayendo a un lado o al suelo. Sonaban como música.

Y luego Seth regresó. Le puso una mano en el cuello mientras le empujaba la cabeza hacia atrás y, sin demasiada suavidad, la forzó a abrir la boca.

Sabía a *impatiens,* que irónicamente, o tal vez no, también se llama «no me toques».

Un antídoto contra el veneno.

La consciencia se activó como un engranaje oxidado e intentó escupirlo.

—Eres una idiota —siseó Seth de nuevo. Y el sonido zigzagueó hasta sus oídos y su propio hermano se convirtió en una serpiente con brazos y pupilas horizontales. Había olvidado que las alucinaciones eran un efecto secundario del «té de bayas del sueño eterno»—. Te voy a matar por esto —escupió el «reptil».

Oyó su teléfono llamando en altavoz.

¿Era esa la voz de Jake?

¿Por qué su hermano llamaba a su novio?

Eh, espera. Eso no era así. ¿O sí?

Y luego empezó a volar. Al menos eso fue lo que sintió hasta que el sofá se volvió sólido debajo de ella y se dio cuenta de que Seth la había llevado hasta allí.

Más *impatiens* entrando por la boca.

Se suponía que no quería tomarla, pero su garganta se abrió obedientemente y esta vez la amargura la ahogó y la maraña de pensamientos comenzó a desenredarse de tal manera que la cabeza le latió con más fuerza que el corazón.

—¿Cómo puedes ser tan estúpida? —preguntó él.

—Intentaba ayudar —gruñó ella, entrecerrando los ojos y tratando de separar la serpiente del Seth real. Y entonces oyó la respiración entrecortada de alguien que había estado corriendo. Incluso bajo el influjo de las «bayas del sueño eterno», ella reconocería su olor en cualquier lugar.

Él, con sus manos cálidas y callosas, le tomó el pulso y la temperatura y luego le abrió los ojos para comprobar las pupilas. Apoyó la cabeza sobre el pecho de Sadie, que quiso sonreír. Acomodarlo. Acariciarle el cabello y acercar los labios para besarlo. El futuro que nunca podría tener.

—Tiene la respiración estable —dijo Jake.

Ah. Claro. Jake paramédico. El Jake de un futuro no imposible. Le estaba comprobando la respiración. No era un tierno abrazo.

—Todo está bien. Aunque deberíamos mantenerla despierta. ¿Por qué? ¿Por qué ha hecho esto? —preguntó con la voz fragmentada.

—Porque es idiota.

Sadie percibió esa fragmentación, pero solo oía un enjambre de abejas enojadas. O tal vez fueran avispones. O avispas.

—Tengo que llamar a Raquel antes de que le dé un aneurisma —dijo su hermano—. Le conté que estaba notando algo. Estúpida conexión gemelar.

—Gracias a Dios por ella —dijo Jake—. Me quedo con Sadie.

El aire silbó en la habitación cuando Seth salió de la estancia. Y luego el sofá se hundió cuando él se sentó a su lado. Ella abrió los ojos. ¿Cuánto tiempo llevaban cerrados? Tenía calor, pero se le puso la piel de gallina. Cada tictac del reloj de pie sonaba como un cañonazo. Se sentía como Clara en *El cascanueces*, todo a su alrededor adquiría tamaños imposibles, se extendía hasta alturas vertiginosas y se encontraba atrapada en una batalla entre los soldados de jengibre y el rey ratón. Solo que, en lugar de dulces y roedores, la batalla era entre la vida y la muerte.

Extendió la mano y le tocó el brazo a Jake para asegurarse de que era real. Su piel era como algodón de azúcar. Ella estaba y no estaba y pensó en lo triste que era sentirse así la mayor parte de su vida. Un pie dentro, otro fuera. «Dóblalo por la mitad y guárdalo».

—Oye —dijo él en voz baja.

Ella le pasó los dedos por el brazo y él se quedó quieto. Como si el movimiento le costara un gran esfuerzo, le tomó la mano y se la puso sobre su pecho, dándole una palmadita por si acaso.

—Jake —susurró—, creo que Seth está enfadado.

—Yo diría que te quedas corta. A mí tampoco me ha hecho mucha ilusión. ¿Qué diablos has hecho, Sadie?

—Estaba intentando arreglarlo.

—Esto no es a lo que me refería cuando dije que sacrificarías cualquier cosa. —Prácticamente gruñó.

Pensó en responder, en decirle que estaba intentando salvarle la vida a su hermano, pero las palabras estaban demasiado espesas y embotadas.

—Sadie —dijo con preocupación en la voz. Como si no fuera la primera vez que decía su nombre.

—Estoy bien —afirmó, cerrando los ojos—. Estoy bien. —Adormilada, se preguntó en qué momento se había vuelto tan fácil decir esa mentira.

—Toda mi vida he sentido que estaba un paso por detrás de donde se suponía que debía estar —dijo él y, aunque parecía no venir a cuento, ella escuchó—. Cuando pasó todo lo de Bethany, pensé: «¡Joder!». Casarme. Tener un crío. Y, aunque me faltaba algo, no quería que mi propio hijo tuviera un hogar roto. Quería el final feliz. Quiero ser padre. Pero cuando Seth me llamó... —Se llevó la mano a los ojos y luego se pellizcó el puente de la nariz—. Casi te pierdo, Sade. Eres el amor de mi vida. —La voz se le quebró y sonó como olas rompiendo. Olas en las que Sadie quería nadar. Dejó que la resaca la arrastrara hasta asfixiarse con su belleza. Pero tal vez eso era efecto del té—. Así que, dime —dijo después de un momento—, ¿qué se supone que debo hacer?

—No lo sé —susurró ella.

—Siempre lo sabes.

La puerta principal se abrió.

—Raquel dice que también te va a matar —afirmó Seth mientras entraba y entonces Jake se puso de pie.

—Lo asumo —dijo Sadie lánguidamente, con el corazón todavía latiendo acelerado por la confesión del otro—. ¿Pero puedo irme a dormir antes?

Su hermano miró a Jake.

—Despiértala cada hora —le dijo este—. Y debería irme. Tengo que hacer varias cosas. Avísame si necesitas algo más.

—Gracias —dijo Seth.

—No hay de qué.

Después de que él se fuera, Sadie no pudo mirar a su hermano. Estaba muy cansada. Y no quería que le gritara. Pero él la sorprendió ocupando el lugar que Jake acababa de dejar libre junto a ella en el sofá.

—Sé que sientes que siempre necesitas hacerlo todo tú misma. Y mañana estaré muy enfadado contigo. Pero, por ahora —se aclaró la garganta—, me alegro de que estés bien. Y Jake sospecha, por cierto. Creo que ha querido achacar esto a tu dolor por Gigi, pero sabe que hay algo más. No soy el más adecuado para dar consejos, pero creo que deberías contarle de qué se trata. Bueno, no te preocupes por eso ahora. Solo descansa, ¿de acuerdo?

—Lo siento —dijo y sonó a declaración hueca para lo que quería transmitir en realidad.

Cerró los ojos, aunque las lágrimas brotaron igualmente, silenciosas y dolorosas.

—No voy a ir a ninguna parte —dijo él, cogiéndola de la mano.

Y Sadie se quedó dormida.

Un rato más tarde, después de que Seth la despertara dos veces, oyó que se abría la puerta principal y entraba la familia haciendo ruido, pero intentando estar en silencio cuando la vieron dormida en el sofá. Siguió con los ojos cerrados y oyó a Seth decirles en voz baja que había bebido más de la cuenta y que estaba reposando. Un momento después sintió que una mano fría le quitaba el pelo de la cara.

No le resultó familiar, lo que significaba que era de su madre, y las lágrimas comenzaron a escocer de nuevo. Florence había cambiado el curso de su vida para enorgullecer a sus hijos y Sadie finalmente se preguntó si ella era el tipo de persona de la que su madre podría estar orgullosa. La mano desapareció y las tías, el tío y la madre se dispersaron.

—Solo se lo he contado a Raquel —dijo Seth en voz baja—. Puedes decírselo a los demás si quieres. —Se encogió de hombros en la penumbra—. Pero pensé que no me correspondía la decisión de contarlo.

—Gracias —contestó ella con voz ronca—. Por todo.

Él regresó a la silla junto a la chimenea y se volvió a dormir enseguida.

Sadie sintió algo zumbando en las venas. Parecía un propósito. O una esperanza. O tal vez un poco de ambos. El té de cerezas de Jerusalén había salido completamente de su organismo y estaba otra vez conectada.

Estaba cansada de dejar pasar la vida. Había un espacio vacío en su alma que le dolía por la ausencia de Gigi, pero no podía usar eso como excusa. ¿Cómo sería confiar en sí misma? ¿Confiar en la mujer que su abuela había criado? Pensó en Jake, en cómo debía de dolerle seguir el dictado de su corazón. Si él podía cumplir con su deber, ella también. Porque una cosa le había quedado clara ahora que su vida estaba frente a ella de nuevo y había recuperado parte del sentimiento: quería a Jake en su vida, aunque solo fuera como amigo. En ese momento decidió invitar a Bethany y conocerla.

El miedo agudo a desperdiciar su vida, a perder a su hermano y también su magia, le hizo ver todo con claridad. Le escocían los dedos. Dio vueltas y vueltas en el sofá hasta que el sol se filtró a través de las cortinas. Un nuevo día. Una nueva promesa. Una nueva esperanza.

Té de Atenea

La sabiduría de la cabeza es inútil sin la sabiduría del corazón. Toma este té para equilibrar ambas. No tiene cafeína y debe tomarse en pequeños sorbos antes de acostarse para endulzar los sueños.

Ingredientes

2 cucharadas de té rooibos
1-2 cucharaditas de manzana deshidratada
½ ramita de canela
¼ vaina de vainilla
un chorrito de miel (opcional)

Elaboración

I. Deja reposar en agua caliente durante 7 minutos. Cuela y bebe mientras aún esté bien caliente para que haga más efecto.

15

Sadie por fin se volvió a dormir cuando salió el sol, pero la despertó un abrazo desgarrador y las voces que le llegaban desde la cocina.

—¡Podría asesinarte y quedarme tan campante! —le susurró Raquel temerosa al oído.

—Estoy bien —prometió ella.

—¿En qué estabas pensando?

—Obviamente, en nada —respondió Sadie—. O no lo sé. Puede que sí. Creí que podría ser la solución. La carta de mi abuela decía que, si me sacrificaba, Seth estaría a salvo. Tenía sentido… sin más. Al menos en aquel momento.

—Gigi nunca diría eso. —Raquel frunció el ceño.

Ella se sacó la carta del bolsillo trasero. Hacía días que la llevaba encima. El papel estaba desgastado y las arrugas alisadas.

Sadie observó a su amiga escanear la hoja y luego comenzar de nuevo desde la parte superior, entrecerrándolos a medida que se acercaba al final.

—Esto es como un acertijo.

—A mí me parece que está bastante claro.

—No, no lo está. Porque, si realmente usaras esa cabecita tan linda que tienes, sabrías que Gigi nunca, jamás en la vida, te diría que te suicidaras.

Sadie guardó silencio, con el ceño fruncido. Por supuesto que ella también lo creía así, pero se dio cuenta de que no había querido cuestionarlo porque era más fácil tomarlo al pie de la letra. Todavía sentía la cabeza nublada y le dolía si la movía demasiado rápido.

—Gigi debe de haberse enfadado —dijo en voz baja.

—No jodas —dijo Raquel y ella se rio porque sonó como si lo hubiera dicho Seth.

—¿Ya empezáis a hablar igual?

—Cállate —espetó sonriendo la otra—. Por cierto, ¿de verdad llevas bien lo nuestro?

—Ey, es cosa vuestra. De todos modos, si me perdonas por…, ya sabes, ser una estúpida, entonces yo te perdono por querer a mi hermano, también conocido por ser otro estúpido.

—Bueno, pues ahora lo que tenemos que hacer nosotras es averiguar qué quiso decir Gigi. —Sadie se quedó con el término «nosotras». Un pronombre cargado de promesas—. Además —le tomó ambas manos entre las suyas—, creo que necesitas terapia para el duelo.

—Solo intentaba salvar a Seth —respondió ella, con el corazón acelerado.

—Lo sé, lo sé. Sin embargo, esto no tiene nada que ver con él. Ya hemos estado hablando acerca de que vaya a un terapeuta.

—Lo mismo le dije yo.

—Pero a veces es necesario que el consejo venga de alguien que sepa de lo que habla, ¿sabes? No le dije que debería ir ni que tenga que hacerlo. Solo le conté que a mí me ayudó.

—¿Y crees que a mí también me ayudaría? —preguntó Sadie, aunque ya sabía la respuesta.

—Creo que la terapia podría ayudar a todo el planeta —afirmó Raquel con seriedad—. Pero sí, esto no es algo que uno quiera pasar en soledad. Aunque todos estemos aquí apoyándote, un profesional puede darte un enfoque que nosotros no tenemos.

—De acuerdo. —Asintió resuelta y prometió buscar ayuda una vez que Seth estuviera a salvo.

—Y ahora, ¿cómo te va con Florence?

—Es raro —respondió Sadie automáticamente—. O tal vez lo raro es que empieza a parecerme normal. Ojalá Gigi estuviera aquí y nos viera a todos juntos. Para todo.

—Está aquí. —Raquel le cogió la mano y la apretó.

Mientras tomaba un sorbo de manzanilla y miel, sintió que los nervios estaban más calmados que en mucho tiempo. Y, cuando Sage entró con ojos somnolientos, con su camiseta grande y apretando a Cacao contra el pecho, le sirvió un cuenco de cereales. Quizá su madre y su hermana acabaran marchándose, pero ahora estaban aquí. Y Sadie quería conocer a esa niña con secretos en sus ojos color avellana. No sabía qué hacer con la deuda de vida, pero quedarse paralizada por el miedo no la llevaba a ninguna parte. Era hora de cambiar de marcha. «Nada como un roce con la muerte para poner las cosas en perspectiva», reflexionó. Solo faltaban nueve días para la luna llena y, con un sobresalto, Sadie se dio cuenta de que era el mismo día del festival de otoño.

—¿Te gustaría ser mi ayudante? —le preguntó a Sage—. Se acerca el festival de otoño y Gigi y yo siempre ponemos, quiero decir, poníamos, un estand. ¿Qué me dices? —Los ojos cansados de Sage se iluminaron y ella sonrió—. Empezaremos con *scones* de crisantemo y miel. —Sonrió—. Tengo que hacerlos para una amiga.

—Buenos días —dijo Florence desde la puerta, mirando a sus dos hijas—. ¿Café? —preguntó.

—Claro —dijo Sadie y observó a su madre ocuparse de la cafetera. Pensó en lo que había visto de ella entre la confusión de la semana anterior. Siempre estaba ahí para ayudar, un rasgo Revelare, al parecer. Daba consejos como si fueran dulces, pero con tanta sinceridad que la persona a la que iban dirigidos asentía con los ojos muy abiertos. Y sobre todo no la había presionado a ella. No había intentado forzar el vínculo. Y eso hizo que la quisiera un poco.

—¡Puaj! —dijo Sage—. El café es asqueroso.

—Eso lo dices ahora —repuso Sadie, riéndose mientras le robaba un puñado de cereales.

Durante la siguiente hora, planificaron y anotaron lo que necesitarían para el festival e intercambiaron ideas hasta que los demás se despertaron. Hubo café, tostadas, charlas y risas y a ella le recordó a las vacaciones de Navidad de la infancia.

El tío Brian se aclaró la garganta.

—No os daremos la tabarra mucho más —dijo.

—¿Es que os vais? —preguntó Sadie, y, aunque lo esperaba, porque sabía que pasaría, le daba pena.

—Antes de que mamá muriera, habló con cada uno de nosotros. Es hora de que estemos todos juntos de nuevo. Lo llevo pensando un tiempo. Quiero abrir otro taller de automóviles y hay un local en alquiler aquí en Poppy Meadows. Suzy y yo hicimos una oferta por una casa aquí cerca, en esta calle. Por eso nos fuimos: para vender la otra y dejarlo todo arreglado.

—Y yo he hablado con mi empresa sobre el traslado —dijo Tava—. Además, hay demasiadas buenas tiendas de segunda mano por aquí y necesito dedicarles más tiempo —sonrió—. Kay y yo vamos a alquilar un apartamento encima de la heladería de Lavender y Lace, en el centro. Esas chicas son la bomba. Y, quién sabe, tal vez acabe abriendo mi propio negocio de muebles antiguos y restaurados.

—Y, cuando Steven vuelva, nosotros iremos a ver una propiedad a las afueras de la ciudad —dijo la tía Anne—. Podremos tener cabras, gallinas y perros y solo estaremos a unos diez minutos de vosotros. Lo suficientemente cerca para reunirnos en familia los domingos. Y para ayudarte en la cafetería, si quieres —añadió, dirigiéndose a Sadie.

Seth miró a su hermana y ella le devolvió la mirada. Cuando eran jóvenes siempre deseaban que llegaran las vacaciones, pues tías, tíos y primos pasaban por casa, un arcoíris de color, ruido y actividad por todas partes.

—¿Vais a...? —empezó a decir, pero no pudo terminar.

—¿... quedaros? —su hermano terminó la frase.

—Demasiado hemos tardado, cariño —le dijo Tava—. Había muchos factores que nos tenían separados, pero ahora estamos juntos y todos tenemos en mente quedarnos. Algunos primos también van a mudarse aquí. Emily y Madison con los niños y los maridos. Los demás no pueden por trabajo o estudios, pero ya han reservado días libres en Navidad para venir y celebrarla como es debido.

—Todos los Revelare se van, pero siempre vuelven —dijo el tío Brian—. Y ahora es nuestro momento, chicos.

—Oye, ¿crees que alguna vez te irás? —preguntó Seth, volviéndose hacia Sadie.

—¿Aún no te has dado cuenta de que soy la excepción a todas las reglas?

—Y muy humilde también —respondió él—. Pero, ya sabes, no sería lo peor del mundo.

—Deja de intentar deshacerte de mí, hermano. No voy a ninguna parte.

—Yo tampoco —dijo Florence—. Al menos, mi intención es quedarme. Si me aceptáis, claro.

—Por supuesto —dijo Seth, como si fuera la cosa más obvia del mundo. Sadie parecía haber perdido la voz—. Ahora lo que tenemos que hacer es descubrir lo del conducto ese de mierda —continuó—. Lo siento, quería decir «de marras» —añadió, mirando a la niña.

—No deberíamos hablar de eso delante de Sage —dijo su hermana, que por fin habló.

—Puede que sea una niña, pero tiene alma de vieja. Y acabará enterándose igualmente —repuso Florence, encogiéndose de hombros mientras untaba mantequilla sobre la tostada. No dio más explicaciones y Sadie se preguntó por la magia de la niña. La miró con los ojos muy abiertos y expresivos, pero estaba concentrada en su segundo cuenco de cereales.

Ella estaba cansada de no creer. De esperar lo peor. De temer el abandono que siempre la había asolado. Así que sacó el tarro de tanaceto azul brillante que se había guardado en el bolsillo y se untó un poco detrás de las orejas. Coraje. Creer en lo imposible. Sonrió. Esta vez casi pareció real.

Poco después, Sadie echó a todos de la cocina para empezar a hornear con Sage. Con su magia algo más asentada y la niña allí para ayudarla a equilibrarse, su antigua y desgastada calma regresó a ella. La tranquilidad de recorrer el camino desde la encimera hasta el frigorífico y viceversa. La sensación de la harina pegada entre los dedos y de las tazas medidoras que se ajustaban perfectamente a su mano. Florence preguntó si podía unirse, aunque solo fuera para mirar y ayudar cuando fuera necesario. Sadie se sintió cómoda con su presencia en la encimera, sentada junto a Raquel. La cocina estaba caldeada, el aire era dulce y el clic de la puerta del horno al abrirse y cerrarse era una tirita sobre su corazón magullado.

Pasaron el resto del día entre la cocina y el jardín, donde Simon se abalanzó sobre los pies de Sage y maulló a Sadie con indignación mientras ella lo regañaba. Abby siguió a Tava, ignorando a todos los demás. Y Bambi se sentó junto a la cerca y ladraba de vez en cuando hacia Rock Creek.

Le sorprendió la facilidad con la que se movían unos alrededor de otros. La risa los perseguía como girasoles inclinados hacia el sol y ella se dio cuenta de lo mucho que había echado de menos estar acompañada en la cocina.

Llenaron tarros de miel con infusión de naranja que devolvería la alegría a la vida de quienes la tomaran, bolsitas de té de campanillas para la esperanza y caramelos de acedera para ayudar a las madres primerizas. Había aceite de oliva infusionado con romero y pimienta negra para fomentar el amor aventurero y mermelada de pétalos de rosa amarilla para hacer que el comensal perdonara y olvidara.

Seth fue a ayudar a última hora de la tarde, pero no dejaba de estorbar ni de hacer reír a Sage hasta el punto de perder la noción de las medidas, por lo que le prohibió estar allí. Estuvo entrando y saliendo como si nada, se sentó ante la parte alta de la encimera con el ordenador y al final llevó a Bambi a dar un paseo.

Sadie enseñó a su hermana cómo cortar mantequilla fría y mojaron los dedos en la miel con infusión de naranja para observar la luz del sol de poniente atrapando las hebras ambarinas.

Pidieron pizza para cenar y todos comieron en la sala de estar, con platos de papel manchados de grasa en el regazo y en la mesa de café mientras sonaba un episodio de *Bonanza* en voz baja de fondo. Bambi deambulaba de uno a otro, haciendo ojitos para pedir sobras, hasta que finalmente ocupó su lugar habitual al lado de Sage. Se estaban volviendo inseparables y Sadie se preguntó ensimismada si debería devolverle a Jake su perro, pero decidió no hacerlo. Era como tener una parte de él con ella. Mientras tanto, Simon se sentó en lo alto del reloj de pie, mirando a Bambi y a Abby con los ojos entrecerrados, esperando el momento de saltar.

Todo parecía normal. Y se preguntó si lo que los hacía tan diferentes era la sangre Revelare. La magia no siempre comprendía hechizos, maldiciones y encantamientos. A veces era el agradable silencio de una buena comida y los ojos sonrientes que se encontraban por la habitación y hablaban más que las palabras.

Se fue a la cama con los brazos cansados y no más cerca de encontrar una solución, pero sí se había reencontrado con una pequeña parte de sí misma. Mientras se dormía, oyó el golpeteo del roble contra su ventana, que sonaba como uñas contra el cristal. No estaba segura de si el malvado gruñido de risa era real o solo el eco en sus sueños.

La mañana siguiente fue tranquila, ya que las tías se marcharon a hacer misteriosos recados por la ciudad. Solo faltaban ocho días, pero no podía posponerlo más. Los *scones* de crisantemo y miel la juzgaban en silencio cada vez que pasaba junto a ellos. Finalmente, cortó un poco de brezo del alféizar de la ventana, se lo metió en el bolsillo, cogió el recipiente y se dirigió hacia Rock Creek.

Sus botas chapoteaban en el barro y deseó haberse puesto un sombrero para protegerse las orejas, rosadas por el frío. El paseo valió la pena, ya que la lluvia había teñido el paisaje de varios tonos de verde. Musgo vibrante y líquenes apagados, campanillas de invierno que estallaban entre las zarzamoras y adornaban el camino. El impacto vigorizante del aire fresco en el rostro le agrietaba los labios y hacía que le escocieran los ojos. Era glorioso. Con solo sus pensamientos y el sonido de los tacones de las botas al romper ramitas y de un arroyo burbujeando cerca, dejó que la santidad del bosque la envolviera y ahuyentara los nervios.

Pero llegó demasiado pronto a Rock Creek. Había muestras de pintura en la fachada. Un verde intenso para camuflarla entre el bosque, un tostado que no le correspondía y allí, a la derecha, el crema más perfecto con matices amarillos. Y entonces vio lo demás. La casa color merengue con ribete azul huevo de petirrojo. Jardineras bajo las ventanas con flores de corazones sangrantes y gladiolos. Todos los detalles desfilaron ante sus ojos antes de que parpadeara y desaparecieran. Suspiró. Querer lo que no podía tener se estaba volviendo agotador.

«Amistad —se recordó—; estás aquí para hacerte su amiga».

Llamó a la puerta. El golpe hizo eco y el corazón se le aceleró.

La puerta se abrió y apareció Bethany. Llevaba su espesa melena recogida en un moño en lo alto de la cabeza, mallas estampadas y un suéter color crema.

—Uy, hola —dijo—. ¿Buscas a Jake? No está aquí.

—Ah, vale. La verdad es que he venido a verte a ti. He hecho *scones* de crisantemo y miel. —Levantó el recipiente—. Como bienvenida al vecindario.

—¡Oh! Muchas gracias. Guau. ¿Por qué no entras? Puedo preparar un poco de café… ¿Tienes tiempo?

—Claro que sí —dijo Sadie, dando un paso adelante mientras Bethany daba uno atrás. Los recuerdos cayeron en cascada sobre ella y el ático susurró recuerdos del pasado, pero los empujó al fondo.

—Siento mucho lo de tu abuela. —Puso en marcha una cafetera de émbolo y una tetera eléctrica, sacó dos platos y dos tenedores y los colocó sobre la mesa.

—Gracias —dijo Sadie, haciendo un esfuerzo por ignorar la opresión en la garganta.

—Con el tiempo te acostumbras, pero al principio parece que no puedes respirar. Como si constantemente quisieras levantar el teléfono y llamarla, hasta que te acuerdas de que ya no está y entonces vuelves a quedarte hecha polvo. —Ella asintió porque no confiaba en sí misma para hablar—. Tienen una pinta deliciosa —agregó Bethany, abriendo el recipiente y colocando un *scone* en cada plato.

—Se supone que te ayudan a abrirte.

—Jake me habló de eso. De que todas tus preparaciones significan algo. —Había un atisbo de dureza en sus palabras que intentó disimular con una sonrisa.

—Mi abuela me enseñó que todo tiene significado —dijo Sadie—. Me gusta pensar que es una manera de mantener su recuerdo presente. ¿Qué te parece vivir en Poppy Meadows?

—Es… —Bethany hizo una pausa mientras presionaba hacia abajo el émbolo de la cafetera—. No es exactamente lo que esperaba —continuó—. Jake está intentando convencerme, ¿sabes? Pero solo me queda una semana de vacaciones y tengo muchas ganas de volver a la ciudad. ¿Cómo tomas el café? —preguntó.

—Con azúcar, si tienes. Ah, y traje un poco de miel con infusión de naranja para los *scones* —dijo, sacándola del bolso.

Bethany sacó una cuchara y el azucarero del armario y luego se sentó frente a Sadie.

—Podría alimentarme solo de dulces. —La chica suspiró y cerró los ojos mientras le daba un mordisco al *scone*—. Mmm, Dios, está realmente delicioso.

—Gracias —dijo ella—. ¿Cómo llevas el embarazo? ¿Náuseas o algo así?

—Bueno, la verdad es que no. Todavía no. —Tomó un sorbo de café.

—¿Cuánto te queda?

—En realidad, no lo sé. —Dio otro mordisco y masticó lentamente, con ojos pensativos.

—Ah. —Sadie se sorprendió, pero no dijo nada más. Buscó otro tema de conversación, pero Bethany tomó el mando.

—Así que conoces a Jake desde hace mucho, ¿no? —preguntó y, por alguna razón, sonó como una acusación.

—Más o menos desde hace media vida. —Asintió y trató de no pensar en el charco de miedo que se le espesaba en el estómago.

—Estos *scones* son realmente deliciosos —dijo Bethany de nuevo mientras se terminaba uno—. Sí, solía hablar mucho de ti.

Era como si estuvieran teniendo dos conversaciones diferentes.

—¿Ah, sí? —Sadie se sorprendió.

—Sí, de ti, de tu abuela y de tu hermano. ¿Sam?

—Seth.

—Eso. —Sus ojos empezaron a volverse soñadores.

«Demasiado crisantemo», pensó ella, frunciendo el ceño. Con un poco te abrías y confiabas; demasiado te hacía revelar secretos, pero no estaba del todo segura de si quería escucharlos.

—¿Sabías que la hermana de Jake nos presentó? Fue todo una especie de torbellino. —Bethany tomó un sorbo de su café. Negro, advirtió Sadie. Siempre había pensado que era una opción práctica—. Hablaba de ti —repitió—. Y de este lugar, y de este pueblo. Cuando empezó a tener problemas para dormir... Bueno, a veces habla en sueños. Estuve de acuerdo con su terapeuta. Salir de la ciudad le vendría bien. Pero luego habló de mudarse. Sentí que empezaba a alejarse cada vez más. —Dibujaba círculos sobre la mesa con el dedo.

—Bethany, no creo… —comenzó Sadie, sin tener ni idea de adónde la llevaría la frase. Pero no importaba, porque la otra la miró entonces y vio mucha culpa en sus ojos, que brillaban como estanques gemelos.

—Cuando habló de Poppy Meadows, supe que estaba hablando de ti. Y no quería perderlo. Yo… yo lo quiero.

«Definitivamente demasiado crisantemo», pensó ella.

—No entiendo lo que me quieres decir —dijo Sadie en voz baja. Debería irse. Dejar que los *scones* salieran del cuerpo de Bethany y se olvidara de todo. Pero estaba pegada a su asiento.

—Cuando dijo que quería tomarse un tiempo para venir a buscar una casa aquí —su voz se convirtió en un susurro—, le dije que estaba embarazada. No era mi intención. Me salió así, sin más. Tenía miedo de que viniera aquí y se volviera a enamorar de ti. Y él…, bueno, yo sabía que sería consecuente. ¿Sabes de qué estoy hablando? —Empezó a mirar a todas partes, con los ojos descontrolados y preocupados—. Pero deberías haber visto cómo se le iluminó la mirada cuando le hablé del bebé. Fue como un regalo que había estado esperando toda su vida, pero que ni siquiera sabía que quería. —Su hermoso rostro se retorcía por la angustia—. Parecía tan esperanzado que pensé que podríamos arreglar lo que ya estaba roto. No pude decirle la verdad. Y luego me lo propuso. Y le dije que sí. Y desde entonces me he sentido miserable. Si llega a enterarse… —Se estremeció—. Él no es el tipo de persona que perdona esta clase de mentira.

—¿Pero cómo…? Madre mía —susurró Sadie, con el cerebro dando vueltas, tratando de asimilar la información—. Bethany, él lo descubrirá cuando no te crezca la barriga. Cuando no vayas a las citas con el médico.

—Le dije que no había conseguido cita para antes de que se marchara para venir aquí. Hice una captura de pantalla de una ecografía de internet y se la envié. —Se llevó una mano a la boca, con los ojos muy abiertos, como si no pudiera creer lo que acababa de decir.

—Bethany —gimió Sadie, con el corazón destrozado por Jake.

—Desde entonces he estado intentando quedarme embarazada. Así podría decirle que las fechas estaban un poco descuadradas. Pero... —hizo una pausa—. No hemos tenido relaciones sexuales desde que estoy aquí. Soy una persona horrible. Voy a ir al infierno. Voy a romperle el corazón.

—No eres una persona horrible —dijo Sadie automáticamente y odió tener que encontrar siempre algo positivo que decir—. Solo estabas asustada y tomaste una mala decisión. Pero tienes que decírselo. Bethany. Tienes que hacerlo.

—Lo sé —se lamentó.

Pero, mientras lo decía, ella reparó en que la otra no recordaría en absoluto esa conversación. Le parecería más un sueño una vez que el efecto de los *scones* desapareciera. Lo que dejaba a Sadie como guardiana del secreto.

Miró su propio plato intacto y se preguntó qué tipo de secretos revelaría ella.

«Demasiados», pensó.

—Se me ha ido de las manos y ahora las mentiras se han amontonado —susurró Bethany entre sus manos, avergonzada—. Simplemente no quería perder su amor. Pero lo he estropeado todo.

—Todo va a salir bien —dijo Sadie, forzando un tono tranquilizador. Pero la otra tenía la mirada fija en un punto lejano detrás del hombro derecho de ella y los ojos volvieron al estado de ensueño. En silencio, le puso la tapa al recipiente y salió sin hacer ruido por la puerta principal. De camino a casa, arrojó los *scones* al río, donde los peces podrían revelar sus propios secretos.

Florence estaba sentada en el porche trasero, en la vieja silla de Gigi, fumando un cigarrillo.

—Parece que llevas el peso del mundo sobre los hombros —dijo su madre.

Sadie se acurrucó en la silla a su lado y se pasó una mano por la frente. Desde que su abuela había muerto, se sentía como si estuviera a la deriva. Y ahí estaba su madre, ofreciendo un ancla. No podía rechazarla.

—Me enamoré cuando tenía diecisiete años —dijo—. Y me rompió el corazón.

—¿Alguna vez has dejado de amarlo? —preguntó Florence. Era una pregunta extraña, cómplice.

El silencio de Sadie fue su respuesta.

—Ahora ha vuelto. Y está comprometido con una mujer llamada Bethany. Y ella le ha dicho que está embarazada. Pero en realidad no lo está.

—Vaya, mierda —dijo su madre—. Eso suena a problema.

—¿No me digas? —No pudo evitar reírse del tono en la voz de su madre—. No sé qué hacer. Él tiene que saberlo. ¿Verdad?

—¿Crees que, si se entera, tendréis una oportunidad? —adivinó Florence.

—Es más que eso. Aunque yo no estuviera interesada, él merece saberlo.

—Pero no debes ser tú quien se lo diga.

—¿Tú crees? —Sadie hizo una mueca—. No, no debo. Tienes razón.

—Eso sería envenenar el pozo. Nos guste o no, todos somos humanos y revelar ese tipo de secreto podría volverse en tu contra. ¿No crees que ella acabará diciéndoselo? ¿O que él solo se dará cuenta?

—Dijo que está intentando quedarse embarazada y que simplemente alteraría la fecha de parto.

—Dios, menudo personaje.

—Solo tiene miedo de que él la deje. Hacemos locuras por amor.

—Eso no es amor, cariño —argumentó su madre—. Eso es soledad. Intentar retener a alguien así es querer controlarlo. ¿Él la quiere?

—Creo que a ambos les encanta la idea de tenerse —pensó Sadie en voz alta.

—La mitad de su corazón está contigo y la otra mitad con las mentiras de esa chica. La verdad siempre prevalecerá de una forma u otra. Confía en mí.

Y, por alguna razón, lo hizo.

—No lo querría de todos modos si la mitad de su corazón está con ella. —Y al decirlo se dio cuenta de que era la verdad. Si ella iba a arriesgar su último corazón roto, no podía quedarle la menor duda de dónde tenía Jake el suyo.

—Cuando tu corazón está dividido en dos no puedes serle fiel a ninguna de las partes. Es como si fueran dos personas diferentes con un solo corazón. —Y, mientras pronunciaba las palabras, se le iluminaron los ojos—. Sadie, tengo una idea que podría satisfacer la deuda de vida.

Scones de naranja, miel y vainilla

Me gusta usarlos cuando las personas se niegan a hablarse. Fomentan la apertura y la honestidad con una chispa de alegría. Se los hice una vez a Dickie, pero no funcionaron con él. Algunas personas son demasiado testarudas incluso para la magia.

Ingredientes

2 cucharadas de harina para todo uso
1 cucharada de polvo para hornear
¼ cucharadita de sal *kosher*
7 cucharadas de mantequilla fría sin sal (cortada en 7 cubos)
¾ taza de nata espesa
1 cucharada de extracto de vainilla
2 cucharadas de flores de crisantemo secas
¼ taza de miel infusionada con naranja

Elaboración

1. Precalienta el horno a 190 °C.
2. Mezcla la harina, la sal y el polvo para hornear en un recipiente grande.
3. Con una batidora de repostería o con dos cuchillos, ve cortando la

mantequilla para integrarla bien en la mezcla anterior hasta reducirla a trozos del tamaño de un guisante.

4. Combina la nata espesa, la miel de naranja, las flores de crisantemo y el extracto de vainilla en una taza medidora y añade la mezcla al bol.

5. Remueve con una cuchara de madera hasta que se empiece a formar una bola.

6. Transfiere la masa desgreñada y los restos que hayan quedado sueltos en el bol a una tabla de cortar grande o a una superficie de trabajo con un poco de harina. Amasa brevemente, lo justo para compactarla, y forma un cuadrado de unos 20 × 20 centímetros.

7. Córtalo en dieciséis cuadrados de 5 × 5 centímetros y luego corta cada uno en triángulos. Transfiere a una bandeja para hornear.

8. Hornea de 8 a 12 minutos hasta que estén bien cocinados y con los bordes ligeramente dorados.

9. Retira del horno y deja reposar en el molde durante 10 minutos antes de transferir a una rejilla para enfriar o sírvelos caliente.

16

—Ve a buscar a tu hermano —dijo Florence sin aliento.

Su madre estaba realmente emocionada. Nunca la había visto tan animada. Y eso hizo que Sadie saltara de su silla y corriera hacia la casa, con el corazón latiendo el triple de rápido y los dedos temblando de esperanza.

Seth estaba con su ordenador.

—¿Qué pasa, hermana? —dijo y, cuando levantó la vista, ella se sorprendió al ver el vacío en sus ojos. Parecía como si los vestigios del miedo le hubieran devastado el rostro y tardó unos instantes en enfocar la mirada en ella, como si estuviera saliendo de la oscuridad y buscando alguna luz.

—Florence cree que tiene una idea para el sacrificio —dijo Sadie, intentando disimular la preocupación en la voz.

—¿Cree que la tiene o la tiene de verdad?

—Cállate —respondió ella de manera automática—. Yo soy la pedante, ¿recuerdas? Vamos.

Giró sobre sus talones y oyó que el portátil se cerraba un momento después. Él la agarró del hombro antes de que ella llegara a la puerta.

—Sade —dijo con voz áspera—, tengo miedo. No puedo dormir por la noche. Y echo de menos a Gigi. La oscuridad está empeorando. Yo... siento que estoy perdiendo el control.

—Yo también —repuso ella, cogiéndole la mano—. Estoy totalmente aterrorizada. Y sé que es peor para ti porque es tu vida la que está en juego. Lo siento mucho.

—No es que sea peor, es otro tipo de mal. Si fuera tu vida la que estuviera en juego, creo que… No, ni siquiera sé qué haría. —Nunca había oído a Seth hablar así y eso le hizo querer ser fuerte por él.

—Oye —dijo Sadie—, estamos juntos en esto. Estoy aquí. Y esta vez va a funcionar.

Él asintió, relajó los rasgos de tal forma que la frente se le suavizó y las líneas de expresión de alrededor de la boca dejaron de ser tan profundas y la siguió afuera en silencio.

Florence caminaba de un lado a otro del porche cuando llegaron, con los ojos muy abiertos y el pelo corto ondeando al viento.

—Cuando un corazón se parte en dos, es como si se convirtiera en dos personas con un solo corazón —dijo—. Pero vosotros sois como una sola persona con dos corazones latiendo. La deuda de vida exige un sacrificio. Pero si cada uno da la mitad… Bueno, tendremos que ver si funciona.

—No entiendo —dijo Seth—. ¿Esto es como la historia de la Biblia en la que dos mujeres reclaman el mismo bebé y el rey sugiere que lo corten por la mitad y que cada una se quede con una parte?

—¿En serio? —dijo Sadie.

—Los sacrificios pueden funcionar de diferentes maneras. La magia figurativa es igual de poderosa, o a veces más, que la tradicional. Si cada uno de vosotros logra canalizar su esencia hacia un tótem, creará un yo completo. Al menos eso espero.

—Qué inteligente. —Ella asintió con la cabeza—. No puedo creer que no haya pensado en eso antes.

—Bueno, soy un genio, ¿qué puedo decir? —Su madre sonrió—. Esto podría funcionar. Ambos perderíais la mitad de vuestra magia, lo cual ya es un sacrificio de por sí. Pero, considerando la alternativa, diría que vale la pena.

—¿Tendría otras consecuencias? —preguntó Sadie.

—Para ser sincera, cariño, no lo sé.

—Teniendo en cuenta lo que estuviste a punto de hacer, diría que perder la mitad de tu magia no es nada —dijo Seth.

—¿Qué estuvo a punto de hacer? —Florence frunció el ceño.

—Nada —dijo la aludida rápidamente—. Dinos, ¿qué hacemos?

—Cada uno de vosotros necesita un tótem, un objeto significativo a través del cual canalizar la magia. Algo que represente quién sois o un momento importante de vuestra vida.

Seth asintió y volvió a abstraerse, muy serio. Sadie se metió en su mundo. Algo que la representara. Y entonces lo supo.

Cuando era niña, tendría unos doce años, poco antes de la ceremonia del té, Gigi le regaló de entre sus pertenencias una botellita de cristal para perfume. Le había enseñado a mezclar aceites para crear un aroma que encarnara su personalidad. Pasaron horas revisando una variedad de tarros, inhalando y aprendiendo usos y significados, y en las pausas olían granos de café para restablecer los sentidos. Finalmente, se decidió por una gota de valor para el coraje, pachulí para su espíritu libre, angélica blanca para la paz y lavanda para la calma. Sadie se lo aplicó y entonces se dio cuenta de que esos eran los elementos que la definían. Cada mañana, cuando se echaba aquel perfume, recordaba que no estaba sola, que su magia y su abuela siempre la acompañarían. No lo había usado desde que Gigi murió. Cuando cogió la botella del baño, el cristal arrojó luz sobre la encimera; quitó la tapa y se la acercó a la nariz. Era el olor a recuerdos y amor, a promesa y esperanza.

Salió corriendo y se la tendió a su madre, quien asintió sin hacer preguntas.

Seth ya estaba allí, sosteniendo un anillo de plata que Sadie hacía mucho que no veía. No era un círculo completo, sino que terminaba en dos cabezas de lobo, con las mandíbulas abiertas, listos para atacarse y con un espacio mínimo entre ellos. Ella abrió la boca para preguntarle qué representaba, pero él hizo un gesto negativo con la cabeza, muy sutil, y su hermana supo que estaba diciendo que ahora no era el momento.

Simon le rodeó los pies a Sadie y los siguió hasta el jardín. Florence y la hija cruzaron la puerta primero, pero, justo cuando Seth se acercaba, se cerró de golpe. Simon maulló y ella habría jurado que había sonado como una risa. El gato se deslizó entre los listones de madera y luego se detuvo para observar al chico con una mirada que decía: «Qué humano tan incompetente».

—Pórtate bien —dijo Sadie al jardín con su voz más severa.

Seth intentó abrir, pero la manija no se movió.

—Dicen que el fertilizante del supermercado hace maravillas —dijo ella y entonces la puerta se abrió con facilidad y lo dejó entrar.

Él abrió la boca para soltar lo que Sadie sabía que sería una respuesta mordaz, pero, antes de que dijera nada, ella lo detuvo con una mano.

—Yo no lo haría —le aconsejó—. A menos que quieras un melocotonazo en la cabeza.

—Esta es una magia delicada —dijo Florence cuando estaban todos en el jardín con el anillo y la botella enclavados en un pequeño montículo de tierra. Había un círculo de sal alrededor de los objetos y cuatro velas en el exterior rodeándolo—. Requiere concentración. Mucha. —Extendió las manos. Cada uno tomó una y luego ambos juntaron la que tenían libre para completar el círculo alrededor del montículo.

«Cenizas, cenizas, todos nos convertimos en eso», pensó Sadie.

—Cerrad los ojos —les ordenó Florence y ellos lo hicieron—. Concentraos en vuestra respiración. Silenciad todo el ruido. Explorad vuestro interior. Profundizad. Invocad el poder ancestral que vive en nosotros.

Ella abrió un ojo para mirar a Seth. Normalmente él se burlaba de ese tipo de discursos, pero ahora tenía los ojos cerrados del todo.

—Cierra los ojos —la reprendió su madre.

—Lo siento —murmuró, con las mejillas ardiendo mientras volvía a concentrarse en el aire que le entraba y salía de los pulmones. En el ascenso y el descenso del pecho. La mano de Seth en la de ella, anclándola a la tierra, a ese momento. Pero Sadie siempre había sido pésima para la meditación. Para calmar la mente. En cuanto intentó aclararse la cabeza, una avalancha de pensamientos acudieron de golpe. Sin saber por qué, pensó en el pastel de nueces pecanas y chocolate de Gigi. Ella siempre decía que era para tener fuerza curativa, algo que ciertamente le vendría bien ahora. Y el chocolate tenía un efecto calmante. Casi podía saborear la dulce combinación de chocolate, sirope, mantequilla y vainilla.

—Sadie —dijo su madre—, tienes que concentrarte. Imagina un río. Cada vez que surja un pensamiento, reconócelo y a continuación envíalo a la corriente.

Deseó alejar el sabor de las nueces y, durante varios largos minutos, imaginó el río bajo el puente de Two Hands y envió todos sus pensamientos a los rápidos hasta que la respiración se le ralentizó.

—Bien. Ahora, recurrid a la mente y conectadla con vuestro objeto.

A Sadie se le calentaron los dedos y empezó a sudarle la frente. Un momento después se oyó un silbido de las cuatro velas al encenderse a la vez. Olió el aire húmedo, un toque de pachulí de su frasco de perfume, la cera derretida. Casi oía las llamas parpadeando y tambaleándose.

—Sí —susurró Florence—. Seguid así. Tomad ese fuego y avivadlo, haced que fluya por la conexión. Dejad que la magia se libere y entre en vuestro objeto.

Hubo silencio. Y luego un suave tarareo.

—«Kanali Symbalo. Kanali Symbalo» —comenzó a cantar la madre en voz baja e intensa.

Una suave brisa se agitó alrededor de ellos y Sadie se estremeció mientras Florence seguía recitando esas mismas palabras. Se preguntó ensimismada qué querían decir, pero trató de mantenerse concentrada en la tarea que tenía entre manos.

La brisa se convirtió en viento y las plantas del jardín temblaron.

Y entonces cesó abruptamente. Las hojas se detuvieron. El silencio le resonó a través de los huesos. Solo existía la conexión, cálida y melosa, que la vinculaba a la botellita de cristal. Y desde ese punto, si extendiera la mano, sentiría la magia de Seth fluyendo hacia su anillo.

Sadie se quedó atrapada en ese momento. Pensó que, si abría los ojos, el mundo se habría detenido.

Un trueno rugió en el cielo y ella saltó.

Su madre dejó de cantar.

Se oyó un chisporroteo que salía del montículo de tierra y luego lo que sonó como una pequeña explosión. Ella saltó hacia atrás cuando una brasa estalló y la golpeó en la espinilla. Abrió los ojos y observó cómo ardían sus tótems. Las llamas de las velas se elevaron medio metro por encima de la mecha. Y entonces, igual de repentinamente que había empezado, el fuego se apagó. Sadie olió la lluvia y el cielo se abrió. Cayeron gotas grandes y gordas que los empaparon en un instante, dispersaron el círculo de sal y oscurecieron el olor a ceniza.

—Bueno, qué hijo de puta —dijo Florence.

—No ha funcionado —afirmó Sadie en voz baja.

—Muy bien, lumbreras —dijo Seth enfadado.

—Eh, ¿qué tienes…, doce años? —Sadie respondió de inmediato. Pero, cuando vio el miedo de nuevo en los ojos de su hermano, la culpa llegó, rápida y potente como la tarta selva negra, y le dio dolor de estómago.

—Ya vale. A los dos. No ha funcionado. —Florence se pellizcó el puente de la nariz y cerró los ojos. Su hija conocía esa mirada. Era la cara de quien intenta no perder los papeles—. Ya se nos ocurrirá otra cosa —añadió.

—Sí —dijo Seth, desanimado—. Seguro que sí. —Regresó a la casa y, tras dedicarle una sonrisa triste a Sadie, Florence lo siguió.

Ella se quedó allí plantada. La lluvia se mezcló con sus lágrimas hasta que ambas se detuvieron a la vez. No había funcionado. El pecho se le contrajo. Respiraba de forma irregular y, aunque estaba temblando, su cuerpo se convirtió en una única llama. El hormigueo empezó en los dedos y subió por los brazos hasta dejárselos paralizados. Todo se quedó así. El mundo, empapado de lluvia, se tambaleaba. O tal vez se inclinaba. ¿Importaba acaso?

El pánico la asfixiaba de una manera familiar. Como un viejo amigo.

Si no lograban descifrar el sacrificio, Seth moriría. La idea le dio ganas de vomitar.

«No puedo hacerlo», pensó.

Tal vez si huyera… Pero no, los pies le pesaban como el plomo. Los miró, desnudos y embarrados. Los pensamientos de pánico se perseguían. La hierba bajo los dedos empezó a rizarse y crujir. Una llama invisible se extendió desde sus pies lamiendo el suelo hasta las plantas de calabacín, acuciante, y, cuanto más entraba en pánico, más rápido avanzaba.

El terror se volvió tangible. Tosió por el olor mientras el jardín moría ante sus ojos. Estaba ligado a ella. Lo sentía. ¿Cómo era posible?

—Sadie —llamó Florence desde la puerta.

Ella se volvió para mirarla con los ojos desorbitados. Intentó moverse, pero no pudo.

—No me deja entrar. —Su madre sacudía la puerta—. Necesitas respirar. Encuentra la calma.

—No puedo —susurró la hija titubeando. La camisa empapada de sudor y lluvia se le pegaba a la espalda, respiraba entrecortadamente y la vista se le volvió borrosa.

—Déjame intentarlo —dijo Sage en voz baja, acercándose por detrás a su madre.

Apenas había rozado el pomo cuando se abrió de golpe, y, en cuanto la atravesó, se volvió a cerrar.

La niña se acercó a su hermana y le puso una mano en el antebrazo con suavidad.

Ella inspiró hondo ante el contacto.

—No pasa nada —dijo Sage en voz baja.

Sadie sentía la calma de la niña tratando de entrar en ella, pero su cuerpo luchaba para impedirlo.

—Tienes que dejarme entrar —susurró aquella.

El miedo se apoderó de su estómago. Pero no había otra opción si quería salvar su jardín y detener esa locura. Había pasado toda su vida alejando a la gente y ahora sentía los golpes insistentes en la pared del corazón.

«Déjame entrar, déjame entrar», decía.

Y lo hizo.

Tiempo atrás habría dicho que no había alternativa. Pero ahora sabía que sí, que siempre la había. Y, cuanto más cerca estás de la desesperación, más fácil resulta aceptar lo que siempre has querido, lo que hace que la elección sea evidente, o al menos más fácil de tomar. Al fin y al cabo, no era difícil dejar entrar a alguien cuando planeabas expulsarlo después.

La respiración se le volvió más lenta. Cerró los ojos y se concentró en la calma. Dejó que le penetrara en la médula. Sintió la pequeña presencia de Sage a su lado y la de su madre en la puerta. Y, sin abrir los ojos, supo que Seth también estaba allí. Se quedó con eso. Y, poco a poco, el entumecimiento volvió a convertirse en hormigueo y luego este desapareció por completo.

Cuando abrió los ojos, la devastación había cesado. Los tomates ha-

306

bían quedado diezmados; las cuatro variedades. Los calabacines estaban carbonizados y los colinabos empezaban a languidecer.

—Soy yo —susurró Sadie y, al darse cuenta, le temblaron las rodillas—. Todo esto es culpa mía. —Cayó al suelo y el barro chapoteó. Su magia era la que hacía eso. No un espíritu incorpóreo ni un fantasma malvado. Ella. Cada arbusto quemado era un testimonio de su miedo y su dolor. Se percató de que reflejaba lo que había en su interior. El caos y la duda. Era ella la que lo controlaba.

Pensó en cada vez que había muerto una parte del jardín y recordó el pánico que se había apoderado de ella hacía un momento. Sage la había ayudado a controlarlo esta vez, pero la niña no siempre estaría presente.

—Entremos —dijo Florence cuando la puerta finalmente la dejó pasar.

Sadie se dejó llevar al interior y, mientras sus pies se movían por sí solos, se le ocurrió una idea alarmante. Si ella fue la que provocó el incendio del jardín, ¿qué pintaba el espíritu? Ese que había visto unas cuantas veces. O, más importante aún, ¿qué quería? Se estremeció y alejó esos pensamientos.

La tarde se había vuelto tan oscura que parecía que la noche había llegado temprano. Sadie solo quería enterrar la cabeza bajo las sábanas y dejar que la tristeza la consumiera.

Pero ceder ante el dolor, dejar que el miedo la extenuara, era lo que estaba malográndole la vida. Y ya había tenido suficiente.

La casa se llenó de crujidos y gemidos, como si extrañara el ruido e intentara suplirlo. Ella hacía por no escuchar, manteniéndose activa entre un chasquido y el siguiente, absorta en el lento goteo del tiempo, que se acumulaba en un charco y la invitaba a zambullirse, pero Sadie mantuvo los pies secos y se negó a escuchar el repique cada vez más insistente del reloj, que había permanecido prácticamente en silencio desde la muerte de Gigi, pero ahora cada día se volvía más descarado: del canto alerta del gallo y el parloteo venturoso de las urracas al graznido del cuervo, que hacían la temblar porque le recordaban que el tiempo se agotaba y hasta el reloj de pie lo sabía.

Ignoró la puerta mosquitera cuando se abrió con un chirrido y también a Florence cuando se sentó a su lado y sacó un puro.

«Como el que llevaba en la mano el fantasma —pensó Sadie—. O el espíritu. O lo que fuera».

—No sabía que fumabas —dijo y su voz sonó áspera por el desuso.

—Mal hábito que me queda de los viejos tiempos. Empecé porque me recordaba a mamá. No lo hago a menudo y solo cuando Sage está dormida. Pero... —Se encogió de hombros y lo encendió—. ¿Cómo estás? —preguntó mientras exhalaba.

Sadie se encogió de hombros y observó la columna de humo curvarse y disiparse, dejando olor a clavo y a tabaco.

—Escucha, ¿hay algo que pueda hacer por ti, cariño? Odio verte así.

La voz de su madre le chirrió. Quería silencio. Lo anhelaba. Como no respondía, su madre continuó:

—Sé que estás preocupada. Pero a tu hermano no le va a pasar nada. Vamos a resolver esto.

—¿Cómo? —dijo Sadie por fin—. ¿Cómo vamos a resolverlo exactamente? —El pánico le oprimía el pecho y la rabia hervía en su interior como una pócima que burbujea en una olla, espesa y acre, y amenaza con desbordarse.

—No lo sé todavía —respondió Florence.

—Parece que tienes respuesta para todo. ¡Y, sin embargo, todo esto es culpa tuya! Si no te hubieras juntado con Julian, nada de esto habría sucedido. Gigi no se habría visto obligada a atarse a la oscuridad, no habría contraído cáncer y no habría muerto.

—Si no me hubiera «juntado con Julian» —citó su madre en voz baja—, tú y tu hermano nunca habríais sido concebidos. Y jamás, ni por un segundo, me arrepentiré de que ese hombre vil haya entrado en mi vida. Porque la belleza surgió de esas cenizas.

Sadie no supo qué responder. Era consciente de que su madre tenía razón, pero el miedo vuelve amargo lo dulce. Y hay cierto placer primitivo en reflejar en otros el dolor propio. Sintió que se le rompían los huesos.

—Tal vez la belleza pueda surgir de las cenizas, pero la destrucción también. Igual había una razón por la que se suponía que no debías tener hijos.

—Sadie... —dijo Florence y su nombre sonó a reproche cariñoso.

—No debiste volver. —Las palabras salieron con suavidad, pero aterrizaron con dureza y frialdad.

Acto seguido, su madre se fue en silencio, no sin antes hacer una pausa y poner brevemente una mano sobre el hombro de su hija. Sadie se quedó quieta y siguió contemplando el jardín y las cenizas carbonizadas que ella misma había provocado.

Pastel de nueces pecanas y chocolate

Dicen que las nueces pecanas son buenas para la fuerza y la longevidad, pero lo cierto es que a la familia le encanta este pastel.

Ingredientes

1 taza de jarabe de maíz (claro u oscuro)
3 huevos
1 taza de azúcar granulado
2 cucharadas de mantequilla derretida
2 cucharaditas de extracto de vainilla
1½ taza de nueces pecanas picadas en trozos grandes
1 cucharada de virutas de chocolate
1 base de tarta (no conozco la receta, pues la experta en eso es Sadie; cómprala ya hecha o que te dé ella la receta).

Elaboración

1. Enciende el horno a 180 °C y coloca una bandeja apta para hornear mientras se precalienta.
2. Cubre el fondo de la base de tarta con las virutas de chocolate.
3. Mezcla el jarabe de maíz, los huevos, el azúcar, la mantequilla y la vainilla. Agrega las nueces y vierte todo sobre las virutas de chocolate.

4. Hornea durante aproximadamente 1 hora o hasta que las nueces estén tostadas, o, para mayor precisión, hasta que el centro esté a 90 °C (eso dice Sadie). Se supone que hay que dejarla enfriar durante 2 horas, pero esa chica no puede esperar más de 15 minutos antes de hincarle el diente y siempre se quema la boca, la tontolaba.

17

Faltaban siete días para la luna llena y la carta de Gigi la seguía a todas partes. Ella siguió ignorándola firmemente. De todos modos, se la sabía de memoria.

Cuando volvió de dar un paseo por el jardín, la estaba esperando en las escaleras traseras. Cuando salió de la ducha, estaba allí, sobre la encimera, con los bordes curvados por el vapor como un dedo que le hacía señas. Cuando abrió un cajón para sacar sus calcetines favoritos, la carta estaba debajo. El colmo fue cuando abrió el bote de azúcar para el té y la carta estaba dentro, enrollada como un pergamino.

—¡Vale! —dijo molesta en voz alta a la cocina vacía.

Se preparó un té, se sentó a la mesa y respiró hondo; le dolía la caja torácica. Tenía los hombros tensos y nudos en los omóplatos, agudos puntos de dolor que manifestaban físicamente su estrés. Giró el cuello, desenrolló la carta y colocó su taza encima de la esquina superior para evitar que se enrollara de nuevo.

«Hola, mi vaina», comenzó a leer.

¡Maldita sea! Los ojos empezaron a escocerle. No tenía sentido. Tenía aquellas palabras grabadas en la memoria, pero verlas en la carta otra vez, con la letra de Gigi, fue demasiado. Algunos fragmentos adquirieron un significado distinto ahora que habían pasado varios días.

«Sé lo mucho que te llegas a enfadar a veces».

Se quedaba corta.

«Dios sabe que los Revelare somos demasiado buenos guardando rencores, y si hay algo de lo que me arrepiento es de no haberlos olvidado antes».

Pensó en su madre.

«Siempre te ha resultado muy fácil perdonar, excepto cuando se trata de las personas que más amas».

Jake. Seth. Florence.

Y luego llegó a las palabras que habían estado resonando en su cabeza desde que las leyó por primera vez.

«Si te sacrificas, Seth estará a salvo. Cuando renuncias a quien eres, te conviertes en una persona nueva. Y eso significa que las antiguas deudas quedan perdonadas y la magia oscura anulada. Ese tipo de sacrificio será una especie de bautismo; te convertirá en un nuevo ser. Asegúrate de estar preparada».

Sadie releyó esas líneas. La primera vez que abrió esa carta, el papel aún fresco y nuevo, se quedó atrapada en «Si te sacrificas, Seth estará a salvo». Pero fueron las palabras siguientes las que ahora le llamaron la atención.

«Cuando renuncias a quien eres», había escrito Gigi.

Pero ¿qué significaba eso? ¿Quién era ella?

Volvió a leerlas palabras.

Convertirse en una persona nueva.

Pensó en quién se había convertido, en dónde se había permitido llegar, en la amargura que, con sus dedos seductores, la atraía hacia una muerte en vida donde hacía que todos fueran tan miserables como ella. Y anhelaba ser una persona nueva. Dejar ir. Encontrar alegría a pesar de este último corazón roto. Pero ¿cómo? Ella no era lo suficientemente fuerte.

«Cuando renuncias a quien eres», pensó de nuevo, sosteniendo la cabeza entre las manos y resoplando con los labios fruncidos. Gigi no quería que Sadie se sacrificara entregando su vida, sino entregando quién era. Y ella era muchas cosas. ¿Amargada? Sí. ¿Guardaba rencores? Su abuela insistía en que los Revelare se aferraban a las cosas demasiado tiempo. Pero era más que eso. Era disciplinada y rebelde, temerosa y valiente y, sobre todo, tenía miedo de quedarse atrás. Sola. Por su maldición. La maldición de los cuatro corazones rotos que había aceptado para conservar su magia. Y se dio cuenta de que ella era eso.

Ella era magia.

Y eso era lo que tenía que sacrificar.

Tragó con fuerza, preguntándose por qué la idea de quitarse la vida había sido más fácil que pensar en renunciar a su magia.

Recordó la expresión en el rostro de su madre cuando le dijo que deseaba que no hubiera vuelto nunca. El hecho de que Seth seguía intentando compensarla por haberse ido. Ambos habían procurado demostrarle una y otra vez que no se marcharían. Tenía que escuchar. La magia no podía ser su muleta.

La sacrificaría por la vida de su hermano. Pero tenía que hacer algunas cosas antes de que desapareciera para siempre.

Empezó a buscar los ingredientes para otra tanda de *scones* de crisantemo, vainilla y miel. Jake merecía saberlo. No podía decírselo, pero tal vez podría conseguir que Bethany lo hiciera.

Vio una bolsa de nueces pecanas y recordó que él nunca había probado ese pastel. Emplear crisantemo había sido un poco arriesgado, pero, si molía un poco de tusilago y lo mezclaba con las nueces, ninguno de los dos se daría cuenta. Tendría un efecto diferente («se haría justicia»), aunque el desenlace…, bueno, eso ya era cosa de ellos.

Mientras se horneaba el pastel, abrió su chat con Raquel y se sintió culpable por los diez mensajes sin respuesta que le había enviado su amiga. Sadie tragó para aliviar la opresión en la garganta. Le envió un mensaje de texto: «Tenías razón».

Los tres puntos de escritura aparecieron instantáneamente.

Pues claro. ¿En qué tenía razón esta vez?

Gigi no quería que sacrificara mi vida.
Me estaba diciendo
que tenía que sacrificar mi magia.

¡Virgen santa!

314

La respuesta de Raquel le había llegado zumbando. Sadie se la imaginó con los dedos volando sobre la pantalla.

¿Vas a hacerlo?

> No, voy a dejar morir a Seth.
> ¡Pues claro que lo voy a hacer!

Dale caña a tu lado oscuro.

> Solo quería decirte
> que te quiero y que lo siento.

Yo también te quiero.
No pasa nada.
Todos tenemos nuestros días grises.

Sadie guardó su teléfono con una sonrisa y sacó el libro de recetas de Gigi.

Los frijoles jacinto eran venenosos, pero hervirlos haciendo dos cambios de agua los volvía comestibles. La ráfaga de vapor le sonrojó las mejillas cuando levantó la tapa de la olla. Pena. Perdón. Arrepentimiento. Cuando empezó el segundo hervor, se dispuso a cortar cebollas y permitió que las lágrimas corrieran libremente por el rostro, dejando a su paso un rastro brillante como el polvo de estrellas. Mientras se freían, cortó patatas, zanahorias y tomates y luego los añadió a la sartén con una pizca de sal y tomillo. Coló los frijoles y lo puso todo en la olla de cocción lenta.

Mientras empezaba a estofarse, miró por la ventana y observó a Florence y a Sage en el jardín delantero. La niña estaba sentada tan tranquila junto al limonero, con las flores apenas abiertas, jugando con lo que parecía un trozo de papel doblado, y su madre la observaba del mismo modo que Gigi solía mirarlos a ella y a Seth.

Había hecho tantas cosas mal… Había ahuyentado a la gente tantas veces… Se preguntó si ya era demasiado tarde. Aunque lo fuera para ella, se negó a que lo fuera para Jake. Mientras los frijoles burbujeaban alegremente en la olla, cogió el pastel de chocolate y nueces pecanas y caminó hacia Rock Creek. El aire olía a musgo y a luz del sol y, si notó que la presencia la seguía, fingió no sentirla. Pensó en llamar a la puerta, pero no estaba preparada para enfrentarse a Jake ni a Bethany. Quizá eso la convertía en una cobarde. Pero un rastro de esperanza la acompañó durante todo el camino. Le supo brillante y pura, como el primer caramelo sacado del calcetín la mañana de Navidad o los pensamientos adormilados que acuden justo antes de conciliar el sueño. Esperanza en que Jake supiera la verdad; en que Bethany se quisiera lo suficiente como para no tener que mentir para retener a alguien. Esperanza en que Seth viviera; en la relación con su madre. La esperanza era peligrosa. Era voluble, avispada y perversa, porque te hacía soñar. Pero también era una fuerza impetuosa, un destello en la oscuridad que te ayudaba a afrontar la noche interminable hasta que el mundo volviera a su ser. Aunque no fuera exactamente igual, sí sería novedoso. Y, si bien lo nuevo puede ser aterrador, también puede ser hermoso.

De vuelta a los fogones, rodeada de libros de cocina y del reconfortante olor de los frijoles jacinto, Sadie empezó a preparar el arroz, al que añadió tres cucharadas de mantequilla y una pizca de sal. Estaba haciendo la ensalada cuando entró Seth.

—¿Estás haciendo la cena? —preguntó sorprendido.

—Es una cena de disculpa —le dijo—. ¿Crees que funcionará?

—No lo sé. Has sido peor que un dolor de muelas —contestó él.

—Ya lo creo —repuso riéndose—. ¿Me ayudas a poner la mesa?

—¿A qué viene todo esto? —preguntó Seth, quitándole los cubiertos.

—Te lo digo en la cena. Cuando Florence esté aquí.

—Puedes llamarla «mamá», ¿sabes?

—Vale, entonces cuando mamá esté aquí —dijo y la palabra trabada en la lengua.

—Guau. Menudo progreso. ¿En qué se ha convertido el mundo?

—Es el apocalipsis —respondió ella con seriedad.

—¿Eres uno de los cuatro jinetes?

—El del hambre, obviamente.

—Obviamente —repitió él, asintiendo y mirando a la vez la cesta de pan *naan* que ella acababa de colocar en el centro de la mesa—. Supongo que eso me convierte en el de la muerte —se le ocurrió decir *a posteriori*.

—Ya veremos.

Justo cuando terminó de hacerse el arroz, Sadie abrió la ventana.

—¡A cenar! —gritó y Sage llegó corriendo.

—Pero ¡qué maravilla! —exclamó Florence, cuyas cejas dijeron más que sus palabras.

—Mmm —dijo la niña, levantando la nariz e inhalando.

Sirvió la sopa en cuencos y Sage los llevó a la mesa.

—Es sopa de frijoles jacinto —comentó la madre sorprendida.

—Es mi forma de decir que lo siento —repuso Sadie.

—No se puede negar que eres nieta de Gigi. —Florence se rio con tristeza y la probó—. Incluso mejor de lo que la hacía mamá. —Mojó un trozo de pan *naan* en la sopa y cerró los ojos.

—Mamá —dijo Sadie y la aludida dejó de masticar y abrió los ojos para mirar a su hija, que se dio cuenta de que la otra estaba conteniendo las lágrimas—, ¿recuerdas tu idea sobre los tótems?

—¿La que no funcionó? —Florence se rio con dureza.

—No funcionó porque la magia sabía que solo estábamos dando la mitad de nosotros. —Les habló de la carta de Gigi, del sacrificio y de cómo había llegado a comprender que tenía que renunciar a su magia—. Si retomamos el mismo concepto, pero en lugar de eso canalizo toda mi magia en el objeto, funcionará. Sé que será así. La carta de la abuela dice que, cuando haces un sacrificio como ese, te conviertes en alguien nuevo. Tu antiguo yo muere y tú renaces. Saldará la deuda de vida.

—Pero… —empezó su hermano, pero se detuvo, buscando las palabras—. Pero no. No puedes.

—Cállate, Seth. Puedo hacer lo que quiera.

—Cariño —dijo su madre, tendiendo una mano sobre la mesa que ella aceptó—. Sé lo mucho que significa tu magia para ti.

—No tanto como Seth. Vas a dejarme hacer esto por ti —añadió con severidad, volviéndose hacia él.

—¿Estás segura? —preguntó el aludido.

—Totalmente. Nunca he estado más segura de nada en toda mi vida

—dijo—. Quiero decir, solo me queda un corazón roto. Estoy preparada para dejar de vivir con miedo. Así que en realidad me estás haciendo un favor.

Las patas de la silla rasparon el suelo cuando él se levantó y sorprendió muchísimo a Sadie inclinándose para abrazarla.

—Gracias —dijo con voz áspera—. He estado cagado de miedo estos días atrás intentando encontrar una solución a este desastre dejado de la mano de Dios.

—Sabes que haría cualquier cosa por ti —repuso ella con la garganta oprimida—. Literalmente. Cualquier cosa.

—Lo sé —reconoció él.

—La magia es más poderosa durante la luna llena. Tenemos siete días. Y no sé cómo hizo Gigi para planearlo de esta manera, pero coincide con el aniversario de la muerte de Julian. Así que lo haremos en Old Bailer y mataremos dos pájaros de un tiro. —Tragó con fuerza e ignoró el revoloteo en el estómago—. Además, también es el día del festival de otoño —continuó Sadie—. Y, como la señorita Janet me matará de verdad si no aparezco, pensé que podríamos poner nuestro estand y luego ir a Old Bailer a medianoche, que es cuando técnicamente se pone la luna.

—Mi vida —dijo Seth, levantando una mano— y el festival de otoño —levantó la otra y las movió arriba y abajo como si estuviera equilibrando una balanza—. Está bien saber dónde quedo yo.

—¿Quieres o no quieres que te salve la vida? —preguntó Sadie con picardía.

—Vale, vale —refunfuñó él—. Pero no voy a… —comenzó y ella lo interrumpió.

—Sí, vas a trabajar en el estand conmigo.

—Dios… ¿Eso es lo que me espera, toda una vida de servidumbre? Tal vez sería mejor dejar que la deuda de vida me lleve.

—Parece que lo tienes todo resuelto. —Florence sonrió y Sadie creyó ver orgullo.

—Si no quieres estar presente, lo entiendo —le dijo—. En realidad, puedo hacerlo sola. Quizá sea mejor así, por si algo sale mal.

—Como si eso fuera a suceder —se burló Seth.

—No va a salir mal —repuso su madre.

—Vale. —Sadie suspiró de alivio. No estaba lista para admitir que sacrificar sola su magia estaba bastante abajo en su lista de deseos.

—Magia de luna llena —dijo Sage.

—Sacrificios y deudas de vida —asintió ella.

—Un viernes por la noche como cualquier otro —añadió el hermano.

Sadie se rio. Le temblaban las manos y estaba demasiado nerviosa, como si se hubiera tomado seis tazas de café de más. Todos guardaron silencio hasta que finalmente Seth hizo la pregunta que ella no quería hacer.

—¿Crees que funcionará?

—Sí —respondió.

—Ni siquiera puedo hacerme a la idea de cómo será poder silenciar las voces. Podré volver a salir en público.

Ella intentó no pensar en el hecho de que, cuando todo acabara, Seth se quedaría con la magia que nunca quiso mientras que ella perdería la suya.

Sadie escuchó la charla durante la cena y vio la sonrisa de su hermano. La de verdad. No la rígida de labios cerrados que había estado poniendo durante las últimas semanas para fingir que no estaba preocupado. Las cucharas tintinearon, mojaron el pan en la sopa y dejaron los cuencos vacíos, y sintió como si estuviera observando la vida de otra persona. Pero era la suya. Y esa certeza la envolvió como un abrazo que le daba la bienvenida a su hogar.

Sopa de frijoles jacinto

Si alguien te tiene resentimiento o buscas el perdón (para ti o para los demás), entonces esta es la sopa que necesitas. Nutritiva y perfecta para otoño e invierno. Si no encuentras frijoles jacinto, sustitúyelos por blancos.

Ingredientes

1 cebolla picada
2 tomates cortados en dados
3 patatas medianas cortadas en dados
3 zanahorias medianas cortadas en dados
2 tazas de frijoles jacinto (también se los llama *njahi*)
3 tazas de agua o de caldo de verduras o de pollo
sal al gusto
1 cucharadita de ajo en polvo
una pizca de tomillo

Elaboración

1. Hierve los frijoles jacinto dos veces, cambiando el agua cada vez (si usas blancos, omite este paso; simplemente enjuágalos y cuélalos).

2. Fríe la cebolla en aceite hasta que esté transparente. Añade el tomate y la zanahoria y deja cocinar de 2 a 3 minutos.
3. Agrega el agua, los frijoles, el sofrito de verduras y las patatas a una olla de cocción lenta o a una olla sopera. Añade sal, ajo y tomillo. Deja cocinar hasta que las patatas estén cocidas (pero no blandas).
4. Sirve con arroz.

18

Sadie pasó los siguientes seis días cocinando, entrando y saliendo de la cafetería, retomando sus entregas a la heladería Lavender y Lace, el mercadito de Wharton y la floristería y tienda de regalos Poppy Meadows. Florence le dio consejos sobre cómo canalizar la energía, técnicas de respiración y prácticas de meditación para guiar su magia hacia el tótem..., que aún no había elegido. No tenía noticias de Jake. No sabía si el pastel de nueces había surtido efecto. Pero una tarde, al volver de la cafetería, encontró una pequeña caja en la puerta del jardín. Dentro había otra cuchara, esta vez de Wyoming. Tenía un caballo salvaje encaramado al mango y el capitolio de la ciudad grabado en la cabeza. Se la guardó en el bolsillo como un amuleto.

El día de luna llena amaneció brillante y fresco como una manzana Envy. La casa, por una vez, estaba en silencio. Sin crujidos, ni portazos, ni amenazas siniestras del reloj de pie. Parecía expectante, como todo los demás. El fuego crepitaba alegremente en la chimenea y alguien estaba haciendo tostadas de canela a la parrilla. Sadie frotaba la amatista de su anillo cada pocos minutos y se lo deslizaba por el dedo arriba y abajo. Tenía retortijones en el estómago y apenas se atrevía a probar el café por miedo a que volviera a subir.

Por hacer algo, acudió a la floristería en busca de girasoles y unas ramitas de gipsófilas para adornar la mesa del festival.

Pensó en Jake. En el pastel que había dejado. ¿Habría funcionado? Sadie tenía la certeza de que, aunque no hubiera estado dispuesta a sacrificar su magia, habría arriesgado su último corazón roto por él. El amor verdadero, sin importar cuánto durara, valía la pena.

Y ese era exactamente el tipo de amor que iba a salvar esa noche.

Caminó a casa sintiéndose triunfante y se detuvo en seco para observar el limonero del jardín. Sage había estado jugando junto al tronco hacía unos días y las flores eran nuevas, pero ahora las ramas estaban cargadas de limones bien maduros. Sadie movió la cabeza con una sonrisa.

La casa ahora casi bullía. Los cristales de las ventanas vibraban. El péndulo del reloj de pie oscilaba el doble de rápido.

Bambi levantó la vista cuando ella entró a su habitación y se sentó en la cama. Faltaba elegir el tótem. Tenía que ser algo que fuera importante para ella; una cosa significativa.

Y así, sin más, supo lo que quería usar. Pero le pareció una tontería.

Un minuto más tarde, ya decidida, caminó por el pasillo hacia la antigua habitación de Gigi. Dudó antes de llamar.

—Adelante —respondió Florence—. Hola, cariño. Solo estoy ordenando. —Llevaba el pelo recogido detrás de las orejas y se veía increíblemente hermosa.

—Ya he decidido cuál será mi tótem —le dijo a su madre—. ¿Qué es eso? —preguntó al fijarse en un marco dorado barato mientras aquella colocaba las cosas de la mesita de noche.

—Es la única foto que tenía de ella —dijo Florence, siguiendo la mirada de Sadie.

Hacía años que no veía la foto de la boda de Gigi. Allí estaba su abuela, vestida con un traje de falda y chaqueta y zapatos de tacón, con el cabello rizado a la perfección cubierto con un casquete. Y, junto a ella, un hombre vestido con un traje que, a pesar del tono sepia, era claramente blanco. Llevaba un sombrero de fieltro también blanco y un puro en la mano, cuyo humo se elevaba como un signo de interrogación.

—¡Él es el fantasma! —exclamó Sadie, incapaz de creerlo.

—¿Qué? —dijo Florence sorprendida—. ¿Qué fantasma?

—El que pensaba que estaba destrozando el jardín. No paraba de verlo. —Hizo un gesto negativo con la cabeza. No tenía sentido.

—Bueno, cariño, mamá siempre decía que él la estaba esperando —reflexionó su madre—. Dijo que se negaba a irse sin ella.

Claro.

—Un día intenté invocar el espíritu de Gigi en el bosque. Él intentó detenerme.

—Tiene sentido —sonrió Florence—. Ahora que por fin la tiene a su lado no habrá manera de que te permita intentar traerla de vuelta, ni siquiera para charlar.

Sadie sintió que el peso sobre los hombros se aliviaba.

—Pero, si ahora están juntos, ¿por qué volvió él?

—Con todos sus hijos reunidos en el mismo lugar, dudo que pudiera mantenerse alejado. Se fue hace mucho y, por lo que tengo entendido, cuanto más tiempo pasa tras la ausencia de alguien, más fuerte es su capacidad para proyectar su espíritu.

—¿Crees que algún día veré a Gigi? —preguntó Sadie con la voz pegada a la garganta ante el pensamiento.

—¿Qué has decidido para tu tótem? —Florence dijo en lugar de responder.

Ella levantó un dedo y luego se metió en el baño de su abuela. Rebuscó en el armario hasta que lo encontró.

—¿El cepillo de mamá? —preguntó su madre confundida, mirando el viejo cepillo de plástico rosa pálido.

—Ya… Sabía que quería usar algo de Gigi, pero no el qué. Y, cada vez que pensaba en ella, la imaginaba peinándose. Siempre me sentaba en su cama y hablábamos mientras ella se enrollaba los rizos, los sujetaba con horquillas y se envolvía el pelo con ese pañuelo marrón que tenía. Y luego usaba este cepillo para desenredarlos cuando ya estaban seco. No sé… Me encanta ese recuerdo.

—Entiendo —dijo Florence en voz baja—. Es perfecto, pero…
—Hizo una pausa.

—Lo sé. Tendré que destruirlo. Pero tengo los recuerdos y eso es lo que importa.

Su madre no dijo nada al respecto. Simplemente extendió el brazo y puso su mano cálida sobre la de Sadie.

—Lo vas a hacer genial. Venga, vamos a desayunar antes de que Sage se coma todos los cereales.

Pasaron el resto de la mañana horneando y charlando sobre el festival. Prepararon guirlache de nueces y caramelo de arce y pasteles de verbena con glaseado de lavanda y limón. Hicieron la interpretación de Sadie de los tradicionales pasteles de luna chinos, redondos y rellenos de pasta de semillas de loto y mermelada de albaricoque en lugar de yema de huevo. Les enseñó, al igual que Gigi a ella, cómo guisar las semillas de loto secas hasta que estuvieran blandas y luego se turnaron para triturarlas a mano hasta obtener una pasta fina. Después de diluirla con agua y pasarla por un colador y una gasa, exprimieron la mezcla hasta que pareció una pasta quebradiza. Luego agregaron azúcar, miel y aceite de girasol para obtener una sustancia suave y dulce que combinaba a la perfección con la masa de hojaldre.

—Las semillas de loto crecen en agua turbia —explicó Sadie a Sage—. Pero, a pesar de que sus inicios son sucios, de ellos crecen flores espectacularmente hermosas. Por eso simbolizan el crecimiento espiritual y ayudan a quien las come a superar obstáculos. Hay un pequeño estanque más allá del límite de nuestra parcela donde las cultivo. Te enseñaré cómo lo hago, si quieres.

—No me gusta el barro. —La niña frunció el ceño.

—De acuerdo —dijo Sadie, reprimiendo una risa—. Seguiré encargándome yo. Pero a veces es divertido ensuciarse las manos. —Le guiñó un ojo.

Preparó sándwiches de tomate y queso con pepinillos encurtidos caseros para el almuerzo que le no gustaron nada a Sage. Y estuvo constantemente luchando contra el creciente pánico que le arañaba el fondo de la garganta y le provocaba urticaria en los brazos, como si se hubiera peleado con una ortiga.

«Va a funcionar», se repetía una y otra vez. Porque la alternativa era imposible de considerar, aunque en el fondo seguía intentando averiguar si había alguna forma posible de conservar una pizca de su magia.

A las dos de la tarde llegó Raquel y empezaron a cargar los coches con mesas plegables y faroles. Sadie se vistió con mallas térmicas negras y un suéter color azafrán que le llegaba hasta la mitad del muslo. Su cabello no sabía si quedarse rizado o liso, así que se lo recogió en un moño despeinado en lo alto de la cabeza, donde, si el pelo cambiaba, se notaría menos.

A las tres y media se pusieron en marcha. Sadie, Raquel y Seth iban en el viejo Subaru de ella y Florence y Sage los siguieron en su coche.

Main Street estaba cortada al tráfico excepto para los comerciantes. A lo largo de la calle estaban instalando entoldados y carpas plegables. Condujo lentamente mientras la señorita Janet la guiaba hasta su espacio reservado, justo en la esquina, donde habría mayor afluencia peatonal. Empezaron a preparar las mesas. Sage, que tenía visión artística, ayudó a organizar las mermeladas, los aceites de oliva y la miel alrededor de viejas cajas de madera volcadas. Colocaron calabazas y calabacines sobre la mesa y la niña encontró hojas de otoño coloridas para esparcir. Por todas partes se oía el ajetreo de otros vendedores haciendo lo mismo. Los vecinos charlaban sobre la fiesta del año anterior y comentaban los nuevos productos. Algún estand cercano había puesto música suave.

Cuando acabaron de colocar los carteles de pizarra con los precios y de preparar los faroles, Sadie tomó la mano de Sage y, junto con Florence y Raquel, dieron un paseo por la calle, que ya se estaba llenando de gente.

El paso del otoño al invierno en Poppy Meadows siempre olía a manzanas, a galletas de jengibre y a oportunidades. Este año, el festival parecía incluso más grande de lo habitual. Había casetas donde preparaban manzanas caramelizadas con gran variedad de toppings. Había carpas para niños que ofrecían pintacaras o puestos donde podías fabricar tus propias velas. El aroma del algodón de azúcar de manzana y canela recién hilado flotaba en el ambiente, persiguiéndote como el deseo, hasta que cedías a la tentación. Al final de la calle habían instalado un imponente rocódromo donde los niños podían escalar y habían acordonado un área para música en directo. Había braseros para que los asistentes al festival se calentaran conforme la noche se hacía más fría. Un puesto de antigüedades vendía muebles viejos y libros inéditos; habían recreado una pequeña y acogedora sala de estar completada con un sillón orejero y una mesa auxiliar. En otros vendían de todo, desde gorros y bufandas tejidas a mano hasta luces de colores en tarros de cristal. El aire era cálido y rico y los olores cambiaban cada pocos metros. Lavanda y limón en el estand de jabón artesanal y especias exóticas en el puesto de frutos secos dulces y salados.

Y entonces se le erizó el vello de la nuca y sintió un cosquilleo por toda la columna. Antes de que sus ojos se encontraran con los de él entre la multitud, supo que Jake la estaba buscando.

—Hola —dijo Sage, mirándolo mientras este se acercaba.

Él observó a Sadie, cuyo corazón latía a toda velocidad. Ella no logró descifrar su hermoso rostro. Llevaba una bolsita de papel en la mano y tenía ojeras marcadas. Incluso después de todo ese tiempo, quería perderse en esos ojos y no encontrar nunca la salida. Se le encogió el estómago cuando él le buscó vorazmente la mirada.

—Sage, ¿por qué no volvemos al estand? Creo que estos dos necesitan un momento —dijo Florence.

Raquel le dedicó a Sadie una mirada que preguntaba: «¿Estás bien?». Ella asintió sutilmente y su amiga inclinó la cabeza en señal de que aceptaba la respuesta y dijo:

—¡Bueno! ¡Mira eso! ¡Calendarios de gatitos! —Y se alejó y los dejó solos flotando en una burbuja de silencio mientras el festival avanzaba a su alrededor.

—Ven aquí —le pidió él, tomándole la mano y empujándola detrás de uno de los puestos. Allí la luz era más oscura. Más incitadora. Una invitación a los secretos y los dedos entrelazados—. Gracias por el pastel —dijo finalmente.

Ella no se movió. Contuvo la respiración.

—Quería decirte que… Bethany fingió el embarazo —añadió Jake en voz baja.

—Ya lo sabía —respondió, casi sin respiración.

—¿Por qué no me sorprende? —Su risa grave le retumbó en el pecho y Sadie la sintió en la punta de los dedos—. Habría venido a verte antes, pero necesitaba tiempo para procesarlo. He roto con ella. Se quedará en el motel Elmwood y se irá mañana. Voy a hacer que empaqueten sus cosas y se las envíen.

—Oh. —Apenas podía hablar con tan poco espacio separándolos.

—Verás, al principio me enfadé con ella. Estaba cabreado. Pero lamento la pérdida de… —hizo una pausa; las palabras parecían atascársele en la garganta—, la idea de que podría haber sido padre, no la relación. Quiero que te quede claro. Necesito que lo entiendas. Y de verdad le deseo lo mejor, pero no conmigo. Siempre has sido tú.

Eran las palabras que siempre había querido oír. Entonces ¿por qué no se sentía mejor? Porque todavía quedaban verdades que decir.

—Escucha, necesito decirte algo. —Y ella se lo contó todo. Que sabía que él tenía una ligera idea de su magia, aunque no conocía su alcance total. Ahora ya sí. Y le habló del pastel y de su maldición de los cuatro corazones rotos.

—Sadie… —comenzó; luego se detuvo, buscando las palabras.

—Hay mucho que asimilar, lo sé. Pero… pensaba que debía contártelo. Merecías saber la verdad.

Él clavó los ojos en los de ella.

—La verdad —dijo—. ¿Quieres saber la verdad?

Ella asintió con el corazón en la garganta.

—Me enamoré de ti hace diez años —prosiguió él—. Y nunca podría querer a nadie como te quiero a ti. He sido estúpido y estoy indignado y abatido. Y quiero, sobre todo, que me perdones. —Le entregó la bolsa que llevaba.

Confundida, Sadie miró dentro. Allí, como pequeñas joyas de esperanza apiladas unas sobre otras, había cajas y cajas de cucharitas de colección.

—La primera vez que compré una —continuó él—, me hizo sentir más cerca de ti. Y luego creo que empecé a viajar más solo para conseguirte cucharas. Iba a todas las tiendas de barrio hasta encontrar la perfecta. Es patético, lo sé, pero siempre has sido tú.

Ella lo miró, apenas podía respirar. No respondió al principio. En cambio, se acercó a él lentamente y le pasó una mano por el pelo. Por el cuello. La tensión le restallaba en los dedos.

—Te perdono —dijo y, antes de que las palabras salieran de la boca, él la atrajo con fuerza, le clavó los dedos en las caderas y la ancló. Apoyó la frente contra la de ella y se le elevó el pecho al instante—. Jake —susurró.

—Sadie. —Su nombre sonó como una plegaria mientras la besaba justo debajo de la oreja—. Sadie. —Esta vez fue una ofrenda mientras la

328

besaba en el cuello—. Sade. —Una súplica. Y entonces sus labios se encontraron.

Ella se estremeció y le pasó una mano por el pelo. Cada delicioso centímetro de él presionándola. El beso fue cálido, como volver a casa. Pero no era suficiente. No después de una década de espera. Ella se apretó contra él y jadeó cuando Jake inclinó la cabeza para besarla con más intensidad. Las lenguas se rozaron con una nueva urgencia. Sadie solo atinaba a pensar en que quería más.

Le arañó la piel bajo la camisa; necesitaba sentirlo. Él dejo escapar un suspiro mientras ella le acariciaba con las uñas el abdomen siguiendo el recorrido de la cinturilla de los vaqueros. Cada roce la calentaba como azúcar derretido. Y entonces, sin previo aviso, Jake la levantó por la cintura y dio varios pasos hasta que Sadie chocó de espaldas contra la pared. Lo rodeó con las piernas y cruzó los tobillos para acercárselo aún más. El ladrillo se le clavaba deliciosamente en la espalda.

Se respiraban mutuamente. Inhalaban sus respectivos aromas y se los confiaban a la memoria. Jake le atrapó el labio inferior con un mordisco que la hizo gemir. Fue un deslizamiento lento y enloquecedor que se volvió más frenético a cada segundo. A Sadie le palpitaba la sangre. La piel le crepitaba. Cada roce de lengua era una promesa. Una declaración de guerra. Una invitación. «Acércate —decía—. Vamos. Déjame enseñarte lo que nos hemos perdido». Y lo hizo. Jake deslizó las manos por debajo de las nalgas. Un calor delicioso se le acumulaba en las entrañas a Sadie. Inhaló bruscamente mientras esas manos callosas y ásperas con las que había soñado tantas veces se abrían paso por debajo de la camisa y subían por la cintura. Se arqueó hacia él y este gimió y se distanció para rendir tributo ahora al cuello de ella con un beso. Lamer. Morder. Repetir.

Se oyó un grito repentino de un niño cerca. Fue suficiente para sacarlos a ambos del beso, aunque no se separaron.

—Creo que nos pueden acusar de conducta indecente en público —murmuró Jake contra su piel.

—No me importa —dijo ella con un jadeo—. No quiero parar nunca. Te habría perdonado antes si hubiera sabido que obtendría esto.

—Espera hasta que tengamos una cama. Te mostraré lo agradecido que estoy por tu perdón —repuso contra sus labios—. No quiero hacerte de menos.

—Entonces caminemos así para siempre —respondió ella, con mezcla en la voz de deseo y hambre de más. Siempre más.

—No puedo fingir que entiendo… la magia ni nada de eso. Pero una vez me equivoqué. Y no voy a renunciar a esta segunda oportunidad. Voy a estar aquí para ti. Con todo lo que implique.

—¿Me estás pidiendo que vayamos en serio? —bromeó ella.

—Te estoy pidiendo mucho más que eso, pero, claro, habrá que empezar por ahí. —Le colocó un mechón de pelo detrás de la oreja y la besó suavemente.

Volvieron al estand quince minutos antes de la hora de apertura. Sadie llegó con las mejillas sonrojadas y la mano agarrada a la de Jake. Raquel esbozó una leve sonrisa y la golpeó en el hombro, sonriendo con los ojos.

Ya había algunos clientes curioseando la mesa. Ella estaba envolviendo unas compras cuando notó la inquietud de Seth. Iría empeorando a medida que avanzara la noche y llegara más gente.

—Vete —le dijo—. Raquel, ve con él. Tenemos esto cubierto.

—Gracias, hermana —respiró en voz baja—. Me cuesta lidiar con todo esto. Los secretos y las voces y… todo eso.

—No tendrás que soportarlo mucho más tiempo —susurró, con el corazón latiéndole acelerado al pensar en lo que se avecinaba—. Nos vemos en Old Bailer.

Cuando Seth se marchó, ella se dejó llevar por el encanto del festival y alejó todos los pensamientos sobre Old Bailer y la magia del conducto. Hasta que Sage dio un grito de asombro.

—¡Mirad! —Señaló el cielo, donde se elevaba la pálida sombra de la luna llena.

A Sadie empezó a latirle el corazón al doble de velocidad y se le tensaron los músculos. De repente le entraron ganas de vomitar.

El resto del festival se pasó volando. Cuando terminó, Jake y Sage fueron a cargar el coche mientras Florence y ella desmontaban las mesas. Se habían acabado las existencias. Todos los tarros y las bolsas de repostería se habían vendido. Solo se salvó una única galleta de chocolate y vainilla, que apareció escondida detrás de una caja. Sadie sospechó de Sage.

—Estoy orgullosa de ti —dijo su madre mientras doblaba los manteles.

—¿Por qué? —repuso riéndose.

—Por todo. Por tomar decisiones difíciles. Por enfrentarte a tu mayor miedo y sacrificarte por tu hermano. Por la vida que has construido aquí. Sé que no ha sido gracias a mí, pero tengo unos hijos maravillosos. Soy consciente de que no me merezco nada de esto. Pero todo va a salir bien, ya verás.

Y Sadie entendió en ese preciso momento que tener miedo no te convertía en débil ni cobarde. Cuando te atrevías a algo a pesar del dolor y el miedo era cuando entraba en juego el coraje.

«No pierdas el miedo —se dijo—. La vida de tu hermano depende de ti».

Miel infusionada con naranja

Garantizado que devolverá la alegría de vivir a quienes la consuman. Ahora, no tomes demasiada, porque cuando tu vida está llena de bendiciones te olvidas de la gratitud. Y esa es la clave de una vida feliz.

Ingredientes

miel (preferiblemente sin procesar)
naranjas cortadas en rodajas finas
bote de cristal con tapa

Elaboración

1. Apila las rodajas de naranja y colócalas en el bote de cristal. Vierte la miel por encima hasta que esté casi lleno. Cierra bien la tapa e inclínalo despacio para asegurarte de que la miel lo cubre todo.
2. Déjalo reposar en la despensa durante 5 días (cuanto más lo dejes, más intenso será el sabor).
3. Aguanta. Ten paciencia. Lleva su tiempo.

19

Había llegado la hora. El momento en que su hermano por fin sería libre. La deuda quedaría saldada.

«Se acabó la magia —susurró una vocecita en su cabeza—. ¿Estás segura de que quieres que funcione?».

«Cállate», le dijo ella y la voz se rio con disimulo, pero el eco se desvaneció.

Mientras pisaba con más fuerza el acelerador, sus pensamientos se volvían locos, persiguiéndose inútilmente hasta que la cabeza empezó a darle vueltas. Aún sentía el beso de Jake en los labios. Sus dedos envolviéndole el cabello y la piel. La enloquecedora forma de suspenderla contra la pared. Y, antes de que se diera cuenta, entraron derrapando en el aparcamiento de Old Bailer. El viejo y destartalado Corolla rojo de su madre, con Seth al volante, ya estaba allí. Un tenue resplandor rojo envolvía el antiguo edificio y se reflejaba en la valla metálica que aún seguía en pie.

El aire se había vuelto gélido y le calaba los huesos como si supiera lo que pretendían hacer y quisiera frustrarlo. Al fin y al cabo, la magia tenía que ver con el equilibrio y a la tierra se le debía su parte.

Sadie sacó un recipiente con sal del maletero y empezó a recorrer el terreno en busca del lugar exacto. El silencio, comparado con el ruido del festival, era chocante. Solo se oía el silbido del viento entre los árboles. Las estrellas, claras y brillantes, los miraban desde el cielo. El aroma a pino, ladrillo y tierra húmeda olía a secretos perdidos y promesas oscuras.

—¡Aquí! —Sadie avisó al resto. Estaba a cuarenta pasos del edificio principal, entre la maleza. A su alrededor dibujó un círculo de sal de unos tres metros. El viento arreció y se apretó la chaqueta. Ignoró el sudor que le brotaba de la frente y la nuca y aguantó las ganas de vomitar.

—¿Estás segura de que no hay ningún sacrificio de sangre que podamos hacer en vez de esto? —preguntó Seth a su hermana mientras entraba en el círculo con ella.

—Estoy totalmente segura. Pásame ese bote —dijo, señalando los objetos del suelo, junto a su bolso—. He quemado unas ramas del roble sagrado —explicó; sumergió el dedo en la ceniza y dibujó una «Y» en sus antebrazos y en los de Seth—. La runa *elhaz*, por el poder divino del universo. Necesitaremos toda la fuerza que podamos conseguir. Aquí es donde está enterrado Julian —añadió.

—Yo ayudé a darle sepultura —dijo una voz detrás de ellos. Allí estaban la tía Anne y Kay, seguidas por Tava, que le sostenía la mano a Sage, y detrás Florence y el tío Brian.

—¡Habéis venido! —exclamó Sadie con un suspiro conforme iban llegando y tomando posiciones.

—Por supuesto que hemos venido. He traído algo. —Anne sacó una cuerda del bolso e hizo que todos se fueran agarrando a ella mientras se iban colocando alrededor del círculo de sal para formar su propia circunferencia—. Esto nos concierne a todos —dijo—. Necesitarás todo el poder extra que puedas conseguir.

«Es la hora, es la hora», se repetía Sadie una y otra vez. Tenía la piel de gallina, pero notaba seguridad en los huesos. Así era como tenía que ser. Toda la familia unida. Para acabar lo que, para empezar, nunca debería haber sucedido.

Tomó las manos de Seth entre las suyas.

—¿Estás listo? —susurró ella.

—¿Y tú?

—Hasta la muerte —dijo Sadie.

—Hasta la muerte —repitió Seth y le apretó las manos.

Ella cerró los ojos.

«La tierra que piso —pensó, concentrándose—. Las moléculas de aire que respiro. —Se sumergió en una respiración profunda y tranquilizadora—. Céntrate en el propósito». El viento arreció y silbó una melodía triste. La luna llena iluminaba con su fría luz.

—Voy a utilizarte como conducto —dijo Sadie y soltó una bocanada de aire—. Mi magia fluirá a través de ti y hacia el tótem. Irá a peor antes de mejorar.

Él asintió en silencio.

—En el momento exacto en que mi magia te atraviese y entre en el tótem —prosiguió ella—, usaré los últimos vestigios para destruir la maleza. Y el tótem será canalizado hacia donde está enterrado Julian.

—¿No te dejará agotada? —preguntó Seth. Por primera vez desde que Sadie tenía uso de razón, parecía asustado.

—Estaremos vinculados. Tú tendrás el doble de magia, pero seremos uno. Toda nuestra magia junta. Y, cuando la mía se separe y te abandone, la maldición no sabrá distinguir entre magia y vida y la deuda quedará saldada.

—Eso en realidad no responde a mi pregunta —dijo Seth con voz temblorosa.

—No va a pasarme nada.

Las sombras que surgían de Old Bailer parecían volverse corpóreas y cernirse sobre ellos. Los imponentes abedules que rodeaban la propiedad brillaban plateados a la luz de la luna y agitaban las hojas con el viento, cada vez más fuerte. Ella volvió a cerrar los ojos. Olió la pintura fresca de Old Bailer y la hierba. Enfrente, Seth. Ella aspiró su esencia. Su refugio. Su hermano. Su gemelo. Alrededor de ellos, Florence, Kay, Tava, Anne y Brian asentían mutuamente con la cabeza. A unos cuatro metros de distancia estaba Raquel, que abrazaba a Sage.

Sadie se centró en la profundidad de su pozo interior, el que había ido construyendo durante toda su vida. Lo aprovechó. Lo prolongó. Lo convirtió en el vínculo entre ella y Seth. Y entonces oyó las voces.

Venían de su hermano. Era una cacofonía. Una sinfonía. Ella abrió los ojos y vio que su cara era una máscara de dolor. La magia lo estaba obligando a atravesar su infierno personal. Tenía el rostro deformado por la agonía. Cerraba los ojos con fuerza. Incluso en la oscuridad vio que la piel se le había vuelto de un blanco macabro.

La brisa se levantó y se transformó en un viento tan fuerte que le azotó el cabello a Sadie contra la cara y le picaron las mejillas. Y entonces sintió que la oscuridad se filtraba desde Seth hacia ella. Retrocedió. Él era el conducto. Si no lograba contener toda la magia, no funcionaría.

Pero las voces seguían llegando y ahora eran de ella. Sus terrores. Sus propios miedos. El infierno en vida oculto en el pecho, asfixiante. El vacío la llamaba. La oscuridad. Los demonios de la desesperanza y la melancolía.

—¡Sadie! —oyó a su madre gritar su nombre, pero era un eco en la niebla devorado por el abismo sin fin.

Kay rezaba y las lágrimas le corrían silenciosas por las mejillas.

El aire se volvió feroz. Unas garras tenebrosas le arañaron los tobillos e intentaron romper el círculo que formaban. Los hermanos cerraron filas acercándose a los gemelos y entonces también oyeron las voces. Sintieron el horrible peso del sufrimiento que había atormentado a Seth.

¿Con eso había estado lidiando? No era de extrañar que se hubiera marchado.

Sadie no podía luchar contra aquello. Ella nunca había sido tan fuerte como él.

El pozo la llamaba y deseaba arrastrarse y hundirse en él.

—¡Sadie! —gritó él y ella volvió sus ojos medio vidriosos hacia su gemelo. Su hermano. Su mejor amigo. Eso no era por ella. Era por él. La familia era la fuerza.

—¡Estamos aquí! —gritó Anne.

—¡Estamos con vosotros! —reafirmó Brian. Sus rasgos eran duros, pero no logró ocultar el pánico que le ardía en la mirada.

Entonces Sadie los sintió. Saboreó su miedo, percibió su dolor y desveló sus secretos. Le hicieron señas para que los mirara y le susurraron qué poder le darían. Tiraron de ella con fuerza. Pero, con la magia de Seth fluyendo a través de ella, también vio lo que necesitaban: que fuera fuerte. Le dijeron que los usara. Que se apoyara en ellos.

Se concentró en la energía combinada y utilizó cada ápice de su fuerza de voluntad para luchar en la oscuridad con su propia luz. Sadie la derramó en Seth. Hasta la última partícula de su magia. La piel se le puso húmeda y pegajosa y le temblaron manos y rodillas. Del suelo entre ellos brotaron llamas verdes. Entre la confusión, sintió la misma presencia maligna del bosque. No su abuelo, sino el otro espíritu. El fuego se acercaba cada vez más y el sudor le goteaba por el rostro.

Casi había desaparecido. Lo sintió evaporándose y la dejó fría y temblando incontrolablemente. El abismo se abrió ante Sadie y ella empujó con más fuerza aún. La que le proporcionaba el círculo que la rodeaba. Su familia.

Sintió la maldición. Oscura, áspera y violenta. Intentó apartarla. Y entonces, justo cuando el último ápice de su magia se desprendió de ella, la dirigió a través de Seth, hacia el tótem en el suelo y a la tumba de décadas de antigüedad.

Su hermano gritó de dolor cuando ella cayó de rodillas.

Las llamas se extinguieron y dejaron la tierra quemada. Sadie sabía que se quedaría yerma para siempre.

—Seth —susurró. Su nombre apenas había salido de los labios cuando fue expulsado del círculo de sal y cayó al suelo.

A pesar del eco que le resonaba en los oídos y del dolor que la atravesaba como un relámpago, Sadie se abalanzó hacia delante. Lo agarró por los hombros, le acunó la cabeza y gritó su nombre. El suelo todavía humeaba y su hedor acre le provocó náuseas. Sage y Florence estaban a ambos lados de Seth.

Cada una lo tomó de una mano y cerraron los ojos. El fuerte viento seguía soplando, pero los puntos donde se tocaban emanaban un calor tan fuerte y dulce que olía a esperanza y a recuerdo. Estaban desviando su energía hacia él para traerlo de vuelta.

Sadie apenas podía respirar. La jaula de hierro que era su pecho se contrajo hasta que sintió punzadas de dolor en la piel. Las tías y el tío Brian seguían unidos, con los ojos cerrados, la cabeza inclinada hacia el cielo y moviendo la boca mientras decían oraciones silenciosas y hechizos.

Y no había nada que ella pudiera hacer. Su magia había desaparecido. No quedaba nada. Florence la abrazó fuerte mientras sollozaba, silenciosa y vigilante mientras le sostenía la mano a Seth.

Por fin, él abrió los ojos. Los tenía despejados.

Miró a su alrededor. Al círculo carbonizado.

—Creo que hemos destruido la Estrella de la Muerte —dijo entre dientes y Sadie se rio sollozando mientras lo abrazaba.

—¿Ha funcionado? —preguntó, mirando a su madre, y de repente se dio cuenta de que estaba blanca como un fantasma y al borde del colapso. Anne corrió hacia Florence antes de que ella llegara, deslizó un brazo fuerte alrededor de su hermana y la sostuvo.

—Estoy bien —dijo la susodicha con una sonrisa pálida y extendió una mano hacia Sage, que parecía conmocionada, pero sana y aliviada.

—Ha funcionado —respondió Seth por ella, con asombro en los ojos y en la voz—. La oscuridad... se ha desvanecido. Ahora siento que tengo el control. Incluso siento... ¿la tierra? —dijo interrogativamente—. Está zumbando. Siento la energía, a los seres vivos. —Puso la palma de la mano en el suelo y luego la levantó despacio. De la tierra brotó una única margarita amarilla—. Por eso siempre me echaban del jardín cuando era niño —susurró—. Por la maldición.

—Genial... —Sadie suspiró—. Ahora tendrás otra cosa en la que ser mejor que yo.

Seth se rio, temblando.

—Se acabó —dijo con asombro.

—Se acabó —repitió ella y lloró. De alivio, de cansancio y de remordimiento por haber perdido su magia, pero había salvado a su hermano. Tenía un vacío que nunca había sentido. El zumbido de la tierra del que hablaba él, que ella siempre había percibido, se había desvanecido. Buscó la luz que siempre había tenido dentro, esa chispa de magia, pero no había nada.

—Oye, patito feo —bromeó Seth, abrazándola—, todo va a estar bien.

—No la noto —sollozó—. Se ha ido de verdad.

—Lo siento —susurró él con dolor.

—Estoy feliz. De verdad. Lo haría de nuevo. Es simplemente... que me siento perdida.

—Te prometo que estaré aquí para ayudarte a encontrarte a ti misma de nuevo. Siempre has sido mucho más que tu magia, Sadie. Pero lo siento. Lo siento mucho.

Ella se apoyó en su hombro y él la rodeó con el brazo mientras caminaban de regreso al coche.

—Gracias por traerlos a todos —le dijo a la tía Anne.

—No me lo habría perdido, cariño —dijo Kay.

—¿Quién necesita un margarita? —preguntó el tío Brian y ella se rio entre lágrimas.

—Chocolate caliente para usted, señorita —dijo Tava, dándole un apretón a Sage.

—Id delante —le pidió Florence al grupo en general—. Voy a quedarme un rato aquí para decir unas palabras y completar el ritual sobre la tumba de Julian. Quiero estar a solas. Lo necesito —añadió cuando Seth abrió la boca para discutir. Abrazó a la niña y la besó en la cabeza antes de volverse hacia Sadie—. Bueno, cariño, lo lograste. No podría estar más orgullosa.

Ella tragó con tanta fuerza que le dolió y no pudo evitar que las lágrimas volvieran a brotar. Abrazó a su madre. Era realmente la primera vez en su vida. Y, al hacerlo, de alguna manera se sintió más cerca de Gigi.

—Y mi chico de oro... —continuó Florence, abrazando a Seth—. Has estado luchando contra tus demonios mucho tiempo. Te mereces esto. No lo desperdicies —añadió—. Ahora vete.

Cuando llegaron al camino de entrada, el tío Brian llevó a Sage dormida adentro. Jake estaba en la puerta.

—Hola. —La agarró de la mano y la detuvo mientras los demás entraban.

—Hola —repitió ella, inclinándose hacia él, saboreando el toque de sus palmas mientras le frotaba con calidez los brazos—. Siempre deseé que regresaras, ¿sabes? Durante un tiempo incluso recé para que lo hicieras. Pero luego pasaron los años y empecé a pensar en todas las cosas que te diría. Reproducía las conversaciones en mi mente. Pero luego volviste. Y ahora no recuerdo lo que te decía en todas esas charlas imaginarias. —Se rio y hasta la risa sonó cansada.

—No voy a irme a ninguna parte. Esto que tenemos tú y yo va a salir bien.

—Eso suena a promesa.

—No, es una garantía.

—Cállate y bésame, por favor —murmuró Sadie mientras él la apretaba contra el coche.

Cuando entraron, tenía las mejillas sonrojadas y no estaba tan cansada como antes.

—Supongo que puedes quedarte con mi perro —murmuró Jake contra su cabello.

—Ahora es nuestro perro —lo corrigió.

Su amiga había preparado té y la puerta trasera del jardín estaba abierta. El ligero olor de un cigarrillo recién encendido flotaba en el aire. Seth cruzó la mirada con Sadie por encima de la mesa de la cocina y asintió. Gigi estaba allí.

Raquel descansaba la cabeza sobre el hombro del susodicho. El tío Brian y Kay discutían sobre la forma correcta de hacer un margarita y Anne puso los ojos en blanco; Tava le hablaba con voz de bebé a Abby y a Bambi, acurrucados respectivamente en su regazo y a sus pies.

Había pasado más de la mitad de su vida temiendo el desamor y, a la vez, disfrutando de ser extraña y diferente y aferrándose al nombre Revelare como si no tuviera otra identidad. Casi siempre había sido así. Sus días se habían estructurado en torno al orden, la tradición, el control y el miedo. Ahora, lo desconocido se le instaló en los huesos como una aventura en lugar de algo que temer.

Hasta la fecha solo había confiado en su magia. Había llegado el momento de confiar en sí misma.

Se despidió de Jake con un beso y abrazó a Raquel cuando se fue. Anne acostó a Sage. Brian se quedó dormido en el sofá y empezó a roncar en cuestión de segundos. Tava y Kay se marcharon para instalarse en su apartamento encima de la heladería Lavender y Lace.

Ella y Seth eran los únicos que quedaban en la cocina. Seguían esperando en un silencio cargado de expectación, hasta que Anne entró con una expresión determinante en el rostro. Y Sadie supo, sin necesidad de palabras ni magia, que su madre no volvería esa noche.

—¿Por qué? —preguntó él, con la misma sensación.

—Toma —dijo Anne y deslizó un sobre por la mesa.

Sadie lo abrió y su hermano se inclinó sobre su hombro para leer la carta juntos. La elegante escritura de su madre se derramaba por la página como un hechizo.

Seth y Sadie:

Antes que nada, volveré. Lo prometo. Pero he cometido muchos errores en mi vida y es hora de que compense uno de ellos. Sadie, sé lo mucho que significa tu magia para ti y que me parta un rayo si no hago todo lo que esté en mi poder para ayudarte a recuperarla. Porque creo que es posible. Seth, ahora que estás a salvo y tu magia está bajo control, explórala. Sé que, al igual que yo, querías ser normal. Pero si algo he aprendido es que ser normal es un oxímoron. No existe la «normalidad». Incluso sin magia, cada persona es tan singular y significativa que no hay estándar para determinar si es ordinaria. Eso es lo que nos hace a todos extraordinarios. Abraza lo que eres en lugar de esconderlo. Y deja que tu hermana te ayude.

Sage se quedará con Kay y Tava. Visitadla por mí, ¿queréis? Volveré, con suerte con respuestas, y seremos una familia.

Vuestra amorosa madre

—Es imposible —dijo Sadie sin aliento—. ¿O no? ¿Hay forma de recuperar mi magia?

—Si alguien puede averiguarlo, esa es Florence —contestó Anne.

—Sí, tú eres la que siempre habla de esperanza y fe —terció Seth con una sonrisa mientras deslizaba la carta dentro del sobre y se la guardaba en el bolsillo trasero como un talismán.

—Esperanza —dijo Sadie y la palabra sonó como una bendición.

—Sí. Y no más maldiciones —dijo él.

—Lo que pasa con las maldiciones es que a veces en realidad son bendiciones disfrazadas. —Su hermano le lanzó una mirada mordaz—. Pero sí. —Ella se rio aliviada—. No más maldiciones.

—Pues yo voy a ir a terapia —añadió Seth—. Ahora que la maldición ya no existe, es como si pudiera distinguir qué parte de la oscuridad se debía a la deuda de vida y qué parte solo a mí. Sé que el sacrificio no ha sido una cura, pero siento que es el comienzo para aprender a manejarlo, ¿sabes?

—Supongo que tenemos que agradecerle a Raquel que hayas tomado esa decisión. —Sadie sonrió.

—Me dio argumentos válidos —admitió—. La veo muy cambiada y he entendido lo mucho que la ha ayudado. Y quiero ser la mejor versión de mí mismo para ella.

—Mi hermano y mi mejor amiga —dijo su hermana, sacudiendo la cabeza, todavía incrédula—. Bueno, entonces también te alegrará saber que yo he pensado en ir a terapia de duelo —dijo Sadie.

—Raquel ataca de nuevo. Y, oye —dijo, dándole palmaditas en la cabeza como a un perro o un niño—, cuando estés lista, que sepas que he pasado las últimas semanas buscando y preguntando a los mejores agentes literarios para editar tu libro de cocina. Tengo una hoja de cálculo completa. Y un montón de enlaces con los requisitos legales y comerciales para que impartas clases de cocina.

—Seth —comenzó Sadie, pero tenía la garganta demasiado oprimida por el esfuerzo de contener las lágrimas.

—Para —dijo él, levantando una mano—. Tenía que hacer algo. Y tú necesitabas una patadita en el trasero para hacer algo por ti misma.

Ella lo abrazó y apretó hasta que él gimió de irritación.

—Gracias. —Suspiró—. Gracias por ser el mejor hermano del mundo.

—Gracias por casi morir por mí —respondió Seth con una sonrisa cariñosa.

Sadie caminó aturdida hacia el porche trasero. Observó las hojas crujientes del melocotonero y la parcela de tierra donde nació su magia. Las lucecitas de colores brillaban y el galán de noche perfumaba el aire triunfalmente. Se dio cuenta de que la seguridad no era un sueño imposible. Era un jardín como el que tenía delante. Vulnerable y necesitado de atención constante, pero hermoso y brillante.

Y ahora era el momento de navegar por su nuevo mundo con el hombre que amaba, su familia, su ciudad, el recuerdo de Gigi en el corazón y la continuidad de la herencia de los Revelare.

El canto del ruiseñor revoloteaba entre los árboles y el suelo zumbaba en señal de aprobación mientras el reloj de pie daba las campanadas suavemente en el interior. Y, mientras el viento susurraba, las yemas de los dedos le hormigueaban. Esa vieja sensación le resultaba muy familiar. La misma que pensó que nunca volvería a sentir.

No se movió, pero observó cómo los capullos de rosa de su abuela, pálidos a la luz del amanecer, se desplegaban ante sus ojos y esparcían su aroma por el aire frío como una promesa. Pensó en las lecciones de Gigi y en las reglas que todavía se aferraban a ella. «Entierra a medianoche en el jardín las monedas de un centavo que te encuentres para hacer realidad un deseo. Nunca silbes en el interior o atraerás la mala suerte. Lleva siempre algo verde encima». Y también: «Un poco de tocino, mantequilla o azúcar pueden mejorar casi cualquier receta». Y la más importante: «Aférrate a la esperanza por difícil que parezca, porque, mientras la haya, todo lo demás son solo los desafortunados efectos secundarios de la magia y un corazón roto».

Agradecimientos

Ante todo, gracias a Dios por forjar este sueño en mi corazón y hacerlo realidad.

En segundo lugar, nada de esto habría sido posible si mi excepcional agente no me hubiera sacado del atolladero. Natalie, superas mis sueños más locos una y otra vez. Me apoyas, respondes a mis cientos de preguntas y me diste esperanza cuando no la tenía. ¡Gracias por no perder la confianza en mí!

En tercer lugar, gracias a Holly por darle la vuelta a mi tristeza. Este libro es al menos un seis mil por ciento mejor gracias a ti; es una estadística matemáticamente sólida.

A todo el equipo de Alcove Press: lo que hacéis es verdadera magia y estoy muy agradecida por que este libro haya encontrado un hogar entre vosotros.

Mamá y papá, no tengo palabras para expresar lo mucho que significáis para mí. Gracias por cuidar a las chicas y darme espacio para perseguir mi sueño. Podría escribir un libro entero sobre mi gratitud y amor por vosotros. Os debo todo lo que soy.

Mi amor, tu apoyo incondicional y la forma en que celebras cada pequeño triunfo hace que cada día me enamore más de ti.

Mis queridas hijas, Evelyn y Rosalie, os agradezco vuestra gracia y paciencia (normalmente) mientras mamá trabajaba.

Abuela y abuelo, gracias por vuestro incansable entusiasmo y por estar tan orgullosos de mí. Y al tío Matt, gracias por consultar el parte meteorológico conmigo. Te aseguro que te adoro.

Alyssa, tu amor me sustenta. Mac, siempre serás mi Gemelo Fantástico literario. Tío Teddy, todo empezó contigo. Jinnae, siempre serás mi Tarará (¿o era mi Tararí?). Kienda, mi alma gemela, tus gifs y *voxers* me dan la vida.

Gracias a mi familia de TikTok: ¡por vuestro entusiasmo y por convertir esto en algo mucho más grande de lo que podría haber imaginado! Gracias por siempre.

Y a los lectores de este libro: tenéis mi eterna estima y gratitud. Lo escribí para superar el dolor por la muerte de mi abuela y, si consigue conectar con vosotros de algún modo, será una forma de honrar su memoria y yo me sentiré eternamente agradecida.

Este libro se terminó de imprimir
en el mes de mayo de 2024.